Rega Kerner

Schiffschwein *Spekje*

Rega Kerner

Schiffschwein

Spekje

ISENSEE VERLAG
OLDENBURG

Lekorat: Jan Bakker

Illustrationen: Nicole Fabert

Bibliografische Information der Deutschen Bibliothek
Die Deutsche Bibliothek verzeichnet diese Publikation in der Deutschen Nationalbibliografie; detaillierte bibliografische Daten sind im Internet über <http://dnb.ddb.de> abrufbar.

ISBN 978-3-7308-1324-9

Gedruckt bei Isensee in Oldenburg

Was soll das arme Schwein auf einem Schiff?

Fern von Wiese, Erde, Artgenossen, verdammt zu glattem Stahldeck, kreischendem Motorlärm und Dieselgestank. Das ist doch kein Leben für so ein Tier!
Aber was, wenn es das einzige Leben wäre, das du ihm anbieten kannst?

Stell dir vor, du könntest das Schwein fragen, was es will.

Erkläre ihm bitte, dass es nur zwei Alternativen gibt: Entweder im Alter von zarten drei Monaten als Spanferkel an einem Spieß zu drehen oder auf einem fiesen Tankschiff, bei ein paar Verrückten, so alt und zäh zu werden, wie es kann…

Was würdest du wählen, wenn du ein Schwein wärst?
Zumal es dir ja jederzeit freistünde, über Bord zu springen.
Falls du doch lieber sterben möchtest.

Ich kroch in einen Stall und stellte diese Frage in den Raum.
Das Klauentier antwortete mit rheinwasserklarem Blick und zerwühlte unser Leben.

Mein Frieden scheiterte einst auf Erden und zog mit mir aufs Wasser. Hier ging es uns gut. Wenn Binnenschiffe, im Sonnenuntergang oder arbeitslos, eng aneinander geschmiegt auf Hafenwellen ruhen und Schlaflieder glucksen, kommt man traditionell ins Gespräch mit den temporären Nachbarn.
Das beginnt meistens mit der Weckerfrage:
„Wann fahrt ihr morgen weg?", brüllte ich den Standardsatz von unserem langsam beidrehenden Bug aus, das Tau in der Hand, dem bereits liegenden Schiff zu. Dort raffte sich ein Schatten hinter Steuerhausfenstern auf, trat vor die Tür und hielt vier Finger hoch.
„Dacht ichs mir doch", fluchte mein Kapitän Ben durch die Sprechanlage: „Frag mal, ob fünf oder sechs nicht früh genug ist." Mit der ganzen Hand und einem Daumen, Bettelgeste und Trauermine versuchte ich, den Frühaufsteher zu erweichen, natürlich schüttelte der seine Haare samt Schiffermütze und bestand auf die vier Finger. Ei-

nem sadistischen Naturgesetz folgend wollten die Innenliegenden grundsätzlich viel eher ablegen als mein Mann. Zur Versöhnung oder weil ich nur eine Frau bin, half der Gnadenlose mir, unsere Tampen an seinem Schiff festzumachen: „Soll ich bei euch anklopfen oder stellt ihr selbst den Wecker?"
„Klopfen. Falls du verschläfst, dürfen wir das auch."

Je nach Sympathie wurden die Themen, nach der Weckerfrage, technischer oder privater Natur, beziehungsweise beendet. Im besten Fall versackte man den Abend miteinander auf einem der anwesenden Schiffe. Gerade weil diese Tradition schwindet, pflegten Ben und ich sie gerne. Selbst wenn die anderen Schiffe nicht neben, sondern hinter unserem anlegten.

Wir kuschelten mit kühlem Feierabendbier achtern auf dem Ruderkasten und bewunderten ein antikes Frachtschiffchen, dessen Lack bereits von weitem glänzte wie bei einer Luxusyacht. „Boooh, noch kleiner ist noch mehr, wollen wir später nicht auch mal auf so eins stolz sein?" Dieser stahlgewordene Lebenstraum zielte direkt auf mich ab, sein selbstbewusster Bug schob sich dicht an unser Heck, der Vergleich mahnte: „Ihr könntet auch mal wieder streichen..."
Ben sprang ans Ufer und sammelte Taue auf, welche die ebenso antike Schifferin ihm gekonnt vor die Sicherheitsschuhe schleuderte. Bis ich meine Arbeitslatschen im Halbdunkel gefunden hatte, um mitzuhelfen, waren alle Tampen auf Poller gelegt. Neben dem Schiffsführer drängte ein gepflegter Pudel heraus, schlitterte über die Ladeluken und verbellte uns Landgänger fröhlich. Mit „Hübscher Kerl, wie alt? Wie brav!", war der Gesprächseinstieg gleich viel intimer als bei der Weckerfrage: „Ja klar haben wir auch einen Hund. Plus Papagei, zwei Goldfische und noch ein ganz besonderes Tier. Aber das schaust du dir am besten selbst mal an." Neugierig kletterte der grauhaarige Mann an Land, seine Frau entließ ihn gnädig auf unsere Arche Noah: „Ich mach noch die Maschine klar und komme gleich nach!" Ben und ich freuten uns also traditionsgemäß auf den Austausch von Fachsimpeleien und Tratsch.
Der Besucher stoppte mitten im Wohnzimmer, als rund hundert Tierkilos begeistert um die Ecke galoppiert kamen und ihm, nach knapper Vollbremsung, mit nasser Nase die Füße küssten. Eine Weile schwebten nur Schnüffelklänge um uns. Dann stellte der Beschnupperte ton-

los trocken fest: „Das ist ein Schwein." Wir kicherten und sprudelten abwechselnd heraus, wie es in diese Schiffsräume gelangt war.
Unser Nachbar nahm scheinbar alles aufmerksam auf, aber ohne Regung in Gesicht oder Gliedmaßen. Der draußen noch so Gesprächige war zur Salzsäule erstarrt. Mangels Rückmeldung verstummten wir auch langsam wieder. Es war völlig unklar, ob er nun begeistert oder schockiert sei, wahrscheinlich rätselte er selbst genauso darüber wie ich. Sein zweiter und letzter Satz kam, Wort für Wort betont, tief aus dem Bauch: „Hier muss ich eben drüber nachdenken." Woraufhin er sich abrupt umdrehte und ging. Am nächsten Morgen war das schöne Schiffchen hinter uns verschwunden.
Ich habe das Ergebnis des Nachdenkens niemals erfahren, die zwei Sätze blieben jedoch vielzitiert hängen. Gehen und Nachdenken wäre eine Alternative gewesen. Vorher. Vor dem Schwein…

Schweineloser Schiffsfriede

„Schon wieder Suppe?" Karel blieb schmollend im Eingang unseres achtern gelegenen Kapitänsdomizils stehen. Mein Mann räumte einen der drei tiefen Teller zurück in den Schrank und drückte dem erwachsenen Sprössling seiner Jugendehe eine ganze Packung Weißbrot auf den Arm: „Wer die Suppe nicht ehrt, ist die Suppe nicht wert. Und Tschüss." Gehorsam verzog sich Karel, von Berufung mehr Kapitänssohn als zweiter Kapitän, eine Schiffslänge weit in die Bugwohnung; um seinen Papagei, sowie sich selbst, mit holländischweicher Backware zu füttern.
Suppenfreitags durften Ben und ich ohne unseren dritten Mann speisen. Akribisch angelte meine Gabel feinste Fleischfasern aus der reichhaltigen Flüssigkeit und klopfte sie in einen Becher, der Hund hypnotisierte mich durch die Tischplatte, um schneller an diese Sammlung zu gelangen. Der Kapitänskoch schlürfte vom unsortierten Löffel: „Auch was zu meckern?" Mein vegetarischer Idealismus hatte lange gelernt, sich zu arrangieren und über die vollmundigen Kommentare der übrigen Besatzung zu lächeln. Beruhigend streichelte ich seinen Oberschenkel, was die Hundezunge ermutigte, meine Hand zu lecken.

Den Rest der Woche extrahierte ich mir Gemüse und Kartoffeln mit einem Griff, die beiden Männer verzehrten allabendlich ein dickes

Stück Fleisch, am liebsten Schweinekoteletts. Ansonsten hatten wir mit den molligen Klauentieren nichts zu tun. Solange man nicht weiter bedenkt, dass sie in zersägten Teilen die Hälfte unseres Tiefkühlers füllten.
Und wer tut das schon?

Obwohl es, neben Hauptmahlzeit und Schichtwechsel, kaum Berührungspunkte mit dem Einsiedlersohn im Vorschiff gab und ich meinen Mann nie geheiratet hatte, gehörten wir zu der aussterbenden Gattung des hierarchischen Familienbetriebs.
Ich stieg in dieser Rangordnung von der Geliebten über Matrosin zur Steuerfrau auf, blieb jedoch mehr Frau als Steuer.

Schiffe sind weiblich, wie ich. Weil die Besatzung männlich ist und unterwegs sonst nichts zum Liebhaben hat. Keiner anderen Frau verzeihen Kapitäne so viele Macken: Bei welcher könnte man ebenso jeden Fehler reparieren oder überstreichen? Auf unserem Bug prangte das Wort *Hunter*. Hat das Fahrzeug einen maskulinen Namen, wird es im Sprachgebrauch zweigeschlechtlich. Stimmungsabhängig. Funktionierte alles nach Wunsch, hatte „der *Hunter*" es gut gemacht. Lief etwas weniger glatt, maulte Ben: „Sie zickt wieder." Ging viel kaputt, war es „das Schrottding". Nur am emotionalen Tiefpunkt ist das Schiff genauso sächlich wie das Schwein.
Zu gern hätte ich herausgefunden, wo die Persönlichkeit meines Partners aufhörte und die seiner *Hunter* anfing. Sie bildeten eine sich gegenseitig beeinflussende Einheit. Ein mächtiges Schiff mit einem mächtigen Mann. Da ist absolut nichts Weibliches dran. Ich werde seine große, eiserne Dame nie „die Hunter" nennen. Oder hab ich das gerade getan?

Der *Hunter* ruhte, das Funkgerät platzte fast vor Neid: „So kommst du nie zu einem Neubau!" Ben kehrte, für den Landgang bereits in Jeans statt Jogginghose, zurück ins Steuerhaus: „Hab ich das vergessen auszumachen?" Ich schob ihn zur Seite, um meine Schwimmweste aufzuhängen, der Lautsprecher regte sich weiter auf: „Die Sonne steht hoch am Himmel und du liegst schon wieder." Wir suchten den Urheber auf dem stillen Neckar, die Restaurantterrasse winkte uns zu, dahinter näherte sich ein Bug mit eiliger Welle: „Ich kenn dich. Du bringst es nie zu was." Mein Kapitän machte es sich in seinem Chefsessel bequem: „Kennst du den?“ Als ob ich mir so viele Schiffe merken könnte wie er. Ich erklomm den Barhocker am Kartentisch: „Das ist besser als Radio.“ „Pass auf, bald bist du pleite“, fauchte das Hörspiel. Da man beim Funken nicht antworten kann, solange der andere sendet, kommentierte Ben den wütenden Monolog ungehört: „Der sollte selbst aufpassen, dass er keinen Herzkasper kriegt.“

„Wenn ich morgen früh zurückkomme, sehe ich dich garantiert immer noch hier faulenzen.“

„Das hoffe ich auch. Dann war der Abend gut.“

Der alte, aber schuldenfreie *Hunter* zerrte im Sog des hastig Vorbeifahrenden an den Tampen, sein Eigner riss nun doch den Hörer an den Mund, ich wusste, was er gern gesagt hätte: „Arschloch. Von Abstoppen an Liegestellen auch noch nix gehört.“

Sachlich mischte sich das zweite Funkgerät ein: „Fahrzeug mit Überlänge zu Tal oberhalb der Engstelle.“ Aus guter Seemannschaft wurde mein Mann fast nervös: „Der hört den vor lauter Aufregung nicht, der donnert einfach weiter. Da wird’s gleich eng.“ Er wies auf die idyllische Landschaft hinter der Flussbiegung und hielt den Knopf gedrückt, um eine Warnung auf dem blockierten Funkkanal zu senden, doch es gab keine Lücke: „Wenn ich mein Schiff schon ein Vierteljahrhundert hätte wie du, hätte ich schon lange genug für ein Neues verdient!“ Der Schornstein des Entgegenkommenden blitzte zwischen zwei Bergen auf: „Fahrzeug mit Überlänge fährt in die Engstelle ein.“ Ben hängte den Hörer auf den Haken: „Ich weiß nicht, was der für ein Problem hat, aber gleich hat er echt eins.“ Ahnungslos schimpfend, entschwand das Schiff hinter demselben Berg: „Du bist total versaut. Das weiß doch jeder auf dem Revier. Wenn alle so faul wären, hätten, … Oh Gott!“

Tiefschwarze Rauchpilze wuchsen über die Baumkronen hinaus, schwere Motoren jaulten gequält. „Vollhand zurück, sonst schaffst du kein Vierteljahrhundert!“, lachte Ben und schaltete beide Funkgeräte aus.

Händchenhaltend bummelten wir über die Uferpromenade, das überlange Fahrzeug kam unbeschädigt vorbei. „Schwein gehabt!“, atmete ich auf, Ben korrigierte: „Nee, gute Reaktion und zwei fette, nagelneue MWM Maschinen.“ Die letzten Schritte zur Bierquelle langweilte er mich mit einem seiner Lieblingsthemen: „Dafür muss der auch mit doppelter Besatzung Tag und Nacht durchkacheln, ohne

Wahl, was wohin wie viel. Er gehört der Bank und die will sehen, dass das Geld sich bewegt. Egal, ob rot oder schwarz." Strahlend umarmte uns die Restaurantchefin: „Gebackene Auberginen und Salamipizza oder mal was anderes?". Das moderne Schiff, welches nicht wusste was es lädt, wie viel dafür bezahlt wird und wohin die Reise geht, entzog sich unseren Blicken und Gedanken. Es gab Wichtigeres zu entscheiden: „Gib doch noch mal die Karte."

Über dem letzten Pizzaviertel zitierte Ben einen weisen Freund: „Auf der Mosel fährt man nicht nach Fahrplan, sondern nach Speiseplan."
„Wir sind auf dem Neckar."
„Na und?" Ich zog einen Flusslauf durch die Auberginensoße und nickte. Die Mosel wird überbewertet. Auch an den Ufern von Rhein, Main und Neckar wimmeln Touristen, nur ein Tauwurf trennt das Binnenschiff vom Urlaubsland. An den Anfang des Soßenflusses malte ich ein Meer. Die Tanklager im Seehafen, wie Rotterdam, Amsterdam oder Antwerpen, sind ätzend. Da galt Augen wie Nase zu, Diesel oder Heizöl laden und durch. Anschließend, mit der Fracht rheinaufwärts, zückte Ben sein überquellendes Visitenkartenbuch, um die Reiseplanung anzupassen: An die beste Gastronomie nahe möglicher Anlegestellen. Eine aufgespießte Aubergine zerstörte Fluss und Meer, um selbst zwischen meinen Zähnen zu enden.
Den Reiz des Neuen kapierten wir nicht. Es war doch viel schöner, von einer sonnigen Terrasse den vorbeihetzenden Geldbewegern zuzuprosten.

Passagiere auf einem Fahrgastschiff erwiderten meinen Gruß mit dem Glas. „Habt ihr noch Montag Ruhetag?", überprüfte Ben seine Visitenkartendaten. Die Restaurantchefin lächelte, räumte die Teller ab, wies im Vorbeigehen auf ein Schild direkt neben ihm, stellte eine volle Flasche Grappa auf den Tisch und setzte sich zu uns. „Brauch ich nicht so viel laufen. Alles gut bei euch?" Aus dem angewiesenen Schild mit den Öffnungszeiten folgerte ich, dass sie erst gegen Mitternacht wieder aufstehen, den Besen holen und uns rausfegen würde.

Auf der Schiffsautobahn Niederrhein schliefen wir gern mit Abstand zum Ufer. Rasselnde Ankerketten spielten die Melodie von Zweisamkeit, in der kein Nachbar uns stören konnte.
Nur das Handy. „Du vereinsamst doch auf dem Schiff!", klagte es regelmäßig. Ich hangelte mich mit einer Hand aus der Jacke: „Quatsch,

Ma. Deine Freunde im Haus nebenan kannst du auch morgen besuchen. Aber morgen denkst du, übermorgen passt besser und übermorgen verschiebst du es wieder auf morgen. Auf einmal hast du sie, vor lauter morgen, ein Jahr nicht gesehen." Ben streckte die langen Beine auf den Couchtisch und lockte mit hochgezogenem Shirt. Muttersorgen sind hartnäckig: „Das ist bei euch doch noch viel schlimmer." Der nackte Bauch sog mich schrittweise näher: „Nee. Wenn wir anlegen, wird sich sofort getroffen. Nix morgen. Weil wir morgen weg sind und keiner weiß, wann wir wiederkommen. Nächste Woche oder nächstes Jahr?" Ein Bein hob sich vom Tisch und umschlang mich. „Jetzt!", befahl mein Oberbefehlshaber, ich stürzte auf ihn in den Feierabend: „Ma, hab zu tun. Tschüüüüüß!" Vereinsamen. Bla Bla. Sie redete doch nur von sich selbst, weil sie nicht in unserem Fahrgebiet wohnte.

„Ihr schafft das doch vorm Wochenende?", bettelte das Telefon. Nicht nur meine Mutter brachte das Gerät zum Jammern. Auch das Befrachtungsbüro hatte sich seufzend damit abgefunden, dass der *Hunter* etwas länger für jeden Transport brauchte als andere Tanker. „Mal sehen. Verirre ich, wartest du." feixte Ben. Trotzdem wurde unser Schiff von manchen Kunden bevorzugt: „Tu meine Ladung bitte in den *Hunter*, wenn er frei ist. Da weiß ich zwar nie, *wann* es ankommt, aber ich weiß, dass *alles* gut ankommt." Bei Kollegen stimmte die Menge der flüssigen Fracht am Zielort wohl nicht immer. Apfelbauern essen Äpfel und Schiffsmotoren drehen bekanntlich auf Diesel und Heizöl.

Natürlich wurde bei uns auch gearbeitet. Manchmal ein bisschen. Die zwei Männer steuerten abwechselnd. Zusätzlich engagierte der erste Kapitän sich selbst als Koch, der zweite Kapitän war für das Laden und Löschen zuständig und die Steuerfrau versorgte die Maschinenräume. Der Hund bewachte das Deck, die Goldfische die Wohnung. Beides mit mäßigem Erfolg. Während der Fahrt betätigten Karel und ich uns je nach Wetter, Zeit, unserer Lust oder Bens Laune mit allgemeinem Schiffsunterhalt, wie Abseifen, Rostkratzen und Streichen.

Wir lebten friedlich vor uns hin, es fehlte uns an nichts.
Vor allem ganz bestimmt nicht an einem Schwein!

Schafschleuse wird Schweineschleuse

Über Schweine kann man streiten. Bevor ich damit anfange, möchte ich wenigstens eine Feststellung treffen, der jeder zustimmt:
Wasser fließt von oben nach unten.

Unser Motor stampfte gegen die Strömung den Main hinauf, da kam wieder so ein ständiges Ärgernis. Die Schleuse mit zugehörigem Wehr bremste den *Hunter* samt seinem Element. Stoppen ist prima, aber bitte freiwillig. Doch das Bauwerk schluckte unseren freien Willen. Stundenlang dümpelten wir neben Kollegen und hohen Anlegestellen im Unterwasser, starrten auf die rote Ampel sowie einen Spalt zwischen den schweren Stahltoren: „Da, er ist ein wenig größer." Ben prüfte meinen Wunschblick: „Nee, ist noch zu. Aber wir sind die nächsten." Meine Unterschenkel falteten sich auf dem Barhocker in den Schneidersitz, bereit aufzuspringen, wenn es losging. Die Strudel vor der Einfahrt rauschten mir zu: „Gleich öffne ich mein Maul und fresse dich, dann bist du noch lange nicht oben." Im Wartezimmer für Schiffe hilft nur Schleusenmeditation:
Wann hast du Oberwasser?
Tief unten in der Schleusekammer ist man klein und wertlos, umzingelt von feuchten, hohen Mauern, nur ein Lichtviereck über sich. Ein Hoffnungsschimmer, bald geht es aufwärts. Das Wasser steigt, das Schiff erhebt sich, es wird heller, die Mauern schrumpfen. Plötzlich erlaubt die Spundwand den ungebremsten Blick auf eine weite, leuchtende Landschaft. Am Gipfel der Emotionen öffnen sich die Tore, das Gefängnis entlässt dein Schiff in die Freiheit.
Du fährst ins Oberwasser.
Vergiss bei aller neuen Selbstsicherheit nur nie, dass du auch wieder runterkommen musst. Tanker laden nun mal meist im Seehafen. Landkartengetäuschte Menschen behaupten zwar, das Meer läge hoch im Norden. Das ist Unsinn. Es liegt am Tiefpunkt der Reise.
Wir waren uns doch einig:
Wasser fließt von oben nach unten.

Die Schleuse spuckte uns und unseren freien Willen ins Oberwasser aus. Dort entschloss Ben sich sofort für Feierabend, wir legten den *Hunter* an seine Leinen und wandelten zurück über die Wiese, die

eben noch unsere Aussicht über die Mauern erhellt hatte. Zwei Schafe musterten uns kritisch durch die Büsche, ein Hahn schrie Alarm, seine Uhr war sicher kaputt, Herbie baute den Grill auf.
Dieser kleine, quirlige Schleusenmeister liebte Tiere in jeder Form: Er liebte es, sie fürsorglich aufzuziehen. Ebenso liebte er es, sie hinterher aufzuessen.
Sein kleines Paradies auf dem Schleusengelände erwuchs aus einer Handvoll Schafen, ursprünglich angeschafft, um dem Wasserschifffahrtsamt die Sorge und Kosten für ständiges Rasenmähen zu ersparen. Die Herde vermehrte sich, steigende Ausgaben für das Winterfutter waren nicht zu unterschätzen, darum kamen mit der Zeit Hühner und Kaninchen hinzu, deren Endprodukte wieder halfen, das Schaffutter zu finanzieren. Wildlebende Wasservögel, welche vom überreichen Futterangebot auf der Schleuse angelockt wurden und gerne für immer blieben, ergänzten das bunte Treiben.
Für diese Abendgestaltung brauchten wir keine Visitenkarte mit Öffnungszeiten. Wenn wir Herbies Stimme nicht im Schleusenfunk erkannten, verbrachte er gerade seine Freizeit auf der anderen Seite, rund um die chaotisch zusammengezimmerten Ställe.

Bei einem Kaltgetränk bewunderten wir Herbies neueste Tierbabys, der Hahn suchte immer noch lauthals seine Uhr. Gemeinsam fachten die Männer den Grill an, meine Stimmung sank der Sonne hinterher. Die Kinder und Geschwister von den um uns herumlaufenden Tieren brutzelten auf dem Rost. Ben streichelte mit einer Hand ein Schaf, während er in der anderen eine Wurst hielt, die aus Schleusenlämmchen gemacht war. Vielleicht von dieser Mutter. Ich kämpfte um emotionales Oberwasser: „Das ist wenigstens nicht so scheinheilig, wie Fleisch nur abgepackt zu kaufen, um nicht an das Tier erinnert zu werden, das es mal war." Mein liebender Mann pflückte ein Blatt vom Baum, wickelte es um die Wurst und hielt sie mir vor die Nase. Weil ich lieber eine Folienkartoffel aus der Glut angelte, bekam das Schaf sein Päckchen. Es stülpte die Lippen, zog das Blatt ab und schluckte es. „Recycling pur, es frisst nur die Verpackung. Das kannst du von deiner Alufolie nicht behaupten.", trumpfte Ben und stopfte sich das Wurstende in den Mund. „Ach komm, immerhin haben sie es vorher gutgehabt."
Mit fleischvollem Mund klang es nicht so versöhnlich, wie es gemeint war. Ich packte meinen Erdapfel aus: „Klar. Kein Paradies ohne Fehler."

Herbi entwickelte zum Verschlingen der Tiere, die er geliebt hatte, seine ganz eigene Philosophie: Er schlachtete keines, dem er einmal einen Namen gegeben hatte. So hoppelten doch ein paar betagtere Wesen zwischen den jungen Nutztieren herum, geschützt durch den eigenen Namen. Dazu gehörte so manches Mutterschaf, sowie Herbis erstgeborener Bock. Dieser besonders freche Kerl setzte seine Hörner gerne gegen ungebetene Gäste ein. Ein dickes Kaninchen, das zu faul war, noch irgendetwas einzusetzen, fragte sich wahrscheinlich jeden Morgen, wann Herbi bemerken würde, dass es in seiner Dauerschläfrigkeit eigentlich nur noch als Braten taugt. Was wissen Langohren schon von Namensschutz? Die Heldin unter den Tieren mit lebenslangem Lebensrecht war allerdings Berta. Dieses magere, total zerrupfte, wohl ehemals weiße Huhn, überlebte auf unerklärliche Weise stattliche zwei Fuchsanfälle.

Der Grill glühte aus, Berta erbettelte ein letztes Brotstück, wackelte in den Stall und steckte den Kopf unter die verbliebenen Federn. Herbi lächelte ihr nach, nun mussten wir ihre Geschichte hören. Ob wir wollten oder nicht.

Stall und Wiese hätten nach aller Logik ein fuchssicheres Gelände sein sollen. Zwei Schleusenkammern liegen zwischen Festland und Domizil der Tiere. Sie leben auf einer Art Insel, auf einer Seite rauscht der Fluss zum Wehr, auf der anderen Seite kommen nur Schiffe in die Schleuse. Über der gesamten Anlage liegt eine Fußgängerbrücke, von welcher sehr hohe Treppen zu jedem Schleusenabschnitt führen. Alternativ kann man bloß abpassen, welche Schleusentore gerade geschlossen sind, um darüber zu laufen. Beide Zugänge, also Tore sowie Brückentreppe, haben einen grobmaschigen Gitterboden, den kein Tier ohne Training freiwillig überschreitet. Vergleichbare Roste werden im Wald auch als Wildsperre auf den Boden gelegt, z.B. um gefährliche Straßenüberquerungen zu verhindern.

Dennoch waren eines Morgens alle Hühner tot. Nur Berta lief, wild gackernd, zwischen den Leichen herum. Dies ist das fürchterliche Erkennungszeichen des Fuchses, er reißt nicht nur ein Opfer, um es zu verzehren, sondern ermordet alles, was ihm in die Fänge kommt. Vielleicht, um es später abzuholen, ohne zu begreifen, dass die Wiese kein Kühlschrank ist. Oder einfach als Übung. Der schlaue Fuchs kann nicht so dumm sein, dass seine Augen dreißigmal größer sind

als sein Magen. Blutrausch ist die treffendste Erklärung. Selbst die Schafe wirkten verstört.
Herbi räumte das Massaker unter Tränen auf, fütterte sein letztes Huhn und besorgte sich am nächsten Tag neue Hennen. Diese waren noch ganz jung, legten also winzig kleine Eier. Worüber wir uns prompt beschwerten, als wir auf der Durchfahrt unsere Eierdosen abholten. Da erzählte Herbi das grausame Geschehen, noch immer fassungslos. Keiner konnte sich erklären, wie der Fuchs auf das Gelände und wieder weggekommen war. Wir vermuteten, dass es sich um ein besonders schwimmfreudiges Exemplar handelte. War er ins Wasser gefallen und hatte sich nur durch Zufall auf die Schleuse gerettet? Unsere Vorstellungskraft kenterte rettungslos bei der Visualisierung vom Rückweg über den Main: Ein zierlicher, wildpaddelnder Fuchs mit einem dicken, klatschnassen Federtier im Fang...

Eine Weile geschah weiter nichts, alle glaubten an einen Einzelfall, aber in Wahrheit fand der Fuchs die jungen Hühner einfach noch zu mickrig. Das lohnte den so-oder-so mühsamen Weg nicht. Erst als sie ausgewachsen und lecker fett waren, kehrte der Killer zurück. Wieder war es Berta, die ihren Herrn morgens als einzige begrüßte.

Nachdem die zweite Ladung Junghennen eingetroffen war, legte Herbi sich nächtelang mit einem Gewehr auf die Lauer. Er schloss das Federvieh abends ein, verstopfte alle möglichen Schlupflöcher, schlief fast nur noch im Stall. Vergebens. Nur einmal konnte er einen schattenhaften Blick auf den Räuber erhaschen. Der erschien tatsächlich auf dem schwierigsten Weg – den untersten Stufen der Gittertreppe. Dort nahm Meister Reineke Witterung auf, erkannte die Menschennähe und entschwand sogleich wieder, die Stufen hinauf, in die Dunkelheit. So schnell, als wären die Gitter glatte Planken. Herbi traute seinen nachtblinden Augen kaum.
Erwischt hat er ihn dann doch. Nach dem Hinweis eines Bekannten, der einen Fuchsbau beim benachbarten Hafenbecken entdeckt hatte, ging Herbi dort auf Jagd. Von seinem Erfolg berichtete er mit einem lachenden und einem weinenden Auge, denn als er den erschossenen Fuchs in Händen hielt, imponierte ihm das prächtige Tier. Wäre es nur ab und an um ein einzelnes Huhn gegangen, hätte der besondere Schleusenmeister den Verlust gerne als natürliches Zusammenleben akzeptiert.

Schwund ist immer. Zumal bei den Hühnern, die ein bisschen dümmer waren als die anderen Inselbewohner. Es fiel schon mal das eine oder andere in die Schleusenkammer. Aus der es für niemanden ein Entkommen gibt, der keine Leitern klettern kann. Wir Schiffer hatten die Anweisung, eventuelle Brotreste möglichst weit weg aufs Gelände zu werfen, damit das Vogelvieh nicht wie verrückt zum Schiff rannte und dabei vergaß, vor dem Wasser zu bremsen.
Herausgefischte Hühner starben grundsätzlich trotz Rettung am Schock. Dies geschah zwar selten, erklärt aber Herbis theoretische Toleranz bezüglich gelegentlicher Besuche von Raubtieren. Nur Massenmord war ihm zuwider und musste gestoppt werden.

Wären die Eiervögel hinsichtlich Wasser etwas schlauer, würden garantiert mehr von ihnen auf Binnenschiffen herumstolzieren. Ich kenne einige Schiffer, die von der Idee, sich morgens ein Frühstücksei an Deck einzusammeln, begeistert wären, könnte man die Tiere nur frei herumlaufen lassen. Wie den Bordhund. Ohne den Schifffahrtsbetrieb störende Zaunkonstruktionen. Nur von einem habe ich gehört, der tatsächlich Hühner und Brieftauben an Bord hielt. Sicher eingezäunt. Spannender als Hennen im Käfig ist hier die Frage, ob und wenn wie, die fliegenden Postboten ihr Zuhause auf einem fahrenden Schiff finden. Bezüglich Zustellungsalternative zum Postfach. Tauben bei Herbi hatten es da einfacher. Die durften sich, wie alle anderen Besucher auf seiner Insel, tüchtig durchfuttern.

Zu all diesen Tieren kamen eines Tages die Sau Rosa und ihr Eber auf die Schleuse.
Rosa war ein Bilderbuchminischwein, wie der Laie es sich vorstellt: Ein zu heiß gewaschenes Großschwein, dick, langgedrungen und wie der Name schon sagte, natürlich rosa. Ihr tiefschwarzer Mann lief auf deutlich höheren Beinen, für ein Minischwein erstaunlich schlank und drahtig. Er schien eine Mischung aus Hängebauch- und Wildschwein, mit feurigen Augen und langen, weißen Hauern eine respekteinflößende Erscheinung. Ich habe den Eber nur aus sicherem Abstand schemenhaft hinter Gittern gesehen. Er war zu wild, um Fremde in seiner oder Rosas Nähe zu dulden.

Beide hatten bisher in einem privaten Vorgarten gelebt, was zu Problemen mit Nachbarn und Behörden führte. Sie sollten darum geschlachtet werden. Eine typische Minischweinbiographie. Herbi hörte davon und empörte sich. Natürlich nicht gegen Schlachtung im Allgemeinen, aber Rosa war schwanger. Und das ging in seiner Denkwelt gar nicht. Man schlachtet keine schwangere Sau! Kurzerhand erweiterte er seine Stallanlage um die nötigen Anbauten und holte die zwei zu sich. Naja, so kurzerhand wird es kaum gewesen sein, denn beide Schweine wurden irgendwie über die Schleusenbrücke und lange Treppe auf das Gelände getragen. Oder über die schmalen Schleusentüren. Eins von beidem. Wie er das, überhaupt und im Detail, hinbekommen hatte, gehörte wohl zu den Kapiteln, über die er lieber schwieg. Eindeutig war aber seine Aussage über die Zukunft der Schweine: „Die beiden großen dürfen bleiben, aber die vielen Ferkel, wenn sie denn da sind, das geht nicht. Dafür ist das Gelände zu begrenzt. Die werden Mini-Spanferkel." Herbis Argumentation schien mir durchaus einleuchtend, auch wenn die Vorstellung von Ferkeln am Spieß lang verschüttete, unangenehme Kindheitserinnerungen wachrief.

Frühe Prägung „pro Schwein"

Meine optimistischen Eltern hatten einst ein Haus auf dem Land gebaut. Zum Einstand und besseren Kennenlernen der Dorfgemeinschaft veranstalteten sie ein Fest, zu dem alle Nachbarn geladen waren. Im großen Garten wimmelte es von Menschen, das Büfett mit allem Drum und Dran war in der Doppelgarage aufgebaut. Aber meine Mutter hatte mir streng verboten, diese zu betreten. Eine Weile hielt ich mich daran, meistens war ich ja ein braves Kind. Sogar in jenem Trotzalter, zwischen zwei und drei Jahren. Wahrscheinlich habe ich die Anordnung auch nicht bewusst überschritten, obwohl die brennende Neugier auf diesen Raum, in den alle hineingingen, um dann mit tollen Sachen wieder rauszukommen, nahezu übermächtig war. Später im Getümmel und Gelaufe, ich hatte genug gegessen, keine Spielidee mehr und Mami war unauffindbar, bin ich doch mit irgendjemandem unbemerkt mitgegangen. Vielleicht aus Versehen. Ein Mischgestank von Fett, Alkohol, Schweiß und frischer Wandfarbe waberte im halbdunklen Raum. Da stand ich plötzlich, mutterseelenallein zwischen drängelnden Fremden, in der neuen Umgebung. Auge in Auge mit einem Spanferkel am Spieß. Es war riesig, bestimmt größer als ich selbst und sehr, sehr tot. Man hatte ihm eine Metallstange in den weit geöffneten Mund gesteckt, die am Popo wieder rauskam. Ein ganzes Tier, wie ich es aus der schönen Kinderliteratur kannte, aber gar nicht so glücklich auf der Wiese, wie es sich doch gehört. Ich fing an zu weinen, was ich da sah, konnte ich nicht begreifen. Nur, dass es eindeutig ganz, ganz böse war. Aber warum? Und was hatte Papa damit zu tun? Der erschien plötzlich hinter dem Schwein, rührte da in einer überdimensionalen, magischen Glaskugel, mit roter Flüssigkeit und vielen Obststücken. Er versuchte, mich abzulenken, indem er mir erklärte, wie man Bowle macht. Die sah toll aus, aber ich durfte sie doch nicht probieren. Das Schwein spiegelte sich in dem Glas. Ich blieb untröstlich. Papa brachte mich wieder in den Garten. Er versprach, Mama nicht zu erzählen, dass ich trotz Verbot in die Garage gelaufen war. Damit blieb auch das aufgespießte, geröstete Tier unser grauenvolles Geheimnis, über das ich nie sprechen durfte, um mich nicht selbst zu verraten. Er hatte wohl ein schlechtes Gewissen, weil meine Mutter von Anfang an gegen das Spanferkel war. Es hätte das Kind schockieren können. Was in seinen sachlichen Augen natürlich Unsinn war. Tiere töten und verspeisen gehört zum Leben, das muss man lernen. Als ich aufhörte zu weinen, war das Thema für ihn erledigt.

Das Bild brannte sich unauslöschlich in mein Gehirn. Wenn der richtige Auslöser kommt, schauen mich die toten Augen heute noch direkt wieder an. Auch in ganz absurden Zusammenhängen: Als Kind hatte ich panische Angst vor Spritzen, ich fürchtete immer, sie kämen auf der anderen Seite wieder heraus. Ich glaubte jedes Mal sogar, mit realen Schmerzen zu fühlen, wie sie, immer länger werdend, meinen Körper ganz durchdringen und schielte dabei auf die gegenüberliegende Seite, ob man sie da schon rauskommen sieht. Wie die Stange bei dem Schwein.

Die Ferkel auf der Schleuse waren auch so ein Auslöser, wenn auch nicht mehr so angstbesetzt. Ihr Anblick aktivierte stattdessen alle Schutzinstinkte. Vielleicht konnte ich hier wiedergutmachen, was Papa damals versäumte. Er hatte das Schwein nicht gerettet, obwohl ich es von ihm erwartete.

Nicht, dass ich ihm die Schuld an meinen Schweinegeschichten geben will. Auch wenn Eltern natürlich für ewig und immer schuld sind. Außer man gehört zu den seltenen, humorvollen Unikaten, die trotzdem irgendwann Selbstverantwortung übernehmen.

Ein belesener Freund zitierte vermutlich, als er vorschlug: „Vielleicht sollten wir bei unseren Essgewohnheiten mehr auf die Instinkte der Kinder hören. Biete einem Kleinkind einen frischen Apfel vom Baum und ein lebendes Kaninchen an. Welches davon wird es streicheln und von welchem wird es abbeißen?"

Schweineentscheidungsfindung

Mein Mann hatte schon lange keine Kleinkindinstinkte mehr. Er bestellte auf der Schleuse solch ein Mini-Spanferkel: „Bitte in zwei-Mann-Portionen zerlegt und eingefroren." Der Schlachter brachte es jedoch nicht übers Herz, sein Opfer in Stückchen zu hacken, dann sei es doch kein Spanferkel mehr! Nun war es also geschlachtet und als komplettes, totes Schweinchen tiefgekühlt. Vom Rüssel bis zur Schwanzspitze. Zu groß für unsere Schubladen im Gefrierschrank. So Mini sind Mini-Spanferkel dann doch nicht. Stundenlang wurde herumtelefoniert, wo es, bis zur Grillsaison im Frühling, einen eisigen Platz bekommen könnte. In Folge dessen transportierten Bekannte es mit dem Auto von Frankfurt nach St. Goar, wo es vorübergehend bleiben durfte. Später wurde dort der Kühlplatz anderweitig benötigt und das Eisfleisch zog mit Kopf und Beinen in eine Truhe nach Mainz um. Wieder per Auto und auch noch ein Stück auf unserem Schiff. Auf Tankern gibt es draußen, neben vielen Leitungsrohren, auch sogenannte Deckskisten. Das sind feuerfeste Stahlkästen auf Füßen, mit schrägen, schweren Deckeln, bestimmt für allerlei Schiffszubehör. Nie vergesse ich diese steife Form, gestaut in so eine Kiste an Deck. Vom Steuerhaus glotzte ich die ganze Fahrt auf die Hinterbeine, die unter der Klappe hervorragten. Der umgebende Schnee sah gar nicht mehr romantisch aus. Durch die Sprechanlage krächzte Karel's Papagei: „Aufstehen! Aufstehen!" Das Gefrierfleisch hörte nicht auf den Vogel.
Als einzige Vegetarierin an Bord, machte mir das Dauerthema vom toten Schwein immer mehr zu schaffen. Irgendeines der vielen Tiefkühltruhen-Organisations-Telefonate begann mein Mann mit der Frage: „Wie geht's meinem Schweinchen?", worauf ich mir nicht ver-

kneifen konnte, aus dem Hintergrund zu kommentieren: „Wenn es gut ist, geht's ihm schlecht." Und laut herauszuposaunen, ich würde das nächste Mal eines retten. Das Ende von diesem war, dass auch die Mainzer Kühltruhe keine Bleibe bis zur warmen Jahreszeit bot. Ben verschenkte seinen Braten an die Truheneigner. Somit drehten andere den Spieß mit Ferkel schon zu Sylvester über dem Feuer. Es soll nicht einmal gut geschmeckt haben.

Wenn du das arme Schwein wählen lassen könntest, Grill oder Tanker… wir verblieben darüber diskutierend. Nächte lang, mit und ohne Alkohol. Voller Erleichterung hörten wir endlich, dass die Sau auf der Schleuse keine Ferkel mehr bekommen sollte.

Eine Weile war unser Leben wieder schweinelos. Aber wenn das Schicksal etwas von dir will, drängelt es geduldig weiter. Nach ein paar Monaten rief uns jener Freund an, dem man einen Streich gespielt hatte. Aus Rache, weil er die Kinder im Bekanntenkreis zum Leidwesen der Eltern öfter mit Kleintieren beschenkte, hatte man ihm zum Geburtstag ein Hängebauchschwein geschenkt. Er hauste auf einer Dauerbaustelle, die mal ein Wohnboot werden wollte. Selbst wenn das je gelänge, wäre dort kein Platz. Das Schiffsgrößenverhältnis ließ ihn an uns denken: „Auf euren 82 Metern Stahl ist doch genug Raum für so ein kleines Schweinchen?" Da hatte die Falle wieder zugeschnappt, unsere Diskussion entflammte erneut. Dieses Tier war zwar vorübergehend auf einem Bauernhof untergebracht, aber wenn sich kein anderes Heim fände, sollte es nach ein paar Wochen geschlachtet werden. Einige Nächte, Bierkisten und Weinflaschen später, kamen mein Mann und ich zu dem Entschluss, wenn es denn nun unbedingt sein soll, würden wir es trotz aller Bedenken probieren – aber wir baten unseren Freund doch nachdrücklich, sich erst nach einer schweinegerechteren Bleibe umzusehen. Einem Ort, wo das Tier Wiesen, Bäume, Stall, Schweinegesellschaft und Modderwühlen genießen kann. Als die Nachricht kam, man habe den frechen Kerl auf dem Bauernhof so liebgewonnen, dass er dort bis zu einem natürlichen Tod bleiben dürfte, fühlten wir eine Sorge von den Schultern sacken. In einem abschließenden Gespräch klärten mein Mann und ich das Thema für immer:

„Kein heiles Schwein auf unserem Schiff. Und sei es noch so mini. Das wär doch auch kein Leben für ein Hoftier. Außerdem waren wir mit Hund und Goldfischen genug beschäftigt, warum sollten wir uns solch einen Aufwand zumuten?" Zweimal war der Kelch vorbei geschwebt, nun hatten wir entschieden. Dieser Beschluss konnte auch nicht wanken, nachdem wir erfuhren, dass die Sau auf der Schleuse doch wieder schwanger war. Ungewollt, nachdem der Eber sich als Ausbruchskünstler erwiesen hatte.

Wir waren uns also einig. Bis wir, wieder einmal, vom Rhein in den Main einfuhren. Auf dem Main scheint immer die Sonne. Es gibt so Wetterwunder, die das Schiff begleiten. Dies ist eines davon. Egal, über welchen Nebel oder Regen wir zuvor gerade fluchten, wenn die Mainmündung in Sicht kommt, geht die Sonne auf und die Stimmung wird leicht bis mittelschwer euphorisch. Also – herrlicher Spätsommer und ein paar Bier begleiteten uns durch die ersten Mainschleusen, da sagte Ben, buchstäblich aus heiterem Himmel: „In einer Stunde kriegst du dein Schwein". Ach du Scheiße, ich meine, wir hatten uns doch dagegen entschlossen…?!? Spontan ist er gern, aber nie ohne dabei seine Autorität zu betonen: „Es ist jetzt oder nie, liegt an dir. Aber wie du selbst am Anfang sagtest, wenn das Schwein wählen könnte…" Da sah ich sie wieder vor mir, die winzigen fröhlichen Ferkel, wie sie im vergangenen Jahr über das Schleusengelände flitzten. Ihre stolze Muttersau, die schimpfend, mit wackelndem Bauch und schwenkenden Zitzen hinter den Wildfängen her schnaufte. Wie sie sich vergeblich mühte, die Unerzogenen zu erziehen, die in rosa, gefleckt und gestreift in alle Richtungen ausschwärmten und irgendwann doch von allein wieder bei der Mutter zusammenkamen. Und ich sah sie wieder vor mir, die tiefgekühlten Beine, die aus unserer Deckskiste in den Himmel ragten, wie ein mahnender Finger: „Seht, was aus mir geworden ist, dem fröhlichen Ferkel, das die ganze Welt entdecken wollte! Ihr wisst nicht einmal, ob ich rosa, gefleckt oder gestreift war und fresst mich doch."
Diese Antwort des gefrorenen Schweins war eindeutig. Meine auch.

Aber eines zu retten, zu wählen, hieß ja auch, alle anderen zurückzulassen. Also fragte ich, ob wir nicht zwei mitnehmen können? Oder am besten alle? Und dann einen schönen Ort suchen, wo sie leben dürfen? Ben schüttelte grinsend den Kopf, dass die Haarstoppeln wackelten. „Nicht gleich übertreiben, sonst überlege ich es mir wieder anders. Eins oder keins. Jetzt oder nie."

Ferkel in Kisten

Für den Einzug des Schweinchens musste sämtlicher Alkohol umziehen. Unsere Deckskisten waren mit einem Holzlattenrost ausgelegt, der an einen Stallspaltenboden erinnerte. Vielleicht gab es vor fast fünfzig Jahren einen Propheten auf der Bauwerft des Schiffes, der sich dachte, das könnte nicht schaden, falls hier mal ein Ferkel einziehen sollte. In jener Deckskiste, die bisher die Bierkästen für eine ganze Reise aufnahm und kurzzeitig sein gefrorenes Geschwister beherbergte, sollte es wohnen. In einer tragbaren Plastikkiste mit Löchern, welche bisher die Schnapsflaschensammlung zusammengefasst hatte, sollte es an Bord getragen werden. Die letzte Stunde vor der Schleuse verbrachte ich also mit Flaschen- und Bierkistenschlepperei. Außerdem stellte ich alle Schiffsgerümpelbereiche auf den Kopf, vergleichbar mit Kellern oder Dachböden, um eine Abdeckung zu finden, damit das Ferkel beim Tragen nicht aus der deckellosen Schnapskiste springen könnte. Ich entschied mich für ein schweres Metallfußabtretergitter, plus Kabelbinder zum Sichern.

Ein diensthabender, kooperativer Schleusenmeister teilte uns die Kammer neben dem Stall zu. Wir legten an und gingen mit Schnapskiste, Gitter sowie überschüssigem Adrenalin bewaffnet an Land. Von Herbi, der schon auf uns wartete, bekam ich einen Stroh- und einen Heuballen. Davon rupfte ich etwas Material, um Schnaps- sowie Bierkiste wohnlicher einzurichten. Den großen Rest von beidem lagerte ich im Hohlraum unter dem Steuerhaus, als Reserve. Liegend, damit man die Hütte bei Bedarf noch absenken könnte. Ob dieser Ort als Strohlager so geeignet war, ist sicher streitwürdig, da sich hier auch der Notausgang vom Maschinenraum befand. Im Falles eines Motorbrandes sicher nicht optimal. Es war aber das einzige, was uns einfiel, wo genug Platz war, herumfliegende Halme nicht extrem störten und vor allem keiner reinguckte. Brennbare Materialien sind auf Tankern nicht gern gesehen, egal wo. Außerdem war der Notausgang sowieso nur für das Gesetz. Wäre ein Brand so schlimm, dass der Hauptausgang nicht mehr passierbar wäre, käme man da erst recht nicht hin. Von uns wäre sowieso keiner da. Abweichend von all den offiziellen Bestimmungen, was man im Falles eines Feuers im oder rund um den Maschinenraum versuchen soll, gab es eine ganz klare, interne Betriebsanweisung: „Eine Bratpfanne dürft ihr noch eben versuchen zu löschen, aber wenn es im Maschinenraum brennt, keine Heldentaten, sondern *sofort* abhauen. Falls es keine Landverbindung gibt, ins Wasser springen und wegschwimmen. Natürlich unter Berücksichtigung von Wind und Strömung." Die getrockneten Halme waren, von geschlossenem Stahl umgeben, realistisch gesehen also keine Gefährdung. Stattdessen hatten wir damit eine spürbare Geräuschisolierung für den Steuerstand.

Nach dem Streu- und Knabbermaterial bekam ich von Herbi eine theoretische Einführung inklusive Kostproben seiner sonstigen Ernährungsvorstellungen. Muttersaumilch konnte er natürlich nicht mitgeben, es blieb nur zu hoffen, dass unser Kleines sich, von einem Tag auf den anderen, an festes Essen gewöhnt. Immerhin hatte er die Ferkel schon mal an Grashalmen knabbern sehen. Seine Vorschläge waren eine Mischung von Hundefutter, Nudeln, Gebäck und Speiseresten. Das erschien mir in dem Moment schon nicht wirklich ausgewogen, aber mangels besserer Informationen nahm ich die angebotenen Hundefutterdosen und ein paar Kekse mit. Als alle Vorgespräche beendet waren, bewachte mein Mann die Schnapskiste mit einer Zigarette, Herbi verschwand im Stall und ich stand etwas planlos auf der Wiese herum. Eine Weile hörte ich nichts außer Ferkelquieken und wartete, dass der Schleusenmeister mit einem Exemplar im Arm wieder herauskäme. Stattdessen ertönte eine irritierende Aufforderung:

„Na, komm mal hier rein und such dir eins aus. Rosa ist ausgesperrt, keine Angst."
Ich krabbelte durch den langen, engen Schweinetunnel zum Schlafstall. Die Ferkel rasten wild durch- und übereinander, dicht an dem Gitter bleibend, das den zweiten Eingang verschloss. Draußen, auf der anderen Seite der Stäbe, konnte ich die rasende Rosa rennen sehen und schnaufen hören. Ein kleines Stoßgebet, dass Herbi die Absperrung gut gesichert hatte. Meine Augen gewöhnten sich an das Dämmerlicht hier drinnen, im Gewusel versuchte ich Unterschiede zwischen den Ferkeln zu erkennen. Es gab zwei braungestreifte, zwei gefleckte und ein rosafarbenes. Such dir mal eins aus... Die Tragweite der Entscheidung übermannte mich. Auf einmal war ich es, die Tod oder Leben bestimmte. Zu sagen, dieses eine darf leben, hieß gleich-

zeitig, die anderen vier zum Sterben zu verurteilen. Ich konnte es nicht. Lass den Zufall entscheiden. Plötzlich klebte eins der gefleckten Ferkel nicht mehr wie die anderen sklavisch am Gitter zur Mama. Es kam mir auf fast einen Meter nahe, ohne schreien, seine Augen fixierten meine. Es war nur ein kurzer Moment des gegenseitigen Anstarrens. Mir war, als blicke das Tierbaby in meine tiefste Seele. Wissend und zugleich fragend: „Bist du Gott?"
Ich krabbelte den Gang wieder raus und sagte: „Nimm das, welches du zuerst fangen kannst. Ist mir egal. Nur, falls mehrere gleich schnell zu greifen sind, dann ein geflecktes. Und wenn es zwischen beiden gescheckten geht, dann das mit den größeren Flecken." Diese Halbwahl schien dem Schleusenmeister nicht genug durchdacht: „Willst du nicht lieber ein Mädchen? Die Schecken sind beide Jungs." Was ahnte ich denn über die Unterschiede von Schweinegeschlechtern: „Egal, egal, egal. Das erste, das du erwischst." Herbi nickte und schlüpfte wieder in den Stall. Ich sollte den Krabbeltunnel sichern. Da hockte ich beengt, lauschte dem panischen Quiekkonzert und sah Herbis Silhouette scherenschnittscharf um sich herumgreifen. Das rosa Ferkel entwischte ihm in den Gang: „Halt es auf!" schrie der Schweinefänger. Nicht einfach, in Hockhaltung so ein glattes Zappelwesen zu greifen. Meine beiden Hände umklammerten die vorbeidrängende Schweinehüfte im letzten Moment. Aus dem Augenwinkel erahnte ich, dass Herbi gleichzeitig ein anderes gefasst hatte. Ein geflecktes? Der nachprüfende Blick zu ihm reichte, mich so abzulenken, dass mein eigener Fang sich loswinden und ins offene Gelände entkommen konnte. In derselben Sekunde strampelte sich auch der Schecke wieder frei aus Schleusenmeisterarmen, plumpste unsanft auf den Boden, rappelte sich hoch, raste blind vor Angst auf mich zu und sprang mir direkt in die Arme. Ich hab dich. Und lass dich nie mehr los. Du hast mich vorhin angeschaut und bist jetzt gesprungen. Du willst das Schiffsleben, das wir dir anbieten.

Ein paar Minuten später war ich mir nicht mehr so sicher. Mit wild strampelndem Ferkel unterm Arm, auf den Knien durch den Gang krabbelnd, den Schweinekopf dicht am Ohr, wusste ich ein für alle Mal, was mit markerschütternden Ferkelschreien gemeint ist. Alle beruhigenden Worte gingen in dem Höllenlärm unter. Es schrie, solang ich es trug. Es schrie, als ich es in die Schnapskiste steckte. Es schrie und raste, weil Ben das Gitter drüberlegte. Das hätten wir lieber weggelassen. Die süße Nase stieß sich blutig daran, wieder und wieder. Es schrie und tobte, während wir sein Gefängnis an Bord trugen. Es schrie und bebte, um nicht aus der kleinen Kiste in die große Kiste gehoben zu werden. Ich tat es trotzdem. Erst als der schwere Stahldeckel der Deckskiste verdunkelnd zu ging, wurde es still. Das Schreien stoppte, aber das Zittern hörte nicht mehr auf. So kam das Schwein in seine erste und zweite Kiste. Die nicht die letzten sein sollten.

Seinen Namen hatte der junge Eber erhalten, bevor er an Bord kam. Egal, ob er Mann oder Frau, bunt oder einfarbig sein würde. In der verbleibenden Viertelstunde Schiffsfahrt, als alle Kisten vorbereitet und die Schleuse schon in Sicht war, diskutierten wir darüber. So hitzig wie der sonnige Main. Es gab keine Widerworte gegen den Kapitän, der darauf bestand, dass es was mit aufessen zu tun haben sollte. Mein Part konnte nur sein, dies so weit wie möglich abzuschwächen. Die Vorschläge von deutschen und holländischen Fleischgerichten purzelten auf mich ein: „Schnitzel", „Karbonade", „Speklapjes", „Gulasch", „Braten", „Eisbein", „Kotelett", „Varkenshaas", „Steak", „Biefstuk" oder „Roulade"? Diese Stichworte drehte und wendete ich in meinem heißen Hirn, auf der Suche nach Verniedlichungen mit dem deutschen „...chen", oder dem entsprechenden holländischen „...je", die sich weitmöglichst von der Bedeutung entfernten. Bis meine grauen Zellen medium durchgebraten waren. Ich habe keine Lust, mich an diese größtenteils bekloppten Wortfindungen zu erinnern. Nur bei Kombinationen mit dem Wort Speck, holländisch Spek, bestand neben der Speisebedeutung die Möglichkeit, es als liebevoll neckende Bezeichnung für den menschlichen, nicht ganz schlanken Partner zu gebrauchen. Man denke hierbei an den nicht Barbie-fixierten Mann, der ganz verliebt in die Rettungsringe seiner Partnerin ist. Dabei plant er hoffentlich nicht, sie zu grillen, sondern lobt ihre rundliche Figur. Also schlug ich letztlich, bei Einfahrt ins Unterwasser, „Speckchen" oder „Spekje" vor. Mit der Erklärung, dass dies wenigstens zweideutig interpretiert werden könnte. Die holländische Version stieß auf sofortige Begeisterung, das noch unbekannte Ferkel war somit in Abwesenheit getauft.

Die Namensfindung war ein erster Vorgeschmack dessen, was mich in Hinsicht auf die stereotype Betrachtungsweise Dritter kontra unser neues Haustier erwartete. Immerhin hatte mein Mann soviel Anstand, kein direktes Geschwister von Spekje aus demselben Wurf als Spanferkel zu bestellen.

Nach der Einfangaktion tranken wir mit Herbi noch ein Abschiedsbier, mit mehreren Abschiedszigaretten. Immer wieder schärfte er mir ein, das Baby gleich zur Mama zurückzubringen, falls es nichts zu sich nehmen will oder es ihm sonstwie nicht gut geht. Eine wundersame Sorge, da Zurückbringen ja gleichgestellt mit baldiger Schlachtung war. Wir legten ab, verließen die Schleuse und setzten unseren Weg flussaufwärts fort. Nach ein paar schiffsrelevanten Tätigkeiten, vor allem Aufräumen des Tauwerks und Kontrollgang im Maschinenraum, hob ich den Deckel der Deckskiste, um zu sehen, wie unser neuer Mitfahrer auf das Motorgeräusch reagierte.

Übergroße Babyaugen starrten mich an. Das kleine Wesen bebte und zitterte immer noch mit allen Teilen seines Körpers. In die hinterste Ecke der Kiste gepresst, sah es mir fragend gerade in die Augen: „Was wirst du mit mir tun? Was hast du mit mir vor? Warum hast du mich noch nicht gefressen? Wann wirst du mich fressen? Was passiert mit mir? Oder wirst du mich ganz vielleicht doch nicht fressen? Bitte nicht!? Vielleicht?“
Was hatte ich getan? Welche Anmaßung, das Leben dieses jungen Tieres so in die Hand zu nehmen! Nun saß es hier, allein in einer kalten Kiste, fern von seiner Mutter und seinen Geschwistern, einsam und hilflos, mir ausgeliefert und sich dessen nur allzu bewusst. Mit großer Todesangst und einem Fünkchen Lebenshoffnung. Der Schiffsmotor dröhnte, der Boden bebte im Takt der Kolben. Wie sollte ein Winzling von fünf Wochen das begreifen? Die Erde, die keine Erde mehr war, wackelte unter den dünnen Beinchen. Dazu kam jetzt noch eine Menschenstimme: „Wenn ich nur wüsste, wie ich dir das Zittern nehmen könnte. Wenn ich dir nur erklären könnte, das alles gut wird. Zumindest so gut wir es eben können. Wenn ich nur wüsste – wie?“ Meine Anwesenheit wirkte alles andere als beruhigend. Ich war, in Spekjes Welt, die größte Gefahr. Da stand ich dann, gegen alle Mutterinstinkte kämpfend – wie gern hätte ich ihn einfach auf den Arm genommen, gestreichelt und beruhigt. Aber das wäre Auslöser neuer Panik gewesen. Hochheben und Festhalten sind für ein Schwein nun mal gleichbedeutend mit gefressen werden. An diesem ersten Abend gab es für mich gegen alle meine Gefühle an-

kämpfend nur eines zu tun. Ihn in Ruhe lassen. Ich schloss die Kiste, bis auf einen Luftspalt mittels dazwischengeklemmten Holzes, um dem Schweinchen Zeit zu geben, sich an sein Gefängnis sowie all die fremden Geräusche und Gerüche zu gewöhnen.

So ging ich ins Steuerhaus, klappte meinen Laptop auf und suchte im Internet nach Fakten über Schweine und Minischweine. Dabei alle paar Minuten mit unterdrückten Tränen und Schuldgefühl durchs Fenster auf die Kiste an Deck schauend, in der das Schweinebaby, verängstigt und einsam, auf sein ungewisses Schicksal harrte. Mein Mann sinnierte: „Wenn es diese Nacht überlebt, ist schon viel gewonnen. Von Angst kann man sterben, Schweine haben ein besonders schwaches Herz. Nicht böse sein, wenn es morgen tot ist. Wir haben unser Bestes versucht." Das sagt man dann so und glaubt sich selbst nicht.

Schweinefreundeforum

In den endlosen Weiten des WorldWideWeb war endlos viel über unser neues Haustier zu finden. Vor allem jede Menge gequirlte Schweinescheiße. Am frühen Abend, zu Beginn meiner Recherche, hoffte ich, online eine Handvoll Spinner zu finden, die Erfahrung mit so etwas Ausgefallenem haben. Im Verlauf der Nacht stellte ich fest, dass wir keine Exoten, sondern Teil einer großen, ständig wachsenden Gemeinschaft von Minischweineinhabern geworden waren. Minischweine waren absolut hip! Vom Umfang des ausgebrochenen Privathalterbooms in diesem Land hatte ich nie etwas geahnt.
Das Dumme war nur, dass jeder dieser unzähligen Experten eine andere Meinung hatte und es zu jeder Fachinfo auch ein entgegengesetztes Statement gab. Das las sich dann z.B. so: „Schweine müssen vegetarisch ernährt werden, Fleisch ist absolut verboten" versus: „Schweine brauchen tierisches Eiweiß, ich empfehle Hundefutter" oder: „Das Minischwein kann aufgrund seiner Intelligenz wie ein Hund in der Wohnung gehalten und Gassi geführt werden" versus: „Wohnungshaltung ist für Minischweine eine Qual und endet fast immer in der Trennung vom Tier. An der Leine sind ausgewachsene Minischweine nicht zu halten" oder: „Wir züchten Microschweine, Ferkel aus unserem Stall wiegen ausgewachsen 30-40 Kg" versus: „Es

gibt keine Microschweine, alle Minischweine werden zwischen 80 und 150 Kg schwer" oder: „Minischweine brauchen im Winter eine geheizte Unterkunft" versus: „Man kann sie problemlos ganzjährig im Freien halten" oder: „Schweine müssen regelmäßig gebürstet und gewaschen werden" versus: „Die Hautpflege erledigen Schweine auf natürlichem Weg, Extrareinigung kann die Haut schädigen" Und so weiter und so fort. Es war zum Schweinemelken, was stimmte nun? Wie sollte ich unser Ferkel am besten ernähren, halten und pflegen?

Je fortgeschrittener die Stunde, umso öfter fiel mir bei all dem Googeln auf, dass ich bei für mich befriedigenden Antworten immer wieder auf derselben Website gelandet war. In den frühen Morgenstunden ließ ich Google endlich Google sein und benutzte nur noch die Suchfunktion von Schweinefreunde e.V., einem echten Schweineretterverein, mit vereinseigenem Schweinetierheim. Nachdem ich deren Hintergrundinformationen über diese Tiere durchgeackert hatte, erforschte ich ihr schier unendliches Forum, in dem wohl jede Frage, die einem Minischweinehalter begegnen kann, irgendwann schon einmal gestellt und beantwortet worden ist. Natürlich gab es auch, wie in jedem Forum, fragwürdige Beiträge, die fundierte Moderation der Vereinsvorsitzenden ließ aber keinen Unsinn unkommentiert. Freundlich und deutlich, kaum mit eskalierten, persönlichen Streitereien, die man auf anderen Seiten so oft ertragen musste. Von Gesetzeslage über Gesundheit bis psychisches Wohlbefinden, was ich hier las, hatte Hand und Klaue.

Es gibt Freunde, die behaupten, wenn ich was anfange, dann mache ich es immer gleich 300%ig. In dieser Nacht begann also meine Ausbildung zur Schweineexpertin. Schon bei der nächsten Sitzung konnte ich in meinem neuen Lieblingsforum ein, zwei Fragen von anderen beantworten. Noch ein paar Nächte und einen steifen Nacken weiter, zählte ich zu den aktiven Nutzern in vielen Fachsimpeleien rund um diese faszinierenden Tiere. Die Schweinefreunde wurden fester Bestandteil meiner digitalen Abendaktivitäten, sowie meines Freundeskreises.

Frau in der Kiste

Mit klopfendem Brustkasten öffnete ich, leise sprechend, am Morgen nach der ersten durchcomputerten Nacht die Kiste. Lebt es noch? Da hob sich das Köpfchen verschlafen aus dem Stroh, blickte ängstlich, aber ohne gleich wieder panisch rundzurennen. Spekje schnüffelte vorsichtig in die Luft. Wir ertrugen den Morgen nebeneinander zusammen. Ich stand an die Kiste gelehnt und erzählte ihm tausend Geschichten, vom Schiff, von uns, vom Hund, von seinem zukünftigen Leben. Sang ihm ein paar Lieder und was mir sonst noch so einfiel. Derweil wurde er langsam tapferer. Das Eberchen fing an, sein Stroh zu untersuchen, die Wände der Kiste abzuschnüffeln, alles zu erforschen. Gegen Mittag ließ ich meine Hand in die Kiste hängen. Er rannte zwei, drei schnelle Runden an den Wänden entlang. Als ihn weiter nichts verfolgte, hockte er wieder in der hintersten Ecke, schaute, fragte…„Na denn", blinzelten die Äuglein, schon geringer verschreckt: „Wenn du mich immer noch nicht fressen willst, kann ich ebenso gut die Kiste weiter untersuchen. Und danach eigentlich auch deine komische, hängende Pfote mit fünf Klauen." Am frühen Nachmittag stellte ich langsam und vorsichtig einen Fuß in die Kiste. Als ihn dieser auch nicht mehr zu Fluchtversuchen veranlasste, kam der zweite Fuß dazu, bis ich zur Abenddämmerung so ziemlich meine ganze Lebensgeschichte erzählt, alle Kinderlieder, die ich kenne, zwanzigmal gesungen hatte und ganz bei ihm in der Kiste saß.

Trotz unserer Annäherung hatte Spekje noch kein Futter angerührt. „Wenn er nicht frisst, müsst ihr ihn auf der Rückfahrt gleich wieder hier absetzen!", dröhnten mir Herbis Abschiedssätze im Hirn. Er war sooo überzeugt, dass dies der Fall sein würde. Grinsend über unsere Schnapsidee vom Ferkel an Bord. Da war sie wieder, die tolle Option, ihn zum Fressen dahin zu bringen, wo er selbst bald gefressen würde. Wie gesagt, manchmal fand ich Herbis Besorgnis leicht befremdlich. Wir riefen lieber einen Freund an, der uns sowieso bei Hafenankunft an Bord besuchen wollte: „Kommst du vorher noch an einem Supermarkt vorbei? Könntest du bitte Kindermilch, eine Babyflasche und Windeln in der größten Größe mitbringen?" Nichts staunte durch die Leitung: „Klar, kein Problem. Welche Sorte Milch?" Die Gegenfrage überforderte mich ansatzweise: „Mmmh, so Pulver für

Babys halt." Das sind die echten Freunde – kein Wieso und Warum. Es ist doch das Normalste von der Welt, wenn kinderlose Schiffer auf einmal dringend Babyartikel haben wollen. Nur eine ganz sachliche Rückfrage, mit anschließender Aufklärung über die unendlichen Welten des Babymilchangebots. Da er anscheinend mehr Milchahnung hatte als ich, überließ ich ihm die Auswahl: „Nimm einfach irgendeine gute Marke. Ruhig für Kleinkinder. Ach ja, vielleicht auch 'ne Packung Brei." Er war nicht mal sonderlich erstaunt, als ich seinen Einkauf, nach Übergabe in der Küche, gleich wieder nach draußen trug und ihm den Bewohner der Deckskiste zeigte: „Dachte ich mir schon, dass ihr wieder was Beklopptes habt. Ein normales Baby hätte mich jetzt fast enttäuscht."

Gerüstet mit warmer Breimilch in einer Babyflasche, deren Saugloch grob größer gestochen war, kletterte ich wieder in die Kiste. Schlauschweinchen fand Nuckeln an so einem Plastikding unter seiner Würde. Aber wenn ich mit dem Gummilutscher oder meinem Finger ein paar Tropfen von dem Zeug auf sein Mäulchen schmierte, war das schon ein fesselndes Spiel. Was einen auf die Idee bringen konnte, Hunger zu bekommen. Schnell hatten wir unseren Ablauf gefunden: Man matsche erst mit den Fingern warmen Babybrei auf seine Lippen. Dann tue man dasselbe mit dem Nuckel der Flasche. Das ist ein lecker riechendes Spielzeug, dem Schwein gern folgt. So locke man seinen Rüssel an der langsam bewegten Babyflasche Richtung Futternapf. Und dann reiche man den Körnerbrei aus dem Napf auch mit dem Finger. Spekje kapierte zwar schnell, dass man das Futter auch gleich aus dem Pott schlabbern kann, aber von Fingern blieb es viel schöner. Für alle Zeiten. Später allerdings, nachdem der Napf spritzend leergemampft war. Wie oft war ich dankbar für diese erste Übung, bei der er das so wichtige Wort „Vorsichtig!" lernte. Schweine werden mit nadelspitzen Milchzähnchen geboren, nur zu dem einmaligen Zweck, sich gleich gegen die Geschwister zu behaupten, um die beste Zitze zu erobern. Einmal eingeteilt, ist der Kampf erledigt. Jedes behält seinen errungenen Saugplatz bis zum Abstillen. Spekjes kurze Ferkelwaffen wollten schon mal etwas zu gierig den Brei von meinen Händen kratzen. Dann wich ich nicht aus, sondern ging zum Schein auf seinen Knabberwunsch ein, mehr als er wollte. Als freundlicher Gegenangriff. Indem ich die Finger, sanft aber nachdrücklich, noch tiefer in sein Maul steckte. Bis in den Hals. Was er nicht echt angenehm fand. Das bescherte mir zwar ein paar oberflächliche Schrammen von den scharfen Beißerchen, aber es war äußerst wirkungsvoll. Ohne Streit verstand er meine Botschaft: „Finger bringen zwar Leckeres, aber wenn man versucht, sie mit zu essen, bekommt man ein Würgegefühl." Seitdem nimmt Spekje alle Nascherei, die mit der Hand gegeben wird, ganz sanft mit gespitzten Lippen an. Nicht unbedingt arttypisch. Von der Hand zum Mund ist ein kurzer Weg. Unseren ersten Kuss erzwang ein Apfelstückchen, das er mit dem Maul zwischen meinen Lippen hervorziehen durfte.

Auch den zweiten und dritten Tag verließ ich mein Schweinchen nur noch zum Essen, Pinkeln und über Nacht. Ich saß von Sonnen- bis Mondaufgang in der Kiste. Auf der begrenzten Fläche hatte Spekje keine andere Möglichkeit, als mich, mehr oder minder zufällig, zu berühren, wann immer er sich bewegte. Was soll er wohl von mir gedacht haben – Liebe mich oder ich fress' dich? Er hatte eigentlich gar keine andere Chance, als schnell zu lernen. Anfassen wurde mehr und mehr geduldet, ohne Weglaufen. Mit jeder Stunde machten wir Fortschritte. Endlich suchte er meine Nähe auch eigenständig. Letztlich lag der kleine Eber, friedlich eingekuschelt, zwischen meinem Bein und meinem Arm. Zum Schlafen. Eine logische Folge, wenn man sich geküsst hat. Dies waren die wunderbarsten Momente, denn nur wenn er döste, stoppte auch dieses fürchterliche Zittern. Was besteht Schöneres, als ein wildes Tierkind, das beginnt dir sein Vertrauen zu schenken? Und was kann schlimmer sein, als wenn du es dann verlassen musst? Allein über Nacht, in der kalten Kiste. Am liebsten hätte ich sitzend bei ihm geschlafen, aber das wäre unweigerlich in einer Ehekrise gegipfelt. Die gibt es auch bei Unverheirateten.
Im Bett ging es nicht viel besser. Von wegen Pennen oder Partnerschaftspflege. Ich wälzte mich in meinen Sorgen: „Wenn ich nur eine Idee hätte, meinen Mann zu überzeugen, dass Spekje nach drinnen muss. Dass er zu allein ist da draußen. Es wird auch zu kalt. Ein junges Schwein braucht doch Wärme. Aber mein kürzlich verstorbener Hund durfte noch nicht mal mehr in die Wohnung, als er alt wurde und Dreck machte. Wie soll ich dem Kapitän das dann für ein Schwein einreden? Für ihn ist es ja ein wildes Tier, das normal auch draußen lebt und, sobald er zahm genug ist, an Deck laufen kann. Da steht schließlich von den zwei Hundehütten noch eine leer."

In diesen ersten drei Tagen nahm ich ständig dünne Leinen, von unseren Flaggen, mit in die Kiste. Erst ließ ich Spekje diese beschnüffeln und untersuchen. Wenn sie nicht mehr als gefährlich eingestuft wurden, legte ich sie auf seinen Rücken, strich damit über seinen Körper, berührte ihn überall damit. Tauziehen haben wir auch gespielt. Bald konnte ich ihm problemlos eine selbstgebastelte Leinenkonstruktion um Körper und Hals binden. Natürlich hielt er dafür nicht still. Es blieb ein Spiel von Streicheln, Reden, Tauknabbern und im richtigen Moment hier und da einen Knoten schlagen. Einmal angelegt, lief er mit seinem Geschirr, als wäre es nicht vorhanden. Was für ein Meilenstein – denn auf einem Schiff kann es doch lebenswichtig sein, ein Tier, wenn nötig, in eine Richtung zu leiten oder festhalten zu können! Schweinenaiv wie ich war, hoffte ich ja auch, bei geeigneten Liegeplätzen im Grünen mit dem Eber an Land spazieren zu gehen.

Der nächste Abend war deutlich frostiger als die Nächte davor. Unerwartet präsentierte mein Mann die Erlösung, ganz von selbst: „Das arme Schwein muss rein. Das geht so nicht, in der kalten Kiste, allein ist auch nur einsam. Außerdem gehen mir die Funksprüche der Kollegen auf die Nerven, ich würde meine Frau in die Deckskiste sperren. Alle Vorbeifahrenden wollen wissen, warum dein Kopf da rausguckt. Mein jüngster Sohn kommt sowieso kaum noch zu Besuch. Falls doch, kann er auch auf dem Sofa oder in der Lotsenkammer schlafen. Wenn du willst, versuch mal, ob du aus seinem Kinderbett einen Stall bauen kannst." Meine Blutpumpe machte ungesunde Doppelsprünge vor Freude: „Spekje, wir sind gerettet. Du kommst raus aus der Kiste! Zu uns in die Wohnung!"
Den vierten Tag war unser Schweinchen am Vormittag recht viel allein, denn ich trat meine Laufbahn als Tischlerin an.

Vom Kinderbett zum Schweinestall

Da wir nicht auf Schweineeinzüge vorbereitet waren und handwerkliche Tätigkeiten, die sensiblere Materialien als Stahl oder Motoren betrafen, lieber in Auftrag gaben, hatten wir nur einen altersschwachen Akkubohrer an Bord. Der von Schraube zu Schraube langsamer wurde. Sein letzter Einsatz war Jahre her, damals drehte er Lollis im Mund jenes ehemaligen Kindes, dessen Schlafplatz ich nun umfunktionierte. Zum verträumten Lutschen war seine Höchstgeschwindigkeit gerade ausreichend, bei echter Arbeit hatte ich das Bohrding nie erwischt. Meine mangelnde Stallbauerfahrung wirkte ebenso entschleunigend auf das Vorhaben.

Die Konstruktion war simpel. Zweidrittel Lattenrost riss ich heraus, der Restrost blieb am Kopfende unverändert, darauf eine große Pappe gelegt, fertig war die überdachte Schlafecke. Unter den Latten gab es mal Spielzeugstauraum mit Schiebetüren, von denen noch zwei vorhanden waren. Eine schraubte ich fest, plus ein weiteres Brett, um den Schlafplatz blickdicht zu machen. Die andere blieb gangbar, der perfekte Ferkeleingang. Als Verschluss diente ein kunstvoll drumgewickeltes Schlüsselanhängertau mit Karabinerhaken. Bis hier alles easy. Nun war noch eine Hälfte unter der Bettumrandung offen. Damit der winzige Eber ins Wohnzimmer schauen konnte, wollte ich einige der herausgenommen Bretter vom Lattenrost vorschrauben, mit entsprechenden Guckabständen dazwischen. Mangels Säge kreativschief am Fußende hinausragend. Das ganze Bett war weiches Pressholz, aber die Latten hatten es in sich. Der alte Bohrer jaulte und stöhnte. Hätte er einen Plattenteller gedreht, wäre erst noch eine 17er Single leidlich abspielbar gewesen, dann verlangsamte er über 25er bis zur 30er Langspielplatte, die Frauenstimmen verwandelten sich in Männerbässe, bis nur noch dumpfe Klänge übriggeblieben wären. Die Bohrergeräusche tönten ähnlich. (Für alle nach den Achtzigern Geborenen: Schallplatten waren wie riesige, schwarze CD's, bei denen das Abspieltempo Einfluss auf den Klang hatte. Frag mal deinen LieblingsDJ, der verdient mit unseren Kinderspielen heute viel Geld.) Schließlich kreiselte die Bohrerspitze nur noch in Zeitlupe in der Luft, bei Berührung mit Material blieb sie stehen. Eine Stunde auf dem Ladegerät brachte eineinhalb Minuten 25er Schallplatte, danach brach die Stromversorgung gleich wieder zusammen. Diese Maschine brauchte Hilfe. Ich half ihr. Für die restlichen Schrauben drehte ich den Kopf des Bohrers von Hand. Rum und rum und rum... bis die Finger schmerzten. Spekjes neues Heim war fertig. Ich auch. Der Bohrer auch. Dem half ich nun final. In den Müll.

Ben bestaunte mein Werk und erteilte die Freigabe. Wir fanden es unpassend, die seltsame Konstruktion Stall zu nennen. Bei dem Begriff hat man etwas anderes vor Augen. Im Holländischen sagen manche „Geh in dein Nest", wenn sie Kinder ins Bett schicken. In Nestern wohnen auch Tiere. Nest fanden wir das tauglichste Wort. Ich warf noch einen Berg Stroh hinein und ging erst die Futternäpfe, dann das Ferkel holen. Es wehrte sich, mit höchstem Sopran bei vollem Schallplattentempo, gegen das Hochheben aus der Kiste. Auf meinem Arm erblickte Spekje die endlosen Weiten von Fluss mit Schiff, da verstummte er in Ehrfurcht und schmiegte sich fest an mich. Halberwege drückte er sein ganzes Gesicht in meinen Pullover. Er wollte das alles gar nicht sehen. Ich war seine einzige Überlebenschance geworden.

In sein Nest gesetzt, änderte der Winzling sich schlagartig. Ein paar Sekunden stand er stocksteif, nur die Nase zuckte wild. Alle Sinne musterten die neue Umgebung. Dann zog er die Haut noch einmal wie eine Welle über seinem Rücken zusammen. Das ständige Zittern stoppte für immer, der Blick wurde ruhig. Mein ganzes Ferkelchen strahlte aus: „Angekommen. Es ist warm, es riecht gut, es gibt ein Dach, Futter und Stroh. Wer mich an so einen tollen Ort bringt, will mich nicht fressen. Hier bin ich und hier bleib ich. Mein neues Haus wird nun ordentlich eingerichtet." Und schon flog das Stroh herum. Ich setzte mich glücklich erschöpft aufs Sofa, schaute ihm bei der Arbeit zu und brachte meinen Nikotinpegel auf Peil.

Spekje analysierte korrekt, was ich mir bei der Einteilung dachte und sortierte die meisten Strohhaufen entsprechend unter das Schlafdach. Nachdem sein Bettchen gemacht war, kam er hervor und genoss einen ausgiebigen Stuhlgang. Darauf hatte ich gewartet. In dem Bettkasten mit vier Ecken, von denen jetzt zwei zum Schlafplatz gehörten und eine mit Lattenrostgitter sehr offen zum Rest der Welt lag, blieb nur der vierte Winkel als beste Klolage. Auch darin waren Spekje und ich uns sofort einig. Im Schiffsgerümpelarchiv hatte ich zuvor eine flache Plastikbox, ähnlich dem Unterteil eines Katzenklos, gefunden und mit Zeitung ausgelegt. Die schnappte ich mir nun, legte den gerade produzierten Kot mit umgebendem Stroh hinein und stellte sie als WC-Angebot in besagte Ecke. Bingo. Nach einem Schläfchen probierte Spekje gleich aus, ob ich mich freue, wenn er das alte Würstchen mit neuem Pipi begießt. Ich freute mich, wie von ihm erwartet. Noch mehr, als er in der Folgezeit bewies, dass es kein Zufall, sondern Prinzip war. Spekje ging vom ersten Versuch an zuverlässig auf sein Klo. Das war die schnellste Sauberkeitserziehung aller Zeiten. Dachte ich, weil ich keine Ahnung von Schweinen hatte.

Eine gesunde Steckdose würde nie ihr Nest beschmutzen. Die ganze Rotte wählt eine gemeinsame Toilettenecke, die konsequent von Geburt an benutzt wird. Sie haben ein angeborenes Reinlichkeitsempfinden, das nur durch extremen Raummangel zerstört werden kann. Wenn acht Schweine auf einer Wiese wohnen, kann man sich bedenkenlos ins Gras werfen. Ich habe es im Sommer bei Freunden mit dieser Anzahl Tiere oft genug selbst probiert. Mit nur drei Hunden auf der gleichen Rasenfläche hätte ich das nicht gewagt. Auf Schiffen kenne ich viele, die versuchten, ihre Bordbeller an einen beschränkten WC-Bereich zu gewöhnen. Inklusive mir. Um nicht ständig das ganze Deck schrubben zu müssen und trotzdem dem Rost beim Wachsen zuzuschauen. Aber ich hörte von kaum jemand, der damit Erfolg hatte. Ich auch nicht. Bei territorialen Rüden ist es sogar absolut unmöglich. Einen Hund würde es folglich weniger belasten, in seinen eigenen Exkrementen zu stehen, als ein Schwein.

Spekje war in diesem Punkt also kein gut erzogenes Wundertier, sondern total normal. Die vorsorglich mit Flasche und Milch an Bord gebrachten Riesenwindeln lagerten ungenutzt im Keller. Rund vier Jahre lang fielen sie uns beim Suchen von anderen Dingen immer wieder in die Hände. Die blöden Dinger, die keiner braucht. Bis sie endlich eine zweckgemäße Verwendung fanden. Bei einem Menschenkind, welches für die gleiche Entwicklung zur Sauberkeit über drei Jahre benötigte. Nichtmal Schweinewindeln konnten das beschleunigen. Klauentiere nehmen selten direkten Einfluss auf Kinderschicksale. Andersrum schon. Solche weit hergeholten Zukunftsphantasien spannen wir aber noch lange nicht.

Im Handbuch für Goldfische steht, dass diese sich mit dem Wachstum ihrer Umgebung anpassen. Was heißen soll, sie würden nie zu groß für Ihr Aquarium. Nun, die Goldfische von meinem Mann hatten das Buch sicher nicht gelesen, denn das wassergefüllte Glasding in der Küche wurde zwangsläufig durch stets größere ersetzt. Die Vermutung lag nahe, dass wir irgendwann einen Ladungstank vom Schiff opfern müssten. Für Megagoldfische. Den Absatz über Goldfischwachstum hab ich mal aus dem Buch kopiert und an das Aquariumglas geklebt. Das beeindruckte die zwei Flossenschwinger nicht echt, sie wuchsen weiter. Vielleicht dachten sie, dass sie Koikarpfen seien. Schweine sind da klüger. Manche behaupten, dass ein Tier, welches ohne animalisches Pendant unter Menschen lebt, sich irgendwann selbst als Mensch sieht. Ich weiß nicht, was Spekje dachte. Er hatte auf jeden Fall genug Selbsterkenntnis, um zu wissen, dass er *kein* Goldfisch ist. Nur mit unseren Ausnahmeexemplaren zeigte er eine Analogie. Er wuchs, wie es ihm gefiel und die Umgebung hatte sich gefälligst ihm anzupassen. So blieb es mir nicht erspart, mir eine leistungsfähige Bohrmaschine sowie eine Säge zu besorgen, um sein Nest im Laufe der Zeit kontinuierlich zu erweitern.

Es begann bei der Schiebetür. Das erste Höhenhindernis. Mit einem Knall und erschrockenem Quieken stellte das wachsende Ferkel eines Tages fest, dass es den Kopf senken muss, um unter dem Bettkastenbalken durchzukommen. Diese Taktik half nur eine Weile, dann schrammte auch der Rücken drunter durch. Zum Kratzen ganz praktisch, worunter die Konstruktion beängstigend ächzte. Erst das Rückgrat wellenartig einziehend, dann immer geknickter, schob Spekje sich in sein Nest. Zuckersüß, wie er erst den Kopf senkte, dann die Vorderbeine faltete, darauf ein Stück vor rutschte bis halb unter das Brett, sich vorne wieder hob, um das Hinterteil auf den Boden zu bekommen und auf diesem ruckelnd das letzte Stück hineinglitt. Ich musste diese Komik jedoch beenden, bevor der instabile Bettkasten es täte. Schnell war der störende Oberbalken über dem Eingang weg gesägt. Latten vom ehemaligen Rost hatte ich noch jede Menge. Da diese bekanntermaßen hart waren, dauerte es entsprechend sehr viel länger, damit die seitlichen Pfosten zu stabilisieren sowie aus kurzen Teilen zwei Schienen zu sägen und festzuschrauben. In welche die ehemalige Schiebetür nun, als herausnehmbare Falltür von oben, hereingelassen werden konnte.

Dann folgte das Dach. Der Eingang ohne Höhenbegrenzung war kaum fertig, da begann das Bücken und Rutschen erneut, diesmal in seiner Schlafecke. Die Latten, an ihrem Originalplatz im Bettkasten, waren zu niedrig geworden. Die Pappe darauf flog regelmäßig herunter, sie sah schon entsprechend angeknabbert und mitgenommen aus. Ein Bekannter hatte noch eine schmale, hohe, nicht mehr gebrauchte Schranktür auf seinem Schiff. Daraus machte ich zwei Teile, verband diese mit den vorhandenen Scharnieren, legte das Ganze auf den oberen Rand der Seitenwände und schraubte es nur am Kopfendebrett fest. Richtig schick sah das aus. Ein weiß gelacktes, zur Hälfte aufklappbares Dach, mit Leistenverzierungen von einem antiken Schiffsschrank. Im Laufe der Monate bekam ich noch andere Bretter vom selben Bekannten, um das Dach weiter und weiter nach oben zu erhöhen. Schick ist natürlich relativ. Das aus Zufallsmaterialien zusammengewürfelte Gesamtobjekt erinnerte stets mehr an chaotische Hüttenkonstruktionen, wie man sie in Armutsvierteln findet. Da es ursprünglich auch keine Speisetafel, sondern ein Schlafmöbel war, änderte ich meine neue Berufsbezeichnung. Von Tischlerin zu Bettlerin.

Dicht am ehemaligen Fußende stand ein Regal mit wichtigen Akten. Genaugenommen alle vorhandenen Schiffsunterlagen. Andere lesen auf dem Klo die Zeitung, wer kann es dem Schwein also verübeln, dass es, mangels aktueller News, in gleicher Situation die Akten untersuchte. Als es hoch genug und der Hals lang genug war. Ben konnte das verübeln. Der erste, schweinebedingte Partnerstreit bahnte sich an. Buchhaltung ist grundsätzlich nicht die liebste Tätigkeit von Kapitänen, insbesondere nicht mit Pipi- und Katzenstreu verklebten, angeknabberten Ordnerrücken. Verbieten brachte keine Besserung, also ging ich wieder auf Brettersuche und erhöhte damit die Wand zwischen WC-Ecke und Regal. Zur Befestigung diente hier teilweise Klebeband, da es mir untersagt worden war, in die weiße Wandverkleidung zu bohren. Nicht wegen dem Bohrloch, sondern mit der Vision vor Augen, wie ein wütendes Schwein an solch einer stabilen Schraube die gesamte Vertäfelung herunterziehen könnte. Dann lieber eine schwache Verbindung als Sollbruchstelle. Ein Brett mit einem anderen Brett nach oben zu verlängern, ist aber ohne seitliche Halterung schwer machbar. Das Klebeband blieb eine ständige Reparaturstelle, die Rolle ließ ich schon im Regal danebenliegen. Damit gehörte Aktensicherung zu meinen täglichen Aufgaben.

Irgendwann erübrigten sich die Lattenabstände zum Rausschauen, da Spekje über den Bettkastenrand gucken konnte. Jene Lücken in der Seitenwand waren nur noch dazu gut, Stroh mit der Nase ins Wohnzimmer zu schippen. Da ich die Latten vor dem Schweineeinzug für meine Fähigkeiten und die des Schallplattenbohrers ungewöhnlich sicher befestigt hatte, war es ein langwieriger Akt, alle Schrauben herauszudrehen. Noch mehr Zeit kostete es, weil Spekje mitschraubte. Jedes vernünftige Schwein musste doch genau untersuchen, was sich da veränderte, oder? Ohne Latten wurde das verbliebene, obere Sperrholzbrett zur Scheuerleiste erklärt. Da fügte sich Spekjes Rücken jetzt toll drunter. Diese Körperpflege wollte ich, wegen ihrer Sprengkraft für billige Bettleisten, unbedingt verhindern. Bis die Stabilität, durch neues, geschlossenes Holz, halbwegs wiederhergestellt war. „Neeeee Spekje, geh doch eben bei baasje spielen…" Baasje ist eine liebevolle, holländische Bezeichnung für Chef, ähnlich „Herrchen", wird aber auch von Partnerinnen gebraucht und war quasi der Künstlername meines Mannes. Schweine haben mit Herrchen und anderen Autoritäten nichts am Hut, meines versuchte weiterhin, sich am wankenden Brett zu schubbern. Meine holzschützende Hand dazwischen tüchtig quetschend. „Beeeeen, kannst du ihn nicht eben rufen?" Er konnte. Dank der schweinebetreuenden Hilfe des Chefs, beziehungsweise der Futtermittel in seiner Hand, stellte ich meine Bettlerarbeit fertig und wurde fürstlich belohnt: Mit einem Wohnzimmer, das deutlich seltener gefegt werden musste. Höchstens noch so zwei bis dreimal am Tag.

Parallel zum Nest wuchsen die Schweineklos. Die erste Plastikwanne hatte bald ausgedient. In zwei Ländern und mehreren Städten durchsuchte ich Zoohandlungen, nach dem größten, stabilsten Katzenklo. Die Wahl fiel auf ein dunkelblaues mit aufgerautem Boden. Welches ziemlich lange mitging. Das Schweinewachstum war jedoch gnadenlos. So sehr Spekje auch versuchte, sich klein zu machen, den Buckel krümmte und vorm Pinkeln x-mal rundherumdrehte, um eine Sitzhaltung innerhalb der Klogrenzen hinzukriegen, was nicht mehr passt, das passt einfach nicht. Die Zoohandlungen waren größentechnisch ausgereizt, meine Suche konzentrierte sich auf Haushaltswaren. Dort fand ich Bettunterkästen. Deren Nachteil war geringe Stabilität und jede Menge reinigungsunfreundliche Rillen auf dem Wannenboden. Eigentlich auch bei bestimmungsgemäßen Gebrauch nicht wirklich praktisch. Ein Test, ob man die Rollen drunterlassen könnte, scheiterte. Spekje gefiel ein rollendes Klo gar nicht. Vor allem weil es umso wilder rollte, je mehr Angst er bekam. Die vier Räder entfernte ich mit Werkzeug und roher Gewalt. Dadurch schwächte ein Riss das ohnehin dünne Plastik noch mehr, bald wurde

Ersatz nötig. Erst beim dritten und letzten Bettunterkasten hatte ich den Trick raus. Schnelle Rollenentfernung ging durch gleichzeitiges drücken und ziehen an bestimmten Punkten. Immer wenn der Schweinehalter denkt, die Lösung sei gefunden, wächst das Schwein darüber hinaus. Nach den Haushaltswaren gab es nur noch den Baumarkt. Maurerabteilung. Ein Wunder an Platz und Haltbarkeit sind schwarze Betonmischwannen. Weniger wunderbar ist das schmelzende Plastik, wenn man einen Einstieg für kurze Schweinebeine aussägt. Das kostete ein paar verklebte Sägeblätter, sowie jede Menge Schifferflüche, die ich lieber nicht aufschreibe. Der glatte Boden ist ebenso ungünstig, in der Streu schlitternde Klogänger pissen beim nächsten mal lieber daneben. Nachdem der Boden mit Industrielack plus Sand rutschfest gemacht war und ich ihn zu einem erneuten Versuch überredet hatte, liebte Spekje seine Scheißwanne.

Von jeder der beschriebenen Plastikwannenversionen hatte ich eine zweite auf Lager, falls Spekjes kraftvolle Zähne die aktuelle untauglich machen sollten oder der Boden einen Riss bekam. Das bewährte sich insbesondere bei den Bettunterkästen. Die Kunststoffindustrie hat eine unglaubliche Vielfalt an Plastikwannen für verschiedene Zwecke erfunden. Bei keiner davon hat wohl jemand an die Tauglichkeit als Schweineklo gedacht. So wuchs Spekje auch über die Grenzen des letzten, auffindbaren Fertigprodukts, der Betonmischwanne, hinaus. Die Länge hatte zwar noch genug Spielraum, aber beim wenden ging in der Breite so manches daneben. Spekje saß pinkelnd nicht so gern ganz still. Die Wannenideen waren mir vorläufig ausgegangen, also fand ich mich damit ab. Und lackierte den Boden vom Nest. Um neben dem Klo besser wischen zu können. Es passierte ja nur manchmal.

Schweinespiele für Anfänger

Intelligente Wesen wollen beschäftigt sein. Dumme auch. Man kann also über Schweine denken, was man will. Langeweile ist für niemand gut. Gibt es keine natürliche Umwelt, die ein Tier herausfordert, ist der Mensch gefragt. Die Natur konnte ich höchstens in Nanoteilen, zu Spekjes Unterhaltung, ins Wohnzimmer holen. Spiele und Übungen, für sein seelisches und körperliches Wohlbefinden, sollten das Manko ausgleichen. Ich wollte kein Zirkusschwein aus ihm machen. Er manchmal schon.

Der Befehl „sitz!" ist eine der leichtesten Übungen für jedes Schwein, von Baby an. Man muss nur das Leckerchen hoch genug halten. Beim Versuch, den Kopf am steifen Nacken über die Waagerechte hinaus hoch zu heben, sinkt automatisch der Popo auf den Boden. Spekje beherrschte „ssit", „sitzzz" oder „siiis" im Nullkommanix, also hinsetzen auf holländisch, deutsch und Besucherkindersprache. Einmal gelernt, wurde das Sitzen täglich in vielen Situationen angewandt. Eine Grundregel war: „Leckerchen oder Futternapf gibt es erst, wenn du brav sitzt." Das gab ihm nicht nur das befriedigende Gefühl, sein Essen zu erarbeiten, sondern mir und Besuchern die Sicherheit, dass einem die Apfelschale nicht entrissen und der Napf nicht aus der Hand geschleudert wurde.
Liegen klappte zu fünfzig Prozent ebenso einfach. Dieser Prozentsatz bezieht sich auf die Vorderbeine. Die andere Hälfte, also der Po, blieb konsequent himmelweisend. Drückte ich das Achterwerk dann runter, kam dafür der Kopf wieder hoch und Spekje saß. Einen Hund kann man einfach hinlegen und das mit dem Wort koppeln. Beim Schwein wurde aus dem gleichen Versuch ein Wippspiel. Was auch ganz gut gefiel, solang es Belohnungen gab. Da meine manuelle Einwirkung auf seinen Körper nicht den gewünschten Erfolg brachte, änderte ich die Strategie: Beobachten, was er von selbst macht und dann so tun, als hätte ich es befohlen. Sobald er sich irgendwo gemütlich niederlegte, rief ich: „Liggen!", gefolgt von überschwänglichem Lob. Die Verbindung kam schnell in seinem Hirn an, tagelang warf er sich überall auf den Boden und erwartete Aufmerksamkeit dafür. Wir kehrten zurück zur Wippübung, diesmal ohne dass ich ihn anfasste, mithilfe der gelernten Worte: „liggen", „sit", „liggen", „sit". Hoch, runter, hoch, runter. Dann kam der Begriff für Stehen hinzu: „op!" Die schweinische Wippe wackelte vor mir herum, Vorderbeine hoch, Hinterbeine hoch, Vorderbeine runter, Hinterbeine runter. Mit drei Worten konnte ich ihn auf- und zusammenklappen. Mensch und Schwein waren von sich selbst begeistert. Als Spekje diese Grundlektionen perfekt konnte, wurden sie ihm langweilig. Er testete alle möglichen Liegevariationen, seitwärts, gerade, Beine in die Luft, in der Hoffnung auf neue Leckerchen. Ich musste an seine Figur denken, es gab also keine Steigerung der Apfelstückbelohnung. Enttäuscht,

dass ich seine Phantasie für Positionswechsel nicht zu würdigen wusste, gab er auf. Typisch Mann eben.
Sitzen und Liegen wurden Routine. Als Fluchttier bewahrte Spekje Skepsis gegenüber dem totalen Niedersinken auf Befehl. Zumal ich es oft in Situationen forderte, in welchen er etwas anderes plante, was ich gerade damit verhindern wollte. Die totale Hundeergebenheit war bei ihm nicht zu holen. Verständlich, wenn man sieht, wie lange ein Schwein braucht, um sich vom ausgestreckten Liegen wieder hochzurappeln. Wir einigten uns meist auf einen Kompromiss, bei dem er sich hinten ganz legte, aber vorne nur halb senkte, indem er die Vorderbeine untergeklappt hielt. Das gab mir die Illusion von Gehorsam und ermöglichte ihm schnelles Aufspringen.

Das erste echte Spielzeug entstand aus praktischen Überlegungen: Wie konnte ich das Futterheu in seinem Bettnest vor Verschmutzung schützen und unsere Wohnung möglichst heufrei halten? Klassisch ist die Raufe, also ein Gitter voll Heu, stehend oder an die Wand geschraubt. Davon gibt es verschiedenste Ausführungen für Pferd, Kuh, Schwein, Wild und sonstiges Großgetier. Alle ungeeignet, weil Spekje sich neben so einem Riesending nicht mehr in seine Ecke hätte quetschen können. Im Zoohandel entdeckte ich die kleinsten, verfügbaren Heuraufen. In der Nagerabteilung. Von denen brauchte ich dann allerdings wieder die größten Ausführungen, die zwar im Prospekt standen, aber nicht immer auf Lager waren. Drei Kleintierläden, in drei Orten, in zwei Ländern weiter, hatte ich mich für ein akzeptables Objekt entschieden. Ein schräges Gitter zum An-die-Wand-schrauben, in den Maßen konzipiert für fleißige Langohrzüchter. Schon fast damit bei der Kasse, noch kurz im Gespräch mit der Verkäuferin, die mir ein neues Kaninchenfutter empfehlen wollte, sah ich aus dem Augenwinkel seltsam runde Gitter. Davon nahm ich, mit der gitterfreien Hand, eines aus dem Regal. Es waren Gitterkugeln zum Aufhängen. Sozusagen eine frei schwingende Raufe. Sowas würde meinen praktischen Zwecken noch erheblichen Beschäftigungswert hinzufügen. Ich unterbrach die Verkäuferin in ihrem Kaninchenernährungsmonolog: „Haben sie diese auch größer?“ Sie nahm die Kugel und studierte das Etikett: „Ja, die gibt es noch `ne Nummer größer, haben wir aber grad nicht da. Soll ich die bestellen?“ Es war mir grad zuviel, ihr zu erklären, dass wir mit dem Schiff da sind, bestellen also sinnlos ist, weil wir nicht wissen, wann wir wiederkommen und dass unser Kaninchen eigentlich ein Schwein ist. Darum erwiderte ich nur: „Nein danke, ich schau woanders", legte Gitterraufe und Gitterkugel zurück auf ihre Plätze und verabschiedete mich. Zu ihrer Frustration ohne irgendetwas zu kaufen, noch nicht mal das angepriesene, neue Kaninchenfutter. Die Heukugel, in einer Nummer größer, fand ich auf der nächsten Reise. In der allerersten Zoohandlung, in der ich nach Raufen geschaut hatte. Wer nur sucht, was er immer sucht, findet nur, was er immer findet. An der runden Lösung war ich wohl dran vorbeigelaufen, als ich noch nicht wusste, was ich will.

Die Kugel war top. Am langen Tau, mitten über dem Nest, in Spekjes Nasenhöhe aufgehängt, konnte er stundenlang damit herumstubsen, um ein paar einzelne Halme zu ergattern. Die Dauerfüllung war Heu, bei jeder Gelegenheit ersetzte ich dies durch frische Rohkost. Der Schleusenvorgang bekam einen neuen Verlauf. Schon während der Einfahrt checkte ich, mit stets erfahrenerem Blick, die Bepflanzung auf Essbarkeit. Schleusten wir abwärts, sprang ich an Land, sobald ich ein Tau festgemacht hatte und rupfte beide Hände voll. Meist mit Gras, Löwenzahn und Gänseblümchen. Das ging in aller Eile vor sich, da ich an Bord zurückspringen, alles an Deck werfen und meinen Tampen nach unten versetzen musste, bevor das Schiff daran hing. Schleusten wir nach oben, hatte ich mehr Zeit. Lag das rundgeschlossene Auge des Tauwerks auf dem höchstmöglichen Poller, kletterte ich in Ruhe an Land und pflückte die besten Leckerchen. Mein Mann würde schon nicht ohne mich rausfahren. Nach der Schleuse, egal ob rauf oder runter, konnte ich die gesammelten Kräuter vom Deck wieder zusammenraffen, eine Grasspur hinterlassend in die Wohnung tragen und dort in die Kugel stopfen, wenn Spekje mir unterwegs nicht alles aus den Händen rupfte. In dem Fall wurde die Spur eine deutliche Grünzeughaufenlinie, bis der magere Rest im Nest ankam.
Standen Weiden oder Obstbäume auf dem Schleusengelände, bekam unser Schwein neben der Kugelfüllung auch einen ganzen Ast mit jungen Trieben. Den er durch die Wohnung zerren, schleudern und spielend verzehren durfte. Ich beobachtete genau, welche Grassorten, Graslängen und sonstigen Pflanzen Spekje zuerst vernichtete, um mein Pflückverhalten seinem Geschmack anzupassen. Nach landgangfreier Phase auf dem Rhein, wo wir nachts nur vor Anker gingen, war die

erste Schleuse oder der erste Hafen mit Kugelfüllung ein Fest für unser Schwein. Seine lautstark herumtrabende Vorfreude begann, sobald er Spundwände durch die Fenster sehen konnte, oder der Motor langsamer drehte. Mit der Zeit reagierte er sogar schon, wenn wir vom Rhein in einen der schleusenreichen Nebenflüsse einbogen. Er konnte den Main, die Mosel oder den Neckar riechen. Ben fand, wir sollten ihm auch ein Schifferdienstbuch holen. Obwohl er durch die hohen Fenster fast nichts sehen konnte, wusste er besser, wo wir sind, als so mancher Besucher an Bord. Wäre das Mindestalter für Schiffspersonal nicht auf sechzehn Jahre festgelegt, hätte er ein guter Matrose werden können. Keine echte Berufsperspektive für ein Schwein, wenn es erst im höchsten Rentenalter die Laufbahn beginnen darf.

Es blieb natürlich nicht aus, dass Passanten oder Schleusenmeister sich wunderten, warum die Schifferfrau, in aller Eile, einen Berg ordinäres Gras pflückte. Waren die Menschen sympathisch und die Zeit ausreichend, antwortete ich wahrheitsgemäß. Daraus ergab sich manch informatives oder lustiges Schiffschweinegespräch. Fehlte einer dieser beiden Faktoren, war meine Reaktion kurz und knapp: „Es geht schlecht in der Schifffahrt. Das ist unser Salat für heut' abend."

Aus ebenso sachlichen Erwägungen entstanden Spekjes Wasserspiele. Anhaltende Hautprobleme besserten sich, trotz Anti-Milbenspritzen vom holländischen Tierarzt, kaum. Das konnte auch daran liegen, dass wir es nie hinbekamen, den genauen Zeitabstand zwischen zwei Behandlungen einzuhalten. Weder Befrachter, noch Schleusen oder Hochwasser waren bereit, unser Schiff, pünktlich für den Doktorbesuch, in seinen Heimathafen zu schicken. Zur Freude der Milben. Folgt die Wiederholungsbehandlung nicht direkt nach dem Schlüpfen der zweiten Generation, können diese sich wieder fröhlich vermehren und man steht zurück auf Null. Der Experte meinte zwar, es käme nicht auf ein paar Tage an, aber Spekjes unerwünschte Mitbewohner bewiesen das Gegenteil. Sie kamen nach jeder Spritze schnell zurück. Auf mein Bitten und Drängen nach einer anderen Behandlungsmethode, brachte der Arzt stolz ein handbeschriebenes, braunes Fläschchen an Bord. Es handelte sich um ein Konzentrat für äußerliche Behandlung, das er von der Großmenge eines Mastbetriebs abgezweigt hatte. Der Schweinebauer fand die Geschichte vom Schiffschwein spannend genug, um es ihm grinsend zu überlassen:

„Das ist ja nicht mal ein Bruchteil von dem, was bei uns sowieso danebengeht." Soweit, so gut. Die Medizin war da. Eindringliche Gefahrenhinweise, die Verdünnung 1:10 mit Wasser und recht häufige Häufigkeit der Anwendung hatte der gewissenhafte Mediziner, fein säuberlich, auf das Etikett notiert. Nur die Frage, wie ich das Zeug regelmäßig unter die Schweineborsten massiert bekam, musste ich selbst lösen. Weder mein Mann noch ich waren erbaut von der Vorstellung, die Behandlung an einem, im Wohnzimmer herumtobenden, Schwein durchzuführen und dabei die Milbenchemie über alle Möbel zu verspritzen. Ich musste Spekje irgendwie überreden, stillzuhalten. Und das am besten im Bad. In dem er noch nie war.

Zu pessimistisch gegenüber schweinischem Zerstörungswahn oder zu optimistisch bezüglich langsamem Wachstum, hatte ich viel zu viele Reserveschweineklos gelagert. Das zahlte sich jetzt aus. Ich stand eine Weile abwägend vor der Auswahl und entschied mich dann für eines von den blauen Katzenklos. Die hatten ihre Stabilität nachhaltig bewiesen und fügten sich, zuzüglich Schwein, gerade noch in unser winziges Badezimmer. Außerdem liebte Spekje diese Toilettenausführung einst besonders, würde sich also am ehesten hinein trauen. Nebenbei harmonierte die Farbe hübsch zum Wasser. Wir hatten schließlich ein Schwein mit Stil. Ich füllte die blaue Wanne, ungefähr zur Hälfte, mit der klaren Flüssigkeit aus dem Hahn und trug sie schwappend ins Wohnzimmer.
Spekje umtänzelte das neue Objekt. Er grunzte gespannt, was ich ihm wohl damit anbieten würde. Kartoffelschalen waren zu gewöhnlich, dafür steckt ein Schwein seine Nase nicht in das, nur vom Trinken bekannte, nasse Element. Brot reizte ihn mehr, war aber viel zu schnell herausgefischt, weil es an der Oberfläche trieb. Immerhin klärte sich für ihn damit der Zweck des Spiels. Begleitet von einem, gierig an meinen Hosen ziehenden, Schwein, durchsuchte ich alle Küchenschränke. Ich wusste nicht nach was, aber es sollte essbar, nicht schwimmfähig, nicht wasserlöslich und möglichst klein sein. Verschiedene Nahrungsmittel versagten, vor allem bei den Schwimmtests. Ich war erstaunt, wie gut die meisten Speisen sich über Wasser halten konnten.
Endlich stieß ich auf eine Tüte geschälte Sonnenblumenkerne. Spekje war verrückt nach Sonnenblumenkernen. Perfekt. Die winzigen Körnchen sanken sofort auf den Grund. Ohne zu zögern, tauchte der

Schweinerüssel hinterher. Er blubberte und prustete, hob ein paar mal, niesend und kopfschüttelnd, die Nase aus der Klowanne, dann hatte er den Bogen raus. Wie ein Staubsauger fuhr seine Steckdose über den blauen Grund, nippelte Kernchen für Kernchen heraus. Ich machte ein paar Trockenübungen, mit einer leichtfeuchten Bürste an seinem ganzen Körper, um gleich klarzustellen, dass Wanne und Waschung zusammengehören.

Sein Hinterteil hob fast ab wie ein Helikopter, so schnell kreiselte das Schwänzchen. Vor Freude, als ich zum zweiten Mal das Wasserkernespiel anschleppte. Die Ungeduld trieb ihn mit den Vorderbeinen ins gefährliche Bad, in dem ich gerade die Wanne füllte. Beim Betreten der glatten Kacheln lag er gleich auf der Nase, quiekte erschrocken und flüchtete rückwärts, auf ein paar Meter Sicherheitsabstand.Trotzdem beschloss ich, diesen Mutanfall direkt zu nutzen. Schnell bedeckte ich die Fliesen mit den erstbesten, rutschhemmenden Handtüchern, die greifbar herumhingen, stellte seine Wasserwanne neben das Klo, streute die Körner hinein und ging in die Küche, um Milbenmedizin anzurühren. Bis ich damit fertig war, hatte Spekjes Wasserspielbegeisterung über die Badezimmerangst gesiegt. Er stand nicht nur komplett im Sanitärbereich, sondern sogar mit beiden Vorderbeinen im Wasser und blubberte was das Zeug hielt. Gerne hätte ich einfach zugeschaut und mich an der blasenden, schwappenden, prustenden Situationskomik erfreut. Aber dies war für mich der Moment der Arbeit. Mit einer Salatschüssel voller Chemiemix, sowie einer ganzen Ausrüstung von verschiedenen Bürsten und Lappen, quetschte ich mich zwischen Schwein, Wanne, Toilette sowie Wand. Und staunte, wie gut das selbsterdachte Schweinebehandlungssystem funktionierte. Es interessierte ihn nicht die Bohne, was ich trieb. Ihm fiel auch nicht auf, wie beängstigend eng es zu zweit im Bad für ein Fluchttier wurde. Solange genug Sonnenblumenkerne unter Wasser lagen, durfte ich unbehelligt seinen ganzen Körper einreiben. Rücken, Bauch, Beine, unter den Achseln, Genitalbereich, Klauen von oben und unten, Kopf, in und um die Ohren, Hals, einfach alles. Nur Nase und Vorderfüße waren nicht erreichbar, weil sie meist unter Wasser blieben. Um die auch zu behandeln, bekam er, als krönenden Abschluss, noch ein paar Kerne auf die Handtücher gestreut. Fertig. Glücklich und klitschnass, verließen Schwein und Mensch das Bad. Spekje schüttelte sich ausgiebig im

Flur, ich holte mir, mit dem gleichen Ziel, ein frisches Handtuch sowie trockene Kleidung. Innerhalb einiger Wochen waren wir beide milbenfrei. Das Spiel blieb, die Chemie ersetzte ich durch klares Wasser oder hautpflegende Öle.

Im Hochsommer übernahm Wasserplanschen neben Körperpflege eine weitere Funktion der fehlenden Suhle. Als willkommene Abwechslung zu feuchten Handtüchern, die ich bei hohen Temperaturen auf Spekjes Rücken legte. Weil Schweine nicht schwitzen können und leicht einen Hitzeschlag erleiden. Sein Abkühlungstuch nahm er dankbar an und trug es mit bedachtsamen Bewegungsabläufen, bis es aufgewärmt war. Oder bis er sah, dass ich die blaue Wanne vorbereitete. In beiden Fällen schüttelte er den nassen Stoff blitzschnell von seinem Körper ab.

Nicht selten bekam ich es mit der Angst. Wie lange Spekje mit der Nase unter Wasser blieb! Wäre es möglich, dass er vor Aufregung, Konzentration bei der Körnerjagd und Gier das Atmen einfach vergaß? Und plötzlich erstickt umkippte? Eine andere Sorge war das Milbenmittel, welches trotz aller Vorsicht in sein Wühlwasser tropfte. Von dem er, mit den Kernen, natürlich auch einiges schluckte. Ich rief, schon nach der ersten Behandlung, den Tierarzt an. Der versicherte mir, dass ausreichend verdünnte Aufnahme davon innerlich nicht schaden könne. Sowas passiere bei anderen Anwendungsmethoden auch. Mengenangaben könne er allerdings nicht machen. Er hätte auch keine Erfahrung, wie lange Schweine tauchen oder die Luft anhalten könnten, hörte aber noch nie von einem, das aus versehen erstickt wäre. Fehlende Mengenangaben und mangelnde Erfahrung beruhigten mich nicht nachhaltig, der Doktor behielt, im Nachhinein betrachtet, trotzdem recht. Spekje kippte im Bad nie um, weder durch Vergiftung, noch durch Luftmangel. Stattdessen kippten nur Wasserwanne oder Behandlungsmittelschüssel manchmal, aus Raummangel oder im Streit mit dem Schwein, wenn, seiner Meinung nach, die Kernanzahl unter Wasser zu sehr minderte und ich trotzdem weiter an ihm herum bürstete. Darin war Spekje, wie in allem, sehr konsequent. Wenn er fertig gesucht hatte, schlug er auch mir gezielt das Werkzeug aus der Hand. Waschen erlaubte er nur mit ausreichend Blubberknabbermaterial. Sonnenblumenkerne nachlegen oder aufhören. Deal bleibt Deal.

Es ist deutlich: Die besten Schweinespiele haben eine Verbindung mit Fressen. Am Ende jeder Anstrengung und Freude steht der Gewinn im Magen. Unter Haltern verschiedenster Tierarten beliebt ist der Futterball. Also eine Kugel, in einer zur Tierart passenden Größe, bei der Futter aus einem Loch herausfällt, wenn man sie rollt. Varianten dieser Beschäftigung findet man im Zoo genauso wie auf Bauernhöfen und in Wohnungen. Futterbälle machen allen Säugetieren Spaß, vom Elefanten bis zur Maus. Spekjes erstes Rollobjekt war seine Babyflasche, aus der er doch nie trank. Da hatte ich rundrum Löcher reingebohrt und füllte Getreide, beziehungsweise Sonnenblumenkerne ein. Das Ferkel konnte sie rollen, schubsen oder, mit dem Maul gepackt, wild herumschütteln. Immer rieselten ein paar Körnchen heraus, die dann pedantisch in der ganzen Wohnung wieder eingesammelt wurden. Das Dasein einer derart misshandelten Babyflasche währt nicht ewig. Ihren Leidensweg teilte sie mit weiteren Plastikflaschen, je nachdem, was die Getränkekiste hergab. Das Schwein wuchs, die Lebensdauer der kunstvoll durchlöcherten Kunstoffgetränkebehälter schrumpfte. Jene Empfehlung anderer Minischweineigner, als Alternative einen stabilen Lederfußball selbst zu durchlöchern, kostete viel Arbeit mit wenig Ergebnis. Spekje fand das Loch zu undurchlässig und erweiterte es in kürzester Zeit. Auf ungefähr fünfzig Prozent der Balloberfläche. Mit seinen Flaschen war er verhältnismäßig vorsichtiger, er hatte wohl nur den Sinn des Fußballs falsch verstanden. Lieber auspacken statt rollen.

Unglaublich stabil blieb dagegen ein professioneller Futterball für Nagetiere. Den musste ich allerdings ständig neu befüllen, da sein Volumen nicht auf den Appetit eines Schweins bemessen war. Obwohl ich das Futterloch gerade mal auf die Größe eines Getreidekorns einstellte, war das tennisballkleine Ding ständig leer. Außerdem rollte es unter alle Schränke. Ich hatte dem, kräftig gewordenen, Schwein zwar verboten, Möbel hoch zu heben oder zu verschieben, aber daran hielt Spekje sich nur, wenn ich auf sein Schimpfen hin schnell genug kam, um ihm zu helfen. Während des Spiels war er schlau genug, seine Nase unter die richtige Schrankstelle zu stecken, wenn ich fragte „Wo ist der Ball?" Dann konnte ich das Objekt der Begierde gleich herausangeln. Kam er aber aus heiterem Himmel auf die Idee, seine Futterkugel zu suchen, dann krochen wir gemeinsam mit Schweinenase, Menschenaugen und Taschenlampe auf dem Bo-

den durch die ganze Wohnung. Wobei ich oft dachte, du Blödmann, du riechst genau, wo sie liegt. Es macht dir nur Spaß, dich dumm zu stellen und mich suchen zu lassen. Beschäftigungstherapie, ja, vor allem für den Halter.
In der Hundabteilung fand ich eine fast gymnastikballgroße Variante desselben Herstellers. Stolz kam ich mit dem roten Ding unterm Arm an Bord, räumte die Nagetierkugel weg und präsentierte Spekje sein neues Spielzeug. Endlich mehr Inhalt, für längere Spielfreude. Schluss mit der Unterschranksucherei. Spekje untersuchte den Ball beglückt und entfernte sogleich die verstellbare Futterklappe. Das kannte er ja schon, große Kugeln kann man auspacken. Mit zweimal rollen kamen alle Körner auf einmal heraus. Ich beerdigte seufzend meine Hoffnung auf mehr Freizeit, durch länger allein spielendes Schwein und sinnierte über Verschlussmöglichkeiten mit Klebeband oder größere Futterteile im Ball. Nach ein paar Spielvariationen mit dem neuen Ball, verlangte Spekje zusätzlich seine Nagetierkugel zurück. Künftig musste ich immer durchfragen, was er möchte.
Es gab noch einen normalen Nagetierball, der Futterkugel sehr ähnlich, nur mit eingebautem Quiekgeräusch statt Speisefüllung. Alle drei Bälle hatten fühlbare, aufgesetzte Bilder. Der große sowie der quiekende waren rot, der kleine Futterball war blau. Wenn unser Schwein seine Nase drohend unter verschiedene Schränke drückte, fragte ich also: „Was suchst du, den großen Roten? Den kleinen Roten? Den kleinen Blauen?“ Meist antwortete bei einem der drei Vorschläge ein begeistertes Grunzen. Wenn nicht, musste ich weiter interviewen: „Die neue Futterflasche? Die alte Babyflasche mit dem Riesenloch? Ist dir ein Apfel weggerollt?“ Spekje kannte alle für ihn wichtigen Worte. Schweigen oder abfälliges „Hrrrrh“ hieß nein, enthusiastisches „Höhöhöhöhö“ hieß ja. So fanden wir immer heraus, was sein Begehr war. Als Wohnungsschweinehalter, der möchte, dass die Möbel annähernd an ihrem Platz bleiben, lernt man schnell, seinem Schwein die richtigen Fragen zu stellen.

Meine Streifzüge durch alle Tierspielzeugabteilungen lieferten zusammengefasst folgendes Ergebnis: Katzenartikel sind für ein Schwein hübsche Eintagsfliegen, morgen liegen sie in Fetzen. Hundespielzeug bietet eine tolle Auswahl und ist etwas langlebiger. Mit der Betonung auf etwas. Die stabilsten Schweinespielzeuge kamen aus der Nagerabteilung. Wäre der leidige Größenunterschied nicht, hätte ich hier viel mehr kaufen können. Das meiste hätte Spekje leider einfach verschluckt, in die Häuschen proppte er sich irgendwie auch nicht rein. Also blieben Futter- und Heuball, trotz Haltbarkeitsvorteil, seine einzigen Nagetierspielzeuge. Dass die produzierende Industrie Kaninchen mehr Kraft als Hunden oder Katzen zutraut, hat mein Weltbild nachhaltig beeinflusst. So viele Marktforscher können schließlich nicht irren. Bei jeder Schlagzeile über gefährliche Hunde denke ich mir, das konnte nur passieren, weil alle Nagetiere in Wohnungen und Käfigen eingesperrt sind. Sonst stünde da sicher: „Meerscheinchen biss Katze tierklinikreif" oder „Kaninchen verprügelte Bullterrier".

Spielen und Naschen erfüllt fraglos schweinische Grundbedürfnisse. Spekjes Magen verlangte allerdings deutlich mehr Füllung, als Sonnenblumenkerne und handgepflückte Grasportionen hergaben. Die nötigen Mengen konnte ich weder auf Stahl anpflanzen noch im Rhein angeln.

Futter gegen Autohausfrieden

Unser Schwein sollte gesund und artgerecht ernährt werden. Das Ziel seiner Rettung war schließlich ein langes Leben. Günstiges Schweinemastfutter aus dem Großhandel also ein absolutes No-go. Zum einen sollte er nicht fett, sondern schlank und fit sein, zum anderen war Industrienahrung meist nur in Großmengen lieferbar. Mit zwei Tonnen Schweinepellets als Ballast an Bord, hätten wir entsprechend weniger Dieselprodukte laden können. Mein Mann wollte egoistischerweise auch keinen Ladungstank dafür zur Verfügung stellen.
Da der allgemeine Haltungsboom, von ein paar reißerischen Medienbeiträgen abgesehen, eher im Verborgenen blühte, hatte die Industrie eine Marktlücke für spezialisierte Minischweinernährung noch nicht nachhaltig entdeckt. Im Internet waren nur drei Sorten akzeptables Futter für Minis zu finden. Nachdem ich viel Zeit damit verschwendet hatte, deren Qualität zu vergleichen, untersuchte ich die praktische Holbarkeit. Eines davon gab es nur für Selbstabholer, irgendwo im flussentferntesten Nirgendwo. Das entfiel also. Das zweite wurde zwar geliefert, aber nur in einem bestimmten Umfeld, welches nirgends an unser Fahrgebiet grenzte. Das entfiel also

auch. Blieb die Wahl zwischen: Einem. Das gab es zum Glück säckeweise, in mehreren Onlineshops verschiedener Zoohandlungen. Nur wollte davon keiner an ein holländisches Postfach versenden. Viele E-Mails weiter, fand sich doch einer dazu bereit, allerdings zu einem Preis, für den ich es auch mit dem Taxi hätte kommen lassen können. Es musste also eine deutsche, großpaketfähige Postadresse her.

Es ist ein Kreuz mit der Post an Bord. Meine eigene Wohnanschrift, irgendwo muss man in diesem Land ja gemeldet sein, war auf einem Restaurantschiff in Köln, das sich, mit zwei weiteren Bootshäusern, eine imaginäre Hausnummer teilte. In den Personalausweisen der Bewohner stand offiziell gar keine Zahl hinter dem Straßennamen. Weil das im digitalen Zeitalter jedoch kein Computer akzeptiert, man damit also weder Telefone, Bankkonten noch sonst was anmelden konnte, hatten alle sich angewöhnt, statt 0 einfach die 1 anzugeben. Hierdurch kam es ständig zu Postproblemen, Briefe verschwanden oder Pakete lagen, monatelang unbemerkt, auf dem falschen Bootshaus rum. Bei Hochwasser, oder Krankheit des Stammpostboten, kam gar nichts mehr an. Darum hatte ich ein kölsches Postfach. Das sollte alles sicher vor Ankunft am Rhein auffangen. Von diesem, sowie von der Wohnadresse, war außerdem ein Nachsendeantrag auf mein holländisches, paketfähiges Postfach eingerichtet. Bei dem wir regelmäßig anlegten. Theoretisch hätte also jede Sendung letztlich dort ankommen müssen. Praktisch verstreute sich meine Post über alle drei Adressen. Ich konnte kein System entdecken, was wo warum und vor allem wann ankommt. Das Postfach in Köln hielt beispielsweise die Kontoauszüge meiner niederländischen Bank fest, während deutsche Wahlbenachrichtigungen grundsätzlich in Holland ankamen. Mindestens eine Woche nach der jeweiligen Wahl.

Es fehlte somit an einer vierten, wirklich zuverlässigen Adresse, mit einer echten Hausnummer ohne irgendwelche Umleitungen, nur für Schweinefutter. Weitere Bedingungen waren, dass wir dort ebenfalls häufig vorbeikamen und zu den üblichen Postlieferungszeiten auch jemand anwesend sei. Die meisten Freunde arbeiten vormittags, sind also für den Postboten nicht da. Wer hätte schon Lust, ständig 20Kg Säcke „am nächsten Werktag“ vom Postamt abzuholen. Das Beste wäre... jemand mit einem eigenen Geschäft.

Meine Wahl fiel auf unseren Lieblingsautohändler, den wir vor Kurzem beim Autokauf kennengelernt hatten:
Ben und ich liefen, wie immer an diesem Liegeplatz, zum Italiener. Eine lange, gerade Straße. Am Ende, noch weit entfernt, präsentierte sich die frontale Ansicht eines knallroten Autos. Mit ebenso roten Segelohren und schräger Schnauze, berührte es mich irgendwie. „Das könnte auch so ein Minibus sein wie meiner, was ist das bloß für `ne Marke?" Ben, dem mein geliebter Subaru Libero schon lang ein Dorn im Auge war, weil er keinerlei Knautschzone hatte und nun schon wieder seit Monaten in der Werkstatt stand, die keine Teile mehr dafür bekommen konnte, witterte seine Chance: „Gefällt der dir? Schauen wir uns den gleich an." Je näher wir kamen, umso größer wurde der vermeintliche Minibus. Was ich verdrängte, denn in meiner Vision war es schon mein süßes, kleines Auto. Zu unserer Freude gehörte das Gelände, auf dem er stand, zu einem Autohändler. Als ich gerade auf dem Boden lag, um den Wagen von unten zu inspizieren, kam jemand aus der Werkstatt und polterte recht unfreundlich: „Was machen Sie denn da?" Mein Mann fühlte sich gleich angegriffen: „Ich überlege, den zu kaufen, aber wenn sie kein Interesse daran haben, bin ich so wieder weg." Der Händler wurde freundlicher, er habe jetzt leider Feierabend und wichtige Termine, ob der geneigte Kunde morgen wiederkommen könnte, um sich in Ruhe beraten zu lassen? Ich kroch unter dem Wagen hervor, was mit einem verblüfften: „Oh, wo kommen Sie denn auf einmal her?" kommentiert wurde. Seitdem betont der Händler gegenüber Dritten gerne, er habe mich unter einem Auto liegend kennengelernt.

Wir gingen zur Ampel, weiter Richtung Italiener. Kaum hinter der Kreuzung angelangt, hielt ein Wagen neben uns: „Soll ich euch ein Stück mitnehmen?" Mein Mann zischte mir zu: „Lass dich nicht anbaggern." Ich schaute dreimal hin: „Das ist der Autohändler. Nee, danke, da vorne ein Haus weiter ist das Restaurant." Unsere Mitfahrgelegenheit gab wieder Gas: „Alles klar, bis morgen." Es lag schon eine Ahnung von Gemeinsamkeiten über uns.

Am nächsten Tag inspizierten wir das Objekt meiner Begierde nochmal gründlich von vorne, hinten, oben, unten, innen und außen, während der gelernte Verkäufer uns ständig den dazugehörigen Fahrraddachgepäckträger anpries: „Ihr seid doch Holländer, das ist optimal für euch." Ich schüttelte den Kopf und baute einen Sitz aus: „Wir fahren kein Fahrrad." Er blieb hartnäckig: „Alle Holländer fahren Fahrrad. Das ist ja grad das besonders Passende an dem Auto." Mit dem Kopf unter der Kühlerhaube dozierte ich: „Es wurde vor weit über hundert Jahren der Verbrennungsmotor erfunden. Der funktioniert in Land- und Wasserfahrzeugen. Da trete ich doch nicht mehr wie blöd in die Pedale oder ziehe an Tauen und Kurbeln für Segel." Meine Argumentation überzeugte nicht, er hatte die seltsamen Aluminiumgestelle in die Hand genommen: „Guckt mal, der geht da dann so drauf und dieses Teil so, ganz einfach. Habt ihr immer Fahrräder dabei." Ben versuchte es mit Necken: „Vertrauen Sie dem Auto so wenig, dass man immer Fahrräder dabeihaben sollte?" Die Betriebsanleitung studierend, lenkte ich vom Thema ab: „Warum kann man die Sitze nicht plattlegen?" „Weil man die stattdessen komplett rausnehmen kann. Dann passen hinten auch noch Fahrräder rein." Mein Mann und ich brüllten im Chor: „Wir hassen Fahrradfahren!" Seine Händlerseele trotzte kleinlaut: „Der Träger gehört aber dazu. Was soll ich denn sonst mit dem Ding?" In dem Moment entdeckte ich begeistert in der Anleitung, dass man die Vordersitze, wie bei meinem alten Subaru, um 180 Grad drehen kann. Und probierte es mit dem Fahrerstuhl. Der Händler riss die Wimpern nach oben: „Was machen Sie wieder! Sie haben ihn kaputt gemacht!" Wo das Problem sei, konterte ich: „So ist noch mehr Platz und er taugt komplett als Fahrradlager." Jetzt verkehrte sich seine Verkaufsstrategie gegen ihn, ernstlich verwirrt stotterte er: „Aber rückwärts sitzend kann man doch nicht steuern." Wer das von einem Auto erwartet, wollte ich wissen: „Zum Fahren haben wir dann ja all die Fahrräder. So sind wir Holländer eben."

Weil alles gefiel, außer dem Fahrradträger, unterzeichneten wir im Büro den Kaufvertrag, inklusive Fahrradträger. Wobei Ben noch zwei kleinere Reparaturen verlangte und fünfzig Euro mehr bezahlte als vereinbart war. Der Vertragspartner reagierte total baff und wiederholte wohl fünfmal, dass ihm sowas noch nie passiert sei. Normal würde immer nur runtergehandelt. Keiner bezahlt freiwillig mehr. „Warum?" wunderte sich Ben: „Wir sind doch zufrieden, das ist es doch wert?" Daraufhin holte der Zufriedene vom Kiosk nebenan drei Bier, um den Kauf zu begießen, wodurch wir den Ausgang nicht so schnell wiederfanden.

Zweimal Bierholen weiter, waren wir mit Autohändler Dieter per Du, dreimal Bierholen weiter kannten wir gegenseitig die grundlegenden Lebensgeschichten, viermal Bierholen weiter stromerten wir durch die ganze Werkstatt. Ich fragte, ob ich ein paar dekorative Kleinteile von einem baugleichen, älteren Auto auf dem Hof abmontieren könnte. „Tu doch, was du willst." seufzte er und ließ mich stehen. Fünfmal Bierholen weiter knallte er die roten Nummernschilder auf den Tisch, die er mir bei Vertragsunterzeichnung so nachdrücklich verweigert hatte: „Von wegen nach Köln fahren zum Ummelden, was weiß ich, damit kannst du dich nach Polen absetzen und ich bin verantwortlich dafür, was unter dem Kennzeichen verbrochen wird. Sowas mache ich grundsätzlich nicht." Jetzt hieß es nur wieder: „Da hast du sie. Mach doch, was du willst." Sechsmal Bierholen weiter schlossen Kiosk und Werkstatt, wir klemmten uns Dieter unter die Arme, torkelten zu dritt an Bord und hatten es, mit einer Deckskiste voller Bier, nicht mehr so weit zur Quelle. Vom Rest des Abends weiß keiner mehr viel.

Am nächsten Morgen wollte ich das Auto abholen. Dieter lief grummelig an mir vorbei: „Mit Holländern mache ich keine Geschäfte. Da kriegt man Kopfschmerzen von." Er wandelte kurz ins Dunkel der Werkstatt, kam aber gleich wieder heraus und fragte mit breitem Grinsen: „Kann ich heut abend nochmal bei euch vorbeikommen und meine Freundin mitbringen? Ich hab nämlich ein Problem, die ist stinksauer." „Was hast du ihr denn erzählt?" „Nun, sie fragte, wo ich die halbe Nacht gewesen sei. Ich erklärte, ich bin auf einem 82m Tankschiff bei Holländern hängengeblieben, die ein Auto bei mir gekauft haben und hab dort ein Schwein mit Äpfeln gefüttert. Sie meint, das wär die blödeste Ausrede, die sie je gehört hätte! Ehrlichkeit zahlt sich eben nicht aus. Ich hätte besser sagen können, ich sei bei `ner Hure gewesen, das hätte sie wenigstens geglaubt."
Dann drückte er mir den Autoschlüssel in die Hand. Die halbe Fahrt glucksend über die verständlicherweise ungläubige Partnerin donnerte ich mit den roten Nummern nach Köln und unter eigenem Kennzeichen wieder zurück.
Nach Feierabend kamen sie gemeinsam an Bord, Dieters Freundin liebte Spekje sofort, wir versackten erneut die halbe Nacht, der private Autohausfrieden war wiederhergestellt und eine neue Freundschaft mehrfach begossen.

Es dauerte eine ganze Weile, bis ich kapierte, dass die beiden Männer mich mit dem Auto reingelegt hatten. Als das Einparken nicht klappte. Ich versuchte mehrfach, vorwärts wie rückwärts, in eine meiner Meinung nach große Parklücke zu kommen, aber es ging nicht. Bisher hielt ich mich für eine gute Einparkerin, jetzt kamen daran doch tiefe Zweifel auf. Irritiert stieg ich aus und betrachtete die Abmessungen von außen. Da stand ich dann laut lachend, mitten auf der Straße: Das konnte auch nicht gehen. Es lag nicht an mir. Selbst wenn ich seitwärts fahren könnte oder es mit dem Autokran von oben versuchen würde, wäre dieses Auto einfach zu groß für diese Lücke. Mein neuer Renault Espace war absolut kein nur etwas größerer Minibus. Es war ein richtig dicker Luxuskombi.
Der Fahrraddachgepäckträger lag monatelang an Bord im Weg herum, bis wir Dieter mit seinem Verkaufsstand auf einen Flohmarkt begleiteten. Dort fand sich schnell ein Liebhaber, der die sperrigen Aluteile aus unseren Augen schleppte. Weil jeder sagte, dass ihm das blöde Ding nicht gehört habe, teilten wir uns den Erlös.

Als ich Dieter anrief, um zu fragen, ob er für mich 20Kg Schweinefutter postalisch in Empfang nehmen und bewahren könne, sagte er: „Hab ich immer von geträumt. Schweinefutterbewahren. Mach doch, was du willst." Was bei ihm ja soviel heißt wie: „Klar, jederzeit. Ich mag dich auch."
Die ersten Futtersäcke bekam ich also vom Autohaus. Inklusive Lieferservice an Bord, der Futterbewahrer litt glücklicherweise nicht an Automangel. Und mochte die Abende in der Nähe unserer Deckskiste. Es blieb eine elende Organisiererei mit manchem Ersatzfutter, da ich ihm nicht mehr als einen Sack pro Sendung zumuten wollte. So groß war die Werkstatt auch wieder nicht.

Es bleibt ein Kistenleben

Wieso kam das Schwein, das aus kleiner und großer Kiste entwichen war, wieder in eine Kiste? Bei all unseren Spielüberlegungen merkten wir bald, dass Spekje selbst genauso viele, wenn nicht bessere Ideen hatte als wir. Die mit ihm wuchsen. Kaum war das Ferkelchen tapfer genug, durch das Wohnzimmer zu laufen, erlebte es zum ersten Mal, wie Ben seinen Papierkram erledigte. Weil wir die Post nur alle ein- bis zwei Wochen an Bord bekamen, war das gleich ein ganzer Berg abzuarbeiten. Da wurden die Umschläge aufgerissen, der Inhalt kurz angeschaut und alles, was nicht weiter bearbeitet werden musste, segelte samt Umschlägen auf den Boden. Das ist spannend! Vorsichtig pirschte Spekje sich an die weißen Dinger heran. Ich warnte meinen Mann: „Wenn du das jetzt erlaubst, dann gilt das für immer und du kannst nie wieder deine Buchhaltung, mit wichtigen Papieren, auf dem Boden machen." Der lachte nur: „Dann muss ich mich eben dran gewöhnen, auf Tischen zu arbeiten. Dieser Teil vom Wohnzimmer gehört jetzt dem Schweinchen. Wenn es doch Spaß dran hat..." Ja, den Spaß hatte es. Die Papiere wurden untersucht, rumgeschoben, zerbissen, auseinandergerissen, rumgetragen und geschüttelt. Das Allerschönste waren Umschläge mit Fenster. Die Durchsichtfolie knisterte so aufregend und musste unbedingt entfernt werden. Mit Sorge beobachtete ich dies, da es ja doch eine Art Plastik ist, die Spekje nicht schlucken sollte. Doch der Eber lehrte mich wieder, seine Urteilskraft nicht zu unterschätzen. Jedes herausgetrennte Stückchen spuckt er wieder aus. Je fitzeliger die Schnipsel, umso piepkomischer wurden die Maulverrenkungen und Zungenzuckungen, um die mit Speichel am Gaumen klebenden Teile loszuwerden. Durch regelmäßiges Training entwickelte er eine ausgefeilte Technik zur Umschlagfensterentfernung. Eigentlich schade, dann ging es mit zwei Kopfbewegungen so schnell, dass Schwein und Menschen nicht mehr so ausgiebig davon genießen konnten.

War die Post erledigt, kam Aufräumen des Wohnzimmers an die Reihe. Gemeinsam mit Spekje, das dauerte herrlich lange. Er schleppte die Zettel gern in entgegengesetzte Richtungen. Wie traurig, dass wir auf die nächste Buchhaltungsparty wieder eine ganze Reise, bis zur nächsten Post, warten mussten.

Während Phasen guter Frachtpreise kann es gewinnbringend sein, sich die Kühlschrankfüllung liefern zu lassen, um Fahrpausen zu vermeiden. Alltag für viele Besatzungen. In ganz seltenen Fällen von Supertarifen, verzichteten sogar wir auf den geselligen Einkauf. Stattdessen orderten wir unsere Lebensmittel frei Haus, sie kamen zusammengefasst in einer Bananenkiste. Nach so einer Lieferung stand der leergeräumte Karton im Wohnzimmer und Spekje durfte das Ding untersuchen. Es roch noch verführerisch nach unzähligen

Speisen. So eine Kiste kann man als Ferkel hin- und herschieben, umwerfen, dran knabbern oder, wenn sie aufrecht steht, durch die bananenkistentypische Aussparung im Boden klettern. Während Ben und ich das Schauspiel verfolgten und photographierten, entstand die Idee, Spekjes Wünsche mit unseren zu kombinieren. In so einer Kiste könnte man die alten Briefe bewahren, so dass es immer Papier zum Wühlen und Spielen gäbe. Unabhängig von der Postabholung. Es wäre gleichzeitig ein fester Platz, um den Krempel weg zu räumen. So gedacht, so getan. Zufriedenheit bei allen Beteiligten und Spekjes liebster Zeitvertreib war geboren: Die Wühlkiste.
War erst genug Papier versammelt, ergab es sich ganz von selbst, dass wir auch Leckerchen, wie Kartoffelschalen oder Apfelscheibchen, hineinwarfen und umrührten, was dem Papier in Schweineaugen einen enormen Mehrwert gab.

Kisten wachsen leider nicht wie junge Schweine. Was ihnen auch nicht viel helfen würde, da die Lebensdauer eines Pappkartons, sei er noch so stabil, durch die Auseinandersetzungen mit einem Schwein klar begrenzt wird. Zum Glück tankten wir unser Schiff fast jede Woche am „Bunkerschiff". Das ist eine schwimmende Tankstelle zum Anlegen, die auch mit Schiffsbedarf handelt. Handelsware wird üblicherweise in Kartons angeliefert. Auf unserer Bunkerstation füllten solche Verpackungen einen ganzen Raum, der Wartesaal für Altpapier, bis zum Abholungstermin. Dazu gab es sehr liebe Mitarbeiter, die sich den bedauernswerten Zustand unserer ersten Bananenkiste persönlich an Bord anschauten und seit dem immer dafür sorgten, dass in der Aufbewahrung eine für Spekje passende Kiste verblieb. Dazu Teile von den härtesten, verfügbaren Kartonresten, mit denen ich jedes Mal kunstvoll Boden und Wände verstärkte, damit die Zähne sich nicht gleich durch den Boden frästen, oder das ganze Tier, beim Umdrehen und Anlehnen, mitsamt Wand aus der Kiste fiel. Die Seiten wurden erhöht, damit kaum Papier hinausschleuderte, dafür schnitt ich einen möglichst knappen Eingang hinein, den Spekje dann selbst seinen Bedürfnissen weiter anpasste. So bekam er alle paar Wochen, je nach Bedarf, eine neue spannende Spielbox.

Als Spekje rund ein Jahr war, hatte ich doch eine gewisse Meisterschaft im Schweinewühlkartonskonstruieren und -verstärken erlangt. Leider waren wir inzwischen bei den größten Umhüllungen ange-

kommen, die das Bunkerschiff anbieten konnte. Es handelte sich dabei um eine recht schlappe Sorte, aber doppelt so hoch als nötig, so dass ich sie in der Hälfte durchsägen, den oberen Teil in den unteren stecken und dazwischen dann jede Menge andere, dickere Kartonstücke zwingen konnte. Was jedesmal ein mittleres Gefecht mit der Materie war. Irgendwie war die Pappe bei der Bearbeitung durch mich so unglaublich stabil und widerspenstig, aber wenn Spekje daran begann, schwand der Widerstand des Materials nur so dahin. Immerhin wusste ich inzwischen, dass er weder Papier noch Umschlagfenster auffraß. Vor allem auch kein Klebeband. Mit welchem die Kantenverstärkungen enorm an Stabilität gewannen.
Doch hilft die beste Konstruktion nichts, wenn die Kisten nicht lernen, mit zu wachsen. Dies war nun also die letzte Stufe verfügbarer Kartons. Fröhlich wühlte Spekje darin herum, pferchte sich vorwärts noch mal grade herein, aber wenn er wendete, beulten die Pappwände zu beiden Seiten weit aus. Seine Spielplatzumrandung wankte, wabbelte und wackelte. Ein Bild, bei dem Zukunftsängste aufkamen. Leben ohne Karton? Für Schwein und Mensch hier an Bord inzwischen undenkbar. Ein Alptraum.
Eine neue Kistenvariante musste her.

Also hab ich in die Hände gespuckt, ein Maßband gepackt und die optimale Kistengröße, zuzüglich (hoffentlich genug) Zukunftsspielraum, am Schwein vermessen. Mit den Ergebnissen fuhr ich in den Baumarkt, um für unverschämte Preise qualitativ viel zu schlechtes Holz zu holen. Dazu ein paar Metallwinkel, denen ich doch mehr Kraft zutraute als Klebeband. Fluchend und schwitzend schraubte ich im Wohnzimmer die Bretter und Winkel aneinander, zur vorläufig perfekten Schweinewühlkiste. Natürlich hat Spekje mir dabei ausgiebig geholfen. Ohne meinen vierbeinigen Handwerksexperten, der sich besonders auf Bretterverschieben, Schraubenzieherverstecken und Zusammengefegte-Sägespäne-Wegblasen spezialisiert hat, hätte ich dieses Projekt sicher niemals so schön vollendet. Noch Wochen später staunte ich ungläubig, dass die Bretter echt in rechtem Winkel ohne Zwischenräume aneinander hingen, was mir bei allen Konstruktionen vorher an seiner Hütte nie gelungen war. Von Bettlerin zu Kistlerin. Vielleicht winkte mir durch die Ausbildung am Schwein doch noch eine neue Karriere als echte, vielseitige Schreinerin? Ich tippte allerdings eher auf Anfängerglück.

Spekje wusste auf jeden Fall vom ersten Moment an, wofür die Bretter angeschleppt wurden. Kaum war der Eingang in die Kiste gesägt, stolzierte er hinein und untersuchte zufrieden sein neues Spielreich.

Werftklokonstruktion

Die hölzerne Wühlkiste war grade in Betrieb genommen, als sie eine zusätzliche Funktion bekam. Der Tanker musste auf die Werft. Auf einer solchen läuft man den ganzen Arbeitstag über-neben-unter dem Schiff hin und her, fremde Menschen gehen ein und aus. Was für den Stubenhocker Spekje bedeutete, dass er ungewohnt viel allein eingesperrt sein musste. Damit er zumindest etwas zu tun hatte, verschloss ich sein Nest nicht mit dem Türchen, sondern drehte das neue Spielreich davor. Kisteneingang gegen Nestausgang. So wurde sein Domizil mit der Wühlbox als „Anbau" vergrößert. Wenn wir weggingen, sowie bei jedem arbeitsbedingten Vorbeilaufen, verwöhnten wir ihn mit hinein gestreuten Suchleckerchen. Bald ruhte er nur noch selten unter seinem Dach. Er schlief lieber, halb ins Wühlpapier gebuddelt, in der Sonne. Im Nest bekam er nie direkte UV-Strahlung, weil der Schatten unter den Fenstern genauso lang, wie das alte Bett breit war. Da er ja auch nicht an Deck wollte, fand ich das bisschen Tageslicht, welches er in der Wohnung fangen konnte, schon immer beängstigend limitiert. Nun hatte er immerhin einen vorgelagerten Wintergarten, der ein Sonnenbad zuließ. Beschlossene Sache – dies würde auch nach der Werft weiter so genutzt. Seitdem machten wir nur noch nachts das Türchen zu, das verlangte Spekje für sein vertrautes Sicherheitsgefühl. Aber wenn wir ihn tags allein lassen mussten, kam die Kiste vor den Ausgang.

Jene Werft, auf deren Helling wir hoch und trocken lagen, kann nicht nur Berufsschiffe reparieren. Eine ihrer Hauptsparten ist der Bau von luxuriösen, großen Motoryachten. Es gibt also eine Abteilung von Experten, die ausschließlich mit Polyester arbeiten. Maßgeschneiderte Formen für jede Bootsidee. Als ich über das Gelände streunte, diese teuren, schwimmenden Joghurtbecher bewundernd, fiel es mir auf einmal wie Glasfaser in die Augen: Das war die Lösung für all meine Schweineklosorgen! Den nächstbesten Werftarbeiter, der an Bord kam, zog ich am Ärmel zum Schweinenest, erklärte die Anforderungen an ein optimales Schweine-WC aus Polyester und kitzelte seinen Ehrgeiz: „Könnt ihr sowas auch?" Der Gefragte nickte: „Kein Problem. Kommt gut, Mädchen." Das ist die Standardantwort auf jeder Werft. Sowie von jedem anderen Techniker auf alle meine weiblichen Fragen. Weltweit und berufsübergreifend. Ich kannte diesen Spruch von Schiffen, Autos und Theaterscheinwerfern, auf deutsch, holländisch, amerikanisch und polnisch. Übersetzt heißt das: „Ich habe dir halbwegs zugehört und mache doch was ich will." Entsprechend gespannt erwartete ich die reale Umsetzung.

Am nächsten Morgen stand ein junger Mann vor der Tür, der Schwierigkeiten hatte, sein Kichern zu unterdrücken: „Ich soll, ich soll, hihi, also der Vorarbeiter sagt, hihihihi, ich soll, hihihier ein Klo für ein hihiSchwein ausmessen?" Es war ihm ja gleich klar gewesen, dass die Geschichte mit dem Schwein, das auf dem Tanker lebt, der hier grad auf den Hellingwagen machtlos trocken liegt, ein ziemlich fantasievoller Scherz seines Kollegen sei. Diese Klarheit wich mit einem Schlag völliger Verwirrung, als Spekje angetrabt kam. Sprachlos stand der Werftarbeiter vor unserer offenen Tür und gaffte den real existierenden, leise grunzenden Witz an. Es begann ihm zu dämmern, dass auch die Sache mit dem Klo stimmen könnte. „Nun komm mal rein!", ermunterte ich ihn. Der Entgeisterte murmelte etwas von „Zollstock vergessen" und ging zügig weg. Ich vermute, dass er, mangels Schnaps auf der Arbeit, nur einen Kaffee mit Zigarette nahm.
Kurze Zeit später kam er, recht gefasst, mitsamt Meßlatte und Schreibzeug zurück. Ich zeigte ihm Spekjes Nest und erklärte, wie die Klokiste genau auf einer Seite hineinpassen soll, flexibel zum Rausnehmen, die Außenwände hoch als Spritzschutz, aber nicht zu hoch, damit es noch durch die Eingangstür geht und die Einstiegsseite deutlich niedriger. Gut abwischbar, keine scharfen Kanten, stabilste Bauweise mit Holzkern. Natürlich osmosebeständig, wie alles, was hier gebaut wird, als Farbe schwarz, damit die Umstellung von der jetzt genutzten, schwarzen Betonmischwanne leichter fällt. In die oberste Schicht vom Boden sollte ein Antirutschmaterial eingearbeitet werden, aber nicht die für Yachten üblichen Gummipulver, die sind für weiche Bootschuhe gedacht, unter Schweinebelastung könnte sich sowas ablösen und dann an der Nase kleben oder schlimmer, am besten einfach Sand, der schmirgelt auch gleich ein bisschen die Klauen...

Je länger wir die optimale Schweineklokonstruktion bis ins Detail erörterten, maßen und notierten, umso enthusiastischer wurde der Mann. Wenn er überhaupt jemals über sowas nachgedacht hätte, hätte er sicher nicht gedacht, wie viele Faktoren dabei zu berücksichtigen sind. Falls er sich mal woanders bewerben sollte, würde er garantiert auch „Schweineklo" mit in den Lebenslauf schreiben, so etwas hat schließlich nicht jeder gebaut! Lachend fütterte er Spekje mit Kartoffelschalen, die genaue Toiletteneinstiegshöhe direkt am Schwein auszumessen hat er dann aber doch mir überlassen.

Am Nachmittag stand ein anderer Mann mit Polyesterspuren auf der Kleidung vor der Tür. Er beherrschte die werftübliche Coolness besser als der erste, mit einem breiten Ihr-verarscht-mich-nicht-Grinsen auf dem Gesicht sagte er: „Mein Vorarbeiter kann seine Notizen nicht finden, er schickt mich, um ein *Schweineklo* nochmal auszumessen. Ich entschuldige mich für seine Ausdrucksweise, wo ist das Bad?" Ich erwiderte sein Grinsen und zeigte ihm den Ort der Aufgabenstellung, inklusive echtem Schwein. Das Messen ging dann recht schnell. Er hatte wohl das Gefühl, dass man ihn doch irgendwie reingelegt hatte, gerade dadurch, dass der sichere Scherz kein Scherz war. Am nächsten Tag kamen nacheinander noch zwei ungläubige Männer mit Zollstock, der Platz für das Klo wurde also insgesamt viermal vermessen. Die Schiffbauer hatten sicher lange nicht mehr soviel Spaß untereinander. Ich hätte die Gespräche und Sprüche zwischen den Vermessungen zu gerne gehört. Auf jeden Fall hatte ich volles Verständnis, dass jeder, der davon hörte, sich persönlich überzeugen wollte, ob es bei uns wirklich ein Schwein gibt. Den Letzten fragte ich dann aber doch, ob sie in der Polyesterabteilung eventuell auch ein Schwein hätten, das Notizpapiere vernichtet, so wie unseres? Er fand die Idee nicht schlecht, schließlich sei das Werftgelände groß genug. Und offensichtlich brächte so ein Tier jede Menge Humor auf die Arbeit.

Vorübergehend blieb es still rund um das Klo, wir konzentrierten uns auf die nötigen Arbeiten am Schiff und dachten nicht weiter daran. Bis es an der Tür klopfte, wie so oft auf der Werft, aber diesmal trotz meiner Aufforderung keiner reinkam. Ben saß gerade auf *unserer* Toilette. Es klopfte wieder. Da Frauenstimmen hier vielleicht nicht genug Gewicht hatten, wiederholte Ben meine Worte sinngemäß:

„Komm mal rein, bin gleich fertig". Es kam aber immer noch keiner. Also ging ich nachschauen. Vor der Tür, halb auf die Reling gestützt und ein bisschen absturzgefährdet, stand eine schwarze Wand mit Seitenwänden. Aus dem Bad fragte die Stimme meines Mannes: „Wer will da was?" Hinter der schwarzen Kiste erklang eine andere Stimme: „Ich bringe das Klo." Ben rief empört: „Wir brauchen kein Klo. Ich sitz grad drauf und es funktioniert prima." Die Stimme hinter der schwarzen Kiste und ich prusteten los, wie aus einem Mund: „Schweineklo! Schweineklo!"
„Oh, ja, ach so", kam es aus dem Menschenklo.

Die aktuelle Position von Besucher mit Klo konfrontiert mit einer weiteren, bordtypischen Geschlechterverwirrung: Der, die oder das Gangbord? Die zwei langen, schmalen Fußwege, welche auf Schiffen direkt am Wasserabgrund beidseitig Bug mit Heck verbinden, nennt man Gangborde. Die Toilette wartete jedoch nur auf einem davon. In Einzahl wäre der Gangbord, als korrekter Marinebegriff, maskulin. So spricht auf Binnenschiffen aber keiner, wir sind ja nicht beim Militär. Manche sagen „das", andere „die" Gangbord. Im Holländischen gibt es „de" Mann und „de" Frau, womit das sprachliche Gangbordgeschlecht nicht klarer wird, zumal auch sächlich „het" Gangbord vorkommt. Ben favorisierte „die", was ich als Deutsche irrtümlicherweise für feminin hielt. Er meinte stattdessen das gleichlautende, aber geschlechtsunabhängige, niederländische Pronomen, im Sinne vom deutschen „diese/r". Da unser erster Kapitän sich sehr bestimmend auszudrücken pflegte, könnte man *sein* „die" noch besser übersetzen mit: „Exakt jene Gangbord dort an Steuerbord und wehe du gehst auf die andere an Backbord." Oder andersherum. Ist schon ein gehaltvolles Wort, dieses „die"...
Somit wurde in meinem Alltag die grammatikalisch falsche Weiblichkeit der Gangbord von zwei Seiten geprägt: „Die" kam statistisch in beiden Sprachen einfach am häufigsten vor, wenn auch mit unterschiedlicher Bedeutung. Aus Gewohnheit bleibe ich dabei.

Ich half dem unsichtbaren Mann, der also nicht auf *dem* Gangbord von *der Hunter* sondern auf *der* Gangbord von *dem Hunter* stand, die Kiste über Reling und Hellingabgrund zu drehen, damit sie hochkant durch die Tür passte. Klar, dass er nicht allein reinkommen konnte. Während wir uns durch die Wohnung hangelten, rätselte ich, wie der jetzt Sichtbare es überhaupt, ohne Hilfe, über derdiedas schmale Gangbord geschafft hatte. Mit dieser Polyesterkiste. Sie war schwer, sie war unhandlich, sie war groß, sie war stabil, sie rutschte mit vereinten Kräften auf ihren Platz, sie war perfekt! Katzenstreu hinein und aus der Kiste wurde ein Klo. Entgegen seiner sonstigen Vorsicht, mochte Spekje es sofort. Alles war gefährlich, außer Kästen. Stolz beobachtete der Werftarbeiter noch einen Moment, wie der tierische, neue Eigner Konstruktion und Bauart bewertete und machte ein paar Fotos. „Ihr habt doch etwas vergessen", bemerkte ich zu seinem Erschrecken: „Auf euren Schiffen ist doch auch immer irgendwo ein Logo, so ein Made-by-Neptunus-Yachtbuilding, eingearbeitet. Das kann ich nirgends sehen. Wie willst du jetzt für deinen Lebenslauf beweisen, dass es von dir ist?"

Huskys sind keine Vorbilder

Schweine suhlen sich bekanntlich gerne im Schlamm und pflügen ganze Felder mit Ihrer Nase um. Wer einmal jene glücklichen Freilandschweine, auf Wiesengelände mit eigener Suhle, beobachtet hat, wird nicht mehr ernsthaft behaupten können, einem Stallschwein fehle es an nichts. Auf den ersten, menschlichen Blick sind Schweine also doch dreckig, wenn sie so mit matschverklebten Borsten oder einer Nase voll schwarzer Muttererde angerannt kommen. Bei analogem Nachdenken fällt aber auf, dass auch moderne Menschen sich wieder auf die reinigende Kraft der Erde besinnen. Neben wohltuenden Moorbädern, Schlammpackungen, Heilerde und Gesichtsmasken mit verschiedensten Erdzutaten, erfreut sich auch die sogenannte Lavaerde stets größerer Beliebtheit. Dieses in Bioläden zu beziehende Pulver hat nichts mit Vulkanen zu tun, der Name ist irreführend, er stammt vom lateinischen „lavare" für „waschen". Es handelt sich um eine Tonerde, mit besonders guten physikalischen Reinigungseigenschaften, die in einigen Teilen Afrikas traditionell zur Haar- und Körperreinigung verwendet wird. Eine außerordentlich gesunde, schonende und umweltfreundliche Alternative zu Shampoo und Seife. Ich habe selbst jahrzehntelang nichts Anderes verwendet, bis mein Partner sich immer wieder beschwerte, wenn ich nach dem Duschen einen Erdspritzer im Bad übersehen hatte. Er machte ständig dumme Sprüche über meine „Schlammschlacht". Das ging mir irgendwann so auf die Nerven, dass ich für den lieben Frieden zähneknirschend wieder auf chemische Produkte umgestiegen bin. Seitdem neige ich auch wieder zu Pickeln, aber wenn ihm das lieber ist...

Also, Schweine betreiben mit der Suhle eine traditionelle Körperpflege und Ungezieferbekämpfung, die wir Europäer mit Erfindung der Seife verdrängt haben und deren Wert wir im Zuge wachsenden Umweltbewusstseins nur langsam wiederentdecken. Auch Sonnenschutzmittel auf mineralischer statt chemischer Basis sind der neue Trend, von Schlammkrusten überzogenen, hellhäutigen Schweinen jahrhundertelang praktiziert. Für Menschen ist Erdreinigung und Erdschutz heute ein teures Luxusprodukt. Für die meisten Schweine gilt das ja leider auch.
Was das Wühlen mit der Nase im Boden angeht – hast du schon mal mit der Hand Kartoffeln oder Rote Beete geerntet? Anschließend sahen deine Hände genauso aus, wie Schweinenasen nach der Arbeit. Da viele Schweineleckerchen, wie Pflanzenknollen und auch mal ein Würmchen, im Boden stecken, hat die Evolution oder Gott oder wer oder was auch immer dem Schwein ein Wunderwerkzeug geschenkt: Eine Nase mit unglaublicher Riech- Fühl- und Grabekraft, zugleich sacht, empfindlicher als die menschliche Hand und doch unheimlich stark. Wer würde einen arbeitenden Menschen verurteilen, weil er aus Fleiß sein Werkzeug dreckig macht?

Unser Schiffschwein hatte allerdings recht eigenwillige Vorstellungen von schweinischer Hygiene und Nahrungsbeschaffung. Man könnte auch sagen, seine Entwicklung war in dieser Hinsicht genauso schrecklich schiefgelaufen, wie von allen Menschen, die in der so genannten Zivilisation aufwachsen. Aufgefallen ist mir das bei seinem ersten, echten Landgang.

Wir lagen in Amsterdam an einem alten Holzsteiger, der zu einem leerstehenden Industriegelände gehörte. Die Fauna und Flora eroberte sich mühsam ihr Terrain zurück. Es war eine unwegsame, windige Steppenlandschaft von Erde, Gras, Hügeln aus alten Ziegeln und Betonbrocken, trockenen Büschchen, vielen Pfützen und noch mehr Maulwurfshügeln. Wir nahmen Husky und Ferkel an ihre Leinen und jeder Mensch trug ein Tier über den glitschigen Steiger an

Land. Als ich Spekje auf den Boden setzte, war er wie erstarrt. Er rührte sich nicht vom Fleck und nahm, mit Nase und Augen, diese endlose Fläche in sich auf. Nach einer gemittelten Ewigkeit schnüffelte er vorsichtig an dem einen oder anderen Grashalm in seiner Nähe und wagte stelzend ein paar Schritte. Der Boden hielt. Es wackelte noch nicht einmal. Das war gewöhnungsbedürftig. Während Spekje ein paar Meter erforschte, war der Hund mit seinem Herrn schon am anderen Ende der Landschaft gewesen und wieder zurückgekehrt. Des Rennens müde streunte der Husky um uns herum. Das Schweinkind folgte dem Beispiel. Im Schlepptau der Hündin fühlte es sich sicherer und wanderte schnuppernd auf ihren Pfotenstapfen. Bald wagte Spekje die ersten Bockspünge, er genoss den Ausflug. Immer nachahmend, was der andere Vierbeiner tat: Ging die Hundenase auf den Boden, ging auch die Schweinenase runter, blieb der Hund witternd stehen, stand ein Schweinespiegelbild daneben, rannte der Hund eine große Runde, versuchte der Kurzbeinige jammernd, ihn einzuholen. Doch dann tat das Vorbild etwas Unglaubliches: Lady hatte die Maulwurfshügel entdeckt und stürzte sich buddelnd hinein. Spekje schaute entsetzt zu. Die Erde flog in alle Richtungen, bald war der ganze Hundekopf in einem tiefen Loch verschwunden. Spekje bekam einen Klumpen Flugmatsch ab und sprang erschrocken zur Seite. Da sah er, ganz nah, einen anderen Maulwurfshügel. Schrittchenweise vorsichtig näherte er sich. Der Erdhaufen verhielt sich still, hier flog nichts raus. Unschlüssig musterte das geborene Wühltier jenes unbekannte Element, das seines hätte sein sollen. Er tickte den Haufen einmal an und hüpfte sofort wieder auf sicheren Abstand. Winzige braune Krümel klebten an seinem Rüssel, Spekje nieste und schüttelte den Kopf. Beim zweiten Versuch steckte er die Nase minimal tiefer in das Erdreich. Um sogleich, mit einem regelrechten Niesanfall, den ganzen Körper schüttelnd, weit weg zu fliehen. Das Wohnungsschwein hatte genug geforscht, sein Urteil stand fest: Erde war nass, kalt und eklig. Damit wollte er nichts zu tun haben!

Den Rest des Ausflugs achtete er nicht mehr darauf, was der dumme Hund tat. Er knabberte lieber wieder hier und da an Grashalmen, die es geschafft hatten, länger zu werden als ihre Nächsten. Der Verlust der Hundevorbildfunktion hatte, für die Rückkehr an Bord, große Nachteile. Spekje erinnerte sich, ein eigensinniges Schwein zu sein, er wollte sich weder hochheben lassen, noch selbständig über Planke und Gangbord laufen. Mehrfach konnte ich, durch gezieltes Nachgeben und hinter ihm her zurück ins Gelände laufen, gerade noch verhindern, dass er sich aus seinem Leinengeschirr herauswand. Zum Glück stürmte er selbst wieder Richtung Schiff, weil er den Spaziergang ebenso satt war. Um dann, angesichts des Wasserabgrunds unter der Planke, Eselbeine zu bekommen. Schwein und Mensch beteten um eine Art Beamer, der ihn direkt in sein Nest versetzte. Hund und Herr waren schon lange gemütlich drinnen, bis es mir endlich gelang, das bockende Ferkel zu schnappen und gegen seinen Protest rüberzutragen.

Als einziger Vierbeiner in der Nähe hatte der Husky einiges Verhalten auf das Ferkel übertragen. Es war ein unwiderstehlicher Angriff auf alle Lachmuskeln, wenn unser Schwein nach dem Aufstehen versuchte, sich wie ein Hund zu recken. Mit lang gestreckten Beinen nach vorne und dem Gesäß hoch. Vor allem, wenn beide es gleichzeitig taten, nachdem sie nebeneinander auf dem Teppich geschlafen hatten. Weniger lustig fanden wir, dass unser Schwein auch jaulen konnte. Wie ein echter Schlittenhund. Das Konzert wurde bevorzugt gemeinsam gegeben. Hatte Lady ein Problem, bekam sie sofort akustische Unterstützung. Seine ganze Kindheit galt der Hund dem Schwein als Schutz und Orientierung. Seit der Erfahrung mit der ekligen Erde wuchs jedoch Spekjes Bewusstsein für Rassenunterschiede. Ein Wesen, dass sowas toll fand, konnte er nicht mehr kritiklos nachahmen. Netterweise ging die Hündin kleinen Streits lieber aus dem Weg. Sie hätte sich besser grundsätzlichen Respekt verschafft, als die Gewichtsverhältnisse noch zu ihren Gunsten standen. Dann wäre sie später vielleicht nicht so oft umgerannt worden. Aus Unachtsamkeit.

Am meisten ärgerte Spekje jedoch, dass Lady kein Mensch war. Sie begriff einfach nicht, dass man Papier gegen Kartoffelschalen tauschen muss. Meistens ignorierte sie seine hartnäckigen Bringversuche einfach. Knallte er daraufhin das Papier inklusive seiner festen Nase allzu heftig gegen ihren Kopf, knurrte sie ihn wütend an und wandte sich ab. Legte er es ihr zärtlich zu Füßen, konnte es passieren, dass sie es klaute und zu winzigen Schnipseln verarbeitete. Essbare Bezahlung blieb in jedem Fall aus.

Die zwei größten Entwicklungsschritte des Schiffschweines waren, erst festzustellen, dass es kein Hund sei und dann zu merken, dass es auch kein Mensch werden würde. Die Goldfischfrage hat Spekje sicher nie ernsthaft erwägt. Selbst ohne Artgenossen entdeckte unser Eberchen, dass er anders ist. Mit den Kilos wuchs sein Schweineselbstbewusstsein.

Spekjes erste und letzte große Liebe

Natürlich müsst ihr ihn kastrieren, sagten alle. Gefragt oder ungefragt. Jeder, der auch nur entfernt von unserem männlichen Ferkel hörte, wollte ihm gleich an die Eier. Diese Schweineexperten, die meist gerade mal den Unterschied zwischen Jäger- und Zigeunerschnitzel wussten, konnten plötzlich alle ausführlich erklären, warum Kastration unumgänglich sei. Egal, ob als drohende Warnung, belehrender Vortrag oder freundschaftlicher Rat, zusammengefasst vertraten alle die gleiche Ansicht: „Eber stinken und sind aggressiv."

Meine Nachforschungen über Schweineentwicklung hatten in diesem Punkt etwas andere Ergebnisse gebracht. Ebergeruch und Aggressionsverhalten sollen zwar ohne Kastration häufiger vorkommen, es gebe aber auch viele unkastrierte, bei denen beides kaum ausgeprägt sei. Sowie andersrum einige kastrierte, die trotzdem stinken und alles angreifen. Wir waren uns darum schnell einig, dass wir erst mal abwarten wollten, wie Spekje sich als ganzer Mann verhalten würde. Denn kastrieren kann man ja jederzeit noch, wenn es nötig wird, aber einmal ab ist immer ab...

Im Leben mit einem Schwein kommt alles noch schneller anders, als man sonst schon denkt. Dem Abwarten wurde ein frühes Ende gesetzt, aus ganz anderen Gründen. Somit konnten wir nie herausfinden, ob all die Stinken-und-Kämpfen-Theoretiker Recht oder Unrecht hatten. Acht Wochen junge, männliche Schweinebabys können schon neue Ferkel zeugen. Auf Schiffen ticken die Uhren gemütlicher. Spekje wurde mit ungefähr drei Monaten deutlich geschlechtsreif. Was dann unseren Alltag grundlegend veränderte, davor hatte uns keiner gewarnt. Das war, so simpel aber doch so eindrucksvoll – seine unendlich große Liebe!

Nun kennt wohl jeder die aufdringlichen Hunde, die an allem und jedem aufreiten. Manche bevorzugen edle Polstersessel oder Couchgarnituren, deren Besitzer meist nicht sehr erfreut über die hinterlassenen Kratz- und Spritzspuren sind. Dominantere Rüden klammern sich an jedes erreichbare Hosenbein, von dem der schamrote Hundebesitzer sie vergeblich loszureißen versucht, während der Hosenbeinbesitzer ängstlich erstarrt oder lauthals flucht und das Bein schüttelt. Je nach Hundegröße. Wenn die Hose einem Mann gehört, versichert dieser sich mit ständigem Wendehals, ob ihn auch kein anderer Mann in dieser prekären Lage beobachtet. Wohl fast jeder Hund bespringt in seiner Not mal Vertreter der eigenen Spezies, von irgendeiner Seite, wobei beider Geschlecht auch keine große Rolle zu spielen scheint.
All solches Verhalten lag Spekje völlig fern. Dafür war seine junge Liebe viel zu feinsinnig.

Es begann damit, dass er mitten im Lauf erstarrte und besorgt schielte, weil unter seiner Nase die Spitze von einem rosa Ding erschien. Welches irgendwie zu ihm gehörte und dann auch noch Flecken auf den Boden machte. Als Mama auf seinen fragenden Blick hin nur lachte und einen Lappen holte, war er nicht wirklich beruhigt. Wie sollte er auch – plötzlich musste Spekje immer wieder erleben, wie er zur Ursache allgemeiner Erheiterung wurde. Weder mein Mann, noch ich, noch sonst irgendwer, der an Bord kam, hatte jemals Schweinepimmel gesehen. Dieser war nicht gerade, sondern wie ein dünner, gedrehter Korkenzieher. Er wuchs, in zartem rosa mit schwarzen Punkten, unter Spekjes Bauch, waagerecht von null zu unglaublicher Länge, wodurch er sogar zwischen den Vorderbeinen herausschaute. Dort angekommen, spritzte fast durchsichtiges Gelee heraus und der Korkenzieher zog sich zusammen, bis er komplett wieder im Ferkel verschwand. Unmöglich, nicht darauf zu starren und einem Lachkrampf zu erliegen. Zumal bei so einem winzigen Tier, ein Baby mit sehr aktivem Babyschwänzchen. Ben konnte ironische Eifersucht nicht unterdrücken: „Ist die Länge schon auf Zuwachs? Er kann sich ja selbst einen blasen! Das würde mein Leben auch vereinfachen. Wird der in die Sau reingeschraubt? So dünn wie der ist, merkt die das ja gar nicht. Kann auch Vorteile haben." Die Wohnung war mit PVC ausgelegt, das Wegwischen von seinem Klacks war also ein Klacks. Meine Befürchtung war nur, ob mein

Mann das auf Dauer, wenn der Witz des Neuen verflogen sei, noch ebenso leichtnehmen würde. Männer sind ja doch etwas empfindlich, in Bezug auf die Körpersäfte anderer Männer. Er beruhigte mich, ein bisschen eklig sei es schon, aber solange ich das immer gleich aufräume und er nicht damit belästigt würde, könne er damit leben.

Anfangs hatte Spekje jedes Mal ein schlechtes Gewissen und guckte sehr betreten zu, wie ich seine Fleckchen wegwischte. Naja, Fleckchen – ich will nicht zu sehr verniedlichen, es waren schon große Flecken für das bisschen Schwein. Da aber keiner schimpfte, hatte er sich schnell daran gewöhnt und „es passierte" nun einfach nebenbei: Beim Laufen, Spielen, Stehen, Liegen, egal. Er achtete überhaupt nicht mehr darauf und machte ohne Unterbrechung weiter, womit er gerade beschäftigt war. Ich habe noch nie ein männliches Wesen erlebt, das seinem eigenen Samenerguss so wenig Beachtung schenkte. Und das alle halbe Stunde bis Stunde…

Der körperliche Aspekt vom Erwachsenwerden beeindruckte Spekje also nicht wirklich. Doch dann kam die seelische Entwicklung hinterher. An irgendeinem Tag entflammte sein kleines Schweineherz rettungslos in zärtlicher Zuneigung. Er kannte nur noch ein Ziel für seine tiefe Sehnsucht und das waren – meine Füße.
Aha, denkt jetzt der eine oder andere, er wurde also doch wie die aufdringlichen Hunde! Ganz und gar nicht. In seiner jugendlichen Unschuld kam er, schüchtern und leise grunzend, auf mich zugelaufen. Seine Augen leuchteten katzenartig vor Erfüllung, wenn er dann meinen nackten Fuß ganz sanft mit seiner kleinen, nassen Nase anstupste. Schwups – schon ergoss sich ein wabbeliger See von Sperma über meine Zehen.

Damit stürzte er mich in einen schrecklichen Konflikt. Den Boden wischen fand ich nicht schlimm, aber so in etwa jede Stunde die Füße waschen, war ein ganz anderes Thema. Zumal ich auf diesen Füßen ja erst irgendwie ins Bad kommen musste, bevor ich sie abspülen konnte. Was wieder einiges Bodenfeudeln nach sich zog. Manchmal wartete Spekje danach schon wieder vor der Badezimmertür, weil er meine frisch gewaschenen Füße ganz besonders attraktiv fand… Auch mein Mann fand diesen Eingriff in sein Territorium zu weitgehend und fürchtete außerdem um den Eindruck, den Besucher von unserem Leben bekommen könnten. Ich musste Spekje also irgendwie von meinen Füßen fernhalten.

Man kann einem Schwein, wie gesagt, viel beibringen. Wenn es versteht, was man will. Aber da Spekje doch nichts Böses machte, sondern einfach nur ganz liebevoll seine Steckdose auf meinen Fuß legen wollte, weil ihn das irgendwie glücklich machte, konnte er absolut ganz und gar nicht begreifen, warum ich ihn dann wegschickte, wegschob oder gar schimpfte. Nur wer jemals in die verzweifelten Augen eines Schweinchens geschaut hat, das von seiner Liebe verstoßen wird, kann nachvollziehen, wie schlimm es für ihn und damit auch für mich war. Er spielte kaum noch, sogar sein Futter fand er für Schweineverhältnisse mäßig attraktiv. Spekjes Leben drehte sich nur noch um die verbotene Sehnsucht nach meinen Füßen. Manchmal verzog er sich nach einer Zurückweisung stundenlang in sein Nest und trauerte. Waren die Schweinetränen versiegt, raffte er sich, mit dem Mut des echten Liebenden, seufzend auf und steuerte ganz vorsichtig, unter ausweglos zärtlichem Grunzen, direkt wieder meine Käsemauken an.

In der Schiffswohnung gab es dank umgebendem Wasser und untenliegendem Maschinenraum eigentlich nie Fußbodenkälte. Darum liefen wir drinnen fast das ganze Jahr gerne und überzeugt barfuß. Diese Lebensgewohnheit zu ändern fiel mir schwer, aber das Tragen von Socken oder Hausschuhen brachte zumindest einige Verbesserung. Spekje schaute sich meine angezogenen Füße nachdenklich an, dann versuchte er es ein paar mal mit kurzem Antippen. Letztlich wagte der winzige Eber es, seine Nase ganz still auf den wollüberzogenen Fuß zu pressen. Nichts passierte. Kein Samenerguss, kein Schimpfen. Damit waren wir beide für den Anfang zufrieden.

Mit der Zeit machte Spekje mir jedoch immer deutlicher, dass ich die störende Fußbekleidung doch bitte entfernen möge. Das heißt, er rieb, schob und zupfte vorsichtig daran. Dabei war er niemals wirklich aufdringlich, immer fragend und bittend, aber maßlos traurig, wenn ich seine Anfragen wieder und wieder ablehnte. Als guter Beobachter hatte er auch entdeckt, dass ich die Strümpfe abends aus- und morgens wieder anzog. Es bestand also ein genereller Zusammenhang zwischen Umziehen und nackten Füßen. Sobald ich die geringsten Anstalten zu irgendeinem Kleiderwechsel machte, egal ob für einen Landgang, bei Wetteränderung oder zum Schlafen, kam unser Ferkelmännchen begeistert angerannt. Um ihn nicht jedes Mal wegschieben oder anschimpfen zu müssen, wurde es Gewohnheit, mich auf dem Bett oder auf dem Sofa umzuziehen. Da beides noch zu hoch für ihn war, stand er nur enttäuscht davor. Ein paar Mal gelang es ihm, wenn ich unaufmerksam zu dicht am Sofarand stand oder wegen vergessener Kleidungsstücke fluchtartig zum Schrank rannte, doch noch sein Liebesobjekt zu berühren. Mit allen bekannten Folgen. Einmal wurde ich nachts wach, von einer feuchten Schweinenase an meinem Fuß, der wohl aus dem Bett gehangen hatte. Leider war im Schlafzimmer Teppichboden. Ansonsten beschränkten sich seine Ergüsse auf das schon bekannte „unbemerkt nebenbei".

Mit strenger Sockentragedisziplin war der Reinigungsaufwand zu bewältigen, aber es blieb ein Spießrutenlauf, meine Füße vor dem Schwein zu verstecken. Wochen vergingen, sein Begehren wurde nicht schwächer. Die Couch konnte ich zum Umkleiden nicht mehr gebrauchen, Amors Pfeile hatten ihm Flügel verliehen. Er schaffte es allein hinauf. Vom Bett war das erste Lattenrostbrett durchgebrochen, da ich immer auf derselben Stelle herumhüpfte, um ein Bein in die Hose zu kriegen. Wehmütig kamen wir überein, dass Spekjes unerfüllte Liebe alle nur unglücklich machte und es, in seinem Interesse, doch besser sei, ihn kastrieren zu lassen. Vor allem, damit er wieder zufrieden spielen, fressen und schlafen konnte, anstatt ewig abgewiesen seinem sexuellen Fußideal hinterherzulaufen. Somit hatte der Mensch wieder entschieden. Meine Füße waren nicht nur die erste große Erregung in Spekjes Leben, sie sollten auch für immer seine letzte sexuelle Erfahrung bleiben.

Kastration im Wohnzimmer

Haustierärzte findet man an jeder vierten Straßenecke. Viehdoktoren empfiehlt einem der nächstbeste Bauer. Für beide kann man auch einfach das Branchenbuch aufschlagen und dann bei Google-Maps checken, wer in der Nähe des Wohnortes praktiziert. Aber wie und wo findet man auf einem fahrenden Schiff einen guten Tierarzt für ein Minischwein? Haustierviehdoktoren sind rar gesäht. Um Kontinuität zu gewährleisten, konzentriert man sich bei der Suche auf Häfen, die man öfter ansteuert. In unserem Fall fiel die Wahl darum auf Gorinchem. Die größere Schwierigkeit, der wohl jeder Minischweinbesitzer begegnet, ist ungeklärte Zuständigkeit und mangelnde Erfahrung. Das heißt, wenn die Kleintierdoktoren das Wort Schwein hören, verweisen sie einen zum Landtierarzt. Der kennt sich mit Schweinen aus, das stimmt. Aber nicht mit Behandlungsmethoden, die darauf ausgerichtet sind, dass dein Tier älter als ein halbes Jahr werden soll. Vielleicht hat man noch Glück und der Tierarzt hat Biobauern in seinem Kundenkreis, dann kennt er sich vielleicht auch mit Schweinen aus, die ein bis zwei Jahre leben dürfen. Länger braucht normalerweise ja kein Schwein durchzuhalten. Spätestens, wenn man dem netten Doktor am anderen Ende der Telefonleitung dann noch was von Binnenschiff und internationaler Rheinfahrt erzählt, endet seine Freundlichkeit meistens. Er denkt, dass er auf den Arm genommen wird und beendet das Gespräch mit einem gereizten Spruch. Falls der Angerufene in der Erzählung doch ein Körnchen Wahrheit vermutet, belehrt er dich, dass es gar nicht erlaubt ist, ein Schwein ohne Genehmigung auf einem Transportmittel zu halten und er damit nichts zu tun haben will. Ein anderer kann vor Lachen kaum noch sprechen, zwischen den Glucksern kann man irgendwie heraushören, dass seine Anfahrtpreise und Medikamentenmengen sich nur für Großabnehmer lohnen.

Viele Telefonate später hatten wir endlich Glück. Die kompetente Mitarbeiterin einer Kleintierklinik hatte von einem „Varkensdoctor", also einem Schweinedoktor, gehört, der in ihrem Klinikzusammenschluss zwar zur Großtierabteilung gehörte, in dessen Kundenkreis aber auch ein oder zwei Minischweine seien. Nach mehreren Rufumleitungen und Fehlverbindungen hatten wir ihn endlich an der Leitung, unseren ersten Minischweinarzt, den Doktor Schwanenbaum. Er hatte nicht nur fallweise Erfahrungen mit privaten Schweinen gesammelt, er war auch bereit, für ein einzelnes Tier, mit der durch die Schiffahrt bedingten kurzfristigen Terminabsprache, an Bord zu kommen. Zudem fand er eine Möglichkeit, von seinen Kilomedikamentenpackungen die nötigen Kleinstmengen für Spekje abzuzweigen.

Sein erster Besuch bei uns fand lange vor allen Fußproblemen statt, als Spekje gerade mal zwei Reisen an Bord war. Wir wollten ihn grundsätzlich untersuchen lassen, die standardmäßige Milbenbehandlung durchführen und uns über eventuelle Impfungen informieren. Trotz aller Beschreibungen hatte der Arzt einen kräftigen, jungen Kollegen mitgebracht, da er es sich doch noch nicht vorstellen konnte, dass ein Schwein sich ohne Knebelung mit Maulschlaufe untersuchen und spritzen lässt. Als er das schmusende Baby auf meinem Arm sah, amüsierte er sich selbst darüber. Also, dieser erste Tierarztkontakt verlief relativ unspektakulär. Spekje wurde ohne größere Gegenwehr gründlich untersucht, die Milbenspritze merkte er kaum. Danach ließ ich ihn wieder im Wohnzimmer laufen, wir tranken gesellig einen Kaffee mit fröhlichem Ferkel um uns rum und ließen uns von Doktor Schwanenbaum ausführlich über Schweinegesundheit beraten. Auch das Thema Kastration wurde besprochen. Er fand es durchaus möglich, dass es unter diesen Lebensumständen vielleicht nicht nötig sei. Dabei machte er außerdem deutlich, dass er prinzipiell keine Babys kastrieren würde, wie in der Massentierhaltung sonst üblich. Erst wenn Spekje mit circa einem halben Jahr genug entwickelt sei, könnten wir darüber sprechen. Somit wurden wir in unserer anfänglichen Abwarteabsicht immerhin vom Tierarzt bestätigt. Der im Übrigen alle unsere Bedenken, was Spekje an Bord fehlen könnte, zerstreute. Weil er nicht mit der Natur, sondern mit den Schweinen verglich, die er sonst behandelte. Von denen hätte keines so viel Platz, Beschäftigung und Zuwendung wie Spekje. Kurzum, wir waren erleichtert, einen verständnisvollen Tierarzt gefunden zu haben und er war angetan von ungewöhnlichen Klienten. Beim Abschied freuten sich alle auf das nächste Wiedersehen, nur Spekje gab keinen Kommentar mehr. Er hatte sich müde von all den Aufregungen in sein Nest verzogen und schnarchte friedlich.

Wie sehr ich dieses Wiedersehen einmal erwarten würde, konnte ich zu dem Zeitpunkt noch nicht ahnen. Als unsere Entscheidung für die Entmannung einmal gefallen war, zählte ich, während ich mit Unterhose und Socken auf dem Bett turnte, jedes Mal die Tage, bis Spekje endlich ein halbes Jahr sein würde. Ich wollte es nur noch hinter mir haben, dieses Datum, an dem „es" passiert. Sowie die ewige Fußjagd. Ob wir ihn für die Operation in die Tierklinik bringen müssten? Ich hatte mir hundertmal ausgemalt wie ich, mit einem wild zappelnden, schreienden Ferkel auf dem Arm versuchen könnte, die Wohnung zu verlassen. Was Spekje mit allen Zahn- und Klauenmitteln versuchen würde, zu verhindern. Wie wir ins Auto klettern, wo er sich natürlich loswinden und mit seinen Krallen die edlen Sitze des Jaguars meines Mannes zerfleischen würde. Gebrüll und Streit, derweil das wildgewordene Schwein auf Bens Schoß spränge, der prompt den englischen Boliden gegen einen Baum führe. Keine tolle Planung. Der Tierarzt sah keine Schwierigkeiten. Wir bräuchten nicht kommen. Er käme zu uns, würde das Schwein betäuben und einfach dort kastrieren, wo es gerade umfällt.

Darüber zu sprechen und zu entscheiden, ist eine Sache, es zu tun, eine ganz andere. Ein sehr mulmiges Gefühl engte meine Brust ein, als der Doktor dann wirklich an Bord kam, um unserem Spekje seine, gerade erst erwachte, Männlichkeit zu nehmen. Wie das ahnungslose Ferkel so erfreut den Besuch begrüßte und Apfelstückchen verlangte, derweil ich sein Nest verriegelte, damit er nicht dahin flüchten konnte, fühlte ich mich erstmals als Verräter. Der Wunsch kam auf, den Tierarzt unverrichteter Dinge wieder wegzuschicken, aber der Verstand war mächtiger. Ein weiterer Impuls drängte mich, zumindest nicht daran mitzuwirken, sondern wegzugehen, als ob ich von nichts wüsste und die Männer machen zu lassen. Auf dieses zweite Gefühl hätte ich wohl hören sollen, denn was dann folgte, verursachte zu Recht den ersten Knacks in Spekjes tiefem Vertrauen zu mir. Das wir so mühsam aufgebaut hatten.

Doktor Schwanenbaum erklärte, dass er zwei Spritzen vorbereitet habe. Die erste zur Beruhigung, die zweite zur Betäubung. Da seine erste Behandlung auf meinem Arm so einfach war, hatte er diesmal keinen Kollegen mitgebracht und wir wollten es wieder so machen. Inzwischen war Spekje aber um einiges größer und stärker, so dass er mir Hochheben und Festhalten nicht gerade leichtmachte. Vielleicht lag es an seinem Widerstand, vielleicht war die Spritze oder die Einstichstelle anders, auf jeden Fall gelang es diesmal nicht, ihn unbemerkt zu pieksen. Er schrie auf, wand sich mit aller Kraft der Schweinefluchtpanik aus meinem Arm und rannte zu seinem Nest. Als er dieses verschlossen fand, versuchte er eine Weile mit aller Macht, das Brett wegzuschieben, und blieb letztendlich verunsichert daneben sitzen. Nach einer Weile zeigte das Beruhigungsmittel Wirkung, er legte sich vor sein Nest und schien nicht mehr allzu aufgeregt. Der Tierarzt nickte zufrieden: „Wir trinken diese Tasse Kaffee noch aus und setzen dann die zweite Spritze." Gesagt, getan, ich streichelte Spekje, der leicht irritiert guckte und grunzte, der Tierarzt schlich sich an – aber Beruhigungsmittel hin oder her, da fiel Spekje kein zweites Mal drauf rein!

Plötzlich ging alles sehr schnell, Spekje sprang auf, ich hielt ihn mit aller Kraft fest und während er sich, mit über den Boden schleifenden Klauen, aus meinem Griff entwand, stach der Tierarzt zu. Zu meinem Entsetzen sah ich Spekje durchs Wohnzimmer rasen, mit der Spritze noch im Allerwertesten! Doktor Schwanenbaum lachte, das hätte ja grad noch gut geklappt. Was sollte daran nun gut sein? Mein Schwein rannte in Panik herum und es war doch nur eine Frage der Zeit, wann die Spritze abbrechen würde. Ach, das sei nicht so wahrscheinlich und wenn, könne er die Nadel nachher ja rausschneiden, meinte der routinierte Arzt. Stolz, dass es ihm noch gelungen war, die Spritze leerzudrücken. Ich solle mich einfach hinsetzen, ihn toben lassen und abwarten, bis das Mittel wirkt. Aber das konnte ich auf keinen Fall! Ich sah doch, wie Spekje das Ding auf seinem Hintern wahrnahm und verzweifelt versuchte, davor zu flüchten. Da ich außerdem selber ein, gelinde gesagt, gestörtes Verhältnis zu Spritzen habe, konnte ich das Ding unmöglich so stecken lassen. Ich folgte Spekje also langsam. Seine Angst war so groß, dass er sogar das sonst als lebensgefährlich eingestufte Schlafzimmer aufsuchte, wo er sich in eine Ecke kauerte. Da konnte ich endlich ruhig zu ihm sprechen und erklären, dass ich nur helfen will. Aus seinen Augen sprach noch immer das Babyvertrauen, aber ein erster Schatten von Unsicherheit über meine Absichten hatte sich hinzugesellt. Spekje begriff mich trotzdem noch. Er ließ zu, dass ich die Spritze herauszog. Danach setzte ich mich, wie vom Tierarzt verordnet, zu den anderen an den Tisch und legte die Spritze mit spitzen Fingern in einen Aschenbecher. Nach einer Weile begriff Spekje dann gar nichts mehr. Er kam wie betrunken aus dem Schlafzimmer getorkelt, stolperte über seine eigenen Klauen, übersah erst einen Stuhl und fiel dann über die Wohnzimmerschwelle. Die Männer lachten. Spekje suchte meinen Blick, Mama, was ist bloß los mit mir? Als ich nicht kam, um ihm zu helfen, brach die Panik wieder aus. Er rappelte sich irgendwie auf und rannte kreuz und quer durchs Wohnzimmer, dabei so ziemlich alle anwesenden Möbelstücke rammend. Dann gelangte er zwischen Couch und Wohnzimmertisch, seine Beine trugen ihn nicht mehr. Wild strampelnd rutschte er auf der Seite um den ganzen Tisch herum unter den schnell hochgezogenen Beinen der Männer durch, bis er bei mir ankam. Meine Hand schnell auf seinen bebenden Bauch legend, beruhigte ich: „Es ist gut, Spekje." Da ergab er sich seiner Schwäche, die Beine hörten auf zu zappeln, er blieb endlich liegen. Unter meinen Fingern fühlte ich sein wild klopfendes Herz, dieses starke, kleine Schweineherz, von dem ich doch wusste, wie schwach es gegen Narkosemittel ist. Der Kreislauf eines Großschweins kapituliert schließlich schon an einer Tafel Zartbitterschokolade. Meine Angst um sein Leben verdrängend, damit er sie nicht spürt, blieb ich so sitzen und sprach leise zu ihm, derweil die Männer noch eine Zigarette rauchten und dann aktiv wurden.

Da Spekje eingeklemmt zwischen Tisch und Sofa lag, wurde kurzerhand der schwere Tisch weggerückt. Gerade so weit, bis der Arzt sagte, dass er Platz genug für seine Arbeit hätte. Als er mit seinem Handwerkszeug anrückte, verzog ich mich in die Küche. Spekje schlief und ich konnte nichts mehr tun, außer verhindern, dass ich selbst umkippte. Mein Mann war da wenig zimperlich; er hatte zugesagt, zu assistieren. Er habe dasselbe schließlich bei einem früheren Hund auch schon getan, als die Tierarztassistentin ausgefallen war. Konsequent zog er Spekje an den Hinterbeinen hoch, damit der Doktor ein Tuch drunterziehen konnte. Beide kauerten recht beengt zwischen den Möbeln, über den Patienten gebeugt. Ab da schaute ich nicht mehr hin, hörte nur noch ihre leisen Worte und wusste, jetzt passiert es, jetzt wird an meinem Baby herumgeschnibbelt. Und ich bin schuld. Ach, wäre ich doch nur mit Socken an den Füßen geboren worden, dann hätte ich ihm dies vielleicht ersparen können!

Einen Glimmstengel nach dem anderen qualmend, wartete ich am Küchentisch. Beim Aufschrei meines Mannes gefror mir das Nikotin in den Adern: „Booooh, sind die groß!" Schwanenbaum lachte beruhigend, wobei er unbeirrt an meinem Schwein weiterdoktorte: „Alles in Ordnung, Ben kriegt nur grad Komplexe, weil er Spekjes Hoden in den Händen hält." Die er mir auch sofort begeistert zeigen wollte. Aufgeregt quatschend, trug er in den hohlen Händen auf mich zu, was ich gar nicht sehen wollte: „So ein kleines Schwein und die Dinger sind jetzt schon größer als meine, das gibt's doch gar nicht, ich hab da ja nie drauf geachtet, wer guckt da schon hin, da hat er Recht, da krieg ich jetzt echt Komplexe von, ich dachte immer, meine wären

ganz beachtlich, aber das..." Demonstrativ floh ich an die offene Tür, schaute hinaus und versuchte meiner Stimme Festigkeit zu verleihen: „Ben, tu die irgendwie weg. Will die nicht nochmal sehen. Ich kenne Spekjes Hoden. Hab ihn schließlich oft genug gebürstet und gewaschen. Möchte sie dort in Erinnerung behalten, wo sie hingehörten." Er versuchte es weiter: „Ach komm, nur einmal gucken, das ist wirklich beeindruckend."
Der Doktor pfiff den entthronten Mann einfühlsam zurück. Er hatte irgendein Behältnis mitgebracht, in welches das dicke Eierproblem entsorgt wurde. Ein Kelch, den er später ungesehen an mir vorbei tragen konnte. Aus den Augen, aber nicht aus dem Sinn. In den nächsten Wochen gab es keinen in die Nähe kommenden Bekannten, den mein Mann nicht ausführlich über die unglaublichen Dimensionen von Spekjes Geschlechtsorganen informierte.

Als der Tierarzt sein Werk vollendet und sich verabschiedet hatte, nicht ohne einen weiteren Kaffee, begann Spekje schon bald zu zucken. Ein Bein geht noch, zweites Bein geht noch, ein Augenlid geht noch, Kopf geht noch, Aufstehen geht nicht richtig... Ich half ihm, am Ort des Geschehens wieder auf die Beine zu kommen. Er torkelte, mit Unterstützung bei der Navigation, direkt in sein Bettchen. Um die Wunde vor Verunreinigung zu schützen, hatte ich das Stroh vorsorglich gegen Tücher und Lappen ausgetauscht. Nachdem er rund vierundzwanzig Stunden unter einer warmen Decke durchgeschlafen hatte, lief er herum, als wäre nichts gewesen. Zu meiner großen Erleichterung, denn wir waren schon wieder unterwegs, Laden im Seehafen, wo Kastrationskomplikationen nur ziemlich kompliziert zu lösen gewesen wären. Den Strohersatz aus Stofffetzen richtete Spekje sich so kunstvoll als Schlafstatt ein, dass er ihn künftig behalten durfte. Nicht ganz uneigennützig, so ein strohloses, staubärmeres Zuhause.

Sexualsturm

Mit seriöser Stimme hatte der Tierarzt uns informiert, dass der kastrierte Eber, Borg genannt, nach der Operation noch eine Menge Samen „im Lauf" habe. Es würde ungefähr zwei Wochen dauern, bevor wir ihn gefahrlos zu einer Sau lassen könnten. Was bei uns aber doch wahrscheinlich nicht der Fall sei, oder? Wir kicherten alle, nein, in nächster Zeit hatte keine Sau Ihren Besuch in unserem Wohnzimmer angemeldet und ich stellte mich stattdessen darauf ein, noch ungefähr vierzehn An- und Ausziehvorgänge auf der Fußflucht zu sein. Die Naturgewalten von Schwein und Wasser waren aber viel schneller.

Die erste Reise nach der Kastration führte uns über das berühmt-berüchtigte Ijsselmeer. Echte „Seemänner" mögen sagen, das sei doch auch nur ein besserer See. Auf der Landkarte mag es so aussehen. Wer aber einmal die Panik auf den Funkkanälen und die Auslastung der Hilfsdienste mitbekommen hat, sobald das Wetter hier auch nur geringfügig schlechter ist, wird die Gewalt dieses eingesperrten Stückchens vom wilden Meer achten lernen. Auf den Ozeanen können die kürzeren Schiffe über riesige Wogen hinauf- und auf der anderen Seite wieder hinunterklettern. Das Ijsselmeer ist groß genug, um tüchtige Wellen aufzubauen, aber wiederum zu flach und zu begrenzt, um sie ordentlich auslaufen zu lassen. Die Brecher, die sich so gerne frei austoben möchten, finden durch den Abschlussdeich den Weg zum Meer nicht mehr. Sie werden von allen Ufern zurückgeworfen und tanzen wie die Irren in ihrem Gefängnis hin und her, streiten miteinander oder verbünden sich, um Ihre Wut an den Schiffen auszulassen. Dann greifen sie dich an – in kurzer Kette hintereinander, zu schmal und zu dicht hintereinander, als dass du sie erklimmen könntest, rollen sie einfach über dein Fahrzeug drüber. Du gleitest unter mehreren Wellen zugleich durch und kannst nur hoffen, dass dein Schiff auch von oben dicht genug ist. Das macht das Ijsselmeer, in Verbindung mit seinen plötzlichen Wetterwechseln, so tückisch.

Ben hat auf diesem Gewässer auf unerklärliche Weise seinen eigenen Privatsturm, der selbst bei schönstem Wetter hinter irgendeiner Insel lauert, ob er nicht sein Lieblingsschiff nahen sieht, um es tüchtig durchzuschütteln. Dies ist noch eines der Wetterwunder, die zum *Hunter* gehören. Die Vorhersage vom Ijsselmeer irrt selten. Außer wenn wir kommen. Ben hatte sich schon angewöhnt, Kollegen zu warnen: „Wenn du weißt, dass ich rüber muss, warte in Amsterdam. Am besten bis zum nächsten Morgen. Sonst erwischt es dich garantiert auch..."
So war es auch dieses Mal. Argwöhnisch lauschten wir dem Wetterdienst und beobacheten die Wolken um uns herum. Alles wirkte

wunderschön. Bei strahlendem Sonnenschein und mit der Prognose von einem friedlichen Westwind, höchstens Stärke drei, gab es nun wirklich keinen Anlass zur Sorge. Wir verließen optimistisch den Vorhafen der Schleuse und wandten den Bug „nach draußen". Herrlich. Bis zum Horizont wimmelte es von Segeln in allen Größen und Farben, unzählige Wassersportler vertrauten den Vorhersagen genauso wie wir. Historische Großsegler zogen vorbei, Touristen winkten, wir genossen die Überfahrt in vollen Zügen. Nur Lady, die das Ijsselmeer bei jedem Wetter hasste, weil Sie aus Urmisstrauen überzeugt war, dass man immer zum Ufer schwimmen können sollte, hatte sich beleidigt im Steuerhaus eingerollt, sobald sie kein Land mehr erkennen konnte. Das tat sie hier immer, daraus konnte man nicht auf instinktive, tierische Vorahnungen schließen.

Erst als wir weit genug waren, dass Rückkehr oder Kurswechsel zu einem anderen Hafen keine Alternativen mehr sein konnten, knackte und knisterte es zu unerwarteter Uhrzeit im Funkgerät. Bens sonnengebräuntes Gesicht wurde deutlich heller, denn er ahnte schon, was kam. Und ja, die wohlvertraute Wetterstimme begann: „Een aanvullende weerbericht..." Das kann man kaum übersetzen, es ist das nackte Entsetzen. Ein ergänzender Wetterbericht, außerhalb der normalen Ansagen. Es konnte nur wieder jener Privatsturm sein, der uns entdeckt hatte und nun bösartig um die Ecke grinste. Die Sachlichkeit der Mitteilung war schwer erträglich: „knister knacks...unerwartete Wetteränderung...knister...Nordwest sieben bis neun...knacks..." Mehr brauchten wir nicht verstehen. Er hatte kaum ausgesprochen, da überzog sich der blaue Himmel schon mit grauen, zerfetzten Wolken, der Tanz begann sichtbar über uns. Gleich darauf erwachten unzählige weiße Schaumkrönchen auf dem gerade noch so stillen Wasser zu unheimlichem Leben. Hier kann man, wie im Zeitraffer, den Wellen beim Wachsen zuschauen. Der *Hunter* ächzte leise, als er begann, mit ihnen zu schwingen. Am Anfang laufen sie unter dem Schiff durch, der Stahl biegt sich über den Wellen, so dass man jede einzelne durch die Schiffsbiegung vom Bug bis zum Heck verfolgen kann. Dadurch scheint es fast, als wäre der Rumpf selbst aus Wasser. Jeder, der zum ersten Mal ein Binnenschiff auf solche Weise schwingen sieht, kann das Ausmaß der Biegsamkeit kaum glauben. Oft hörte ich im Steuerhaus panische Ausrufe von Besuchern: „Das Schiff bricht!", die uns zum Lachen brachten: „Falschrum gedacht.

Würde es sich *nicht* biegen, dann würde es brechen." Dann werden die Abstände der Wellen kürzer, darüber kann selbst ein Binnenschiff sich nicht mehr biegen. Es fährt quasi eine Etage tiefer weiter, in den Tälern der Wellen. Das Wasser wandert dauerhaft über die tieferliegenden Gangborde und spielt dort mit Pollern und Abläufen, wie zur Übung. Von Welle zu Welle krabbelt jede einen Schuss höher als ihre Vorgängerin, bis die ersten Schaumkronen das Deck erobern. Letztendlich hüpfen die Spitzen der Wellen über das komplette Deck, bei Frachtschiffen über die Luken, hintereinander her. Was stört es sie, dass darunter noch ein Schiff fährt? Von ein paar Strudeln bei Hindernissen, wie Aufbauten oder Leitungen, mal abgesehen. Wo darüberhinaus Luft sein sollte, ist Gischt.

Im Steuerstand herrschte angespannte Stille, der *Hunter* schlingerte und torkelte, während drei Paar Augen jede Woge verfolgten, um Ihre Kraft und Wirkung einzuschätzen. Welle für Welle für Welle für Welle für Welle für Welle für Welle... nach einem halben Jahrhundert von Wellen konnte ich meine Sorge nicht mehr verschweigen und fragte, obwohl ich wusste, dass Ben bei solchem Wetter alle im Steuerhaus haben möchte: „Ich würde doch echt gern nachschauen, wie Spekje da unten mit dem Geschaukel klarkommt." Zu meinem Erstaunen war mein Mann nicht nur einverstanden, sondern sogar erfreut: „Hab mich gar nicht getraut, zu fragen, aber ich hätte dich auch lieber unten, um die Fenster und Türen zu überwachen. Bei Problemen ist ja Karel auch noch hier oben." Also, mit Schwimmweste, sowie vielen guten Ermahnungen bezüglich Vorsicht auf dem Weg in die Wohnung ausgerüstet, stiefelte ich los. An der Treppe nach unten von der Brücke auf die Gangbord hieß es, Wellenabstand in Sekunden zu zählen. Die hinteren Aufbauten und Wellenbrecher hielten den Weg achtern herum zwar relativ frei, aber relativ ist eben nicht immer ganz. Man musste schon im richtigen Moment laufen, um keine nassen Beine zu bekommen.

Gut gezählt, also fast trocken, kam ich in der Wohnung an. Das sollte aber nicht so bleiben. Spekje war hocherfreut, mich zu sehen und wollte gleich spielen. Die Urgewalten tangierten ihn peripher. Er war nur beleidigt, dass ich nervös durch die Wohnung lief und den Fenstern ungewohnte Aufmerksamkeit zukommen ließ. Anstelle von ihm. Gerade wollte ich Meldung nach oben geben, dass hier alles im grünen, will sagen trockenen Bereich sei, als ein Schwall Wasser unter der alten Holztür durchschoss und sich in der Küche ausbreitete. Spekje wunderte sich kaum, er schnüffelte neugierig und schob die Fußmatte durch die Pfütze. Ich wartete einen Moment und nutzte dabei meine soeben erworbene Erfahrung vom Wellenabstand-Sekundenzählen, da ich ja nicht sehen konnte, was vor der Tür los war. Als gemäß meiner Zeitzählung mehrere Wellen vorbeigekommen sein mussten und es keinen neuen Schwall gab, telefonierte ich mit Ben. Kaum berichtete ich, dass für die klapprigen Fenster noch keine Gefahr zu bestehen schien und es bisher nur einen überschaubaren Schubs Wasser gab, der unter der Tür durchkam, da kippte unser Stürmchen wieder ein Eimerchen unter der Tür durch. Ich erhielt daraufhin den Auftrag: „Unten bleiben, alles überwachen, Wasser aufwischen und anrufen, falls es mehr wird, als mit dem Feudel zu bewältigen ist."

Gehorsam schnappte ich mir Eimer mit Lappen und wischte. Als einstweilig alles trocken war, wechselte ich die klatschnassen Socken und kontrollierte alle Fenster. Nach dem Rundgang stand erneut Wasser am Eingang, also wischen. Dann wechselte ich die Socken. Dann kontrollierte ich die Fenster. Dann wischte ich wieder. Dann wechselte ich die Socken, Fenster, wischen, Socken, Fenster, wischen, Socken... als so ungefähr sieben Paar Socken auf der Heizung hingen, schaute ich mein mit dem Feudel spielendes Schweinebaby an und sagte: „Du bist jetzt doch kastriert, oder? Ich versuche es doch mal barfuß." Falscher Fehler. Spekje hatte ja noch niemand erklärt, wie man sich benimmt, wenn man kastriert ist. Sofort vergaß er alle noch so tollen Lappen und Wasserspiele, er küsste wie befürchtet meine Füße und gab entsprechend seinen Samensenf hinzu. Das Ijsselmeer kommentierte dies sogleich durch den Türspalt, nicht minder potent. Also zog ich mir schnell wieder Socken an, wischte die Ergüsse von Schwein und Meer gemeinsam auf und grübelte, ob mein Sockenvorrat bis zur Schleuse in Lemmer reichen würde.
Dann kam die rettende Idee: Meine klobigen, hohen Sicherheitsgummistiefel waren zwar bei diesem Seegang unerreichbar im Vorschiff, aber irgendwo zwischen meinen normalen Schuhen könnten noch diese alten, halbhohen Damengummistiefelchen liegen, die ich früher mal hatte? Gedacht, gesucht, alle Schuhe im Schlafzimmer ausgebreitet, gefunden, abgestaubt. Problem gelöst.

Denkste. Schweineaugen sehen anders. Vielleicht etwas zu menschlich. Spekje stierte auf meine Füße, als ich aus dem Schlafzimmer kam. Er quiekte begeistert. Ich bewaffnete mich wieder mit dem Feudel, und während ich wischte, untersuchte Spekje die Schuhe von allen Seiten, rieb seinen Kopf daran, rollte seinen Rücken dagegen, stubste, schubberte, knabberte, küsste – und spritze. Gummi. Mein Schwein fuhr total auf Gummi ab! Noch schlimmer als auf nackte Füße! Er war wirklich ein Bilderbuchfetischist. Vor Lachen setzte ich mich in das Ijsselmeerwasser in unserer Küche, so dass anschließend noch eine Hose bei den Socken auf den Heizungen hing. Eigentlich war es auch egal. Wenn nur die Fenster hielten und das Schiff weiterschwamm, was machte der Rest aus?
So bekamen wir eine gewisse Routine:
Gummischuhe aus, alle Fenster kontrollieren, Gummischuhe an, verfolgt von einem selig quickenden Ex-Eberchen zur Tür laufen, Wasser aufnehmen und in den Eimer auswringen, während Spekje sich an meinen Schuhen vergnügte, anschließend Spekjes Glück wegwischen, Gummischuhe wieder aus… ich weiß nicht mehr, wie oft sich dieses wiederholte. Es war, als hätten wir immer so gelebt und würden immer so weiterleben. Völlig normal und in Ordnung. Bis der Motor auf einmal langsamer drehte, was hieß, dass wir uns der Sicherheit verheißenden Schleuse näherten. Damit begann wieder ein anderes Dasein. Ich reinigte den Küchenboden noch einmal abschließend gründlich und zog die gewöhnlichen Decksschuhe aus Leder an, um beim Anlegen zu helfen.
Als wir, im ruhigen Kanal gleich hinter der Schleuse, Feierabend machten und in die Wohnung kamen, lag Spekje in seinem Nest. Er schlief bis zum nächsten Mittag. Es sah aus, als hätte der Unschuldige im Traum ein großes Lächeln um die Schnauze. Kein Wunder. Er hatte seine besonderen sexuellen Vorlieben entdeckt, dabei seine verbliebenen zwei Wochen Spermavorrat in wenigen Stunden aufgebraucht und die totale Erfüllung erfahren. Was will Schwein und Mensch mehr?

Nach dieser Überfahrt hatte Spekje also keinen Tropfen Samenflüssigkeit mehr übrig, es gab nie wieder einen entsprechenden Fleck in der Wohnung und das Pimmelchen habe ich nicht mehr aus seinem Versteck kommen sehen. Meine Füße mochte er immer noch gern, aber bezaubernd freundschaftlich. Manchmal legte er noch seine

Nase drauf, sah mich verschwörerisch an und schickte dann einen glückselig erinnernden Blick in weite Fernen.
In den Momenten wusste ich, dass man mit einem Schwein auch gemeinsam kichern kann. Und wir beide unseren Frieden mit der Kastration gefunden hatten. Vielleicht ahnte Spekje, dass ich ihm diese fantastischen Exzesse nie erlaubt hätte, wären es nicht mit Sicherheit die letzten gewesen.

Schwellenangst

Schauen Schweine gerne aus dem Fenster? Spekje hat es als Baby schon versucht. Mit den Vorderklauen gegen die Sofalehne, reichte seine Nase derzeit kaum bis zum Fensterbrett. Er schien aber zu ahnen, dass dort, wo das Licht herkam, mehr vom Universum zu erahnen sei. Mein Mann fand diese Kletterversuche bezaubernd. Es sah auch rührend aus, mir kräuselten sich aber leicht die Nackenhaare, weil Schweine bekanntlich wachsen. Auf den Fensterbänken parkte die heilig-staubige Modellautosammlung. Diese empfindlichen Plastikdinger, mit all Ihren liebevollen Details, haben keinen Seitenaufprallschutz, der einer neugierigen Schweinenase auch nur irgendeine Form von Widerstand leisten könnte. So erklärte ich unserem Schwein freundlich, dass es viel angenehmer ist, sich aufs Sofa zu legen, anstatt an der Lehne hochzuklettern. Das kluge Tier war schnell überzeugt. Ungleich mehr Mühe kostete es, dem Eigentümer der Miniboliden klar zu machen, dass eine Duldung dieses niedlichen Schweinekletterns später zu schweren Massenkarambolagen führen würde. Ich hatte eine verheerende Vision: Wie Spekje, mit einem Kopfschwung, jeweils ein ganzes Fensterbrett leerfegt, fliegende Autos, auf dem Holzboden zerschellend, dort nach ausgiebiger Untersuchung, durch Rüssel und Zähne, nicht mehr als Fahrzeuge zu erkennen, buntes Plastik, Rädchen und Scheibenwischer, die überall in der Wohnung verstreut unter Schuhen und Klauen knackten. Mit diesen Bildern im Kopf, nahm ich den überschaubaren Streit über wer-kennt-sich-aus-bei-Schweineerziehung gerne ich Kauf. Galt es doch, einen schlimmeren zu verhindern. Da ich mich in diesem Punkt durchsetzte, haben wir nie herausgefunden, ob Schweine gern aus dem Fenster schauen. Davon ist aber auszugehen, denn Spekje schaute gerne aus der Tür. Obwohl er dort eigentlich nicht viel mehr sehen konnte, als den Stahl unter der Reling und ein viereckiges Stückchen Himmel. Dafür streckte er seine bebende Steckdose in alle Richtungen. Also sollte ich die Formulierung korrigieren – er schnupperte gerne aus der Tür. Aber keinen Schritt weiter.

Welche Geschichten und Legenden ihm die Düfte auch zutrugen, nichts war verlockend genug, damit er den Schritt über die Schwelle wagte. Im Nachhinein kann ich es ihm nicht verdenken, schließlich gab es dort draußen frei laufende Tierärzte, die jederzeit mit einer Spritze in der Hand, um die Ecke kommen konnten, um ihn seiner besten Teile zu berauben. Würde ihm der Fluchtweg zum erwiesenermaßen tierarztsicheren Schlafnest abgeschnitten, wer weiß was sie mit ihm anstellen würden! Natürlich bestand auch die Möglichkeit, dass seine Mutter Rosa ihm schon als Baby erzählt hatte, welche sonstigen Gefahren in der Menschenwelt lauern. Die empathische Fähigkeit, aus Erklärungen der Eltern, also Erfahrungen anderer, zu lernen, würde ich allerdings eher einer Sau als einem Borg zutrauen. Weil Schweine uns ähnlich sind. Somit beschränke ich meine Vermutungen über Spekjes Motivationen lieber auf sein eigenes Erlebnisumfeld. Menschliche Eber glauben schließlich auch, ihr Blickwinkel sei die ultimative Lebenserfahrung. Vielleicht hinkt dieser Vergleich, dann aber nur in sofern, dass ich Spekje unterschätzt habe. Was auch immer seine Furcht auslöste – Spekje litt unter starker Schwellenangst, im wahrsten Sinne des Wortes. Die Türschwelle ins Freie war nicht die erste, die er nicht wagte, zu überschreiten. Sie war nur die letzte und definitive, an der all meine Liebe, Beruhigung, Verlockung und Überredungskunst scheiterte.

Die erste Schwelle, die wir gemeinsam versuchten zu meistern, war die flache Schiebetürschiene in seinem Nestausgang. Ein paar Tage hielten wir seinen gerade neugebauten Bettkäfig geschlossen. Vielleicht waren es auch ein, zwei Wochen, nach dem Einzug in die Wohnung. Ich weiß nicht mehr, wie lang es dauerte, bis das Schweinebaby sich in seiner Heimkonstruktion sicher schreckfrei bewegte und mit deutlicher Neugier für sein Umfeld zwischen den Latten durchschielte. Als das Türchen zum ersten Mal aufging, flüchtete er unter sein Schlafdach und beäugte das plötzliche Loch, in der bisher sicheren Wand. Dies dauerte jedoch nicht lange, schon bald guckte das Näschen heraus. Dem folgte der halbe Kopf. Die Kühnheit wich vorü-

bergehend ein paar unmotivierten Fluchtversuchen unters Dach zurück, wie zum Test, ob das noch klappt. Als keiner ihn aufgehalten oder gefressen hatte, kam das ganze Gesicht raus und Spekje schaute in Ruhe alles an, was er schon durch die Latten kannte. Ob es dahinter mehr gab? Die Neugier war riesig. Er reckte den Oberkörper weiter vor. Und noch weiter. Und noch weiter. Während die Klauen konsequent hinter dem unscheinbaren Brettchen blieben, das die Unterseite seines Stalls dürftig zusammenhielt. Wie weit kann ein Schwein sich auf gestreckten Vorderbeinen vorlehnen, ohne dass der große Schädel übergewichtig wird? Sehr weit. Erstaunlich weit. Wenn es die Schulter gegen ein seitliches Brett pressen kann, noch weiter. Ein köstliches Bild, welches mir in den nächsten Jahren an unseren Schwellen vertraut wurde und immer wieder für ein Lachen gut war. Diese konsequente Logik, dass keine Gefahr droht, solange man bloß keinen Schritt über die Schwelle macht. Egal wie weit man sich hinauslehnt. Wäre dieses, unser erstes Baby, kein Schwein gewesen, hätte ich gesagt: „Ganz der Vater". Mehr im übertragenen Sinne.
Da Spekje den Teil des Wohnzimmers, der nun frei zugänglich vor ihm lag, vor der Türöffnung schon lange aus seinem sicheren Raum heraus beobachtet hatte, war diese erste Schwelle am leichtesten zu überwinden. Weil wir keine Ahnung hatten, wie er freilaufend in der Wohnung reagieren würde, hatte ich ihm sicherheitshalber sowieso sein Flaggenleinengeschirr angelegt. Eigentlich, damit wir ihn wieder einfangen könnten, falls er zu begeistert oder verängstigt herumspringen und überall hinkacken sollte. Spekje gab dem Geschirr eine ganz andere Bedeutung, er wusste ja schon, dass unsere Sorge unbegründet war. Als ich das dünne Tau in die Hand nahm und ihn lockte, wagte er vorsichtig den ersten Schritt über die erste Schwelle. Es gab ihm Sicherheit, die Mama an der Leine zu haben. Gemeinsam wanderten wir mit Mäuseschritten in die große weite Welt. Jedes erreichbare Möbel und Einrichtungszubehör wurde vorsichtigst beschnuppert, jeder Schritt achtsam gewählt. In diesem Universum gab es Kommoden mit Ecken, Beinen, Kanten, Türknöpfen, Boxen mit seltsamem Stoff bespannt, Blumen mit Töpfen, Erde, Dekorationen und Untersetzer, Fußleisten mit hier und da blätternder Farbe, einen Plattenspieler auf dem Fußboden, Papiere in verschiedenen Farben, ein Regal mit buntem Inhalt und vieles, vieles mehr, an dem Erwachsene achtlos vorbeischauen. Als wir soweit getippelt waren, dass Spekje um die Ecke schauen konnte, entdeckte er etwas Schreckliches:

Die zweite Schwelle. Mitten durch unser Wohnzimmer lief ein schier unüberwindliches Hindernis. Eine Holzschwelle, mindestens zwei Zentimeter hoch! Auf diesem ersten Rundgang betrachtete er sie nur von Abstand. Mir war derzeit die Bedeutung von Schwellen noch völlig unbekannt, der von ihm gewählte Erkundungsweg schien mir logisch, da er sich auf den optisch bekannten Bereich beschränkte. Was ja ebenfalls stimmte. Schließlich sind Schwellen nur eine sichtbare Grenze zu noch unbekannten Bereichen. Aber sehr wirkungsvoll, wenn man ein Schwein ist, das Spekje heißt.
Akribisch erforschte er alles auf seiner Seite dieser Grenze: Es kostete noch ein bisschen Überwindung, bis er rund um den Couchtisch lief. Wir mussten ein paarmal üben, damit er die Hand unterm Schinken duldete, die ihm aufs Sofa half. Alles eine Frage von vielen, kleinen Entwicklungsschritten, dann tobte er mit und ohne Flaggenleinengeschirr ausgelassen herum, machte es sich bequem, wo es ihm gerade gefiel und schlief auch mal auf dem Sofa ein. Wir dachten, bald würde er den jenseitigen Rest des Wohnzimmers vereinnahmen und dann immer weiter, bis er irgendwann das ganze Schiff erobert hätte und fröhlich mit dem Hund an Deck liefe. Aber die Tage vergingen, Wochen, Monate – Spekje lehnte sich immer noch weit und weiter und noch weiter über die Schwelle, ohne hinüberzufallen. Wovon ich stets mehr hoffte, dass es ihm mal passiert, damit er merkt, dass man im Wohnzimmer noch nicht ertrinkt.
An einem Ende der Schwelle stand eine mobile Heizung, die wählte er als seinen Lieblingsplatz. An dieser wärmenden Ersatzmama lag er geschützt vor der bösen Schwelle, nur der Kopf schaute vorbei, um ruhend zu verfolgen, was im Rest der Wohnung geschah. Also breiteten wir ihm dort eine Decke aus, ganz zufrieden, weil unser Ferkel, dank Heizkörper, keine Wärmelampe brauchte und warteten weiter, dass er erwachsen und mutig würde.
Manchmal legte ich Spuren von Leckereien, die er so weit verfolgte, wie sein Kopf über die Schwelle konnte. Mit den lustigsten Verrenkungen, auf dem Bauch rutschend, die Vorderbeine eingeknickt. Wenn ich den Futterball über die Schwelle rollte oder er selbst ein Spieltuch mit Kartoffelschalen zu weit schleuderte, dann wusste Spekje, wie er quieken musste, damit Mama ihm hilft, das Futter zu bekommen, ohne sich in Schwellengefahr zu begeben. Einen Hund hätte man im wilden Spiel verführen können, aus Versehen drüberzuspringen. Aber Spekje fiel auf sowas nicht herein. Erst als er selbst

sich reif fühlte und lang genug beobachtet hatte, wie der Husky auf der anderen Seite überlebt, tickte er einmal gezielt mit der Klauenspitze auf den Boden jenseits der Schwelle, danach folgte die zweite Klaue. Fürs erste nahm er genüge damit, dass er einzelne meiner ausgelegten Schwellenüberwindungsleckerchen erreichen konnte, wenn er mit den Vorderbeinen im Feindesland stand. Wiederum gefolgt von schnellen Rückzügen. Die Hinterbeine brauchten halt etwas länger, sich mit dem neuen Kontinent anzufreunden. Bis er endlich einmal den Entschluss fasste wie auf Stelzen mit allen Vieren hinüber zu tippeln und misstrauisch die nächsten drei Meter zu untersuchen. Mit einem schweren Seufzplumps ließ er sich schließlich mitten in sein neues Reich fallen und erholte sich dort von der Anspannung. Ein strategisch zentraler Platz, auf dem er künftig gemeinsam mit dem Hund oft liegen sollte.

Die dritte Schwelle konnte Ferkelchen detektieren, wenn es vom zweiten, nun erforschten und für sicher befundenen, Teil des Wohnzimmers um eine weitere Ecke guckte. Das war die Wohnungstür. Man muss da zwar nicht drüber, aber immerhin recht dicht daran vorbei, um in die Küche zu kommen. Wo jedes Schwein sehr gerne hin möchte. Ein grausamer, innerer Konflikt, der Spekje schwer zu schaffen machte. Der gefährlichsten Schwelle von allen wollte er nicht zu nahekommen, falls es dort ein schwarzes Loch gab, welches einen unwiderruflich nach draußen saugt. Das Superhirn arbeitete auf Hochtouren, immer wieder verharrte der Denker reglos kurz vor der Ecke, lehnte sich an die Wand und schnupperte zu den Verlockungen von Kühlschrank und Herd. Ohne seine wunderbaren Borsten wären die Grübelfalten sichtbar gewesen. Gegenüber von der Wohnungstür steht der Küchentisch. Spekjes Lösung war plötzlich, schnell und effektiv. Gerade noch still an die Wand gelehnt, hatte er urplötzlich beschlossen, dass Tisch mit Stühlen ein sicheres Dach sei und war mit einem Satz bei größtmöglichem Abstand zur Tür darunter gesprungen. Geschafft. Es gab einen Weg in die Küche und Spekje hatte ihn gefunden. Sowie einen neuen Ruheplatz, unter dem Küchentisch. Dieser half ihm mit schützender Platte gegen all die möglichen Angreifer aus der Luft. Beispielsweise für den Fall, dass wir auf die Idee kämen, Adler im Wohnzimmer zu züchten. Da diese jedoch ausblieben, traute er sich bald auch in den Rest der Küche. Nicht ganz so schnell, aber einige Monate später, war es für Spekje sogar selbstverständlich, bei geöffneter Wohnungstür mit beiden Vorderbeinen auf der Stufe zu stehen und über die Schwelle nach draußen zu schauen. Aber das war es. Hier endete sein Forscherdrang.

Was habe ich in der Folgezeit nicht alles versucht. Keine Nascherei und alle Geduld der Welt halfen. Im Fehlglauben, die Stufe vor dem Ausgang sei zu hoch, baute ich ein Laufbrettchen mit Querstreben. Das Holz war zu glatt. Daraufhin beklebte ich die ganze Planke noch mit rauer Auslegeware. Das ging. War ein tolles Spiel, da rauf zu klettern. Bis ganz oben. Aber keinen Schritt weiter. Noch viel spannender war es, den Teppich mit der Nase nach und nach abzulösen, daran zu knabbern und vor allem, die ganze Planke mit einem Kopfschwung hochzuschleudern und umzudrehen. Um sich dann zu beschweren, dass man auf der glatten Rückseite nicht raufklettern kann.
All diese Versuche kosteten jede Menge Teppich, Kleber und Obststückchen, brachten unserem Schwein aber nicht den gewünschten Auslauf an Deck. Dabei war für seinen ersten Freigang alles so gut vorbereitet. Irgendwo im Vorschiff hatte ich ein altes Gasschott entdeckt, das ist eine dicke Metalltür, welche die Gangbord kniehoch absperrt. Um absinkende Ladungsgase, bei gemeingefährlichen Frachten, die wir nicht fuhren, vom Wohnbereich fern zu halten. Gas scheint durchschlagskräftiger als Wasser zu sein, denn diese Schotte waren größer und dicker als die Wellenbrecher. Jene hatten gleich daneben denselben aufhaltenden Effekt, nur eben für Wellen, wie der Name schon sagt. An Backbord gab es schon lange keinen Wellenbrecher mehr, bestimmt hatten gewalttätige Gase ihn weggepustet, deswegen setzte ich also das Schott ein. An Steuerbord gab es den Wellenbrecher noch, der reichte als zweite Absperrung. Zwischen diesen beiden Grenzen hätte Spekje sich, in einem abgeschirmten Bereich mit Reling, auf dem Achterschiff rund um die Wohnung herumbewegen können. Im Geiste und in Skizzen gab es schon jede Menge Planken-Zaun-Konstruktionen, um ihm später, auch wenn er schwerer wird, einen eigenständigen Weg vom Achterschiff auf das höhere Deck zu ermöglichen. Ein paar mal, wenn er sich sehr weit vorlehnte, hab ich ihn einfach am Achterwerk nach draußen weitergeschoben. Mit dem Resultat, dass er in Panik ausbrach, sich so schnell wie möglich auf der schmalen Gangbord umdrehte, mit einem Riesensatz über Stufe und Planke polternd zurück in die Wohnung sprang und beleidigt in seinem Nest untertauchte. Hatte ich ihn

rausgetragen und ein Stückchen vom Eingang entfernt abgesetzt, beschnupperte er zwar alles ganz aufgeregt, entschied dann aber schnell, dass es nicht lohnt und suchte die Tür. Immerhin ging es ohne den Rausschubsschreck auf dem Rückweg etwas kultivierter zu, mit zierlichen Trippelschritten nutzte er professionell seine Planke.

Irgendwann war Spekje zu schwer und zu stark, um ihn noch gegen seinen Willen hochzuheben oder aus der Tür zu schubsen. Und beides war immer gegen seinen Willen. Spekje blieb nur noch in der Wohnung. Der Schweinezug an Deck war abgefahren.

Alles zusammengenommen, scheint es die allergrößte Schweineangst zu sein, den Boden unter den Füßen zu verlieren. Nicht nur beim Hochheben. Hinter jeder Schwelle, der Spekje auf dem Schiff begegnete, änderte der Boden Material und Farbe. Schweineweisheit ist wohl, dass man auf nichts treten sollte, was nicht als stabil genug für das eigene Gewicht bekannt ist.
Oder es hat sich im Laufe der Jahrhunderte eine Urangst in den Genen der Schweine gefestigt, für die von jeher das Übertreten von Schwellen final war – die erste aus dem Stall heraus, die zweite in den Transporter und die dritte in den Schlachthof.
Da Spekje auch bezüglich seinem Recht auf Apfelstückchen sehr gut bis drei zählen konnte, ist völlig klar, warum keine Macht der Welt ihn über die Türschwelle locken konnte.
Aber dies sind einfach zwei weitere Theorien, damit es nicht heißt, ich würde immer nur den freilaufenden Tierärzten die Schuld geben.

Manchmal können Tierärzte sogar Schwellenangst vergessen lassen – es gab nämlich noch eine metaphorische Schwelle an Bord, die Zierleiste zum Schlafzimmer. Jene hat er bei vollem Verstand nie überschritten. Wir haben auch keine Anstalten gemacht, das zu ändern, da uns der Teppich und saubere, heile Bettwäsche eigentlich ganz gut gefielen. Obwohl es anfangs traurig war, den Traum mit Hund und Schwein in einem Raum zu schlafen, aufzugeben; die Vernunft siegte. Nur zweimal war Spekje so benebelt, dass er ins Schlafzimmer kam. Mit liebestollem Leichtsinn, beim Anblick meines heraushängenden Fußes, sowie in seiner Narkoseverwirrung vor der Kastration, mit der Spritze im Schinken, auf panischer Flucht. Nicht ganz zu unrecht, denn seine Vermutung, der Tierarzt würde sich nicht über so eine gefährliche Schwelle wagen, stimmte wohl: Schließlich kam ich allein hinterher. Aber diese Ausrutscher hinterließen keine bleibende Erinnerung, das Schlafzimmer blieb ansonsten spekjefreier Raum.

Der Vollständigkeit halber sollte die Schwelle zum Bad auch nicht unerwähnt bleiben. Die funktionierte genauso sicher wie die im Schlafzimmer. Außer, sie war versteckt unter einem ihm vertrauten Handtuch, als Brücke zum Wasserspielbecken. Dann kam er gerne herein. Klar, so war es keine Schwelle mehr, sondern nur noch ein Hügelchen im gleichbleibenden Untergrund.

Wer jetzt sagt, es sind ja doch mehr als drei Schwellen, hat Spekjes Wertung beim Zählen nicht verstanden. Sowohl die Außentür, als auch Schlafzimmer und Bad sind, jede für sich, immer die dritte Schwelle – von seinem Stall aus gesehen. Und nur eine davon führt nach draußen, wo es Fremde gibt. Also kann man bei den anderen beiden Ausnahmen zulassen.

Kein Lebewesen hat die Macht, jener allerletzten Schwelle vor der ewigen Kiste auszuweichen, obwohl jedes sich Tag für Tag nach Kräften darum bemüht. Schweine am allerwenigsten. Auch Spekje nicht. Davor durfte er noch einige andere Schwellen überwinden. Mit und ohne Kisten.

Fernsehschweinedoktor

Das Rad neu erfinden ist Dummheit, unser Schwein sollte nicht nur in meiner eigenen Gedankensuppe kochen. Digital gab es zwar viele Informationen, aber ich fand es wichtig, auch in der echten Welt mal weiter als bis zur Reling zu schauen. Den Schritt über die Schifferschwelle zu wagen. Andere Minischweine mit ihren Menschen kennenzulernen, könnte sicher neue Eindrücke liefern. Über das Schweinefreundeforum hatte ich mich so freundschaftlich mit einer Frau namens Doris ausgetauscht, dass wir uns endlich in Fleisch und Blut sehen wollten. Sie wohnte nur zwanzig Taxieuro entfernt von unserem häufigen Löschplatz in Hanau. In ihrem „Pigs Paradise", einem mittleren Haus mit Stall und Garten, das vom ersten eigenen Minischwein nicht lange brauchte, um ein ständig überbelegtes Schweinetierheim zu werden.

Bei Ausfahrt aus der Schleuse kurz vor dem Hafen rief ich sie an. Der Termin war genehm, sie hätte uneingeschränkt Zeit für mich. Als ich aus dem Taxi stieg, stand das Tor zum Innenhof offen, der war zugeparkt mit Autos. Ich ging hinein und irrte zwischen Stoßstangen herum, bis eine kleine, quirlige Frau auf mich zukam: „Da bist du ja. Ich bin Doris. Es tut mir so leid, das Filmteam von meinem Tierarzt hat mich gerade überfallen, jetzt hab ich doch gar keine Zeit. Wenn die weg sind, können wir bestimmt noch eben zusammensitzen. Macht es dir was aus, zuzuschauen und dich einfach selbst umzugucken? Fühl dich wie zuhause." Und schon lief sie weiter. Es machte mir nichts aus. Filmteams sind fast genauso planungsresistent wie Schiffe, ich war ja auch spontan aufgekreuzt. Außerdem hatte Doris mir schon öfter von ihrem Supertierarzt vorgeschwärmt. Sie wusste, dass unser Borg den holländischen Viehdoktor seit der Kastration nicht mehr an sich heran lässt, und wollte irgendwann nachfragen, ob ihrer sich Schiffshausbesuche in Hanau oder Frankfurt vorstellen könnte. Jetzt schenkte der Zufall mir die Gelegenheit ihn ausgiebig in Aktion mit verschiedenen Schweinen, zu beobachten. Was für eine Chance, selbst zu beurteilen, ob das für meinen Schatz der adäquate Arzt sei. Statt gemütlichem Tee mit Stallbesichtigung, schlenderte ich also zwischen vielen Menschen, Schweinen und Kabeltrommeln durch Hof und Garten, ermahnte das eine oder andere Schwein, nicht an Mikrophonen zu knabbern, hielt hier und da einen Hund fest, der gerade nicht ins Bild laufen sollte, oder eine Tür zu, hinter der ein widerborstiges Schwein behandelt wurde. Augen, Ohren, Milben, Klauen – mein Eindruck stand schnell fest. Dies war nicht nur ein guter, sondern der optimale Tierarzt, den ich unbedingt an Bord lotsen musste. Er hatte die selten zu findende Erfahrung mit Krankheiten von Minischweinen, sowie eine herausragende Fähigkeit, diese eigenwilligen Geschöpfe zur Behandlung zu überreden. Schon die Idee von Mundknebel, geschossenen Betäubungspfeilen oder sonstiger Gewaltanwendung lag ihm fern. Er versuchte noch nicht einmal auszutricksen, sondern beschäftigte sich so lange freundlich mit jedem einzelnen Tier, bis es den Widerstand aufgab und freiwillig das gewünschte Körperteil präsentierte. Gezielte Bestechung via die natürliche Fresssucht war natürlich erlaubt. Obwohl alle Schweine hier ihn kannten und sicher nicht nur tolle Erfahrungen hatten, ließen sie ihn an sich heran. Während das Filmteam nach dem Dreh einpackte, packte ich die Gelegenheit bei der Borste, will heißen den Tierarzt in der Zigarettenpause. In einem kurzen Gespräch war geklärt, dass er auch großes Interesse am Schiffschwein hätte und wir ihn gerne anrufen könnten, wenn wir das nächste Mal in Hanau anlegen würden.

Was Doris verschwiegen hatte, erfuhren wir bei der nächsten Reise an unserer Löschstelle. Der Inhaber dieses Tanklagers hatte einen kaum erwachsenen Sohn, der an diesem Tag alleine Dienst schob, sowohl am Empfang als auch auf unserem Löschsteiger. Bei ihm kündigte ich den Besuch eines Tierarztes an, damit er ihn auf das abgezäunte Gelände lassen würde. Das klappte wunderbar. Doris war auch mitgekommen, wir machten es uns beim Kaffee gemütlich und der begeisterungsfähige Doktor bewunderte Schiff und Schwein. Da Spekje seinen Beruf noch nicht kannte, gab es keine Berührungsängste, es wurde liebkost und genascht. Zwischendurch musste natürlich auch gearbeitet werden. Die Diagnose von Spekjes chronisch geröteten Augen und trockener Haut fand nebenbei spielend statt. Dass der fremde Mann flüssiges, kühles Milbenmittel über seinen Rücken goss, fand Spekje eher unsympathisch. Mit einem Stückchen Käse zum Dessert hatte er das komische Spiel aber schnell verziehen. Von draußen rief eine ungewohnt zittrige Stimme zum Ankoppeln. Ich ging an Deck, um Karel dabei zu helfen, die Schiffstanks mit den Landtanks zu verbinden. Der hatte nicht gerufen. Ich traf auf einen völlig aufgelösten jungen Steigermann: „Ihr hättet mich warnen müssen. Ihr hättet mich echt warnen müssen. Ein Tierarzt hast du gesagt. Warum hast du nicht gesagt, dass es Nicki Schirm ist?“ Seine Aufregung traf mich unvorbereitet: „Keine Ahnung, könnte sein, er heißt Nicki, aber den Nachnamen weiß ich nicht. Wieso denn?“ Er sprudelte sein unerhörtes Erlebnis heraus: „Da sitz ich in meinem Glashaus am Empfang und es fährt ein rotes Auto vor. Ich denk, genau so eines wie mein Lieblingstierarzt in meiner Lieblingsserie. Der fährt auch immer damit vor. Da steigen zwei Leute aus. Ich denk, komisch, der sieht auch so ähnlich aus. Dann kommt er direkt auf mich zu, ich denk, oh Gott, der kommt auf mich zu, ist er das echt? Dann spricht der mich auch noch an! Ob bei uns das Schiff mit dem Schwein liegt. Und er ist es tatsächlich! Ich bekam kein Wort raus! Ich hätte mit ihm reden können aber traute mich nicht. Hab nur genickt und die Tür aufgemacht." Die Dimension der tierärztlichen Bekanntheit war mir irgendwie entgangen. Einen Drehtag hatte ich zwar mitbekommen, aber Doris vergaß zu erwähnen, dass unser neuer Doktor nicht nur so gefilmt wurde, sondern in manchen Kreisen als Serienstar galt. Weitere Info bekam ich beim Anschließen des Schiffsladearms: „Was ist denn das für eine tolle Sendung?" Der Junge strahlte vor Begeisterung: „Menschen Tiere und Doktoren. Auf Vox. Ich gucke jede Folge. Auf jeden Fall die mit Nicki Schirm. Der ist der beste. Dass ich den mal in echt sehe, hätte ich im Traum nicht gedacht."

Der Ladearm war fertig angeschlossen, Ben startete seine beiden Pumpmotoren, welche das Heizöl durch Leitungen und Ladearm in die großen, runden Treibstofflager an Land pumpen. Das Gespräch neben den jaulenden Maschinen wurde schwer verständlich. Normalerweise war damit alles erledigt, Karel übernahm das Löschen an Deck und der Steigermann ging zurück in sein Glashaus. Nun blieb er jedoch rumdrucksend neben dem Schiff stehen. Wegen dem Motorenlärm kam ich ihm auf dem Steiger entgegen: „Was wolltest du noch sagen?" Er stotterte regelrecht vor Aufregung: „Vielleicht, äh, wenn, wenn, wenn du mal fragst, wenns ihm recht ist, also, euch recht ist…" Mir ging die Geduld aus, schließlich wollte ich in die Wohnung zurück, zu unserem Besuch: „Ja, was jetzt!?" Er nahm allen Mut zusammen: „Dddd…dürfte ich bei euch rein kommen, ob, ob er mir einmal die Hand gibt?"
Grinsend nahm ich ihn am Arm: „Ja, nun komm schon. Spekje kennst du ja von Ferkel an und der Tierarzt beißt auch nicht."
Im Wohnzimmer bot sich ein Bild des Friedens. Nicki und Ben saßen auf dem Sofa. Davor, auf dem Boden, lagen Doris und Spekje, dicht aneinandergeschmiegt.
Wäre ich als Fremde hereingekommen, hätte ich mich über ein Schwein gewundert, dass mit einer Frau rumschmust, während zwei Männer auf einer Couch ziemlich normal sind. Nicht so unser junger Gast. Mit völliger Selbstverständlichkeit stieg er über Doris und Spekje hinüber, als läge da ein gewöhnliches Möbelstück, mit ausgestreckter Hand direkt auf die wunderbare Erscheinung aus der Fernsehwelt zu. Ein Händeschütteln, ein strahlendes „Hallo" und schon war er, abermals über Frau und Schwein gestiegen, wieder draußen. Für Wochen glückselig von diesem Ereignis.

Begeisterung ist doch sehr relativ. Der Junge war begeistert vom echten Nicki. Nicki war begeistert vom echten Schiff. Ich war begeistert von Spekje, weil der von Doris sowie Nicki begeistert war. Mein Mann war begeistert über all die echte Begeisterung. Heute lebten wir auf einem Begeisterschiff.

Es war der Anfang wunderbarer Freundschaften. Künftig trafen wir Doris und Familie oder Nicki und Frau oder alle zusammen oder einzelne davon fast jede Reise, die in den Raum zwischen Frankfurt und Aschaffenburg führte. Je nach Schweingesundheit und Autoverfügbarkeiten fanden die Besuche mal an Land, mal an Bord statt. Der Junge in Hanau hatte seinen Vater geimpft, ihn sofort zur Arbeit einzuteilen, wenn unser Schiff angekündigt war. Kaum legten wir an, begrüßte er uns persönlich: „Hallo, kommt *er* wieder?". Ein Autogramm bekam er trotz allen Bittens nicht, das fand Nicki albern. Stattdessen wurden Fotos gemacht, die den Lagerchefsohn neben seinem Star zeigen. Damit konnte er allen Zweiflern im Freundeskreis beweisen, dass er ihn „in echt" kannte. Ungläubige gibt es immer, vor allem wenn man erzählt, dass die Bekanntschaft einem Schwein auf einem Schiff zu verdanken sei.

Noch im selben Sommer stellten wir den *Hunter* für Dreharbeiten zu einer bekannten Action-Krimiserie zur Verfügung. Die der Steigerjunge natürlich auch regelmäßig sah. Da war es völlig um ihn geschehen. Wir waren sein Tor zur Welt der Stars und damit schon selber welche. Auch hier war die Begeisterung relativ gegenseitig. Einen der Hauptdarsteller faszinierte Spekje während der Dreharbeiten so, dass ein Team von rund 200 Leuten untätig warten musste, bis ihr Akteur fertig war mit Schiffs- und Schweinefragen sowie Äpfelfüttern. Anschließend lief er lauthals singend über das Gelände: „Ich kenn ein Schweeeeeinchen, das heißt Speeeekje, das frisst Äääääpfel und wohnt auf einem Schiiiiiifff." In den nächsten Stunden musste auf einmal die halbe Filmcrew so dringend auf Klo, dass allen der Weg zu den Dixi-WCs zu weit war. Ja, natürlich geht das ausnahmsweise schnell bei uns in der Wohnung... Wir stellten die Apfelschnitzelschüssel neben unseren Toiletteneingang, damit jeder mal füttern konnte. Spekje legte sich wartend daneben, bis der nächste Pinkler kam. Er war begeistert von Filmteams. Da der *Hunter* in der Krimifolge kunstvoll inszeniert explodierte, grüßten Kollegen uns später als Geisterschiff. Mit Begeisterschwein.

Schweinespiele für Fortgeschrittene

Spielzeug kaufen ist gut, Spielzeug im Bestand finden, ist besser. Auf jedem Schiff gibt es Putzlappen in großen Mengen. Man braucht sie im Maschinenraum, beim Streichen, als Türvorleger, einfach überall. Gute Matrosen haben immer einen aus der Overalltasche hängen. Der Markt bietet sie in allen Farben an, aus Fasern zusammengeklebt oder einfach gereinigte, in Stücke gerissene Altkleider. Wir bevorzugten weiße Stoffreste. An denen kann man nicht nur den Grad der Verschmutzung, sondern auch die Farbe des aufgenommenen Öls gut erkennen, wodurch technische Probleme schneller auffallen. Sie kamen als Verschleißartikel kartonweise an Bord. Da fiel ein leicht erhöhter Verbrauch durch das Tier kaum auf.

Die ersten Schiffsputzlappeneinsätze im Schweinebereich entsprachen ihrer Bestimmung, wenn auch an anderem Ort. Dabei äußerte Spekje packende Anteilnahme an den rumwirbelnden Tüchern. Ich schenkte ihm also eines zur gründlichen Inspektion. Schnell stellte er fest, dass sein Lappen nicht viel hergab. Wenn er ihn wegschleuderte, blieb das Ding faul liegen, anstatt mit ihm fangen zu spielen. Darum wandte Spekje sein Spielinteresse wieder meinem Lappen zu, der bewegte sich viel spannender. Mit Ferkelzähnen im Putzlappen dauerte der Reinigungsvorgang erheblich länger, Ablenkung war gefragt. Ich legte ein paar Kartoffelschalen auf so einen weißen Stofffetzen und faltete ihn ein paar Mal. Jetzt kam Leben in seinen faulen Lappen. Er rutschte und hüpfte über den Wohnzimmerboden, verfolgt von einer hartnäckigen Schweinenase. Bis die letzte Faltung entwirrt und jede Kartoffelschale herausgeknabbert war, hatte ich auch meine Arbeit fertiggestellt. Dieses Ablenkungsspiel wiederholten wir ein paar Tage. Dann entdeckte Spekje, dass er nur eine Ecke packen und den Lappen tüchtig zu schütteln brauchte, damit alle Naschereien auf einmal herausfielen. Der Zeitgewinn war vernichtet, meine Kreativität gefragt, ihn wieder herzustellen.
Aus Falten wurde Rollen, später kamen Knoten hinzu. Für die perfekte Endversion der Lappenversteckübungen brauchte ich ein möglichst großes Stoffstück. Das breitete ich auf dem Sofa aus, verteilte über die gesamte Oberfläche winzige Kartoffelschalenstücke, faltete überhängende Stücke möglichst verschachtelt, rollte es dann auf und

machte zwei lockere Hausfrauenknoten in die Stoffwurst. Mein Präparieren des Lappens dauerte fast länger als die Auspackungskünste des Schweins, aber den Spaß war es wert. Der Borg riss mir das fertige Objekt förmlich aus der Hand, um sein Opfer dann, wild herumspringend, zu schütteln, bis es auch wirklich tot war. Um das festzustellen, schmiss er es auf den Boden, schaute erwartungsvoll und stubste es an. Zuckte das Tuch dann noch zu tapfer, wurde es weiter geschleudert. Wenn nicht, sammelte er in Ruhe bereits herausgefallene Schalen auf und begann danach die Zerlegearbeit. Ein gutes Schiffschwein lernt schnell, dass man Knoten von der Mitte her lösen muss. Hatten sie sich, durch den Todeskampf, zu festgezogen, bekam ich vom meckernden Schwein das Tuch auf den Schoß gelegt: „mmmh mmmh mmmh" hieß „Mach mal lose!" Ich lockerte die Schlingen geringfügig und gab Spekje sein Opfer zurück. Systematisch drückte er den Lappen mit einer Klaue auf den Boden, um mit den Zähnen einen Knotenbogen zu packen und herauszuziehen.

Das Elend für die Schweine ist, dass sie zwar hochintelligent genau wissen, was sie wollen, aber die Ausführung an ihrer groben Motorik scheitert. Das ist einer der zwei Gründe, warum heute nicht wir in ihren, sondern sie in unseren Mastställen leiden. Der andere Grund ist, dass Schweine nett sind. Wenn ich Spekje beobachtete, wie er mit einem Knoten kämpfte, den er nie da zu greifen bekam, wo er hinzielte, ahnte ich die abgehackten Flüche in seinen Grunzklängen: „Hehu... mmi... hei..., mmh mmh hä mmh?" klang wie: „Verflu... Mis... Schei..., warum wurden mir keine Hände gegeben?" Aus lauter Frust schüttelte er das Tuch zwischendurch immer mal wieder tot. Manchmal schien er aufzugeben. Nach einer genervten Pause, in der er planlos rumgeisterte, was er ansonsten machen könnte, ließ das Problem ihm aber doch keine Ruhe und er forschte weiter. Oder fragte mich um leichte Hilfestellung. Waren die lästigen Knoten endlich besiegt, entrollte er den Lappen systematisch stückchenweise, wieder mit der Klaue haltend und der Nase schiebend, um dabei säuberlich alles herauszufuttern. Die Nase war kräftiger als die Klaue, also entzog sich der Lappen oft seinem Zugriff und wanderte herum, in alle Ecken des Raumes. Das brachte mich auf die Idee, seine Tücher feucht zu machen und sie ihm vorzugsweise nach dem Staubsaugen anzubieten. Auf diese Art feudelte Spekje, mindestens einmal täglich, ganz von selbst, mit Freude den Bereich zwischen seinem Nest und dem Sofa.

Wer prima putzt, der darf auch mal was dreckig machen. Vom ersten Tierarzt hatte ich schon die Information, dass Wühlen im Erdreich für Schweine mehr als Freude ist. Während der Suche nach Würmern und anderen Köstlichkeiten nehmen sie automatisch jede Menge lebenswichtiger Mineralien aus dem Boden auf. Wenn Spekje diese nicht bekäme, könnten Mangelerscheinungen die Folge sein. Das Sand den Magen reinigt, hatte schon meine Mutter behauptet. Nun musste ich mir anhören, dass dies, wissenschaftlich gesehen, Unsinn ist. Stattdessen sei er nahrhaft. Naja, meine Mutter lag auch bei anderen Themen falsch mit der Ursache und hatte doch Recht mit der Wirkung. Was für mein Schwein galt, übertrug ich natürlich auch auf mich selbst. Schließlich haben wir das gleiche Verdauungssystem. Als gute Schweinemutter kaufte ich aber nicht primär Heilerde für mich, sondern versuchte zuerst, das Ferkel vom Erdkonsum zu überzeugen. Kein leichtes Vorhaben, das wusste ich ja noch von seinen ersten Erfahrungen mit Maulwurfshügeln.

Eine vielversprechende Methode schien mir, an den Erfolg der blauen Wasserwanne anzuknüpfen. Vor den Schweineaugen füllte ich das vertraute Objekt mit Erde statt Wasser und mischte dieselben Sonnenblumenkerne hinein. Spekje musterte mich entgeistert. Er war klug genug, gleich zu begreifen, was ich von ihm erwartete: So zu tun, als wäre dieser braune Dreck schönes, sauberes Wasser, mit dem Rüssel einzutauchen und die Leckerchen heraus zu wühlen.
Begreifen ist nicht gleichbedeutend mit Einverständnis. In menschlichen Beziehungen wird das gern verwechselt. Hinter der Klage „Mein Partner versteht mich nicht“ steht häufig ein unausgesprochenes „Denn er tut nicht, was ich will“. Schweine sind nicht so dumm. Spekje beherrschte die hohe Kunst der Empathie, bei gleichzeitiger Wahrung seiner Persönlichkeit, hervorragend: „Ich verstehe deine Gefühle und Gedanken sehr gut, aber meine sind anders.“ Im Fall der Erdwanne ging er also entsprechend taktisch vor, um mich nicht zu verletzen. Statt Frauchen gleich für verrückt zu erklären, überwand er sein erstes Entsetzen, beschnupperte die Erdoberfläche zögernd und gab lobende Geräusche von sich: „Schön, dass du dir solche Mühe für mich gegeben hast.“ Vorsichtig nibbelten seine gespitzten Lippen ein paar obenauf liegende Kerne. Er verspeiste sie mit säuerlichem Ausdruck: „Lecker. Danke. Nur die knirschende Zutat wär nicht echt nötig gewesen.“ In voller Überzeugung, das Beste für ihn zu wollen,

er müsse es nur begreifen, rührte ich mit einem Finger in der Erde: „Guck, da sind noch mehr. Du brauchst nur ein wenig wühlen. Das ist gut für dich." Spekje atmete einen langen Seufzer aus der tiefsten Tiefe des Ferkelbauchs aus: „Hast du immer noch nicht gemerkt, dass ich dich schon lang begriffen habe? Aber nicht will? Also zeig ich es nun noch einmal. Aber dann ist Schluss." Er nahm allen Mut zusammen, fuhr dreimal mit dem Rüssel, wie ein richtiges Schwein, durch das Erdreich und schluckte tapfer einen zutage geförderten Kern. Danach klebte brauner Boden an seiner Nase. Er nieste demonstrativ, wischte das Gröbste an meinem Hosenbein ab, flitzte in sein Nest und rieb sich die Steckdose ausgiebig in den Schlafdecken. Wie nach jedem Essen. Mit sauberem Maul brachte er mir, zur Entschuldigung, ein Stück Papier aus seiner Kiste: „Sorry, das ist ja echt lieb gemeint, ich habs auch probiert, aber ich mag nun mal lieber erdfreies Wühlmaterial. So wie dies hier. Bitte akzeptiere das." Ich war noch nicht ganz zum Akzeptieren bereit. Er musste doch einsehen, dass Erde und Schweine zusammengehören. Wieder rührte ich lockend in der Wanne. Spekje sah gar nichts ein. Er wurde deutlich ungeduldig, schaute mir einen Moment tänzelnd zu, setze seinen Rüssel unter den Rand der Wanne, hob sie halb hoch und ließ sie wieder runter plumpsen: „Mir reichts. Wenn du den Mist jetzt nicht aufräumst, kipp ich ihn weg." Dann drehte er sich um und wartete demonstrativ vor seiner Papierkiste. Jetzt war ich es, die tief seufzte. Endlich verstand ich mein verständnisvolles Schwein: „Muss man immer laut werden, damit Menschen einen begreifen?" Ich streute ein paar saubere Sonnenblumenkerne ins Papier. Spekje jauchzte begeistert, katapultierte sich in die Kiste und wühlte wild: „Schau. Ich mach doch gern was du möchtest. Nur da, wo ich will." Ich kippte die Erde über Bord. Wären doch alle meine Beziehungsgespräche mit so viel gegenseitiger Begriffsbereitschaft abgelaufen, wie mit Spekje. Wie leicht hätte das Leben sein können!

Tierarzt Nicki grinste über unser degeneriertes Schwein, betonte die Wichtigkeit der Erdmineralien ebenso wie der holländische Doktor und empfahl, sein Gras nicht mehr zu pflücken, sondern komplett mit Wurzelwerk auszugraben. Er liebte doch Gras, in der Euphorie würde er sicher kaum merken, wenn noch Erde dranhing. Das ich nicht selbst auf die Idee gekommen war! An der erstbesten Schleuse sprang ich mit Gartenschäufelchen an Land, um Grünzeug zu ste-

chen, statt abzureißen. Stolz legte ich einen Klumpen anwuchsfähigen Grasteppich, auf gefalteten Zeitungsblättern, neben den Futternapf. Spekje bewertete das Naturobjekt ausschließlich mit der Nase und schubste einen Teil seine Decke darüber. Das ganze drückte er klemmfest zwischen Wand und Napf. Ohne an einem einzigen Halm zu knabbern. Schon der Geruch von Erde stieß ihn so ab, dass er sie nicht sehen, geschweige denn fressen wollte. Abgedeckt ist weg. Leicht entmutigt holte ich die tolle Idee wieder unter der Decke hervor und bot ihm ein paar Halme mit Erdwurzel aus der Hand an. Mein Schwein schüttelte sich von der Nase bis zur Schwanzspitze, kehrte mir die Rückseite zu und legte sich so abgewandt unter sein Dach. Das Maul geschützt vor unerwünschten Nahrungsangeboten. Es war sinnlos. Versuche nie, dein Schwein reinzulegen. Futter gehört in den Napf, Heu und Gras in die Heukugel, Erde ist Dreck. Was dreckig ist, frisst man nicht. So war Spekjes Welt. Nachdem ich das Gras von der ekligen Erde abgeschnitten und in seine schwingende Kugel gestopft hatte, verzehrte er es glücklich: „Meine Mama hat manchmal komische Ideen, aber sie versteht mich."
Das Ende vom Lied war, dass ich doch Heilerde holte, die man Schwein und Mensch relativ geschmacksneutral unter das Essen mischen konnte. Weil ich mir nicht sicher war, ob die mineralische Zusammensetzung schweineoptimal sei, bekam Spekje gelegentlich auch eine Prise echte Erde untergemogelt. Beim Graspflücken auf Schleusen reichte die zweite Hand, gefüllt mit gutem Mutterboden, für ein paar Wochen. Begrenzt reinlegen ging also. Er durfte es nur nicht riechen oder sehen. Sonst rührte er seine Speise nicht mehr an.

Bewegung ist wichtig. Ganz besonders für Schweine, die bekanntermaßen zum Fettansatz neigen. Der junge Spekje rannte gern. Oft bekam er seinen Highspeed-Anfall. Wenn der sich abzeichnete, brachten wir uns sowie eventuelle Gäste in Sicherheit und zogen auf dem Sofa die Beine hoch. Als Neubau waren die Mannschaftsunterkünfte auf unserem Tanker in ein Labyrinth von engen Kämmerchen unterteilt, jeweils gerade Raum genug für ein Bett plus Mensch mit Seesack. Mit meinem Mann kam der Schneidbrenner an Bord. Bis auf Schlafzimmer und Nasszelle wurden alle Wände gnadenlos herausgetrennt. Die bei Spekje und Besuchern berühmt-berüchtigte Holzschwelle im Wohnzimmer ist der letzte stumme Zeuge aus dieser Zeit. Darunter verbirgt sich ein Stahlspant, den Ben aus Stabilitätsgründen lieber stehen ließ. Das Gesamtresultat war eine verwinkelte, aber große, offene Wohnung.

Damals dachte der Umbauer sicher noch nicht an Schweineauslauf, das minderte die Vorteile für Spekje aber nicht. Er hatte dadurch eine Rennbahn von seinem Nest quer durchs Wohnzimmer, rechts um die Ecke, über die Schwelle, vorbei an Schreibecke, Schlafzimmertür und Ausgang, mit leichter Linkskurve vor der Zielgeraden bis zum Ende der Küche. Diese Strecke flog er bei seinen Anfällen ein paar mal mit Vollgas hin und her, bis der Hafersprit alle war und er schnaufend unter seinem Schlafdach stoppte. Je schwerer unser Borg wurde, um so mehr Probleme bekam er mit der Bodenhaftung und Einschätzung seines Bremsweges. Es begann damit, dass er keine Veranlassung sah, seine Rennstrecke zu verlegen, als er unvermittelt unter Stühlen stecken blieb. Die Stühle verloren immer. Sie rannten ein Stück auf dem Schweinchen mit oder legten sich gleich krachend hin. Der Schiffs- und Stuhleigner begann sich zu beschweren, dass infolgedessen all unsere Holzstuhllehnen wackelig wurden: „Da drauf bricht sich nochmal einer das Genick!“ Um das Genick unseres Schweins unterm Stuhl machte er sich keine Sorgen. Im nächsten Hafen wurde Holzleim angeschafft, ich hatte eine weitere Aufgabe. Stühleleimen.
Das Sofa verursachte nicht solchen Stress. Wenn Spekje mit überhöhter Geschwindigkeit aus der engen Wohnzimmerkurve segelte, fing es den seitwärts über den Boden Gleitendenden freundlich auf. Knallte er dabei mit dem Rücken ausnahmsweise gegen den Tisch statt die Couch, beschwerte er sich grunzend beim Sitzmöbel, warum es nicht mit seiner weichen Fläche dazwischen gestanden habe. Wie es sich für ein schweinefreundliches Sofa gehört, hätte es in seinen Augen wohl schnell vor die harte Tischkante springen müssen. Tat es nicht. Der weiche Fünfsitzer war glücklicherweise so groß und schwer, dass er seinen Stellplatz trotz wildgewordenem Schwein nie verließ. Was man von allen anderen Möbeln nicht behaupten kann. Nur Spekjes Nest tat so, als wäre es ebenso standfest.
Wieso der schwächliche Pressholzrahmen mit meinen unprofessionellen Verschraubungen all seine Fehlbremsungen vor dem schmalen Nesteingang bis zum Schluss unbeschadet auffing, ist völlig unerklärlich. Nach allen Regeln von Fettmasse und Fliehkräften, hätte er jedes einzelne Mal endgültig kollabieren müssen, in der Addition aber ganz sicher.

Ich habe bis heute den Verdacht, dass es nicht meine Schrauben waren, die das seltsame Gebilde zusammenhielten, sondern Spekjes unerschütterliche Überzeugung, dass sein Schlafplatz der sicherste Ort der Welt sei. Wenn die psychischen Kräfte eines einzigen Minischweins ausreichen, um völlig instabile Bretter so unkaputtbar zu machen, dann besteht Hoffnung. Dass große Exemplare seiner Spezies vereint auf die Idee kommen, die gleichen Energien andersherum einzusetzen: Um stabile Eisenstäbe wabbelig umfallen zu lassen. Falls dir demnächst eine Rotte Mastschweine auf der Autobahn begegnet, denkst du wahrscheinlich, dass ein Viehtransport umgekippt ist. Sei nicht zu sicher! Vielleicht sind sie einfach mit mentaler Kraft aus ihrem Gefängnis rausspaziert.

Um seinen rasenden Bewegungsdrang in geordnete Bahnen zu lenken, erdachte ich Hüpfspiele. Das Material dazu findet sich in jedem Haushalt: Ein Besenstiel und natürlich essbare Belohnung. Zur Gewöhnung lag der Stiel auf dem Boden. Ziel des Trainings war ein kompletter Ablauf: Sitz, spring über den Stock, dreh dich um, sitz, Belohnung. Dann saß er direkt in Startposition, für das Gleiche andersrum. Dies fand unser Ferkel fast lächerlich einfach, hatte er doch schon lange gelernt, dass er sich nicht immer da hinsetzen sollte, wo er war, sondern da, wo ich auf den Boden tippte. Nun lag da eben ein Stock zwischen. Die Reihenfolge war also schnell klar, ich brauchte nicht mehr mit Handgesten anzeigen, was ich wollte und konnte stattdessen die Hände nutzen, um den Besenstiel anzuheben. Jedesmal ein bisschen höher. Dadurch kam Fahrt in das junge Tier. Springen war toll! Manchesmal war er so euphorisch, dass er nach dem Hüpfer das Hinsetzen mit Belohnung glatt vergaß, herumwirbelte und gleich wieder zurücksprang. Und nochmal. Und wieder. Oh ja, da war noch etwas, er zeigte ein ungeduldiges, halb in der Luft hängendes Sitzen, riss mir die Kartoffelschale aus der Hand und sprang kauend schnell wieder ein paarmal hin und her. Bald konnte er fast seine eigene Höhe überspringen, so dass ich die freischwebende Seite des Stockes auf seine Spielkiste legen konnte. Das entlastete meine Arme. Um Verletzungen zu vermeiden, blieb die andere Seite jedoch immer in meinen nachgebenden Händen. Stöckchenspringen wurde ein Highlight in Spekjes täglichem Leben und bestaunte Attraktion für Besucher.

Ich kann es nicht oft genug wiederholen: Schweine wachsen schnell. Je mehr Kilos Spekje über den Stock wuchten musste, umso springfauler wurde er. Der Spaß am Rennen und Hüpfen schrumpft besonders schnell, wenn das Tier sich weigert, seine Klauen gut versorgen zu lassen. Einsicht in die Notwendigkeit von Maniküre hätte helfen können, unser Borg hatte aber seine eigene Lösungsstrategie. Er änderte die Übung in folgenden Ablauf: Sitz, auf Stange zugehen, Stange mit der Nase hochschleudern, schnell darunter durch laufen, umdrehen, sitz, Belohnung? Und er hatte wieder gewonnen. Beim ersten Mal war ich so perplex, dass er für die kreative Idee auch seine Kartoffelschale bekam. Künftig konnte ich die Belohnung hierfür natürlich nicht mehr weigern. Eine Zeitlang praktizierte er springen oder hochwerfen noch abwechselnd, was den Unterhaltungswert für Gäste deutlich erhöhte. Manchmal schlossen wir Wetten ab, wie er das Hindernis beim nächsten Anlauf nehmen würde, drunter oder drüber.

In dieser Phase bekamen wir einen Kaninchensprung geschenkt. Optisch ganz toll, wie ein echtes Pferdehindernis, mit gestreiften Stangen im Miniformat, die Halterungen als niedliche Hasen von ausgesägtem Holz gestaltet. Der wohlmeinende Geber hatte unseren Dicken noch als hochweithüpfendes Ferkelchen in Erinnerung. Über diese lose aufliegenden, leichten Plastikstäbe flog nie ein Schwein. Sie flogen nur selbst herum, um anschließend zerkaut zu werden. Da man das Kaninchenhindernis so einfach durchlaufen konnte, probierte Spekje das gleiche mit dem Besenstiel. Zum Leidwesen meiner haltenden Hand. Warum sollte Schwein sich die Mühe machen, einen Stock wegzuschleudern oder gar darüber zu hüpfen, wenn man das Hindernis mit der Gewalt der eigenen Masse auch einfach ignorieren konnte? Was bei Stühlen funktionierte, ging mit einem Stock erst recht. So endeten alle Springspiele verstaubt im Schrank.
Ganz selten bekam der große Spekje noch einen Anfall von Nostalgie, dann zerrte er den Besenstiel hinter dem Regal hervor. Wenn ich den ganz flach über den Boden hielt, schritt er hinüber und grunzte stolz: „So ging das. Was bin ich ich doch ein tolles Hüpfschwein!" Für wundervolle Hochgefühle reicht die Überzeugung, dass man hoch fliegt.

Wetterwunder

Es ist möglich, dass Binnenschiffer eine ganz eigene Form von Aberglauben entwickeln. Genauso gut kann es aber auch sein, dass es mehr Dinge zwischen Himmel und Fluss gibt, als Landratten begreifen können. Wahrscheinlich stimmt beides. Zwei Wetterwunder habe ich bereits beschrieben: Auf dem Main scheint immer die Sonne und auf dem Ijsselmeer verändert sich das Wetter garantiert zum Schlechten, wenn wir rausfahren. Ein drittes Wetterwunder ist das Matrosenwetter. Im Unterschied zu den beiden anderen ist dieses nicht schiffsgebunden, sondern personenabhängig. Außerdem ist Matrosenwetter auch auf anderen Schiffen verbreitet und gelegentlich sogar an Land anzutreffen. Seinen Ursprung hat es wahrscheinlich darin, dass Matrosen nun mal diejenigen sind, die am meisten Zeit an Deck verbringen und dadurch dem Wetter häufig ausgesetzt sind. Wenn es darum geht, das Schiff abzuseifen, ist Regenwetter ja besonders geeignet, da der Dreck dann schon schön eingeweicht ist. Gute Matrosen nutzen dies gerne. Putzt schneller und nass wird man, beim Schrubben mit dem dicken Wasserschlauch, sowieso. Matrosenwetter hat also auch eine praktische Bedeutung.

Der älteste Sohn meines Mannes ist zwar auch Kapitän, aber sobald er Matrosentätigkeiten ausführte, traf es ihn besonders hart. Wir nannten es seine Privatwolke. Wenn eine Schleuse oder eine Anlegestelle in Sicht kam, bei welcher er zum Festmachen an Deck musste, hielten wir schon Ausschau danach. Oft war Suchen unnötig, da fuhren wir auf dem Main, natürlich unter strahlend blauem Himmel, aber genau über der Schleuse vor uns hing schon seine dicke, graue Wolke, deutlich sichtbar und drohend. Man konnte Wetten darauf gewinnen, dass sie sich genau in dem Zeitraum mit nasser Wucht entleeren würde, in dem er an Deck sein würde – und das taten wir untereinander auch. Wenn Ben ihn über die Sprechanlage rief: „Zieh deine Regenjacke an!“ dann bedeutete das übersetzt: „Wir sind gleich an der Schleuse.“ Manchmal, wenn Karel Streicharbeiten an Deck vorschlug, widersprach Ben auch: „Ach nee, lass mal, ist gerade so schönes Wetter, das möchte ich noch ein bisschen genießen.“ Denn auch jener Regen, der einem die, soeben sorgfältig aufgetragene, frische Farbe versaut, war sein ständiger Begleiter.

Karel nahm sein Matrosenwetter sogar mit in die Freizeit. Wenn wir mit Freunden ein Restaurant besuchten, empfahlen wir allen Anwesenden: „Sucht aus was ihr wollt, nur nicht dasselbe wie Karel!“ Wählte er das Tagesgericht, in der Hoffnung auf eine Riesenroulade, bekam er eine saure Gurke mit einem winzigen Rollspeckchen drumrum, dazu zwei halbe Kartoffeln und fünf Bohnen. Nahmen alle das Tagesgericht oder Buffet, nur er orderte wegen schlechter Erfahrungen von der Karte, bekam er wieder die kleinste Portion, während alle anderen ihre Teller kaum bewältigen konnten. Und gelang es dem erklärten Vielesser endlich einmal, die größte Portion zu bekommen, dann war das Fleisch trocken oder eine Zutat angebrannt. Es wurde ihm eine Lebensaufgabe, immer anderes zu bestellen als andere, um endlich einmal den Sieg davon zu tragen. Was nie gelang. Schlechtes Essen mag dann nicht ganz das Gleiche sein wie schlechtes Wetter, das Prinzip ist aber dasselbe. Der Matrose bleibt, im direkten wie im übertragenen Sinne, immer im Regen stehen. So wird selbst Oberwasser zu Unterwasser.

Ein Praktikant von der Wasserschutzpolizei, der eine Reise mitfuhr, um die „Realität" auf einem Binnenschiff zu erfahren, fand unsere Geschichten vom Matrosenwetter sehr erheiternd. Er konnte sich immer wieder kaputtlachen, welch ein Seemannsgarn hier doch gesponnen wird. Das war natürlich alles Einbildung und Unsinn. Warte, sagten wir, du wirst es noch erleben. Dein privates Matrosenwetter wartet nur auf den besten Moment. Aber die ganze Reise war Traumwetter. Jeden Abend neckte er uns: „Nun bin ich schon zwei, drei, vier... Tage Matrose bei euch und immer noch nicht nass geworden." Es schien, als hätte Karels Wolke Angst vor der Polizei, sogar er blieb in dieser Zeit trocken. Als die Praktikumszeit vorüber war, wurde der Wasserschützer durch ein Polizeiboot seiner niederländischen Kollegen von unserem Schiff zum Land übergesetzt. Weil die Kade von Nijmegen für geladene Schiffe gesperrt ist und damit wir ungehindert weiterfahren konnten. Wir verabschiedeten uns von einem neugewonnenen Freund, aber ich bemerkte ein hinterlistiges Mundwinkelzucken auf dem Gesicht meines Mannes. Heimlich machte er mich auf die nahenden Wolken aufmerksam, jetzt grinsten wir beide. Das Boot setzte unseren Gast in den Ufersteinen ab, von dort musste er durch die ganze, schöne, holländische Stadt zum Bahnhof laufen. Worauf er sich gefreut hatte. Er setzte gerade einen Fuß an Land, als der Himmel seine Schleusen öffnete und gab, was er konnte. Nach all dem Unglauben berechtigt schadenfroh, blickten wir ihm aus dem trockenen Steuerhaus hinterher und setzten unsere Reise fort. Aus dem Lautsprecher zum Vorschiff krächzte hämisches Sohn- und Papageiengelächter, bis Nijmegen außer Sicht war.

Am Abend erhielten wir einen Anruf, der nicht mit „Hallo“ oder „Ich bin gut angekommen“ begann, sondern ohne Begrüßung oder Umschweife gleich zur Sache kam: „Jetzt weiß ich, was ihr mit Matrosenwetter meint! So ein Wolkenbruch! Kaum saß ich im Zug, schien die Sonne wieder, total zynisch, aber ich saß da, die ganze, lange Fahrt klatschnass bis auf die Haut. Das war wirklich auf der gesamten Reise der einzige Moment, in dem meine Wolke mich ohne Ausweg mit größtmöglicher Wirkung erwischen konnte.“ Eine Woche später hieß es dann am Telefon:“Ich werd noch verrückt hier. Hat Karel seine Wolke noch? Ich fürchte nämlich, ich hab sie mitgenommen. Wenn ich Innendienst habe, scheint nur noch die Sonne, aber sobald ich auf das Polizeiboot gehe, kommt der Regen.“ Ben nahm ihm die Illusion, gab aber auch Hoffnung: „Ich fürchte, das ist deine eigene Wolke, Karels ist hier, genau in diesem Moment aktiv. Halt durch, wir sind bald bei dir auf dem Main, dann gibt es garantiert ein paar Tage Sonne. Schiffswetter übertrumpft Matrosenwetter. Außer, wenn wir schleusen natürlich...“ Seitdem hat unser Ex-Praktikant nie wieder über Seemansgarn gewitzelt. Es ist unnötig, andere zu unserem Glauben zu bekehren. Das erledigt der Himmel ganz allein.

Spekje haben die Wetterwunder übrigens herzlich wenig interessiert, wie alles, was sich auf der anderen Seite der Schwelle nach draußen abspielte. Er machte sich höchstens Gedanken darüber, wie er verhindern konnte, das Wetter überhaupt mitzubekommen. Völlige Abscheu erntete ich mit der Einführung von Schnee. Nach Wasser und Erde als drittes Wühlelement. In der blauen Wanne. Noch kälter, noch nasser, noch ekliger als Mutterboden. Grunz: „Mama, lass die Natur da, wo sie hingehört. Nicht zu mir.“ Drinnen, wohltemperiert und fern jeder Witterung, herrschte künstliches Oberwasser. Solange das Schiff nicht sank. Man nennt dieses sichere Gefühl auch „Zuhause“. Zynischerweise sollte unser Borg bei seinem persönlichen Unterwasser, dem kein Schwein entgeht, direkt in die Sonne sehen. Sehr hoch oben.

Heiliger Schweinegeist

Für andere war die Sonne schon untergegangen. Als Spekje geboren wurde, lebte sein Vater bereits nicht mehr. Ich hätte es ahnen können, schließlich hieß er immer nur „der Eber“. Herbi fand, er könne nicht riskieren, dass der wieder ausbricht, um seine geliebte Rosa zu schwängern. Wobei mir etwas kryptisch blieb, ob er sich mit „geliebte Rosa" auf seine eigene Zuneigung zu ihr oder auf den unhaltbaren Sexualtrieb des Ebers bezog. Auf jeden Fall sei es für diesen ja auch kein Leben mehr gewesen, immer eingesperrt und geil… Er war also weg.

Trotzdem wurde Rosa ein drittes Mal schwanger. Ohne Eber. Zur Erinnerung – ihr erster Wurf endete komplett als Spanferkel, von ihrem zweiten überlebte nur Spekje. Jetzt hatte also der heilige Schweinegeist zugeschlagen. Da unser Glaube in dieser Hinsicht schwach und Rosa keine Jungfrau war, gab es nur zwei mögliche Erklärungen: Entweder war ein Wildschwein heimlich durch die Großstadt geschlichen, über den Fluss zu Rosa geschwommen und ebenso unbemerkt wieder verschwunden, oder eines ihrer eigenen Ferkel hatte sie vor dem Grilltod noch schnell gedeckt. Die möglichen Verdächtigen waren alles Mädchen, außer den beiden gefleckten Ferkeln. Da eines davon, also Spekje, ja schon mit fünf Wochen von uns mitgenommen wurde, blieb nur sein einziger Bruder als Schuldiger übrig. Was gut möglich war, da er und seine Schwestern erst mit ungefähr vier Monaten geschlachtet wurden. Ein Alter, in dem Spekje sexuell ja auch schon recht aktiv war. Größentechnisch ist der inzestuöse Akt auch nicht undenkbar. Bei Rosas Faulheit hatte so ein Männlein sicher öfter mal die Chance, sie liegend zu erwischen. Oder sie setzte sich einfach unwissentlich in einen der unzähligen Ferkel-Ergüsse im Stroh hinein. Die wurden ja nicht wie bei uns an Bord gleich weggewischt. Wie auch immer der technische Ablauf gewesen sein mag, die Theorien vom mysteriösen Wildschweineber oder heiligen Schweinegeist waren sehr viel unwahrscheinlicher als die Inzucht. Auch brachte der dritte Wurf keine höhere Anzahl wildschweinfarbener, also gestreifter, Ferkel als die ersten zwei. Was für den Großstadtschwimmer gesprochen hätte. Rosa war ziemlich konstant in der Farbwahl: Gefleckt, gestreift und schweinerosa in ungefähr gleicher Mengenaufteilung.

Da Spekjes Bruder die Vaterschaft mangels Leben nicht mehr offiziell anerkennen konnte, musste Rosa die Babys notgedrungen alleine auf die Welt bringen und verteidigen. Trotzdem bekam sie bei Zweiterem Hilfe von der Verwandtschaft, was sie selbst nie erfuhr. Denn Herbi hatte inzwischen Spekje an Bord erlebt und war total perplex von all seinen Fähigkeiten.

Natürlich liebte er seine Rosa sehr, aber der Kontakt beschränkte sich größtenteils aufs Füttern und Reden. Nur wenn sie in der Rausche von weiblichen Hormonen geplagt wurde, ließ sie sich gnädig kraulen oder jagte ihren Essensgeber mit heftigen Liebesbissen über das Gelände. Stolz betonte Herbi ihre Klugheit, insbesondere mit der Frühstückseigeschichte: Rosa knackte sämtliche Walnüsse, die vom Baum fielen, fraß selbst aber nur einzelne davon. Die übrigen verteilte sie, appetitlich in ihre Bestandteile zermalmt, im Stroh rund um ihren Schlafplatz. Mit dem Erfolg, dass die Hühner kamen, um die Walnußkrümel zu picken. Mit der Zeit sprach es sich beim Federvolk herum: Die Schweinehütte sei ein ertragreicher und gemütlicher Platz. So blieb man gerne auch länger und legte das eine oder andere Ei bei Rosa ab. Das schmeckte ihr viel besser als Walnüsse! Welch ein Schweineglück, dass die Hühner zu dumm waren, den Zusammenhang zu kapieren und weiterhin regelmäßig ihr Frühstücksei an Rosas Bett lieferten. Die ganze Walnußerntezeit lang.

Herbi hatte daraus noch nicht gefolgert, dass andere Schweine auch klug sein könnten. Ím Gegenteil, seine Rosa war ja eine ganz Besondere. Bis unser Schiffschwein ihm zeigte, zu welchen noch viel höheren Leistungen und Emotionen alle Schweine fähig sind. Spekjes Intelligenz und Sanftmut beeindruckten ihn so sehr, dass er voller Inbrunst mit mehreren Wiederholungen schwor, *nie wieder* ein Schwein zu schlachten! Dafür bekam er von Spekje gleich ein besonders schönes Stück Papier apportiert.

Rosas dritter Wurf brachte Herbi ein Dilemma, mit dem er beim Schwören sicher nicht gerechnet hatte. So ohne Eber schwört es sich leicht. Aber der Schleusenwärter hielt Wort. Es gelang ihm, sechs der sieben Ferkel, in Sets von je zwei Tieren, relativ artgerecht zu vermitteln. An zwei Privathaushalte jeweils mit Garten, die gern ein Minischwein wollten und an ein Gasthaus, als Amüsement für die Gäste, auf großem Freigelände neben der Terrasse, sowie als Resteverwerter. Ich fragte lieber nicht weiter nach, sondern nahm wohlwollend an, dass es sich um ein vegetarisches Restaurant handelte, womit die Speisereste schweinegeeignet wären.

Das siebte Schweinchen durfte bei Rosa bleiben, damit sie künftig nicht so alleine sei. Das kostete Überzeugungsarbeit, da Herbi bezüglich Rosa recht monogam war. Ein Schwein reichte ihm völlig. Er wollte aber auch nicht, dass Rosa fürchterlich leidet. Die Qualen der Schweineeinsamkeit malte ich ihm in den dunkelsten Farben aus. Auch wenn er sein Schwein noch so liebte, er sei ja nur wenige Stunden am Tag auf der Schleuse. Sie hatte bisher doch immer Gesellschaft, erst den Eber und später ständig neue Babys. Das wirkte, er stimmte zu. Aus Erfahrung klug geworden, überprüfte er viermal, ob das Baby, welches Rosa bei sich behalten durfte, auch wirklich ein Mädchen sei. Da dieses Schweinekind eine Reise später immer noch keinen Namen hatte, was bei mir Zweifel an Herbis Entschluss aufkommen ließ, musste schnell ein Name her. Die junge Minisau sah, mit ihren schwarzen Tupfern, ganz ähnlich aus wie Spekje in ihrem Alter, von daher nannten wir sie kurzerhand Flekje. Ihr Eigentümer war einverstanden und Flekjes Leben somit gerettet. Dem heiligen Schweinegeist sei Dank.

Die SchwesterNichte vom OnkelBruder

Die kleine Flekje wuchs. Kaum in die Höhe. Vor allem in die Breite. Mit einem halben Jahr war sie schon dicker als der fast ein Jahr ältere Spekje, aber höchstens halb so groß. An ihrem ersten Geburtstag stand sie neben der Mama, während wir in die Schleuse einfuhren. In der Perspektive von oben aus dem Steuerhaus, sah ich zwei ungefähr gleich fette Körper, nur durch Flekjes Flecken zu unterscheiden. Vom Deck auf gleicher Höhe betrachtet, stellte ich jedoch fest, dass die junge Dame eine noch viel zu stummelig reduzierte Beinlänge hatte, um den enormen Rumpf zu tragen. Flekjes Bauch schleifte auf dem Boden, das Doppelkinn ließ nur noch ahnen, wo der Hals sitzen sollte und über die Augen rollten sich dicke Fettwulste.

Nun war Rosa zwar auch übergewichtig, aber die Belastungen der vielen Schwangerschaften, sowie aktive Erziehungsarbeit mit ungehorsamen Ferkeln, hatten ihren Umfang immer wieder auf ein halbwegs vertretbares Maß reduziert. Als vernünftige Muttersau hielt sie sich auch weiter daran, Flekje vorzumachen, dass man neben all den Leckereien manchmal auch Gras konsumieren und sich bewegen kann. In gemäßigtem Rahmen, schließlich war sie auch nicht mehr die Jüngste. Den Rahmen konnte sie getrost immer weiter verkleinern.

Ein Erziehungserfolg war ohnehin nicht zu erkennen. So wuchs auch Rosa wieder, wie Flekje, in die falsche Richtung. Immerhin war sie nicht mehr im Höhenwachstum und ihre Augen konnten noch unter den fetten Brauen durchgucken. Was die negativen Folgen ebenfalls im verkleinerten Rahmen hielt.

Herbi entschuldigte sich. Er könne die Schweine ja nicht ständig einsperren, wenn er die anderen Tiere versorge. Dann wären sie ja ständig hinter Gittern. Das Futter würde nun mal für alle verfügbar auf das Gelände gekippt und verschwände da erst im Tagesverlauf. Anders sei es zeitlich gar nicht zu regeln. Klar, dass die Schweine sich reichlich bedienten. Sie bekämen aber auch ihr eigenes Futter, das sei schon extra nicht so viel. Nur ein Eimer gekochte Nudeln und so. Und beide liebten doch ihren Kuchen zum Nachtisch viel zu sehr, das könne er Ihnen auch nicht verwehren. Der sei doch gratis vom Bäcker vom Vortag. Solle er den denn wegschmeißen? Es sei auch zu süß, wie sie ihn mit Schokoladenmaul glücklich schmatzten.

Die Schwierigkeiten zeigten sich erst, als das Schokoladenmaul suchend in der Luft herumtastete, weil es den Kuchen nicht mehr fand. Flekje war nahezu blind geworden. Die augenverdeckenen Speckrollen hatten die Funktion der Netzhaut nachhaltig geschädigt. Herbi überlegte, das Tier zu erlösen. Ein Aufschrei ging durch unser Schiff, es sollte doch nicht sein, dass Flekje, noch mehr als bereits geschehen, für die menschlichen Ernährungsfehler bezahlen soll? Und Rosa mit ihr, indem sie wieder ihr Kind verlor? Ich bettelte: „Was hältst du davon, es erst mal mit einer Diät zu versuchen? Vielleicht können die Augen sich wieder regenerieren. Sie ist doch noch so jung!" Doch der Herrscher der Schafe hatte resigniert. Traurig seufzte er, das habe er nun so oft probiert, es gelänge ihm einfach nicht. Dass Flekje irgendwann den Tod durch Herzverfettung sterben würde, damit hatte ich mich fast abgefunden. Aber nicht schon jetzt durch Menschenhand. Darum erinnerte ich ihn, wie es war, als wir Spekje an Bord holten. „Weißt du noch? Was ist, wenn dies das einzige Leben ist, dass du ihm anbieten kannst... Was würde das Schwein wählen? Du hattest geglaubt, wir bringen ihn gleich auf der Talfahrt zurück. Doch nun ist er schon zwei Jahre an Bord und du hast selbst gesehen, wie fröhlich er ist. Das Leben auf einem Schiff ist gar nicht so schlimm. Vielleicht möchte Flekje auch lieber blind, als gar nicht leben? Sonst wäre sie bestimmt schon in die Schleuse gesprungen." Ein leises Lächeln huschte über sein Gesicht. Das ermutigte mich: „Selbst wenn Flekjes einziges Glück nur noch das Fressen ist, wer sind wir, es ihr zu nehmen? Es gibt schließlich auch Menschen mit dem gleichen Lebensinhalt." Das Lächeln wurde breiter, er begann den Faden von meinem Rettungsring aufzunehmen: „Ja, ich hab auch schon öfter beobachtet, wie sie sich mit dem Gebrechen arrangiert hat. Anfangs hatte ich Angst, dass sie die Schleuse nicht sieht und reinfällt, aber inzwischen läuft sie nur noch die gleichen Wege, sich immer am Zaun entlang orientierend. Manchmal noch richtig fröhlich, trotz Gewicht fast trabend. Und wenn sie es nicht mehr weiß, hält sie sich dicht an Rosas Seite, macht ihr einfach alles nach." Ich war auf der Zielgraden. Langsam zog ich den Rettungsring dichter an uns heran: „Genau, es gibt so viele Tiere, die trotz einer Behinderung ein tolles Leben haben. Und für Rosa wäre es auch schrecklich, ohne Flekje. Außerdem ist sie Spekjes Schwester. Er will bestimmt auch, dass sie lebt." Herbi schüttelte nachdenklich den Kopf: „Ich weiß nicht, ist sie jetzt seine Schwester oder seine Nichte?" Themawechsel. Auch gut, dachte ich: „Eigentlich beides, Halbschwester mütterlicherseits, Halbnichte väterlicherseits." Jetzt wollte Herbi es genau wissen: „Was ist er dann von ihr?" Nach kurzem Überlegen fasste ich zusammen: „Halbbruder und Halbonkel. Die zwei sind sozusagen Schwester-Nichte und OnkelBruder. Vorausgesetzt, du glaubst nicht doch an den heiligen Schweinegeist." Mein Gegenüber schwieg lange und ließ den Rettungsring in seinem Kopf kreisen. Ich wartete. Gedankenwellen schwappten über seine Gesichtszüge, er suchte den Faden. Ich wartete. Dann sah ich an seinen Mundfalten, wie er ihn gefunden hatte, zu sich heranzog und den Rettungsring endlich mit beiden Händen ergriff: „Okay, es macht ja nichts aus, ob sie hier auch noch rumläuft, ob blind oder nicht. Für Rosa." Flekjes Leben war zum zweiten Mal gerettet. Ein bisschen dankbarer Schweinegeistglauben konnte da schon aufkommen.

Abgründe mit und ohne Heu

Der Familienrettungsgeist hatte Hochkonjunktur. Er prallte auf die Kellergeister des *Hunter*. Nicht einmal in schwimmenden Behausungen ist ein Schweineleben sicher. Binnenschiffe haben keine Keller, unter den Unterkünften gibt es nur Maschinenraum, Tanks oder gleich das freie Flusswasser. Unser Schiff war wie wir etwas anders als andere. Die unscheinbare Tür neben dem Schlafzimmer führte keineswegs in einen Schrank, sondern ohne Warnung steil abwärts. Am Fuß einer spiegelglattlackierten Holztreppe versteckten sich zwei winzige Räume mit Kojen, als einzige auf dem alten Tanker noch original ausgebaut. Dieses „Achteronder", also „hintendrunter", diente einst als fensterloser Verschlag für das niedere Personal, welches durch Änderung der Besatzungsvorschriften zu Zweipersonenfahrt und Einhandbedienung seit langem überflüssig geworden war. Beim Schiffskauf vor einem viertel Jahrhundert fand mein Mann hinter Treppe und Verkleidung vergessenes Schmuggelgut der Schichtfahrer. Schnaps und vertrocknete Zigaretten, stumme Zeitzeugen längst geöffneter Grenzen. Der geheime Ort blieb ein Lager, wohltemperiert vom Flusswasser, optimal für Weinflaschen, Kartoffeln und sonstiges Gemüse. Sowie alles andere, was oben im Weg stand. Ein typischer, chaotischer Keller. Plastiktüten waren besonders oft im Weg und blitzschnell aufgeräumt: Tür auf, Tüte schwebt über der Treppe hinab, Tür zu. Im Eingangsbereich watete man infolgedessen durch mehrere Lagen Polyethylen.

Zum Kochen holten wir täglich Vorräte herauf. Verantwortungsvoll schloss ich jedes Mal die Kellertür. Wohl wissend, dass dahinter ein für Klauen rutschiger Schritt in den Abgrund drohte. Bis zur Tütensuppe. Die so ungefähr das Vierte war, was ich an jenem unheilvollen Nachmittag beim Kellergang vergessen hatte. Schon wieder runterrennen. Spekje fraß konzentriert an seiner Graskugel. Er traute sich doch sowieso nicht in die Nähe. Genervt glitt ich die Stufen bei geöffneter Tür hinab, es war ja nur ein Griff in den Fertigsuppenstapel. So schnell konnte kein Schwein fallen. Während ich dies dachte und auf dem vollgestellten Kojenpodest nach der Verpackung angelte, gellte ein alles durchdringender Schrei in mein Ohr. Solchen Horrorton hatte ich seit dem Schnapskistentransport auf der Schleuse nicht mehr vernommen. Gefolgt von einem dumpfen, nackenhaarsträubenden Aufschlag. Ich wagte kaum, mich über dem Gemüse aufzurichten und umzusehen.

Mein Ferkel lag mir zu Füßen. In einem Berg Plastiktüten. Es bewegte sich nicht. Es war tot. Auf alle Stufen der Treppe aufgeschlagen, hier

unten gegen die Schwelle geknallt. Genick gebrochen. Spekjes Leben an Bord war eine kurze Reise, geringfügig länger als es bis zum Spanferkelende gewesen wäre. Diesen Stress hätte ich ihm ersparen müssen, besser er wäre sein winziges Dasein lang bei Mama Rosa auf der Schleusenwiese geblieben. Ich hatte alles falsch gemacht.
Platiktüten raschelten wie Heu. Spekje zuckte, mit nicht mehr als einem Bein. Er lebte! Mein Herz gab Vollgas und kreiste wie ein Formel-1-Bolide in Brust und Hals. Wie schwer war er verletzt? Welche inneren Blutungen würden ihn alsnoch töten? Wo sollte ich, mitten auf der Reise, einen kompetenten Tierarzt hernehmen? Behutsam schob ich beide Arme unter den steifen Körper und balancierte damit die schmalen Stufen hinauf. Endlich im Wohnzimmer angekommen, bettete ich den Verunglückten sanft auf die Couch und kniete mich davor, um ihn auf sichtbare Schäden zu untersuchen. Kaum fühlte Spekje vertrautes Polster unter sich, schoss das Adrenalin in seinen schreckerstarrten Leib. Hier wird nichts untersucht! Mit einem waghalsigen Sprung flog das Ferkel an mir vorbei vom Sofa, gab klauenwerfend Vollgas auf dem Linoleum und rutschte polternd unter sein Schlafdach. Dabei humpelte er nicht einmal. Die Beine waren zweifelsfrei noch funktionsfähig. Wir erholten uns beide schnaufend vom Mordsschrecken und gingen zur Tagesordnung über. Spekje setzte seine Heukugelarbeit fort, ich holte die Tütensuppe. Mit geschlossener Kellertür. Der Rennwagen in mir drehte noch andauernd seine klopfenden Runden. Er fand erst einen Parkplatz, als ich überzeugt war, dass keine Spätfolgen auftraten. Das tapfere Schweinchen gab noch nicht einmal die blauen Flecken zu, welche unter den Borsten sicher massenhaft versteckt waren.

Spekjes Schwellenängste waren damit nicht mehr ganz so geisterhaft. Hinter Stufen konnten außer Schlachthöfen auch andere, reale Todesgefahren lauern. Ein Hoch auf das Genie, welches das Chaos beherrscht. Die unaufgeräumten Plastiktüten raschelten nicht nur ähnlich, sie federten den Fall auch wie bestes Heu.

Die Beschaffung von echtem Heu führte mich an Abgründe ganz anderer, mehr menschlicher Art. Unser Befrachter entsandte uns auf Mosel und Neckar und Mosel und Neckar und Mosel... Kein Main in Sicht. Ohne Nachschub vom Schafschleusenmeister, schwand der Vorrat getrockneter Halme unter dem Steuerhaus besorgniserregend.

Nach Holland führte jede Reise zurück. Um dem Notstand dauerhaft vorzubeugen, machten mein Auto und ich eine romantische Fahrt durch niederländische Bauernlandschaften. Von Hof zu Hof fragte ich nach günstigem Stroh und Heu in Kleinstmengen. Alle wimmelten unfreundlich ab. Sie hielten mich, in dem dicken, knallroten Campingauto mit deutschem Kennzeichen, wohl für eine verwirrte Drogentouristin. Welche zwar ganz gut holländisch sprach, aber trotzdem Gras und Heu verwechselte. Erzählungen von Schiff mit Schwein verbesserten diesen Eindruck nicht gerade.

Die Romantik des Ausflugs wich grauen Wolken. Demotiviert wandelte ich zwischen Kürbissen. In allen Größen, Farben und Schattierungen. Sie begrüßten mich mit geschnitztem Grinsegesicht rechts und links der Hofauffahrt, säumten den Weg zum Wohnhaus sowie die Beete im Vorgarten, trugen Hüte, zu Figuren zusammengesetzt auch Kleidung und Wanderstöcke. Eine leicht gebückte Frau trat aus dem Haus, in glücklicher Erwartung einer Kürbiskundin. Ich lobte ihre Kunstwerke und leitete meine Worte daraus sanft zu dem Thema, ob sie auch Stroh verkaufen würde. Extra das Wort Heu vermeidend. Trotzdem verstand auch diese Frau mich völlig falsch. Sie wirbelte auf ihren Latschen herum, trat einem unschuldigen Kürbiszwerg den Kopf ab, schlurfte zügig den Pfad zurück zum Haus und fauchte dabei über die Schulter: „Mein Mann ist irgendwo in den Ställen. Suchen sie einfach." Peng, die Tür fiel zu. Das verregnete Bauerngut umgab mich feindselig.
Ich irrte durch menschenleere, kuhvolle Ställe, eine riesige Scheune sowie ein Baustellengebäude voll Schotter und Steinen, das eine Melkanlage werden sollte. Wenigstens die Rindviecher waren nett, wir muhten uns zu. Da ich auf keinem anderen Hof so weit gekommen war, merkte ich erst jetzt, dass mein Landgang-Schuhwerk für das ländliche Vorhaben gänzlich ungeeignet war.
Der Bauer fuhrwerkte wild mit dem Trecker in einer Schlammlandschaft hinter den Ställen. Um nicht zu versinken, winkte ich von Ferne. Und winkte. Und fror. Und winkte. Der Trecker stoppte und verstummte. Der Fahrer winkte begeistert zurück, hüpfte vom hohen Gefährt in den Matsch und stapfte auf mich zu. Ein Bilderbuchbauer in grünen Gummistiefeln, wasserfester Latzhose und kariertem Hemd. Der professionelle Eindruck wurde nur durch mangelnde Körpergröße und schmale Schultern gemindert. Während ich mein

Anliegen erläuterte, schlenderten wir in die Scheune. Mit triefenden Hundeaugen hing er an meinen Lippen. Dieser Landwirt glaubte meine Geschichte. Er hätte mir alles geglaubt, auch einen Elefanten im Flugzeug. Magisch angezogen, folgte er jedem Schritt, den ich zurückwich. Ach du Scheiße! Ich will Heu, aber nicht ins Heu. Misstrauisch musterte ich die plötzlich bedrohlich gewordenen Ballenstapel. Sein Angesicht folgte meinem Blick in trügerischer Hoffnung, wir dächten dasselbe. Ich lächelte entschuldigend: „Das Schiff fährt bald ab, ich hab nicht viel Zeit." Er nickte und verschob seine Phantasien. Ein Stroh- sowie ein Heuballen wanderten in meinen Kofferraum, ich durfte nicht tragen helfen und nichts bezahlen: „Das mach ich doch gerne. Kommst du bald wieder?" Natürlich. Der Tarif war überzeugend, der kurze Mann konnte eine kräftige Binnenschifferin kaum zwingen, die erträumte Nachzahlung zu leisten und es gab keine Alternativen.

Das Wiederkommen dauerte länger als gedacht. Stroh wurde nach der Umstellung auf Schlafdecken ausgemustert, an jener Heu-Unmenge hatte Spekje viel zu knabbern. Doch andauernde Regenzeiten bescherten dem immer noch halben Ballen einen muffigen Geruch. Unter unserem altersschwachen nicht ganz dichten Steuerhaus war er feucht geworden. Ich schenkte die Halme den Rheinfischen. Bei erster Gelegenheit begab ich mich wieder auf Landpartie, einen leeren Sack im Kofferraum. Der würde vollgestopft als Vorrat reichen und geringere Sauerei im Auto machen als ein ganzer, unverhüllter Ballen.

Noch während ich zwischen den Einfahrtkürbissen durchlenkte, kam der Bauer aus dem Stall gelaufen. Er öffnete meine Autotür: „Ich dachte, ich seh dich nie wieder. Jeden Tag habe ich vom Trecker auf das Scheunentor gestarrt, vor dem ich dich damals winken sah." Das kam zu schnell zu dicht: „Äh, ja, darf ich bitte aussteigen?" Galant wich er mitsamt Tür zurück. Ich drängte an ihm vorbei zu meiner Heckklappe, holte den Sack heraus und erklärte sachlich dessen Funktion. Im Wohngebäude wackelte ein Vorhang. Der Mann wollte mir lieber einen ganzen Ballen aufschwatzen. Aufschneiden wollte er ihn auf keinen Fall. Vielleicht hatte ich mich auch in der Wortwahl vergriffen. Auf holländisch steht das Wort „Ballen" für den männlichen Hoden. Gras und Heu, Ballen und Säcke, internationale Verständigung hat ihre Tücken. Langsam kam auch bei mir an, welche Ängste die Ehefrau hinter dem Fenster ausstand. Jener hatte ich schließlich was von Schwein und Stroh erzählt. Jetzt tauchte ich schon wieder mit ihrem Gatten in die Scheune.

Taktisch setzte ich meine grünen Augen ein, Ballen und Bauer hatten keine Chance. Aus der zünftigen Latzhose kam ein Taschenmesser hervor, zertrennte das zusammenhaltende Tau von einem Heubündel und glitt zurück in die Tasche. Gemeinsam schoben und pressten wir Heu in den Sack. Unausweichlich berührten unsere Hände sich. Mehrfach. Der Bauer schwitzte Testosteron aus allen Poren. Ich schwitzte vor äußerer Anstrengung und innerer Anspannung, analysierte schweineartig die Fluchtroute und war mir meiner Binnenschifferinnenstärke nicht mehr so sicher. Ein Rand des Taschenmessers funkelte gefährlich aus dem Hosenstoff. Den Rest vom Heu verfütterten wir an ein paar nahestehende Kälber. Sie pressten ihre Köpfe durch die Gitter und knutschten meine Hände. Der schwer atmende Mann starrte auf diese Liebkosungen. Es war dringend Zeit für meinen wohlüberlegten Fluchtweg. In fließender Drehung zog ich meinen Daumen aus dem lutschenden Maul eines Kalbs, packte den Heubeutel und marschierte zum straßenseitigen Scheunentor. Erst draußen im sicheren Sichtfeld des Wohnhauses, holte er mich ein. Die Vorhänge schwangen zu. Auf den paar verbliebenen Schritten zum Kofferraum kämpften wir um den Heusack. Er aus altmodischer Werbungshöflichkeit, ich um klarzustellen, dass ich Männer satt war, die mir alles aus Händen nehmen wollten. Mein Heu, mein Auto, meine Tür. Die mache ich auch selbst auf. Danke und Tschüss!

Voller Verständnis für die verbitterte Frau, welche alle Liebe in ihre Kürbisse investierte, rollte ich vom Hof. Der arme Bauer würde mich nun wirklich nie wiedersehen. Entschied ich, derweil die Kürbisköpfe im Rückspiegel schrumpften. Lieber teures Kaninchenheu im Laden kaufen, als mich diesem Karnickelwunsch noch einmal auszusetzen. Eine überflüssige Konsequenz. Dieser Heusack reichte bis zum unerwarteten Schluss.

Katzenstreurecherche

Zeitungspapier ist nicht die optimale Einlage für ein Schweineklo. Das merkt sogar der Laie sofort. Es nimmt zu wenig auf, verhindert keinen Geruch und keiner kann so viel Zeitung lesen, wie unser Schwein pinkelt. Zumal der Zeitungsbote dem Schiff nicht hinterherläuft. Noch blöder war, dass Spekje den Unterschied zwischen Zeitungs- und Spielpapier schon mal vergaß, was so manches feuchte Blatt durch die Wohnung wandern ließ. Stroh im Klo hatte fast die gleichen Nachteile, dessen Beschaffungs- und Staubproblematik ist hinlänglich besprochen. Ich ging auf Jagd nach der optimalen Toilettenbefüllungslösung.
Weil sich schon andere vor mir Klogedanken gemacht hatten und Pipi bei den meisten Säugetieren ähnlich ist, war Katzenstreu naheliegend. Da forscht schließlich ein ganzer Industriezweig nach dem geeignetsten Material. In diversen Großzoohandlungen stand ich geplättet vor der Auswahl. Dass ist kein Zweig, sondern ein ganzer Industriebaum, nee, Industriewald.

Schrittweise schlug ich mich durch diesen Katzenstreu-Dschungel. Grundsätzlich kann man drei Sorten unterscheiden: Mineralische, chemische und solche auf Holzbasis. Dazwischen gibt es alle möglichen Mischformen und Wunschfarben. Himmelblau, rosa, weiß oder braun, Spekje würde drauf scheißen, das darf man wörtlich nehmen. Die Texte auf den Verpackungen sind nicht wirklich hilfreich: Jede Sorte ist mit Abstand die beste, auch die andere von derselben Firma. Erste Tests mit solchen Wunderkörnern waren ernüchternd. Sie klebten überall. An Spekjes Nase, in den Hohlräumen seiner Klauen, an allem was er in der Wohnung berührte. Wo sie einmal saßen, trockneten sie ein und blieben bombenfest sitzen. Tägliches Klauen- und Wohnungauskratzen war nicht mein Hobby, der Rest der Tüte wanderte umgehend in eine andere Deckskiste. Die für ölabsorbierendes Material. Solches muss jeder Tanker an Bord haben, um sofort Maßnahmen ergreifen zu können, falls es mal zu Ladungsaustritt an Deck kommt. Große Beschreibung für wenig, denn eigentlich passiert das nicht. Höchstens beim An- oder Abkoppeln des Ladearms, durch den die ungesunden Flüssigkeiten in oder aus dem Schiff gepumpt werden, kann es mal ein bisschen am Auffangbehälter vorbeitropfen.

Das wird mit einem Lappen weggewischt. Aber die Theorie, falls es doch mehr sein sollte, ist: Körner draufkippen, dann wird alles aufgesaugt. Statt über Bord ins Wasser zu fließen und dieses zu verunreinigen, kann der Schadstoff einfach zusammengefegt und entsorgt werden. Dafür taugen alle Sorten Katzenstreu.

Unseren Großeinkauf vor jeder neuen Reise machten wir im holländischen Gorinchem, einer mittleren Ortschaft, circa dreißig Kilometer vor Rotterdam, die wir regelmäßig anliefen, um unsere Postfächer zu lehren. In diesem Hafen standen auch unsere Autos geparkt. Was schon vor meiner Zeit so eingerichtet wurde, weil man hier auf dem Rückweg vom Rhein vorbeikommt, bevor die Wege zu den verschiedenen Seehäfen sich gabeln. Außerdem ist das gemütliche Städtchen auf Laufabstand vom Anleger. Ein prima Platz also, um auf Ladung zu warten, von der man noch nicht weiß, wo man sie wann abholen soll.

So zeitlos von einem Café zum anderen wartend, entdeckten wir ein Hunde- und Katzenspezialgeschäft mit einem ganzen Raum voll freier Streuauswahl. In diesem Kämmerlein konnte ich nahe dem Schiff, fern der unpersönlichen Tiermarktcenter, in geschütztem Rahmen meine Forschungen vorantreiben. Fachsimpelnd über Schweinestreu kam ich mit der Eigentümerin der Zoohandlung in tiefere Gespräche. Sie entpuppte sich als kompetente Beraterin, da sie zuhause ein Hängebauchschwein hielt. Hast du Schwein, hat auf einmal jeder Schwein. Marken mit chemischen Zusätzen schlossen wir beide von vorneherein aus. Aus Angst, dass er schädliche Substanzen verschlucken oder einatmen könnte. Mineralische Sorten durchliefen einige Testläufe an Bord. Eine Schweinenase ist leider viel größer und nasser als die einer Katze, letztere sortieren ihr Klo auch mit den Pfoten, statt dem Riechorgan. Die Saugkraft der Körner erwies sich ausnahmslos als zu stark, Spekje gewöhnte sich dabei an ständige Nasendekoration. Ich aber nicht. Ich wollte den Rüssel meines Schweins ohne Steinchenverzierung sehen, sowie eine Klofüllung, die überwiegend im Klo blieb. Ein geöffneter Sack nach dem anderen wurde zu mineralischem, ölabsorbierendem Material. Blieben nur noch Füllungen auf Holzbasis.
Meine neue Geschäftsfachfrau schwor auf Holzrindenspäne und brachte mir davon eine Testpackung mit. Da ihr Schwein seine Klo-

Ecke aber im Freien hatte, waren die Voraussetzungen anders. Spekje fand die Späne toll, endlich etwas Natürliches, damit sollte man das ganze Nest auslegen. Was einem Schwein gefällt, das macht es. Da ich keinen Streit über seine Inneneinrichtung führen wollte und die Geruchsbindungseigenschaften auch nicht zufriedenstellend waren, erklärte ich den Rest der Packung zu Spielzeug und probierte säckeweise weiter. Als Siegesanwärter kristallisierten sich gepresste Holzpellets heraus, die in Verbindung mit Feuchtigkeit auseinanderfielen. Auch davon gab es natürlich noch verschiedene Marken. Manche entwickelten unter Spekjes Pipimengen unangenehme Dünste nach gammeligem Waldboden, von anderen verklumpten die Fasern zu einer Breimasse, die, wie bei den mineralischen, unter den Klauen kleben blieb. Endlich fand ich jedoch einen Hersteller, der es geschafft hatte, den Eigengeruch auf ein leichtes Holzaroma zu reduzieren und die Fasern nach dem Auflösen der Pellets so saugfähig zu gestalten, dass sie die Feuchtigkeit innen behielten, statt damit irgendwo anzuhaften. Das Resultat konnte man als feines Spänepulver recht gut zwischen den noch sauberen Pellets rausschaufeln. Eine Sparsamkeit, die sich beim Schwein kiloweise mehr lohnt, als bei einer Katze. Und, last not least, Spekje gab sich einverstanden, aber nicht so begeistert, dass er sie weiter verteilen wollte. Drauf geschissen und fertig. Die optimale Schiffschweinestreu war gefunden!

Die streubegründete Bekanntschaft im holländischen Tierladen brachte noch so manches Schweinefachgespräch. Zum gegenseitigen Nutzen. Sie hatte einige praktische Haltertips und durch meine Aktivität im Schweinefreundeforum konnte ich Probleme mit ihrem Hängebauchschwein von anderen kommentieren lassen, um ihr die Info, nach der nächsten Reise, übersetzt im Laden zuzutragen. Im holländischsprachigen Raum hatte sie noch kein vergleichbares Forum gefunden und ihre Deutschkenntnis reichte nicht für Fachgespräche. Außerdem löste ihr Laden meine Futterlieferungsschwierigkeiten und erlöste damit Dieter von den Säcken neben seinem Schreibtisch im Autohaus. Anfangs wollte die mir gegenüber wenig gewinnorientierte Verkäuferin mich überzeugen, auf Landhandelfutter „für niederträchtige Sauen" umzusteigen. Weil sie das günstig mit demselben für ihr eigenes Schwein besorgen könnte. Dies ist zwar von den industriellen Ernährungen das einzige, was man einem Minischwein eventuell zumuten kann, aber nicht gut genug für meins. Irgendwie fand sie dann doch einen Weg, mein bisher über den Autohandel bezogenes Optimalfutter in ihren Laden zu holen. Nahezu zum Einkaufspreis. Schließlich wurde es in Holland hergestellt, ich hatte also bisher Eulen über Main und Rhein zurück nach Athen getragen. Als ich mit geringfügiger Anteilnahme fragte, ob sie daran überhaupt was verdiene, grinste sie breit: „Bei deinem Katzenstreubedarf fällt das unter Service zwecks Kundenbindung." Vielleicht war sie doch nicht so eine schlechte Verkäuferin.

Eine Autoladung für uns und die Goldfische, noch eine Autoladung für viel Schwein und etwas Hund: Endlich konnten wir an einem Tag, in einem Ort, allen Reiseverpflegungsbedarf an Bord schaffen. So mancher Spaziergänger blieb am Steiger stehen und fragte sich oder seinen Hund oder uns, was wir da schwitzend, säcke- über säckeweise, auf dem Steg stapelten und die Leitern runter schleppten. Die einfache Antwort löste das Rätseln nicht wirklich: „Wir sind Schiffer und haben Schwein."

Nach Abschluss meiner Streu-Dschungelforschungen hatten wir so viel ölaufsaugendes Material an Bord, wie noch kein Tanker je zuvor. Eine ganze Deckskiste voll. Das Bier wurde ebenfalls wieder aus seiner stählernen Lagerstätte verbannt, um diese vor jeder Reise bis zum Rand mit Schweinefutter- und Katzenstreusäcken zu füllen. So langsam besetzte Spekje also auch alle Deckskisten, ohne nochmal in ihre Nähe zu kommen.

Auf Futtermittel transportierenden Frachtschiffen klettern gern Ratten oder Mäuse an Bord. Sie balancieren über Tampen oder springen von Nachbarschiffen. Ben überlegte laut, ob unsere Schweinevorräte diese Untiere anlocken würden. Mein Widerspruch war noch nicht gekeimt, da entschied er selbst: „Quatsch. Die hassen den Geruch von Tanker und Hund." Falls ein suizidäres Nagetier es trotzdem wagen sollte, würde der Husky nicht ruhen, bis es erlegt wäre. Hoffentlich heimlich, ohne es mir zu Füßen zu legen. Ich jagte Katzenstreu, aber keine Maus vom Schiff.

Namenlose Maus in der Box

Mit leidigen Pflichtterminen ist es an Bord ähnlich wie mit den privaten Verabredungen. Es scheint schwieriger als an Land, aber wenn man endlich die Richtigen gefunden hat, geht es einfacher. Mein Zahnarzt käme nicht mehr auf die absurde Idee, mir ein Datum in vier Monaten anzubieten. Wenn ich anrufe, fragt er gleich: „Wann legen Sie an?“ Ich antworte: „Morgen Abend, übermorgen Nachmittag geht es weiter.“ Also quetscht er mich übermorgen Vormittag irgendwo dazwischen. Klappt fast immer.

Ich war mal wieder, entsprechend spontan, durch die Kölner Innenstadt auf dem Weg zum Zahnarzt. In einer Fußgängerpassage guckten mehrere Menschen auffällig auf den Boden und gingen dann weiter. Automatisch folgte ich braves Rudeltier ihrem Blick: Da lief eine winzig kleine Maus! Mal schauen, wo sie hier in all dem Beton wohl ihr Schlupfloch hat? Weit und breit war kein Baum oder Strauch zu erkennen, von Erde ganz zu schweigen. Je länger ich das Tierchen beobachtete, umso klarer wurde, dass es völlig planlos und verängstigt hin- und herlief, immer wieder die ganze Passage überquerend, zwischen all den Füßen, die es mehrfach um Haaresbreite verfehlten. Es bewegte sich viel zu langsam für eine Maus, schon total erschöpft. Ich konnte nicht einfach weitergehen und sie dem sicheren Tod überlassen. Also überlegte ich, ob ich ihr irgendwie helfen kann.
In meinen Jackentaschen fand ich auf den ersten Griff nichts hilfreiches, nur Geld, Krankenkassenkarte und Zigaretten. Ich fragte Passanten, ob sie vielleicht Waren mit einem Karton gekauft hätten, störende Umverpackung oder so. Diese Lösung gab ich aber, nach entgeisterten Reaktionen, schnell wieder auf. Also blieb nur, es doch mit eigenen Mitteln zumindest zu versuchen:
Ich kippte meine Kippen lose in die Jackentasche, hielt der Maus die geleerte, offene Schachtel in ihre aktuelle Laufrichtung und kam mir dabei ziemlich bescheuert vor. Wer probiert schon, eine Maus mit einer Zigarettenschachtel zu fangen? Wie erwartet, flüchtete sie gleich in die andere Richtung. Aber beim zweiten Hilfsangebot – das glaubt mir später keiner war mein erster Gedanke – zögerte sie einen Bruchteil von einer Sekunde und sprang dann gezielt ...
... direkt in die Schachtel!

Klappe zu und schnellstens zum Zahnarzt: „Hallo, ich hab um zehn vor den Termin und hätten sie vielleicht einen Schuhkarton oder Ähnliches, ich hab hier 'ne Maus in der Zigarettenschachtel." Ungläubige Blicke auf die Schachtel in meiner Hand. Ich erklärte in Kurzfassung, wie die Maus da reingekommen war. Eine der drei jungen Damen hinter dem Tresen begann ansatzweise hysterisch zu schreien: „Gehen Sie damit weg, gehen sie weg, wenn die rausspringt!" Die anderen beiden zeigten ebenso Symptome leichter Aufregung, ich beruhigte: „Die springt nicht, die ist total fertig und nur froh, dass es dunkel und warm ist." Also, ich sollte dann mit dem gefährlichen Tier vor der Tür warten, man brächte mir einen Karton. Das geschah auch so, ich legte die Zigarettenschachtel mit abgerissener Klappe in den größeren Behälter und musste den dann während meiner Zahnbehandlung im Treppenhaus stehen lassen. Mit der leisen Befürchtung, wenn ich rauskomme, stehen dort schon Bombenräumung und Antiterrorkommando, wegen eines herrenlosen Verpackungsobjektes im Innenstadtbereich.

Der Karton wartete glücklich allein auf mich. Als die Zähne wieder glänzten, klemmte ich ihn mir unter den Arm, ab ins Auto und zurück an den Rhein. Hier wollte ich das Mäuschen eigentlich im Uferstreifen aussetzen, überlegte aber dann, fertig wie sie ist, hat sie zwischen all den Möwen und abendspazierengehenden Hunden überhaupt keine Chance. Ich nehme sie besser mit an Bord, wo sie sich im Warmen ausruhen und vollfressen kann, bevor ich sie irgendwo im Grünen wieder freilasse.

Diese Reise fuhren wir ohne unseren zweiten Kapitän, im Unterschied zu uns mochte er Urlaub an Land. Die Vorwohnung stand also leer, war aber beheizt. Zurückgelassen hatte Karel dort ein altes Aquarium, welches ich nun mit WC-Papier polsterte. Das ist optimales Mäusenestbaumaterial, hatte mich vor circa zwanzig Jahren eine eigene, zahme Maus gelehrt. Dazu einen handgroßen Karton, mit Eingang, als Schlafhöhle und ein paar Brotkrümel, Gemüse und Wasser. Als ich die Maus in ihre Übergangswohnung setzte, war sie schon so apathisch, dass sie nicht mehr weglief. Sie setzte sich nur wieder aufrecht hin, nachdem sie seitwärts aus dem Karton gerollt war und schaute mich mit großen schwarzen Augen an. Ich legte ihr ein Brotstück direkt vor die Nase, da zuckte das Näschen, ein Rest Lebenswille. Aber meine Hoffnung, dass sie die Nacht überlebt, war schon sehr gesunken. Erst jetzt konnte ich richtig sehen, wie extrem winzig sie war, entweder noch sehr jung oder eine spezielle Rasse oder beides... Naja, das Einzige, was ich nun noch tun konnte, war, sie möglichst in Ruhe zu lassen. Zwei Stunden später wollte ich doch noch einmal unauffällig schauen, wie es ihr geht. Da war sie verstorben. Die kleine Maus bekam ein Seemannsgrab im Rhein.

Ich kannte sie nur ein paar Stunden, aber es macht mich traurig, wenn ein winziges Wesen so gekämpft und sogar eine Zigarettenschachtel mit Menschenhand als Rettung angenommen hat, dann doch sterben muss. Obwohl es eigentlich in Sicherheit ist. Mein Mann sagte, immerhin hat sie ihre letzten Stunden nicht mehr in Panik, auf dem kalten Beton, verbringen müssen. Wie die meisten Schweine. Ich weiß nicht, ob sie das auch so gesehen hat, aber den Versuch war es, denk ich, trotzdem wert. Die Geschichte erzählte ich auch im Schweinefreundeforum, weil sie mich bewegte und damit vielleicht der eine oder andere einen lieben Gedanken an eine winzige namenlose Maus sendet, die in einer mäuseunfreundlichen Welt alles gegeben und es doch nicht geschafft hat.

Ein Gedanke brachte mich wieder zum Lächeln: Als ich erst so ratlos war, wie ich sie fangen sollte, dachte ich: „Gehe nie wieder ohne Karton aus dem Haus". Aber es ist das gleiche Gefühl, mit einer Maus in einer Zigarettenschachtel zum Zahnarzt zu laufen, wie ein Schwein in einer Kiste an Bord zu tragen. So wäre die logische Schlussfolgerung, fahre nie wieder ohne Schweinetransportbox herum. Falls dir ein Schwein begegnet, das gerettet werden muss. Das ist im Stadtverkehr doch ein wenig unpraktikabel. In dem Moment war ich dankbar, dass ich Raucherin bin. Auch wenn Schweine nicht in Zigarettenschachteln passen.

Schiffsumzugsplanung

Mit der Maus beim Zahnarzt ahnte ich nicht, wie wichtig eine tragbare Schweineschachtel werden könnte. Das Tankerleben hing uns zum Hals raus. Immer neue Gesetze und Verordnungen, einhergehend mit ständigen Investitionen, Umbauten und Kontrollen durch stets mehr Instanzen. Wasserschutz, SUK, EBIS, Berufsgenossenschaft, Steigerleute... Wer kommt wohl heute wieder die Feuerlöscher zählen oder checken, ob unser Klo geputzt ist? Dazu der kontinuierlich wachsende Berg Schreibarbeit. Es ging dabei schon lange nicht mehr um sicheres Fahren mit Gefahrgut, sondern darum, ob man vorher aufgeschrieben hatte, wer hinterher verantwortlich ist, wenn was passieren sollte. Schließlich wurden die Gerüchte amtlich, dass alle Einhüllentankschiffe wie unseres, im Jahr 2018 verboten werden sollen. Da hockt man dann derangiert in seinem, nach beinahe fünfzig unfallfreien Jahren auf einmal gemeingefährlich gewordenen Heim und liest kopfschüttelnd Schlagzeilen über explodierende Neubauten. Der Schiffswert, der einst für den Lebensabend gedacht war, sank sofort ins Bodenlose. Bis zum Kilopreis des Metalls. Vor Abzug von Reinigungskosten.

Mein Mann hackte den Knoten durch und kaufte ein kleines Frachtschiff. Ein ganz kleines, mit 42m fast nur halb so groß wie der *Hunter*. Der war bei seiner Taufe zwar ein großer Junge auf dem Rhein, die modernen Mega-Doppelhüllen lassen den betagten Tanker aber auch schon recht klein aussehen. Dagegen war unser neues ein geradezu winziges Frachtschiff. Noch älter als unser altes. Wir träumten von einem ruhigen Dasein im Nischenbereich: Restladungen, die zu geringfügig für andere waren, Sondertransporte wie Lokomotiven und Messedekorationen, vielleicht eine umweltfreundliche Wiederbelebung des, auf die Straße abgewanderten, Weintransports auf der Mosel... Eigentlich hatte Ben eine Wohnung mit Schiff drumrum gekauft. Denn die hatte es uns angetan. Komplett in Mahagoni ausgebaut, mit einem wunderschönen, verglasten Dieselofen als Zentrum des Wohnzimmers, zwei Schlafzimmern, direktem Durchgang von der Küche zum Steuerhaus und Sitzbadewanne. Die fand ich das absolute Highlight. Auf dem Tanker fehlte mir nichts zum Glücklichsein, außer einer Badewanne. Das zweite Schlafzimmer war Spekje zugedacht. Mit mehr Platz als in seinem Nest auf dem *Hunter*, noch erweitert durch die Wühlkiste, im Wohnraum vor seinem Zimmereingang. In diesem Schiff war alles offen, man konnte von den Schlafzimmern durch alle Räume hindurch mit dem Rudergänger kommunizieren. Kein Rundrennen durch Regen, Kälte oder Ijsselmeerwellen, keine Sorgen mehr, was das arme Schwein allein unten macht. Ein lautes „Öff" und ich wär da.

Nach dem Kauf legten wir das NeueAlte in der Nähe von unserem Stammhafen still und tankerten mit dem AltenAlten weiter auf und ab, auf und ab… Jede Reise stoppten wir für ein paar Tage und schwangen den Pinsel auf unserem zukünftigen Zuhause. Farbe hatte es dringend nötig. Bei schlechtem Wetter begann ich, Spekjes Zimmer einzurichten. Das untere Kinderbett musste zum Schlaf- und Klo-Podest umgebaut, ein feuchtigkeitsunempfindlicher Boden verlegt, abgedichtet und mit Antislip gestrichen werden. Die Kenntnisse aus meinen früheren Nestumbauten ermöglichten präzise Planung. Die Baumärkte hatten mich wieder, Bretter und Leisten wanderten auf das Schiffchen, tagelang erneutes Sägen und Schrauben. Wir hatten keine Ahnung, wann ein Käufer für den Tanker gefunden sein würde, damit wir umziehen können, aber bis dahin sollte alles gut vorbereitet sein. Auch die Spekje-Transportfrage.

Theoretisch hätte Spekje auf eigene Kraft über die Gangborde von einem Schiff aufs andere laufen können, wenn sie nebeneinander lägen. Ein paar Helfer mit Absperrungen, Laufbrett, fertig. Seine Schwellenangst machte dies aber unvorstellbar. Selbst wenn es gelänge, ihn mit vereinter Männerstärke aus der Tür zu schieben, wäre die anschließende Panik ein großes Sicherheitsrisiko. Schließlich könnte jeder Ausbruchsversuch im Wasser enden. Und dann? Schweine können zwar schwimmen, aber keine Bordwände hochfliegen. Außerdem wollte ich Spekje nicht nur einmal umziehen lassen, sondern ihm danach auch regelmäßigen Auslauf ermöglichen. Wenn der Laderaum leer sein würde, sollte darin ein großer, ausbruchssicherer Schweinespielplatz auf Holzdielen entstehen. Den hätte er auf eigenen Klauen niemals erreichen können, Leitern klettern war nicht so sein Ding.

Aus Mäuseerfahrung war deutlich geworden, dass ich dafür eine spekjetaugliche Zigarettenschachtel brauchte. Die man mit Hand sowie Autokran versetzen kann. Das sollte nicht so ein Thema sein, die Schweinefreunde retten ja ständig zu groß gewordene Wohnungsschweine mit XXL-Hundetransportboxen. War es aber doch. Nach wieder mal nächtelanger Internetrecherche hatte ich immer noch keine fertige Box gefunden, die lang genug für Spekje, aber nicht zu breit für unsere schmale Eingangstür war. Der Hundeboxenmarkt orientierte sich komplett an der Standard-Wohnungstürbreite. An

arme Schiffer mit Schweinen hinter Sondermaßtüren hatte irgendwie keiner gedacht.
Marke Eigenbau war mir zu riskant, bei meinen Bettler- und Kistlerfähigkeiten bangte ich, dass der Boden im entscheidenden Moment, mitsamt Schwein, herausfallen würde. Schließlich landete ich bei nach Maß für Autos gebauten Hundeboxen aus Formica und Aluminium. Solche sind eigentlich nicht zum Herumtragen konzipiert, sondern als Sicherung des Tieres im Kofferraum. Es dauerte einige E-Mails, bis der Hersteller aufhörte zu fragen, welche Automarke unser Schiff oder welche Hunderasse unser Schwein hat und meine Wünsche halbwegs kapierte. Die Konstruktion war ausgefeilt: Länge an Spekje gemessen plus vermutliches Wachstum, maximale Breite des Durchgangs bei ausgehängter Tür, stabile, eingelassene, klappbare Metallgriffe an allen Seiten für schwierige Gangbordpassagen, sowie als Krangurtsicherung. Türen von beiden Seiten, weil die Kiste zu schmal zum Darinumdrehen würde. Die vordere Klappe komplett vergittert zum Rausschauen, die hintere bis auf ein Lüftungsgitter geschlossen, um sich sicher zu fühlen. Extra Holzverstärkungen in Boden und Wänden, die nach meinen Vorgaben 120 Kg plus panische Hüpfkräfte aushalten sollten. Ausgelegt mit stoß- und rutschhemmenden, ungiftigen Naturgummimatten. Unter der Kiste vier stabile Rollen, neben dem Schwein sollten auch die Tragenden ein Minimum an Komfort genießen auf den selten vorhandenen, ebenen Flächen.

Die Lieferung erfolgte nicht per Post, sondern über ein Transportunternehmen, mit dem man telefonische Terminabsprachen machen kann. Dadurch war meine Wohnanschrift empfangsfähig, ich bat den Lieferanten sich direkt mit dem Restaurantschiffbesitzer kurzzuschließen. Nach längerer, banger Wartezeit kam das Megapacket tatsächlich reibungslos beim richtigen Bootshaus an. Ein paar Wochen stand es dort mit Plane abgedeckt neben der Kundenterrasse. Dann fand der Gastronom, dass es langsam nervt. Er wollte sowieso schon immer mal schauen, wie schön es an unserem Stammliegeplatz in Holland ist. Kurzentschlossen packte er die Kiste in seinen Kleintransporter und machte sich mit einem Freund auf den Weg zu uns. Nach Wiedersehensfreude und Kistenbewunderung kam die Ernüchterung. Das Maßobjekt kollidierte mit den Türmaßen. Drei Mann und eine Frau manövrierten es über die Gangbordreling hin und her, Schramme hier, geklemmter Finger da, nichts half. Nach dem dritten Versuch holte ich einen Zollstock. Die Kiste stimmte exakt. Wo war der Fehler? Wir probierten es noch einmal, da sah ich das Übel: Entgegen der Planung waren die Griffe nicht eingelassen, sondern aufgeschraubt. Das ergab den entscheidenden Zentimeter zu viel. Na toll, das schwere Ding also kurz vorm Ziel umdrehen, zurück in den Kleinbus, zurück nach Köln, zurück an den Lieferdienst, zurück zum Hersteller. Begleitet von einem ziemlich genervten Bootshauseigner, sowie den nötigen E-Mails und Telefonaten. Der Erbauer entschuldigte sich sehr, er meinte es nur gut, weil diese Griffe stabiler seien und er nicht dachte, dass es auf die paar Zentimeter ankommt. Nee, feixte ich, darum lasse ich es ja mit all den Skizzen, Beschreibungen und Rückfragen zentimetergenau fertigen, weil es sicher nicht auf ein paar Zentimeter ankommt... Techniker meinen es immer gut, wenn sie Frauenpläne ungefragt verbessern und ich hab dann den Salat.

Nach angemessener Wartezeit stand die geänderte Kiste wieder neben der Restaurantterrasse. Da blieb sie diesmal, bis Ben die Gelegenheit fand, in Köln anzulegen. Ohne Plane, ein Karton sah für die Gäste wenigstens nicht so nach Baustelle aus. Noch in diesem Zwischenlager riss ich, kommentiert vom amüsierten, trinkfreudigen Publikum, mit Messlatte bewaffnet, die regeneingeweichten Verpackungsreste herunter. In einem Berg von nassem Karton drehte und wendete ich das schwere Objekt auf engem Raum, um jedes Detail zu checken. Alles klar. Wenn es jetzt nicht durchgeht, weiß ich es auch nicht mehr. Die Schlepperei über die lange Gaststätten-Steganlage zum Kleinbus, sowie aus dem Transporter über unsere Gangborde zum Achterschiff, war die gleiche wie schon einmal. Immerhin innerhalb Kölns, ohne lange Autofahrt nach Holland. Als wenn das der Kiste, ohne Schwein, etwas ausmachen würde.

Die Rollen musste ich selbst drunterschrauben. Der Hersteller fürchtete, sie könnten beim Versand abbrechen. Soviel Vertrauen bestand also in seine Konstruktion, die bis zu 120 Kg wild bockendes Schwein, hoch oben im Kran, tragen sollte. Für den Preis hätte er zumindest die Rollenanschraublöcher vorbohren können.

Diese absolute Luxusschweinetransportkiste kostete über 400,- Euro. Wir zogen nie um. Eins kam im Leben zum anderen, mein Mann überlegte es sich anders, wie so oft. Er wollte, bis zur allerletzten Schwelle, auf seinem vertrauten Tanker bleiben und verkaufte unseren Traum wieder. Die neuen Eigentümer rissen sowohl die komplette Mahagoniwohnung, inklusive Badewanne, als auch den historischen Motor heraus. Der geplünderte, kahle Rumpf dient heute nur noch als armseliger Lagerraum im Wasser, bis er schrottreif ist.

Die Box sollte für Spekje dennoch ein abschließendes Mal zum Einsatz kommen. Ganz anders, als ich je geplant, gewünscht oder gewollt hätte. Danach endete sie als Spende bei den Schweinefreunden. Wo sie alltags eingestaubter Katzenschlafplatz ist, aber in Spezialfällen noch immer gute Dienste am Schwein tut.

Ich bilde mir ein, durch Tiere einiges gelernt zu haben. Vielleicht, das Wesen meiner Utopien niemals aufzugeben, egal wie viele konkrete Träume verschrottet werden. Oder sinken. Ganz sicher aber jede Menge über Kästen, Kisten, Kartons und Schachteln aller Art.

Schweinespiele für Experten

Da ein Schweinekind immer neue Herausforderungen sucht, steigerte ich die fortgeschrittenen Beschäftigungen mit Tierartikeln und Bordbestand durch verschiedene Zirkusübungen aus dem menschlichen Spielwarenhandel. Dazu gehörte zum Beispiel ein Ringwerfspiel. Meine Vorstellung war, dass er jeweils den Ring, den ich ihm gab, zu den Stäben tragen und darüber legen sollte. Manchmal klappte das hervorragend. War der Ring aber widerspenstig und lag nach zwei oder drei konzentrierten Versuchen immer noch nicht ordentlich über dem Pin, wurde der Junge trotzig und setzte jene Methode ein, die in der Anleitung stand. Werfen. Möglichst hoch, weit und in alle Richtungen. Zielwerfen ist keine Disziplin, in der Schweine besonders stark sind. Spekje peilte nach vorne, aber sein Kopf schleuderte, schweineanatomisch korrekt, immer zur Seite. Der Nacken kann einfach nicht anders. Diese Taktik führte also nie zum Ziel. Vor allem nicht, weil er das Kreuz mit den Stäben, auf das er die Ringe legen sollte, gleich mit in die Luft schleuderte. Purzelten die Stäbe dabei herum, schnappte er sich einen und wollte ihn schmaler kauen. An sich keine schlechte Idee, um die Ringe einfacher drauf zu

bekommen. Nur griff ich an diesem Punkt meist ein und verhinderte die Ausführung. Es war nur ein Plastikspiel, das nach gründlicher Zahneinwirkung nicht mehr brauchbar gewesen wäre. Wie so meist erdachte unser kleiner Schlauberger auch mit diesen Objekten schnell seine eigene Spielvariante. Drauflegen ging schwieriger als runternehmen. Nachdem es ihm einmal tatsächlich mit ungewöhnlicher Geduld gelang, alle Ringe auf Pinnen zu versammeln, holte er einen-für-einen-für-einen wieder herunter und brachte ihn mir zurück. Natürlich gab es für jeden Apport eine Belohnung. Meine Begeisterung für diese Eigeninitiative war pädagogisch unklug, denn von da an war das Drauflegen gestorben. Ringe auf Stäbe sortieren wurde meine Aufgabe, damit er sie wieder abnehmen konnte. Blieb einer hängen, brachte er mir kurzerhand das ganze Gebilde. Wie beim Papier, fand er auch hier Geben seliger denn Nehmen.
Mit denselben Ringen übten wir Farbworte. Es gibt Menschen, die bestimmten Tieren die Wahrnehmung von Farben absprechen. Ich weiß nicht, auf welche Weise Spekje Farben sah, aber er konnte sie auf jeden Fall unterscheiden. Blau und Rot kannte er ja schon von seinen Futterbällen. Nach ein paar Tagen Übung konnte ich alle Ringe vor ihm ausbreiten und ihn bitten, mir den roten, gelben, grünen, rosaroten oder blauen zu geben. Nur für die richtige Farbe gab es Belohnung, also klappte das immer. Von einer leichten Blau-grün-Schwäche abgesehen. Die hat mein Vater auch.
Gibt es geistige Vererbung?

Die erworbene Farbkenntnis wollte ich nutzen, um ihn aus einem Haufen bunter Buchstaben, seinen Namen heraussuchen zu lassen. Das hatte ich im Fernsehen bei einem anderen Minischwein gesehen. Nur fand ich nirgends so schöne große, stabile Buchstaben wie sie dort verwendet wurden. Wir mussten uns mit kleineren, hohlen Magnetversionen begnügen. Die sollte er nur mit der Nase schieben, um das Verschluckungsrisiko zu minimieren. Diesen Teil der Übung fand er zum Suchen prima. Hatte er sich aber für einen Buchstaben entschieden, wurde der konsequent mit den Zähnen gepackt, um ihn mir zu geben. So ging das mit Papier, Ringen, Bällen und Tüchern, warum also nicht mit Buchstaben? Den Anfang mit „s“ und „p“, die beide orange waren, hatte er schnell verstanden. Danach folgte grundsätzlich bunter Buchstabensalat. Mit auffallend vielen „e“ dazwischen. Vielleicht war das sein Namensverständnis, wir riefen ihn ja oft

„Speeeeekje!". Bei so viel „e" ist die Endung bestimmt nicht mehr so wichtig. Für meine Farbhinweise hatte er keine Geduld und für ausbleibende Leckerchen bei falschen Buchstaben kein Verständnis. Das Spiel endete oft in wütendem Buchstabenschleudern. Als der erste, winzige Magnet aus einem „e" herausgekaut war, spuckte er ihn penibel aus. Ein Schwein, das versucht, Kleinstteile auszuspeien, sieht ziemlich bescheuert aus, weil es dabei die seltsamsten Zungenverrenkungen probiert. Einmal Ergattertes wieder aus dem Maul heraus zu befördern, ist im Schweinesystem physisch eigentlich nicht vorgesehen. Kurz danach entdeckte ich einen weiteren Buchstaben mit spurlos verschwundenem Magnetchen. Ich beschloss, nicht weiter zu testen, ob er an so einem Ding ersticken kann, sondern die Übung wegzuschließen. Bis er etwas älter und geduldiger geworden sei. Die Dose mit den Buchstaben rutschte irgendwo in die Tiefen der Schränke, Spekje schrieb niemals seinen kompletten Namen.

Erst in einer anderen Ära, jener nach dem Schwein, fand ich sie wieder. Auf der Suche nach einer Box, für die Stifte unserer Tochter. Jenem, in der aktuellen Schweinezeitrechnung noch ungeborenen Stern, der einmal unschuldig am Himmel aufleuchten würde, um von dort mit Feuerschweif in Spekjes Existenz zu stürzen. Ich war zu faul, eine andere Dose zu suchen und warf das erste Malwerkzeug des Mädchens einfach zu den Schweinebuchstaben. Mit dem Effekt, dass sie uns, statt unkoordiniert zu kritzeln, ausfragte, was welche Buchstaben bedeuten. Noch vor ihrem zweiten Geburtstag konnte sie auf dem magnetischen Kühlschrank Papa, Mama oder MaPa schreiben. Daran wurde, ähnlich wie bei Spekjes Übungen, jede Menge Buchstabensalat gehängt. Den wir zu ihrer Belustigung mit zerbrechenden Zungen vorlesen mussten. Beim Artikulieren dieser unaussprechlichen Konsonantenketten hatte ich ständig ein Gefühl von winzigen Magneten am Gaumen. Schlaue Schweine machen auf Umwegen auch Kinder schlau.

Es spricht meiner Meinung nach nichts dagegen, wenn eine abwechslungsreiche Beschäftigung für das zwangsweise naturentfremdete Tier auch seinen Menschen Freude macht. Stöckchenspringen und Ringesortieren hatten hohen Unterhaltungswert, den Boden mit Kartoffelschalentüchern feudeln, war sogar richtig nützlich. Der Erfolg motivierte, unser Nutztier im Wohnzimmer noch auf andere

Art nutzbringend einzusetzen. In all den Jahren auf verschiedenen Schiffen wunderte ich mich oft, warum ich bei der Vielzahl an Bordhunden nie sah, dass jemand seinem Vierbeiner beigebracht hatte, Taue an Land zu bringen und über einen Poller zu legen. Stattdessen kraxelten alte Matrosen und junge Frauen lieber selbst mühevoll über Ufersteine oder hüpften waghalsig vom leeren Schiff auf niedrige Spundwände, den Tampen über der Schulter, während ihr Hund aufgeregt die Gangbord auf und ab rannte. Dabei bettelte so manches Bellen überdeutlich: „Lass mich das doch machen! Ich kann schneller laufen, weiter springen, zerre gern an Tauen und schwimme auch, wenn es sein muss." Andersrum hab ich mir beim Anlegen an unwegsamen Ufern oft so einen Hund gewünscht, den ich an Land schicken und ihm das Tau hinterher werfen könnte. Mit Ruf und Finger den nächstbesten Poller anweisen, fertig. Leider, anders als all die arbeitswütigen Retriever, Labradors oder Schäferhunde, die ich auf fremden Kähnen beobachtete, war meine aktive Schifffahrtszeit ausnahmslos mit wasserscheuen, alten Hündinnen gesegnet. Die niemals allein jene gefährlichen Schluchten zwischen Schiff und Ufer überwunden hätten. Meiner früheren Kangalhündin hatte ich hoffnungsvoll beigebracht, das Auge von einem Tampen an Deck über einen Poller zu legen. Sie war groß und stark genug, ein dickes Tau weit zu schleppen und hatte Spaß an dem Spiel. Alles klappte perfekt, solange ich von ihr keinen selbständigen Landgang verlangte. Das Training endete damit, dass sie das Vorschiff wunderbar an seinem eigenen Heck anbinden konnte.
Mit der Huskyhündin versuchte ich es gar nicht erst. Außer der gleichen Wasserangst, hatte diese auch noch eine tiefe Abneigung gegen das Befolgen von Anweisungen und eine Tendenz zum Streunen, sobald sie festen Boden unter den Pfoten fühlte.

Noch völlig ahnungslos bezüglich der Schwellenangst, antiautoritären Einstellung sowie Sprung-, Kletter- und Schwimmfähigkeiten von Schweinen träumte ich, mit dem winzigen Ferkel im Arm von einem kräftigen, mutigen Eber, der dicke Tampen durch Uferböschungen schleift. Das einzig Realistische an dieser Vision war, dass er später ohne Rücksicht auf Hindernisse, seinen geplanten Weg geradlinig verfolgen würde. Nur sah ich im Traum Büsche und Bäume platt liegen, statt Stühlen oder Hunden, die vergaßen auszuweichen. Nutzlos blieb das früh gelernte Apportieren von Flaggenleinenstückchen, also bei erster Planung auf Ferkelgröße abgestimmten Tampen, trotzdem nicht. Solch stabile Bindfäden kann man an alle möglichen Dinge knoten, die ungeachtet ihres Gewichts automatisch mitkommen, wenn ein ausgewachsenes Minischwein am Bändsel zieht. Das war eine Nutzungsmöglichkeit für das Nutztier. Und was müssen Schiffer innerhalb der Wohnung am häufigsten holen? Von Esswaren abgesehen, die einem Schwein überlassen wohl kaum am Ziel ankämen? Ich möchte nicht weiter die Vorurteile bestätigen, die in vorherigen Kapiteln schon gefestigt wurden. Ín der maritimen Welt gilt heutzutage schließlich fast überall Alkoholverbot. Aber für unseren altmodischen Familienbetrieb war die Antwort ohne größere Feldforschung einstimmig: Bier!

Natürlich apportierte unser fortgeschrittenes Spielschwein nach kurzer Erklärung jede greifbare Form von Objekten. Glasflaschenhälse und scharfe Ränder von Kronkorken wollten meine Mutteraugen jedoch nicht in Spekjes Rachen sehen. Gut, dass ich jetzt auf die frühkindlichen Tauübungen zurückgreifen konnte. Ich präparierte eine leere Übungsflasche mit circa fünf Zentimetern hübsch geknoteter Greifleine. Nach eingehender Untersuchung des neuen Spielzeugs hatte er die erste Lektion ganz von allein gelernt: Glasflaschen sollte man möglichst vorsichtig behandeln. Denn wenn man versucht, dieses am Tau baumelnde Opfer tot zu schütteln, schlägt es unsanft am Kopf zurück. Auch die zweite Lektion, der von mir weggerollten Flasche hinterherlaufen und sie zurückbringen, verstand das erfahrene Apportierschwein auf Anhieb. Die Umsetzung seines Verständnisses dauerte länger. Mit untypischer Engelsgeduld übte er, das nachgiebige Tau mit dem großen Maul zu erwischen. Welch eine Kunst, dieses dünne Bändsel mit den vorderen Lippen vom Boden aufzunehmen und unter Gesichtsgrimassen nach hinten zu befördern, bis die Zähne es packen konnten. Die wachsenden Hauer waren wie so oft im Weg und die Flasche machte es ihm auch nicht leicht. Bei jeder Berührung kullerte sie in unvorhersehbare Richtungen, das Greiftau zeigte mal nach oben, mal nach unten und manchmal wickelte es sich um den Flaschenhals. Dann spielte er so lange Flaschendrehen, bis es doch gelang.

Mit keinem Spielzeug hatte Spekje trotz Misserfolgen so viel Ausdauer wie mit der Bierflasche. Wäre er unser Menschenkind gewesen, hätte ich gesagt, das sind die Gene. Es beruhte wohl eher auf Nachahmungstrieb, weil er Mama und Papa auch ständig mit den Dingern sah. Es verstand sich von selbst, dass er stolz die Flasche über den Boden schleifend zu mir gerannt kam, wenn er sie endlich zu fassen hatte. Die dritte Lektion fand ich jedesmal ein bisschen kritisch. Vor allem in Tischnähe. Papier konnten die Schweinezähne auf direktem Wege vorsichtig in meine Hand legen. Eine Flasche, die am Tau im Maul hing, verweigerte die dafür nötige Waagerechte. Beim Laufen polterte der Flaschenboden über den Grund. Setzte Spekje sich zur Übergabe vor mich hin, baumelte sie, wie angeklebt, aus seinem Lippenwinkel vor seinem Schulterblatt. Wie sollte er dieses Hängeobjekt in meine ausgestreckte Hand befördern? Schweine haben immer die gleiche, wirkungsvolle Taktik, um etwas zu bewegen: Mit dem Kopf schlagen. Bald fand Spekje den wohldosierten Schwung, der die Flasche nach oben katapultierte. Sie beschrieb, vom Tau zwischen den Zähnen gehalten, eine Halbkreis und platschte relativ genau in meine Hand. Ging es doch daneben, knallte sie gegen seine Brust, er grunzte verächtlich angesichts meiner schlechten Fangkünste und schleuderte gleich wieder. Glücklicherweise ließ er nie los, bevor ich sie fest hatte.

Neben dem Schreibtisch stand schon immer ein Bierkasten. Mal voll, mal leerer. Er diente als Vorrat zum schnellen Nachfüllen des Kühlschranks, ohne an Deck laufen zu müssen. Seine Flasche nicht vom Boden aufzusammeln, sondern aus dieser Kiste zu ziehen, wurde die letzte Lektion vor dem echten Einsatz. Ein hochkomplizierter Vorgang, da Spekje zur Übungszeit knapp einen Kopf größer als ein Bierkasten war und die Höhenverstellbarkeit von Schweinenacken extrem begrenzt ist. Sein Rüssel knautschte auch nur knapp zwischen die Flaschenhälse, wo das Tau herabhing. Spekje übte und übte bis zum Erfolg. Mit seitlich verdrehtem Hals und jeder Menge Gewalt ging es. Aus unerfindlichen Gründen haben seine Übungsflasche sowie alle umgebenden Glashälse dieses klirrende Training überlebt.

Dann wurde es ernst. Als der nächste Besuch sich ankündigte, präparierte ich mehrere volle Bierflaschen in der Kiste mit Greiftauen. Nach Ankunft und Begrüßung machten alle es sich auf dem Sofa bequem: „Was wollt ihr trinken?“ Obligatorische Frage. Männliche, deutsche Besucher möchten meist holländisches Bier. Ben wollte zum

Kühlschrank laufen, ich zog ihn zurück: „Warte mal eben, ich will was probieren... Speeeekje!" Das Schwein stoppte damit, eine unachtsam liegengelassene Besuchertasche zu zerstören, kam angetrabt und sah mich erwartungsvoll an. „Hol Biertje!" forderte ich ihn auf. Die Besucher lachten über den scheinbaren Scherz, verstummten aber schnell, als Spekje direkt zum Bierkasten wanderte. Kurz stockte er vor der Wahlpflicht zwischen mehreren Bändseln, dann entschied er sich doch für eins. Das Glück schien mit uns, die Flasche war so freundlich, sich direkt aus der Kiste ziehen zu lassen. Schon hatte ich das erste volle Bier in die Hand geschleudert bekommen und vor einen Besucher hingestellt. Der musterte das Getränk mit Tau verwirrt, während ich den Bringer belohnte und erneut losschickte. Die zweite Flasche kam erst nach einem Kämpflein aus dem Kasten, aber noch gut an. Die Gäste waren versorgt. Fehlten noch die Einheimischen. Bei der dritten Flasche riss Spekje nach ein paar vergeblichen Schütteleien, um sie aus der Kiste zu bekommen, der Geduldsfaden. Aber nicht der Apportierfaden. Er lief mit dem Bändsel zwischen den Zähnen einfach los, die angebundene Flasche schräg verkeilt zwischen den übrigen. Wenn ein Schwein seinen Weg verfolgt, hat auch eine fast volle Bierkiste wenig Chancen. Sie muss mitkommen. Unser entschlossener Borg schleifte den Kasten trotz des lautstarken Protests aller Flaschen quer durchs Wohnzimmer bis neben die Couch. Da konnten wir unser Bier selbst herausgreifen, ohne aufzustehen. Spekje fand das die bessere Lösung, holte sich die Belohnung und ging schlafen. Die anwesenden Menschen brauchten eine ganz Weile, bis sie sich wieder halbwegs normal artikulieren konnten.

Von Spekje gebrachte Biere hatten einen klitzekleinen Nachteil. Nachdem sie das Herausziehen aus der Kiste überlebt hatten, über den Boden inklusive Wohnzimmerschwelle gehoppelt und in die Hand des Empfängers geschleudert wurden, wäre es nicht so klug gewesen, sie sofort zu öffnen. Von daher musste man Bestellungen bei diesem Ober frühzeitig aufgeben. Mindestens eine Viertelstunde, bevor das vorherige Bier alle war. Dann hatte die Kohlensäure Zeit, sich zu beruhigen. Hinzu kam die schweinische Ungeduld. Man sollte die Bedienung nicht unnötig viel laufen lassen, das stellte Spekje gleich klar. Wer nach der ersten Flasche zu schnell wieder bestellte, bekam meist alle. Aus diesen Gründen gab ich es auch auf, kalte Bierflaschen in der Kiste vorzubereiten. Bis zur Öffnungstauglichkeit war das Ge-

tränk doch wieder warm geworden. Der Spaß für jeden war das eine oder andere warme, überlaufende Bier aber wert. Hatte ich nach einem geselligen Abend vergessen, ungenutzte Greiftaue wieder zu entfernen, bekam mein Mann auch schon mal spontan zum Frühstück ein Bier. Oder einen Bierkasten.
Bei Letzterem bedauerte ich besonders, dass Spekje ein Stubenhocker blieb. Was hätte er für eine Hilfe sein können, wenn wir nach jedem Großeinkauf schwitzend die vielen Bierkisten, über das Deck vom halben Schiff bis zur Deckskiste, schoben! Fern von solchen praktischen Ideen, spielte Spekje am liebsten mit seiner eigenen, leeren, kullernden Flasche auf dem Boden vor seinem Nest. Ohne dass die lästige Kiste ihn verfolgte.

Das Schiffschwein war als arbeitender Spielexperte nicht allein auf diesem Planeten. Trüffelschweine sind bekannt. Regional manchmal berühmt, aber nicht jedem geläufig sind andere Berufe, wie beispielsweise Drogenspürschwein, Wachschwein oder Therapieschwein. Trotz aller Talente kommen verbeamtete Klauentiere bei Polizei, Zoll oder im Gesundheitswesen zwar vor, aber als seltene Einzelexemplare. Selbst für die Trüffelsuche setzt man heute oft lieber Hunde ein. Die Karrieren der Schweine scheitern vor allem an ihrem Eigensinn. Sie nehmen sich Freizeit oder Urlaub, wann es ihnen gefällt, und essen die Trüffel selbst so gerne. Der Wühltrieb gefährdet auch andere gefundene Objekte. Ein Säckchen Haschisch ist leicht eingerissen, das gäbe noch kein Drama mit Schlagzeile. Höchstens ein glückliches Schwein. Durchschlagendere Medienwirksamkeit könnte ein ähnliches Missgeschick bei der Sprengstoffsuche erzielen... Auch Ungelenkigkeit verhindert Schweineanstellungen, in denen man älter als ein halbes Jahr werden dürfte. Im engen Auto würde das ausgewachsene Drogensuchschwein zwischen den Sitzen stecken bleiben.
Gefolgt von allen bekannten Konsequenzen für die Stühle.

Familiengeruchbande mit Haftpflicht

Schweine können ziemlich territorial sein. Nicht nur gegenüber Stühlen. Einzelschweine ganz besonders. Das Internet ist voll von Schweinehaltern, die recht isoliert mit ihren Steckdosen leben, weil frühere

Freunde keine Lust mehr hatten, sich von dem süßen Schatz über den Hof jagen zu lassen. So ein dominantes Wachschwein fände mein Mann ganz toll. Abendelang konnte er schwärmen, wie Spekje einmal mit langen Hauern das ganze Schiff bewachen, Bösewichte wie Raffineriekontrolleure oder Wasserschutzbeamte verjagen, gute Menschen willkommen heißen und ganz lieb mit Herrchen bleiben würde. Ich ignorierte seine unrealistischen Machtfantasien, die irgendwann nur zu Lasten des Tieres gegangen wären. Kein Schwein hält sich exakt an die Sympathievorstellungen des Kapitäns. Noch nicht mal ich. Mir schien es mit Blick auf die Zukunft klüger, schon dem jungen Ferkel zu beweisen, dass alle Gäste ganz tolle Leute sind. Die eigentlich nur für ihn, zum Spielen und Naschen, existieren. Jedem, der hereinkam, drückte ich Apfelstückchen in die Hand und Streichel-Instruktionen auf die Seele. Besonders die Früchte fruchteten.
Ferkel Spekje liebte Besucher. Wenn sie das richtige Parfüm aufgelegt hatten.

Im Vergleich zu anderen Schiffen kamen bei uns oft Menschen an Bord. Schließlich lebten unsere Freunde entlang des ganzen Rheins und seiner Nebenreviere. Bei denen wir so oft wie möglich anlegten. Gern verglich ich den Fluss mit einem langgestreckten Dorf voller Bekannter. Bei so vielen Menschkontakten, insbesondere durch die ersten Spiele mit Kindern, wurde mir die Dringlichkeit einer Tierhalterhaftpflichtversicherung bewusst. Selbst ein schwaches Ferkel hat ja schon scharfe Zähne oder kann einen unglücklichen Sturz verursachen. Die Idee, einfach meine Hundeversicherung anzurufen und da auch eine Schweineversicherung abzuschließen, war total naiv. Die lachten nur. Privatschwein, welch ein Witz! Rund zwanzig Telefonate weiter, machte sich mal wieder Ratlosigkeit breit. Keine Hunde- oder Pferdeversicherung wollte unser Schwein aufnehmen. Das Produkt sei nicht in ihrer Angebotspalette, das Risiko könne man nicht einschätzen, das existiere schlichtweg nicht.
Der einzig konstruktive Tip von einem Versicherungsmakler schien, mit einem Bauern zu sprechen, ob er unser Einzelschwein nicht mit in seine Sammelversicherung aufnehmen würde. Mir fiel nur zufällig grad kein Bauer ein, an den ich mich wenden könnte. Es gab nicht so viele Schweinezüchter, die man in Restaurants entlang des Wassers kennenlernt. Und falls da mal einer saß, hätten wir uns höchstwahrscheinlich nicht angefreundet.

Nach den spezialisierten Tierversicherungen rief ich, als Restidee ohne viel Hoffnung meine Autoversicherung an. Diese gehört zu einer großen Gesellschaft, die jede Menge andere Produkte anbietet. Nach zweimal Durchverbinden und längeren Wartepausen für Rücksprachen mit Vorgesetzten, schlug der engagierte Versicherungsvertreter mir vor, eine private Haftpflicht für mich selbst abzuschließen. Da wäre das Minischwein miteingeschlossen. Völlig konsterniert starrte ich den Hörer an. Meine Hände malten unkünstlerische Kulimuster auf das Notizpapier. Konnte es wirklich so einfach sein? Nicht nur günstig, sondern auch noch mit Mehrwert, denn für mich könnte das ja auch nicht schaden? Das war sicher ein Missverständnis, ich musste den Ahnungslosen aufklären: „Es handelt sich wirklich nicht um ein Meerschwein, sondern um viel mehr Schwein. Ein echtes Klauentier mit Steckdosennase. Ausgewachsen wird es schwerer als jeder große Hund sein. Wir halten es zwar privat, aber vor dem Gesetz gilt jedes Schwein als Nutztier." Ja, das hätte er schon verstanden. Da es dafür aber kein anderes Versicherungsprodukt gäbe, würde automatisch die Haftpflicht des Eigentümers greifen. Auf den Automatismus wollte ich absolut nicht vertrauen: „Würden Sie mir das bitte auch schriftlich geben?" Ich hörte fast das Grinsen durchs Telefon, obwohl die Stimme seriös blieb: „Natürlich, machen wir doch gerne." Kurz darauf erhielt ich den Versicherungsschein plus ein Schreiben, in dem zwischen allgemeinen Willkommenssprüchen der entscheidende Satz stand: „Hiermit bestätigen wir Ihnen, dass auch Ihre gesetzliche Haftpflicht als Halter eines Minischweins zu privaten Zwecken mitversichert ist." Jetzt galt es nur noch, dieses Schreiben schweinesicher abzuheften. Denn die Vernichtung von Schweineversicherungsbestätigungen durch unseren vierbeinigen Papierschredderer war sicher nicht mitversichert. Brief und Versicherung werde ich auch nach Spekje wohl mein Leben lang behalten. Haftpflicht kann mich ebenso alleine treffen und falls mir mal wieder ein Schwein zuläuft, ist es wenigstens gleich versichert.

Dank Versicherungsschutz konnte ich unser Haustier sorgenfrei auf alle loslassen, die an Bord kamen. Und sie kamen.

Von den ersten Menschkontakten an zeigte Spekje überdeutliche Sympathien und Antipathien. Es gab ein paar auserwählte Besucher, denen er als Ferkelchen sofort auf den Schoß sprang, um ohne jede

Hemmung mit ihnen zu schmusen und toben. Später offenbarte er seine Zuneigung durch hartnäckiges Stubsen für Leckerchen, Kopf auf den Schoß legen, nicht von der Seite weichen und zu Füßen, oder, minder beliebt, auf Füßen liegen.
Von diesen Favoriten abgesehen, nahm er sich gegenüber den meisten Fremden mehr Kennlernzeit, um danach doch fast genauso zutraulich zu werden. Traurig waren die unwichtigen Gäste, die der Wählerische komplett ignorierte. Diese konnten sich noch so viel Mühe geben, ihn locken und rufen, er verfolgte seinen normalen Tagesablauf, als wären sie unsichtbar und unhörbar. Zum Schluss gab es nach den Favoriten, den normal netten und den langweiligen Leuten noch eine vierte Gruppe. Jene, die Spekje absolut nicht leiden konnte. Kamen solche Menschen herein, schaute er misstrauisch von ein paar Metern Abstand, kommentierte ihr Erscheinen mit ausgesprochen verächtlichen Geräuschen und verzog sich danach unwiderruflich in sein Nest. Waren diese Fremden so unverschämt, aus verständlicher Neugier zu dicht an seinen Schutzraum zu kommen, jeder wollte schließlich gern das Schiffschwein sehen, ging er in fauchende Angriffshaltung über. Das hieß überdeutlich: „Ich kann dich nicht riechen." Glücklicherweise konnte ich immer rechtzeitig eingreifen. Vor Beweis einer Versicherungsnotwendigkeit.

Anfangs dachten wir uns nicht viel dabei, jeder hat schließlich seine Vorlieben. Warum sollte ein Schwein nicht genauso spontane Abneigung oder Liebe auf den ersten Blick empfinden? Zum Teil war es das natürlich auch. Darüber hinaus entdeckte ich jedoch eine gewisse Systematik. Es fiel auf, dass er tendenziell zu Binnenschiffern und Tanklagermitarbeitern schneller Zugang fand, als zu Landmenschen. Büromitarbeiter traf seine Ablehnung am häufigsten. In der Fachliteratur fand ich die Erklärung. Schweine haben einen Familiengeruch. Der hat nichts zu tun mit dem Vorurteil vom stinkenden Schwein, auf das ich an anderer Stelle noch mal eingehe. Der Duft, der eine Schweinefamilie zusammenschweißt, ist so fein, dass unsere groben Menschennasen ihn nicht erkennen können. Die größte Sympathie gilt den gleichriechenden, direkten Verwandten. Der nächste Freundschaftsgrad wird bestimmt durch den ähnlichen Geruch der eigenen Rotte. Fremde Schweine, mit ganz anderem Duft, sind potentielle Feinde. Die gnadenlos verjagt werden. Nun war unser armes Schwein nicht in einer Schweinerotte, sondern auf einem Tankschiff aufgewachsen. Von morgens bis abends mit dem Geruch von Diesel im Rüssel. Seine Familie, also Ben und ich, stanken nach Erdölprodukten wie Schmieröl, Schmierfett und Treibstoff. Das hatte Spekje von Baby an als seinen Familiengeruch kennengelernt und verinnerlicht! Vom Matrosen bis zum Automechaniker, wer mit Ölprodukten arbeitete, konnte sich noch so gründlich waschen und parfümieren.

Schweine haben mehr Geruchsgene und Riechzellen als die meisten anderen Säugetiere, ihre Steckdose ist auch der legendären Hundenase überlegen. Trüffelpilze oder andere Leckereien orten sie bis zu einem halben Meter unter der Erde. Für dieses enorme Riechvermögen blieb „sein" Familiengeruch in Kleidung und Hautporen trotz aller modernen Reinigungsprodukte natürlich immer wahrnehmbar. Dann brauchte er nicht weiter nachdenken, diese Leute mussten einfach in Ordnung sein.
Ohne Ölgeruch hatte Mensch es schwerer, Spekjes Vertrauen zu gewinnen. Mit einem Schuss gesundem Arbeits- oder Freizeitschweiß und freundlicher Geduld ging es aber. Feinde, die sich, neben fehlendem Dieselduft, auch noch schweißfrei mit Deodorant oder Parfümwolken umgaben, was vor allem bei administrativ beschäftigten Besuchern üblich war, hatten wenig Chancen auf seine Freundschaft. Eigentlich waren wir uns darin mit unserem Schwein einig. Nur Ausnahmetypen unter den Anzug-, Akten- und Krawattenleuten erhoben Ben und ich zu Freunden.

Die Sexuallockstoffe des Ebers, Andostenon und Androstenol, findet man ebenso im Achselschweiß von Männern. Als Abbauprodukte des Testosterons. Die Empfindung, dass Eber stinken, könnte demzufolge auf männlichem Dominanzverhalten beruhen: Konkurrenz ist böse und muss vernichtet werden. Oder ein Ergebnis unserer überparfümierten Welt sein. Wie soll man feststellen, ob man jemand riechen kann, wenn man ihn nicht echt riechen kann? Die meisten können schon prinzipiell niemand mehr riechen, den sie riechen können. Unsere Nasen sind hundertfach übertäuscht und fehlgeleitet. Das einzige Parfüm, auf das Schweinefrauen hereinfallen, ist das des Trüffels. Der riecht nämlich auch nach besagten Sexuallockstoffen. Darum taugen nur Sauen als Trüffelschweine. Liebe Männer, könnt ihr mir jetzt bitte erklären, warum Eber stinken, aber Trüffel lecker sind?

Der Dieselfamiliengeruch erklärte nebenbei auch, warum Spekje sich so gern an Arbeitsoveralls rieb. Oder in benutzten Ölputzlappen wälzte. Wenn wir vergaßen, dass wir ein Schwein haben und so einen dieselgetränkten Lumpen, aus alter Gewohnheit, auf dem Eingangstreppchen liegen ließen. An Bord wird das Fett nicht in Näpfchen, sondern gleich eimerweise gelagert. Unerreichbar im Maschinenraum, sonst hätte Spekje sich komplett damit eingecremt. Eventuell trampelte er nur ersatzweise in jeden geistigen Fetteimer, den wir ihm boten. Weil die echten unter Verschluss standen. Psychische Probleme wurzeln in der Abstammung. Aus duftbegründeter Ahnung, dass er nicht unser leibliches Kind sei, wollte er uns einfach näher sein. Die Kompensation hieß Wut, Fett und Diesel.

Moselkinder

Flexibel wie Spekje war, wenn es sich lohnte, machte er doch eine große Ausnahme vom Familiengeruch: Kinder. Man kann davon ausgehen, dass nicht alle Kinder, die uns besuchten, gerade vorher Papas Auto repariert hatten. Trotzdem vergötterte Spekje jedes Kind sofort. Ich vermute, neben dem Rottenaroma gibt es noch einen schweinesicheren Sympathieauslöser: Essensduft. Kinder riechen nach Keksen, Süßigkeiten und Milch. Praktisch gesehen, bedeutet Kinderbesuch für ein Schwein, den ganzen Nachmittag gehätschelt und mit Naschzeug vollgestopft zu werden. Dafür darf man seine familiären Bande schon mal verleugnen. Und vergessen, dass Schweine keinen Welpenschutzgefühle kennen, sondern fremde Jungtiere gnadenlos verjagen. Oder Schlimmeres.

In einem sprichwörtlich sowie real überschaubaren Dörfchen an der Mosel hatte unser Schwein einen regelrechten Fanclub. Die meisten Mitglieder waren Minderjährige im Grundschulalter. Auf keiner Moseltalfahrt fuhren wir dort vorbei, ohne anzulegen. Aus einer Übernachtung wurden bei guten Freunden mit herausragender Gastronomie meist mehrere. Das lag vor allem daran, dass fast jeder Moselaner mindestens ein Stückchen eigenen Weinberg hat. Hierin sind selbst die jungen Leute erstaunlich traditionell und heimatverbunden. Der holländische Gast kann natürlich nicht verweigern, alle daraus resultierenden Erzeugnisse zu probieren. Das reichte bei uns, um die Fahrtauglichkeit bis zum nächsten Nachmittag zu unterbinden. An dem das gleiche Spiel wieder begann. Um überhaupt nach ein paar Tagen weg zu kommen, sind wir manchmal noch leicht benebelt nur ein paar Kilometer weitergefahren. Bevor unsere Freunde von der Arbeit an Bord kommen konnten. Vernunftflucht vor der Geselligkeit zum Ausschlafen.

Unser Stammplatz war direkt vor der Dorfkirche, die nach Einbruch der Dunkelheit in wunderschönen Grüntönen angestrahlt wurde. Da legten wir das Schiff in die Ufersteine. Das heißt, langsam gegen Land sacken, bis es unter dem Rumpf von vorne bis hinten knirscht und man von selbst zum Stillstand kommt. Weiter als Grundberührung geht nicht. Den Restabstand von flachem Wasser und Ufersteinschräge galt es wie meist an der Mosel, anders zu überwinden. Die Poller standen zudem ein Stück entfernt an Land. Als wir diesen Liegeplatz erstmalig anfuhren, musste ich noch, das Tau auf der Schulter, mit dem Bauch auf dem Schwenkbaum liegend, rüberschwingen. Wobei ich beinahe in einen Baum katapultiert wurde. Ben konnte den Schwung gerade noch bremsen und mich ein Stück zurück schwenken. Statt aus dem echten Baum, sprang ich lieber vom Schwenkbaum und kletterte den Restabstand durch die Steine ans Ufer, um das Schiff festzumachen. Zum Glück blieben mir diese Turnübungen künftig erspart. Schon ab unserer zweiten Ankunft stand immer irgend jemand am Ufer, sobald unser Bug um die Kurve erschien, der wartete, bis ich ihm den Tampen zuwerfen konnte. Dank Spekjes jungem Fanclub war unser Schiff wohl im ganzen Dorf bekannt wie das gefleckte Schwein.

Kaum hatten wir alles vertäut und eine halbwegs gästesichere Planke über dem Steinabgrund ausgelegt, kamen die ersten Kinder an Bord. Falls nicht, dann wussten wir, ohne auf die Uhr zu sehen, dass wir noch vor Schulschluss Feierabend gemacht hatten. Spätestens nach dem Mittagessen kamen die ungefähr fünf Dorfkinder raus, um rund um die Kirche zu spielen. Wir erkannten sie an den lauten Rufen: „Spekje ist da! Spekje ist da!“ Weil es verboten war, allein über unsere Planke zu laufen, rannte gleich eines weg, um die nächstbesten Eltern herbeizuholen. Meist war das der Vater des einzigen ungehorsamen Jungen, der nie wartete, bis ein Elternteil eingetroffen war. Auch wenn es dafür jedes Mal Schimpfe gab, ließ er sich den kurzen

Moment, bis sein Vater kam und allen anderen Kindern sicher an Bord geholfen hatte, nie nehmen. In dem er allein mit „seinem" Ferkel ei-ei machen konnte. Das Donnerwetter fiel auch nie sehr böse aus. Der Mann versuchte zwar streng zu sein, aber er konnte einen leichten Stolz auf den mutigen Sohn, der allein auf Schiffe ging und Schweine streichelte, nicht wirklich gut verbergen. Außerdem wusste jeder, dass wir Planke und Ufer immer im Auge hatten, sobald die Rufe der Kinder erschallten. Die waren dorfweit auch nicht zu überhören. Was weitere Erwachsene herbeilockte. Nach einer halben Stunde quetschten sich dann meist so drei bis vier große und drei bis fünf kleine Besucher plus uns selbst in unser Wohnzimmer.

Schwer bewaffnet mit verantwortungsvollen Schweinenaschereien gingen die Kinder auf Spekje los. Er suhlte sich in der Aufmerksamkeit. Winzige Hände strichen von allen Seiten über seine Borstenspitzen. Das pädagogisch erfahrene Schwein tat so, als würde er solch vorsichtige Liebkosungen tatsächlich fühlen, dosierte seine Nasenstubser ebenso sanft und positionierte die Klauen, langsam und konzentriert stelzend, zwischen den vielen, zerbrechlichen Füßchen. War die Bahn frei, rannte er eine übermütige Runde zur Küche und zurück, gefolgt von allen strahlend fröhlichen Augen, stoppte mit Vollbremsung und setzte sich für die Belohnungen aus unzähligen Händen. Der mutige Junge fühlte sich so zuhause, dass er, ohne zu fragen, Spekjespiele aus dem Regal zog und an die anderen verteilte. Dann wusste das arme Schwein oft nicht, ob es zuerst springen, die Flasche apportieren, Papier bringen oder der Futterkugel hinterherlaufen sollte. Zu große Zweifel löste er durch gehorsames Hinlegen, irgendwer hatte bestimmt den Befehl dazu gegeben, das war am einfachsten und genauso ertragreich. Auf der Couch drapiert, amüsierten sich die Erziehungsberechtigten über das Gewusel.

Die Großen konsumierten holländisches Bier, die Kleinen verlangten holländisches Wassereis. Das gehörte zum festen Ritual und war fast genauso beliebt wie das Schwein, dem natürlich Eisstückchen abgegeben wurden. Die fröhliche Schar konnte nicht genug von den Tiergrimassen beim Konsum von Gefrorenem kriegen. Statt „Spekje ist da" hätten sie auch rufen können: „Das Eisschiff ist da." Vor allem, wenn wir vorm Anlegen stilecht die Glocke läuteten. Für den Fall, dass wir nicht bereits gesichtet waren. Gegen Abend gingen die Kinder nach Hause ins Bett und die Erwachsenen vom leichten, ausländischen Bier zu den gehaltvolleren, ortsüblichen Getränken über. Die regelmäßigen Folgen dieses Konsums habe ich bereits beschrieben. Einmal waren sie jedoch dramatischer.

Wir legten spät an und wollten unbedingt am nächsten Vormittag weiterfahren. In dem Zeitraum konnten keine Schulkinder an Bord kommen, eine sichere Landverbindung schien nicht zwingend nötig. Aus Faulheit trugen wir die Laufplanke nicht über das ganze Schiff nach hinten, sondern legten sie gleich neben ihrer Lagerstelle in Bugnähe aus. Ein Freund hatte aus den Trauben von seinem Viertelweinberg einen neuen Mosellikör gezaubert, der überirdisch fruchtigweich und trotz Süße so süffig war, das wir die ganze Nacht nichts anderes in unsere Gläser schenken ließen. Diese Flüssigkeit war selbst für alkoholerfahrene Schiffer extrem heimtückisch. Der Kopf blieb klar und frei und wunderte sich über sich selbst, wie das mit der von Hand auf die Flasche geschriebenen Prozentzahl, proportional zur Anzahl Gläser, übereinstimmen konnte. Leider war keiner unserer Köpfe klar und frei genug, um dieser Selbstüberschätzung zu misstrauen und aus den rechnerischen Fakten praktische Schlüsse zu ziehen. Der Heimweg verlief noch unproblematisch, da uns die gesamte Breite von Gehwegen plus Kirchhof zur Verfügung stand. Mit voller Konzentration über die Laufplanke balancieren war eine Übung, die wir öfter praktizierten und auf unerklärliche Weise perfekt beherrschten. Es bleibt ein Wunder, dass der Übergang vom Land aufs Schiff immer gut ging, egal wie kompliziert er war und wie oft die Beteiligten, davor sowie danach, auf die Nase fielen. An Bord ist zuhause, da fühlt man sich sicher. Das war der erste Fehler. Der zweite Fehler war unsere vorherige Faulheit mit der Planke, wegen der wir nun über das ganze Schiff laufen mussten.
Der dritte Fehler war die weitere Trägheit, nachdem wir die Planke gemeistert hatten, nicht gleich an Deck zu klettern, um den Weg hinter der Reling fortzusetzen. Stattdessen wandelten wir im Gänsemarsch über die schmale Gangbord.

Der Kapitän ging voraus, sein Sohn folgte, ich bildete das Schlusslicht. Hinter Karels breitem Rücken hatte ich keine vollständige Sicht auf das Geschehen. Schon fast am Ziel flog plötzlich ein unidentifiziertes, faustgroßes Objekt hoch in die Luft und mein Mann war irgendwie weg. Weil nicht sein kann, was nicht sein darf, fragte ich ungläubig: „Siehst du Ben noch?" Der auf einmal Vaterlose blickte sich suchend um: „Nö. Du?" Meine verschwommenen Augen flitzten über das Deck, als wenn er unbemerkt da'rauf geklettert sein könnte: „Nix. Er ging doch gerade noch direkt vor dir?" Wir schauten uns einen Moment lang in die Augen und überlegten fieberhaft, was die klaren, freien Köpfe noch hergaben. Der Groschen fiel gleichzeitig, beide neigten wir uns über den ungesicherten Abgrund neben dem leeren, hohen Schiff. Da unten saß Ben. Ganz gemütlich, mit seinem Po sowie langgestreckten Beinen im flachen Wasser. Darunter die dicken Ufersteine, mit all ihren tödlichen Ecken und Kanten. Der Schreck machte mich nun wirklich ziemlich nüchtern: „Lebst du noch?" Er blickte hoch zu unseren Gesichtern, die über den Schiffsrand schauten. „Ja." Ich forderte ihn auf, seine Beine zu bewegen. Er bewegte gar nichts: „Es geht mir prima. Geht schon mal rein, ich komm gleich nach." Von wegen reingehen. Meine Angst wurde wütend, ich befahl ihm aufzustehen. Gleichzeitig ließ ich Karel auf der schmalen Gangbord an mir vorbei. Der lief zurück zur Laufplanke, um seinen Vater notfalls mit Gewalt vom Ufer aus rauszuziehen. Bis er angekommen war, wiederholten Ben und ich, alkoholtypisch mehrfach, das gleiche Gespräch: „Steh sofort auf."

„Lass mich einfach noch ein bisschen sitzen."

„Du stehst jetzt auf."

„Ich sitze hier gut."

„Das sehe ich so nicht. Steh auf."

„Ich bleibe sitzen."

„Ich will aber, dass du aufstehst."

„Nein. Ich sitze hier richtig prima. Ist Karel schon reingegangen?" Genau der packte ihn in dem Moment am Arm. Mit vereinter Kraft, der Sohn zog manuell und ich schob verbal, bewegten wir ihn dazu, seinem schönen Sitzplatz zu entsagen. Die langen Beine funktionierten doch noch. Ich lief an Deck neben den beiden über die Wiese Schwankenden her, ebenfalls zurück zur Laufplanke. Dort schnappte ich mir meinen Mann an die Hand und wir wiederholten den Gänsemarsch über die Gangbord, nur in anderer Reihenfolge. Diesmal ging alles gut, wir kamen in der Wohnung an. Karel war die Lust auf einen gemeinsamen Absacker vergangen, er verabschiedete sich schnell und torkelte wieder nach vorne.

Diesmal hoffentlich über Deck.

Spekje tat, als ob er schlief. Seine Nase informierte ihn präzise über die Promillegrenze, ab der man sich besser von Menschen fernhielt. Das Rüsselzucken verriet ihn aber. Immerhin waren unsere Köpfe noch klar und frei genug, das Schwein in Ruhe zu lassen. Soweit man bei einer voll aufgedrehten Kneipenstereoanlage in einer Privatwohnung der unteren Größenklasse von Ruhe sprechen darf. Mitten im Musikgenuss brüllte Ben: „Meine Geldbörse!" Er sprintete zum Ausgang, ich konnte ihn gerade noch am Shirt festhalten: „Wo willst du hin? Wieso Börse?" Er musterte mich, als wäre ich für die selbstverständlichsten Dinge schwer von Begriff: „Die hab ich im Fallen doch hochgeworfen, damit sie nicht nass wird. Muss irgendwo an Deck liegen." Ich sah ihn schon wieder in den Steinen sitzen: „Du gehst heut nicht mehr raus. Die finden wir morgen von selbst. Nüchtern." Nach einem kurzen Disput über all die Fremden, die nachts in einem winzigen, verschlafenen Dorf auf Tankschiffen streunen, um herumliegende Portemonnaies zu stehlen, einigten wir uns darauf, dass Ben zur Sicherheit durchs Fenster beobachtet, während ich rausgehe und sein Geld suche. Die braune Börse lag tatsächlich wie ordentlich hingelegt oben auf einem Tankdeckel. Ungeklärt bleibt, wie es Ben gelang, sie im Moment des Sturzes aus der Gesäßtasche zu reißen und derart hoch zu schleudern. Es sagt allerdings einiges über seine Prioritäten. Und meine Wahrnehmung. Es war kein Vogel, den ich fliegen sah, während Ben sich vor mir auf der Gangbord in Luft auflöste. Zufrieden, dass Geld und Menschen in Sicherheit waren, mischten wir das Traubenprodukt im Bauch mit Bier.

Bei Morgendämmerung machte ich mir die Schweinetaktik, so zu tun, als ob ich schlafe, ebenfalls zu eigen. Alleingelassen hielt der Kapitän meist nicht mehr lange durch. Funktionierte fast immer, so auch an diesem Tag.

Auf der Weiterfahrt, deutlich später als geplant, rutschte Ben leicht gequält auf seinem Steuerstuhl herum und stellte lakonisch fest: „Mosellikör ist ein bemerkenswertes Getränk. Man bekommt garantiert keine Kopfschmerzen. Nur fürchterliche Schmerzen am Arsch."

Nach Irren, Wirren und Pleiten in der Tankschiffbefrachtungswelt wählten wir einen anderen Ladungsmakler und fuhren dadurch fast nur noch auf Rhein und Main. Nicht mehr auf die Mosel. Ich vermisste unsere Freunde in dem winzigen Dorf sehr. In das Bedauern mischte sich heimlich Erleichterung, die analog zu Spekje wuchs.

Menschen wachsen leider viel langsamer. Der Vorstellung von fünf kleinen Kindern, die auf engstem Raum rund um einen pubertierenden, trotzigen Borg, mit Waffen im Gesicht und zu vielen Kilos auf harten Klauen, toben oder gar schmusen, vertraute ich nicht mehr wirklich. Wie hätte ich das erklären, überwachen und lenken sollen, ohne den Kindern ihre wundervolle Unbefangenheit zu nehmen? So blieb Spekje in der Erinnerung auf ewig ihr bester Freund. Wie schön, wenn sich Problematik auch mal von selbst erledigt.
Noch heute beschleichen mich jedoch tiefe Heimatgefühle, wenn ich die Nachtaufnahmen vom *Hunter* vor dem Gotteshaus betrachte. Ein grünweißes Lichterspiel, in dem unsere Decksbeleuchtung mit den Kirchenscheinwerfern auf glitzerndem Deck konkurriert. Sicher nach einem Regen aufgenommen. Sonst glänzte der Lack nicht so. Moselwein kann zwar vieles in schönes Licht tauchen, aber ich bezweifle, dass er Einfluss auf Fotos hat.

Medien und Monster

Fotos hatten keinen sichtbaren Einfluss auf Spekje. Solange sie nicht von der Wand fielen, durch seinen körperlichen Einfluss auf Bilderrahmen. Was nicht beweist, dass es keinen gab. Mehr Erfahrung sammelten wir mit anderen Bild- und Tonträgern. Über Medienerziehung von Schweinekindern ist in der Fachliteratur rein gar nichts zu finden. Noch nicht einmal im Schweinefreundeforum. Vermutlich, weil Schweine hierin schlauer sind als Menschen. Spekje hatte eine angeborene Medienkompetenz: Fernseher, Radio und Computer beeindruckten ihn wenig. Egal, welch einen Krach sie machten, die erschreckendsten, plötzlichen Geräusche fabrizierten, er zuckte nicht mal mit der langen Wimper. Trotz Dolby-Surround aus einem kneipentauglichen Gerät und leichter Schwerhörigkeit des ersten Kapitäns mit entsprechender Volumezahl. Die feinen Schweineöhrchen reagierten sonst zuckend auf das leiseste, reale Geräusch. In der Wohnung sowieso, aber auch von draußen, weit entfernt. Nur Mediengeräusche ignorierten sie reglos. Spekje wusste genau, ob Donner, Knall, Wasserrauschen oder Geschrei echt war oder aus einem Gerät kam. Wir erschraken nach dem Willen eines Regisseurs, während unser Schwein weiter ruhte.

Erst glaubten wir, er nimmt es einfach nicht wahr. Es hätte sein können, dass Schweine doch nicht so intelligent sind, wie wir gehört hatten. Trugschluss. Es gab Ausnahmen. In den seltenen Fällen, in denen Schweine im Fernsehen kamen, klebte die Steckdose an der Glasscheibe und quatschte mit. Am liebsten schaute Spekje private Aufnahmen, in denen er selbst und seine Menschen vorkamen. Auf der Mattscheibe begrüßte er mich genauso fröhlich, als käme ich gerade in die Wohnung. Dann schaute er zwischen dem Bild und der echten Person hin und her; eine Reihe Fragezeichen blitzen über die Schweinestirn, am Ende stand ein Ausrufezeichen: „Die gefilmten Apfelstückchen rieche ich nicht. Gib mir sofort ein reales!"

Als Musikprogramm bevorzugte der Schweinemann Rockmusik. Nicht zu hart, Melodie sollte sie schon haben. Andere Richtungen, egal ob Klassik, Schlager, Jazz, Pop oder sonstwas, behandelte er gleich, nämlich nicht. Medienkompetent eben. Wenn ihm eine rockige Nummer gefiel, kam er aus seinem Nest, beschnupperte die Boxen und tänzelte leise mitgrunzend durch den Raum. So elegant, wie das bei seiner Figur eben ging: Man stelle sich also ein Schwein vor, das langsam hin und her wankt. Nicht ganz im Takt, aber fast. War das Lied zu Ende, schnupperte er erst an der Stereoanlage, bevor er die Lautsprecher aufforderte, mehr zu leisten. Einen Zusammenhang zwischen Abspielgerät und direkter Klangquelle hatte er also beobachtet. Da im Radio selten der gleiche Song zweimal kommt, half es nicht, an den Boxen zu wackeln und er verzog sich murrend. Es gab nicht viele Stücke, auf die er reagierte. Kam dasselbe nach langer Zeit wieder, war die Freude groß. Wenn man Spekje als Maßstab nehmen kann, liegen jene Großställe mit klassischer Musikberieselung für die Tiere völlig falsch. In der Genrewahl. Wobei – für Hühner, die ohne rhythmische Motorklänge aufgewachsen sind, gelten wohl andere Vorlieben.

Spät abends wollten wir eine Dokumentation über Massentierhaltung schauen. Als die ersten Schweineschreie erklangen, antwortete erschrockenes Quieken aus dem Nest. Ein verschlafener Spekje kam rausgerannt und untersuchte den Fernseher. In seiner Aufregung sogar von hinten; solche Fehleinschätzung der Bildquelle war ihm noch nie passiert. Er war völlig außer sich, antwortete auf jeden Schweineklang mit ebenso fremden, verzweifelten Tönen. Eine Sprache, die mir von unserem Borg unbekannt war.

Mehrfach schickte ich ihn in sein Nest, wir wollten den Film wirklich gern sehen, aber bei der nächsten Einstellung, in der man Schweine hörte, kam er wieder angestürmt. Um das Seelenheil unseres Tieres nicht zu gefährden und weil man, mit einem laut quatschenden Schweinkopf vor der Mattscheibe, sowieso nichts vom Inhalt mitbekommt, wechselten wir das Programm.

Spekje konsumierte ohne jede Medienerziehung also nur TV-Programme, die ihn wirklich ansprachen. Dann konnte er sehr emotional in die Handlung eintauchen.
Damals wusste ich noch nicht, dass Schweine fähig sind, Computergames zu spielen. Vorausgesetzt, der Joystick ist stabil genug. Die meisten Säugetiere scheitern am abstrakten Denken, wogegen Schweine sich verschiedene Icons merken, diese zielgerichtet bewegen und sogar einen Handlungsfaden am nächsten Tag wiederaufnehmen können. Sprich, speichern und später weiterspielen. Hätte ich früher von diesen Forschungen gehört, wäre die Ausstattung unserer Schweinespielkiste wohl deutlich teurer ausgefallen. Leider war im Bericht über die Testreihe nicht beschrieben, welche Prioritäten ein Schwein dabei setzt. Wie hätte Spekje wohl reagiert, wenn Mama mitten im spannendsten Pack-Man-Game ruft: „Mach das Ding aus. Essen ist fertig"? Anders als bei der Mehrzahl menschlicher Computernutzer, vermute ich, das magische Wort „essen" wäre für ihn identisch mit „Game over" gewesen. Ganz ohne Generationenstreit.

Dass Kleinkinder unter ihrem Bett und im Schrank Monster vermuten, ist eine bekannte Entwicklungsstufe. Manche können sie real sehen und beschreiben. Spekje hatte diverse imaginäre Monster, ich weiß nicht, ob das alters- oder arttypisch war. Aus dem Nichts, in völlig entspannten Situationen, konnte er in Panik ausbrechen. Da sitzt man friedlich mit der Zeitung auf dem Sofa, das Schiff liegt still vor Anker, kein ungewohntes Geräusch ist zu hören, kein fremder Mensch in der Nähe, einfach nichts. Doch auf einmal: Ruhendes Schwein schreit, springt auf, bockt wild um sich blickend im Kreis, rennt Zickzack durch die Wohnung, schmeißt, ohne es zu merken, ein paar Stühle oder Blumentöpfe um, schüttelt die unsichtbaren Verfolger ab und verschwindet schnaufend unter seinem Dach. Nach ein paar Minuten ist der Spuk wieder vorbei. Die ersten Male untersuchte ich ihn danach gründlich. Tut ihm etwas weh? Hat ihn etwas gestochen? Fehlanzeige. Höchstens der berühmte Hafer. Es gibt Gefahren im Leben eines Schweines, die wir nie begreifen werden. Die muss außer ihm keiner fürchten, sofern man kein Möbelstück ist.

Sein schlimmstes Monster war ganz real. Es stand in der Ecke neben seinem Nest und erwachte meist, nachdem er Streu geschleudert hatte. Dann wurde seine Panik grenzenlos. Sogar Flucht ins gefährliche Schlafzimmer kam in Betracht. Eine Angst, mit der Spekje nicht allein auf der Welt war. Viele Haustiere haben Konflikte mit Staubsaugern. Manche bekämpfen sie, andere verstecken sich, es gibt Zittern oder spontane Stuhlgänge. Ein Archetyp der Haustierwelt: Staubsauger sind lebensgefährlich! Selbst für ein Schwein, dass x-mal lautere Maschinenklänge als Schlaflied begreift. Die scheinbar eigenständige Bewegung und seine Fähigkeit, die leckersten Krümel wegzuzaubern, sind wohl ausschlaggebender als der Krach.
Da kann Mensch nichts dran ändern, es ist aber möglich, Vorteile daraus zu ziehen.

Lange vor Spekje hatte ich einen Schutzhund. Diese sehr große, mächtige Kangalhündin war durch fast nichts aus der Ruhe zu bringen. Noch nicht einmal durch Staubsauger. Sie stand mit allen vier Beinen mitten im Leben und war es gewohnt, dass andere ihr ausweichen. Wenn nicht, dann sorgte sie freundlich, aber bestimmt dafür, dass sie es doch tun. Größe und Stimme reichten immer, um sich Respekt zu verschaffen. Doch gab es ein Monster, dass sie aufhalten konnte: Wasser. In jeder Form, vom Trinknapf mal abgesehen. Für einen Schiffshund ausgesprochen praktisch, ich brauchte mich nie sorgen, dass sie über Bord fällt. Den Abstand zur Bordwand hielt sie automatisch, über Planken balancierte sie, nur in Begleitung und extrem vorsichtig an Land. Springen ausgeschlossen. Regenspaziergänge endeten zwei Meter vor der Tür, da drehte die Dame um und ging konsequent zurück. Lieber drei Tage nicht pinkeln, als nass werden. Als Inbegriff der Wassergefahr sah sie den Deckwaschschlauch. Eine dicke, gelbe Schlange, die sich drohend hin- und herwand, bevor ein immenser Schwall Flusswasser herausspritzte. Ließ Mensch das Schlauchende los, schlug es wild herum und durchtränkte alles, was zu nah kam. Fürchterlich. Die Hündin damit zu waschen, war wie eine Hinrichtung. Leider manchmal unumgänglich, wenn sie sich auf Spaziergängen in ihren Lieblingsparfüms gewälzt hatte, mit den berühmten Duftnoten Toterfisch oder Mövenschiss. Sobald die Deckwaschpumpe ein erstes klopfendes Geräusch von sich gab, kroch diese stolze Hündin ganz jämmerlich in die Wohnung. Keine Angst hatte sie vor dem Gestank frischer Farbe. Ab und an sah sie wochenlang aus wie schwerverletzt, weil sie sich in roten Rostschutzanstrich gelegt hatte. Bis ich die Idee hatte, beim Streichen den Deckwaschlauch auszulegen. Einmal rund um die zu streichende Fläche, schon war der Hund zuverlässig ausgesperrt. Im Leben hätte sie keinen Schritt über die gelbe Schlange gemacht.

Gestrichen hab ich in Spekjes Nähe selten. Bei Tätigkeiten mit wichtigen Unterlagen oder Besuch mit Schweineangst konnte es trotzdem ganz sinnvoll sein, den Schweineaktionsradius zu begrenzen, ohne ihn gleich ganz einzusperren. Vom Deckwaschen hatte das Wohnungsschwein keinen blassen Schimmer, auf den Schlauch konnte ich also nicht zählen. Aber die Erinnerung brachte mich auf die Idee, sein selbstgewähltes Monster einzusetzen. Und tatsächlich, das wirkte: Den Staubsauger mit Rohr und Schlauch einmal quer durch den Raum gelegt – Spekje ging bis dahin und nicht weiter.

Auf Schiffen funktionieren Absperrungen manchmal etwas anders. Hier kann man 70 Kg dominanten Hund mit einem nur wenige Zentimeter hohen Schlauch und über 100 Kg dominantes Schwein mit einem nur wenige Zentimeter hohen Rohr auf dem Boden liegend, genauso sicher aufhalten wie andernorts durch Meter hohe Stacheldrahtrollen.
Hinter Letzteren verstecken sich landseitig viele Tanklager. Aus Angst vor Schweinen und Hunden? Es half ihnen nichts. Wir kamen mit beiden vom Wasser aus.

Rassenverwirrungen

An unseren Lade- und Löschstellen sprudelte nicht nur Diesel, sie waren auch eine Quelle ständig neuer Menschkontakte. Dort arbeiteten Steigerleute im Schichtdienst. Wie der fracht- und schleusengesteuerte Zufall es wollte, hatten manche das Glück, mit dem Schiffschwein bald auf Du-und-Du zu sein, während andere ihm nur einmalig über den Weg liefen.

In den ersten Spekjewochen, noch in dem Wahn, mein Ferkel an ein Dasein an Deck gewöhnen zu können, führte ich ihn mit Flaggenleinengeschirr draußen auf dem pflanzenfreien Stahl spazieren. Der Löschsteiger, an dessen Dalben wir lagen, war hoch. Dort standen zwei Mitarbeiter wie auf einer Aussichtsplattform, fast zehn Meter über dem Schiff. Ich konzentrierte mich auf mein Tierchen, das zwischen Neugier und Angst schwankend über den glatten Lack schlitterte und jeden Zentimeter abschnupperte. Wortfetzen wehten herüber, wir standen unter Beobachtung. Die Männer rätselten über die unbekannte Hunderasse, welche dieser Welpe wohl repräsentiere. Auf unserem Weg zum Bug sahen sie ihn nur von hinten und oben. Spekje hatte ja keinen Ringelschwanz, seine hübsche, gerade Wildschweinrute wedelte vor Aufregung wild herum. Aus der Perspektive schien er sicher der perfekte, kleine Hund. Die Verwirrung war zu verstehen, als wir umkehrten, so dass er ihnen seinen Rüssel präsentierte. Je dichter wir Heck und Steiger wieder kamen, umso wilder diskutierten unsere Beobachter. Als wir direkt unter ihnen standen, lehnten sie sich weit über die Reling: „Entschuldigung, seien Sie bitte nicht beleidigt, mein Kollege findet ihr Hund sieht ein bisschen aus wie ein Schwein. Das denke ich natürlich gar nicht, er ist sehr hübsch, aber welche Hunderasse ist das nun?“ Spekje und ich legten die Köpfe in den Nacken, um ihn direkt anzuschauen: „Ihr Kollege hat schon recht. Das ist ein Ferkel. Die Rasse ist Minischwein.“ Der Rechthabende klammerte sich mit einem Lachkrampf ans Geländer, der andere hing mit offenem Mund noch weiter über die Reling und fixierte uns ratlos. Da ich zwei mal achtzig Meter in Tippelschritten für heute genug gelaufen fand, winkte ich den beiden zu, klemmte mir meinen protestierenden Schweinewelpen unter den Arm und trug ihn in die Wohnung.

Vor jedem Laden oder Löschen eines Tankers ist ein Berg Papierarbeit zu bewältigen. Mit den Angestellten der Landanlage werden Sicherheitschecklisten, Ladepapiere sowie firmenspezifische Vorschriften ausgefüllt, ausgetauscht und gegen gezeichnet. Die meisten Kollegen erledigen dies im Steuerhaus oder gar an Deck. Ben fand es geselliger, den Steigermann in unsere Wohnung einzuladen, wo beide sich mit einem von mir servierten Kaffee, Tee oder Kaltgetränk an den Küchentisch setzten. Anbei, Steigermann kann natürlich auch für Steigerfrau stehen. Ich lernte jedoch nie eine kennen. Unsere Geschichte geschah in einer verhältnismäßig rückständigen, männerdominierten Welt. Um darin zu bestehen, machen sich auch unter dem Overall heimlich feminine Wesen über Inninen-Endungen lustig. Von daher bitte ich, die manchmal nicht berücksichtigte weibliche Schreibform zu entschuldigen.

Mein Mann und ein Steigermann saßen also an eben jenem Küchentisch, unter dem Spekje so gerne lag. So auch heute. Er war schon mittelgroß und hatte seine Schwellenängste bis hierher nicht nur überwunden, sondern fühlte sich so sicher, dass er dem Fremden seinen Rücken zukehrte. Während der ganzen Prozedur von Kugelschreiber suchen, Zettel ausfüllen, Smalltalk und Colatrinken streichelte unser Gast dieses breite, gefleckte Kreuz. Ohne näher hinzuschauen ganz automatisch mit dem Fuß. Der Liebkoste verhielt sich ganz still, nur manchmal stemmte er genussvoll alle Viere gegen die Wand.
Klugerweise ohne die sonst damit verbundenen Stöhngrunzer.
Zum hörbaren Abschluss wurden die Papierstapel auf dem Tisch zusammengeklopft, in die Mappen geschoben und das Colaglas weggestellt. Die Männer standen auf: „Alles klar. Dann starte mal die Pumpmotoren." Spekje kannte die Signale, der gemütliche Teil war vorüber, gleich wird es laut. Zeit, um ins Nest zu wandeln. Also stand er ebenso auf, kam unter dem Tisch hervor und verabschiedete sich dankbar schnüffelnd vom Steigermann. Der glotzte an sich herunter, auf den freundlichen Rüssel an seinem Overallbein. Dann schrie er zeitverzögert auf und flüchtete, mit einem Sprung rückwärts, aufs Ausgangstreppchen: „Das ist ein Schwein! Das ist ein Schwein! Das ist ein Schwein! Ich habe die ganze Zeit ein Schwein gestreichelt! Ich dachte, das wär ein Hund! Ich dachte die ganze Zeit, das wär ein Hund, ich hab ein Schwein gestreichelt..." Damit er sich nicht weiter keuchend wiederholt, legte mein Mann ihm eine beruhigende Hand auf die Schulter: „Na und? Wenn du doch keinen Unterschied gemerkt hast? Komm raus, dreh deine Leitung auf, ich starte gleich die Motoren."
Der gleiche Mann dachte einige Reisen später bereits anders, nämlich darüber nach, selbst Minischweine anzuschaffen. Er ließ sich von mir ausführlich über Schweinehaltung beraten, während er Spekje ganz selbstverständlich Kartoffelschalen ins Maul stopfte und ihn hinter den Ohren kraulte.

Es ist eigentlich erschreckend, dass es in Deutschland heutzutage noch so viele, sich selbst für ganz kultiviert haltende Menschen gibt, deren Vorurteil von Rassekriterien abhängig ist. Wir sollten aus der Geschichte doch gelernt haben, überlieferte Anschauungen wie „dreckig", „dumm", „aggressiv" oder „minderwertig" nicht unhinterfragt zu übernehmen. Ich freute mich jedes Mal, wenn Spekje so jemandem zu einer anderen Einsicht verhalf. Vielleicht nicht grundsätzlich, aber immerhin bezüglich der Rasse „Schwein".

Schiffsmenschen

Die Begegnung mit Spekje durch zwei Sätze abzuhandeln: „Das ist ein Schwein" und „Hier muss ich eben drüber nachdenken" schaffte nur einer. Andere Binnenschiffer, die nach einem Decksgespräch das Schwein live sehen wollten, liefen nicht so schnell wieder weg. Sie waren auch deutlich gesprächiger. Als Einleitung gab es die immergleichen, dummen Sprüche, welche sich schon bei der Namensfindung abzeichneten. Allen voran die Frage: „Wann schlachtet ihr ihn?"

Wer an Schweine denkt, denkt an Fressen. Damit haben alle Hobbyschweinehalter zu kämpfen. In einer traditionellen Welt wie der Schifffahrt, in der ein „gutes Stück Fleisch" als Symbol für Kraft und Reichtum gilt, ohne das man „vom Fleisch fällt", ganz besonders. Schon lange vor Spekje wurde ich wie ein Weltwunder bestaunt, wenn ich es als Vegetarierin und Frau schaffte, schwere Taue zu ziehen, volle zwanzig-Liter Kanister zu schleppen oder gar gegen den gemittelten Bürohengst beim Armdrücken zu gewinnen. Die Erkenntnis, dass die rosa Dinger im Tiefkühler heutzutage meist nur noch eingeschweißte, nährstofffreie Eiweißklumpen sind, mit geringerem Gehalt als eine Kinderhand voller Bohnen, wurde hartnäckig geleugnet. Oder zustimmend gegen Spekje gerichtet: „Ja, die Supermarktscheiße. Aber sowas wie eures da, das ist sicher lecker. Sagt ihr Bescheid, wenn es soweit ist?" War Lady im Raum, reagierte ich gern mit dem Finger auf sie weisend: „So viele Chinesen können nicht irren. Der alte Hund wird zuerst geschlachtet. Kommst du zum Grillfest?" Dicke Menschen konnte man leicht gegenangreifen: „Ertragsmäßig gesehen, bist du eher schlachtreif." Ansonsten gab es im Schweinefreundeforum genug Austausch, wie andere mit der Standardschlachtfrage umgehen, inklusive einer Menge guter Antworten. Von denen ich mich gern zu meinen Variationen inspirieren ließ: „Ach, ißt man bei euch Familienmitglieder?", „Dein Glück, dass mein Schwein Vegetarier ist und nicht dasselbe von dir denkt.", „Denk ruhig an Schnitzel, wann immer du mein Schwein siehst. Aber denk dann bitte auch an mein Schwein, wann immer du ein Schnitzel siehst.", „Pssst, Vorsicht: Du weißt schon, dass Schweine alles verstehen und sehr nachtragend sein können?", „Sag das nochmal, wenn du ihn allein im Dunkeln triffst.", „Ich füttere ihn nicht mit Äpfeln, damit er besser schmeckt, sondern damit er nicht merkt, dass du besser schmeckst.", „Hast du schon mal überlegt, was bei deiner Sozialisierung verkehrt gelaufen sein kann, wenn der Anblick eines intelligenten Wesens dich nur an Essen denken lässt?", „Jaja, nächste Woche wird er zubereitet. Garniert mit Katzenpfoten in Hamstersoße an einem Bett von Goldfischfilet." Humor ist der einzige Weg, um nicht spätestens bei blöder Schlachtbemerkung Nr. 3768 sauwütend zu werden. Ich beruhigte mich gern mit Amateurpsychologie: „Was ein Mensch über Schweine sagt, sagt mehr über den Menschen, als über die Schweine." Kein liebender Hundebesitzer würde mit seinem Schätzchen nach China ziehen. Für Schweine ist China fast überall auf der Welt.

Die zweite Standardfrage fast jedes Besuchers war zugleich eine Feststellung: „Warum stinkt es hier nicht?" oder „Das ist ja ein Schwein! Wieso hab ich das beim Reinkommen nicht gerochen?" Ernsthaftes Erstaunen beantwortete ich gern ernsthaft: „Weil der Eigengeruch von Schweinen für die schwache menschliche Nase kaum wahrnehmbar ist. Dafür muss man sein Riechwerkzeug schon in die Borsten drücken. Traust du dich das? Speeeeekje, sitz!" Mancher wagte es und nickte zustimmend, wenn ich dabei weitersprach: „Im Forum beschrieb es jemand treffend als eine Duftmischung von Maggi und Blümchen. Wird auch nicht mehr, wenn er nass ist. Im Vergleich dazu haben Hunde vielmals deutlichere Geruchsausdünstungen." Lebenslang eingeflößte Anschauungen sind nicht durch eine reale Erfahrung auszuräumen, unsere Gasthirne suchten Ausnahmeerklärungen: „Wurde der Gestank bei Minischweinen extra weggezüchtet?" Diese mehrmals aufgestellte Theorie gefiel mir besonders, weil ich damit gleich zwei Themen richtigstellen konnten: „Das einzige, was bei Minischweinen weggezüchtet wurde, ist die Größe. Und das auch nicht zuverlässig, es gibt keine reine Rasselinie, wie bei Hunden. Selbst wenn unseriöse Züchter das zu Verkaufszwecken behaupten. Ein Minischweinferkel ist wie eine Wundertüte, du weißt nie, wie groß es wird. In jedem Wurf kann das Gen eines Großschwein-Urahnen zuschlagen. Wusstest du, dass mehr Schweine als Affen in Tierversuchen leiden? Die machen sich nur nicht so süß auf Plakaten. Dafür wurden Minischweine nämlich ursprünglich gezüchtet; mit menschähnlichen Gewichtsverhältnissen kann man besser testen. Privathaltung ist nur ein Nebenprodukt davon." Ausschweifungen in Minischwein-Historie wurden gern zur Kenntnis genommen, die Ausgangsfrage blieb brennend: „Aber Schweineställe stinken. Da hört man doch oft genug von Anwohnerbeschwerden und Ähnlichem." Herrlich, wenn die Erklärung so vor der Nase liegt: „Klar stinken Massenställe mit Massenscheiße. Schweine-Urin oder Kot kannst du am Geruch nicht von menschlichen Exkrementen unterscheiden. Ebenso mit individuellen sowie ernährungsbedingten Unterschieden. Stell dir vor, wie es stinken würde, wenn du hundert Menschen auf hundert Quadratmeter zwingst, in ihrer eigenen Kacke zu liegen. Spekje kriegt gesundes, vegetarisches Futter, dadurch riecht seine Scheiße weniger als die von Fleischessern. Wenn mein Mann auf Toilette war, geh ich da nicht so schnell rein. Wenn Spekje in sein Klo macht, erledigt die Katzenstreu den Rest. Das schipp ich ohne Würgegefühl weg." Auf dieses Standardgespräch nach der Standardfrage folgte grundsätzlich die Standardschweineklobesichtigung. Selbst wenn noch ein vergessenes Würstchen darin lag, ohne riechbar zu sein, blieben Zweifel auf den Gesichtern. Menschen sind nicht immer leicht zu verstehen. Warum wollen sie unbedingt etwas essen, von dem sie hartnäckig glauben, dass es eklig ist und stinkt?

Ein Tankereigner mit großem Neubauschiff begann die Begegnung mit einem Streit. Achtlos knallte sein Matrose beim Anlegen ein Tau gegen unser klappriges Fenster. Ben sprintete erbost nach draußen, zwecks nutzlosem Gebrüll. Die hohen Bordwände des neuen Nachbarn verdunkelten unsere Räume, sein Achterschiff rumste unsanft gegen unser Heck. Reibhölzer konnten die also auch nicht hängen. Der *Hunter* trillte, Stahl-an-Stahl, im Takt des fremden Motors. Endlich machten die ihre Rüttelmaschine aus. Mit vor sich her getragener Arroganz klopfte der Kapitän an unsere Tür: „Möchte mich doch für meinen Matrosen entschuldigen. Es ist aber auch nicht so leicht, mit dem hohen Zossen an einem geladenen Schiff anzulegen." Mein Mann explodierte: „Was, geladen? Idiot! Du siehst doch wohl selbst, dass wir leer sind!" Überlegen grinste der Neubaubesitzer: „Oh, echt? Das ist von oben nicht so gut zu unterscheiden. Hatte euer Schiff gar nicht sooo klein in Erinnerung." Ben kapierte, dass der Besuch eigentlich zum Angeben über sein Riesenschiff gekommen war und ließ sich nicht weiter provozieren: „Lieber ein kleines von mir selbst, als ein großes von der Bank. Willst du ein Bier?" „Na, eins dann", war die herablassende Antwort. „Speeeeekje, hol Biertje!" griff ich ins Geschehen ein. Im Schlafnest raschelte es, das Schwein lugte prüfend um die Ecke, roch Diesel und trabte beruhigt zur Bierkiste. Die Zielperson für die Flasche stolperte rückwärts auf die Couch, um von dort leicht verspätet und deutlich verunsichert zu fragen: „Darf ich mich setzen? Beißt das?"

Durch Schweineangst von seiner hohen Bordwand heruntergeholt, konnte er ganz nett sein. Gegen Ende des Abends hatte der verschuldete Neubaueigentümer genug Neid auf unser schönes, freies Leben gefühlt: Er bot meinem Mann an, die Schiffe zu tauschen. Und das meinte er ganz ernst. Es gab nur eine Bedingung: Schwein und Frau bleiben an Bord. In genau dieser Reihenfolge. Ben lehnte empört ab. Für nichts auf der Welt gäbe er seine Frau und sein Schwein her. „Was bist du blöd", sagte ich später allein. „Das war die Chance. Ich wäre dem Typen sowieso nach einer Reise weggelaufen und zu dir zurückgekommen. Inklusive Spekje unterm Arm. Dann auf dein großes, neues Schiff. Hast du noch nie von dem alten Zigeunertrick gehört, dasselbe Pferd immer wieder zu verkaufen, weil es am nächsten Tag allein nach Hause findet? Wir sind schließlich auch fahrendes Volk."

Spekje knackte sie fast alle. Auch die härtesten Männer konnten seinem Charme nicht widerstehen. Beim Abschied wollte keiner ihn mehr aufessen. Von wegen hart. Rheinschiffer sind Quatschweiber. Sie sitzen den ganzen Tag in ihrem Steuerhaus, kennen jede Kurve, jeden Baum und jedes Schwanennest vom Revier. Nur Tratsch und Klatsch übers Funkgerät kann die Langeweile phasenweise mildern. Gibt es spannende Neuigkeiten, sind diese innerhalb eines Tages von Rotterdam bis Basel bekannt. Bei denen, die darüber reden, sowie jenen, die heimlich mithören. Letzteres mit hoher Dunkelziffer. Der

Rhein ist wie gesagt ein Dorf. Sein Wasser trägt die Nachrichtenlauffeuer schneller als jede Straße. In Folge davon geschah es meinem Mann immer öfter, dass freundschaftliche Funkgespräche in der Vorbeifahrt anders begannen als üblich. Statt jener gedankenlosen Einleitungsfloskel: „Wie geht es Frau und Kindern?“ stellte man die ehrlich gemeinte Frage: „Wie geht es dem Schwein?“. Bei jenen, die Spekje „in echt“ kannten, im Unterton die ängstliche Befürchtung, dass ein anfangs dumm gesagter Schlachtspruch doch unselige Wahrheit werden könnte.

Klauenkürzen

Selig war Baby Spekje während unserer Schmusesitzungen auf dem Sofa. Dabei konnte ich völlig unproblematisch seine Klauen knipsen, feilen und raspeln. Für diese Behandlung entwickelte ich ein im Sortiment mitwachsendes Set von Hundekrallenknipsern, Minifeilen, Pferdehuffett und Gartenscheren. Wir genossen unsere Maniküre-stunden, in denen das Ferkel sich auf der Seite entspannte und mir die Beine gezielt entgegenstreckte. Schwierigkeiten mit der Fußpflege, wie von vielen anderen gehört, schienen mir undenkbar.
Bis zur Schweinepubertät.

Spekje war schon ein kräftiges Kerlchen, die Spitzen der künftigen Hauer zeigten sich am Rand der Lippe, da beschloss er, alt genug zu sein, um sich von der Mama-Sau abzugrenzen. Futter-aus-der-Hand-schlagen und Mensch-aus-meinem-Nest-jagen scheiterte an meiner Ignoranz und seiner noch fehlenden Kraft. Beim Knipsen an den Füßen konnte er die gesuchte Macht jedoch ausspielen. Keiner schneidet eine Schweineklaue gegen den Willen des wachen Schweins. Ich verdrängte das aufkeimende Drama, da er seinen Widerstand anfangs auf Knipswerkzeuge beschränkte. Es reichte, Krallenknipser oder Gartenschere in die Hand zu nehmen, weg war der Patient. Feilen war jedoch weiterhin mit Freude erlaubt. In dem Wahn, dass ihm nur das Knipsgeräusch oder Schneidegefühl unangenehm sei, schmirgelte und feilte ich geduldig mit deutlich mehr Aufwand zum gleichen Ziel.

Phantasievoll versuchte ich, dem Nagelwuchs zusätzlich auf anderen Wegen zu Leibe zu rücken. Im Forum wurde oft empfohlen, den Eingangsbereich vom Stall mit Beton oder ähnlich scheuerndem Material zu versehen für eine natürliche Abnutzung der Klauen. Ben war mit Betonboden in der Wohnung nicht einverstanden, also suchte ich Alternativen. Als erste Aktion bekam das Nest einen komplett neuen Holzboden, über das Linoleum verlegt, gestrichen mit Sand in der Farbe. Das half ganz gut gegen Ausrutschen, hatte auf die Zehennägel aber keinen sichtbaren Effekt und der Sand war nach kurzer Zeit, an den entscheidenden Stellen, wieder abgescheuert. In aufwändiger Bastelarbeit entwarf ich ein Eingangslaufbrett für Spekjes Nest, mit wechselbarer Schmirgelpapierbeschichtung. An dieser Stelle lief er ja am meisten hin und her. Aber nicht, wenn ich das neue Brett hinlegte. Da wagte er keinen Schritt drauf. Obwohl ich extra naturgrünes Schmirgelpapier gewählt hatte. Von draußen, von drinnen, Bitten, Betteln, Leckerchen, vergebens. Die automatische Klauenschleifunterlage hatte gemäß Spekjes Einschätzung Schwellenqualität. Ich gab es auf, das Brett blieb in einer Wohnzimmerecke liegen. Damit er sich irgendwann an diese Lebensgefahr gewöhnen könnte.

Spekje versuchte nie, mich zu beißen. Bis er auf einen Tag ausgerechnet beim gemütlichen Klauenschleifen wie aus heiterem Himmel aufschrak und in der Luft herumhappte. Ich hatte immer noch nicht kapiert, dass in seinem Gehirn genauso ein Durcheinander herrschte wie bei pubertierenden Menschen. Die auch keiner versteht. Schließlich saß ich nicht in der Luft. Trotzdem interpretierte ich es als Angriff gegen mich, dem mit Strenge begegnet werden musste. Nach konsequentem „Nein!“ schob ich ihn, ungeachtet heftiger Gegenwehr vom Sofa runter. Von unten fauchte er mich noch einmal an, da packte ich ihn am Hintern und zwang ihn in sein Nest. Tür zu. Auszeit. Unser erster, richtiger Streit nahm mich ziemlich mit. Spekje auch. Nicht lange, da rief er mich bittend mit seinem zärtlichsten Grunzen zurück, ich ließ ihn wieder heraus und wir schmusten ausgiebig. Für mich war die Sache damit vergeben und vergessen. Aber Spekje zog unwiderrufliche Konsequenzen. Das Sofa war schuld. Er ging nie wieder hinauf. Und falls jemand es noch nicht mitbekommen hat, wenn Spekje etwas absolut nicht wollte, half weder Liebe noch Gewalt. Ein Esel ist dagegen ein folgsames Weichei. Der Couchboykott wäre nicht so dramatisch gewesen, hätte er stattdessen Maniküre auf dem Boden akzeptiert. Nichts da. Sowas haben wir ja noch nie gemacht. Nahm ich eine Klaue in die Hand, durfte ich sie streicheln.

Egal, wie entspannt er dabei war, sobald ich ein Werkzeug ansetzte, zog er sein Bein sanft aber nachdrücklich zurück. Dann kraulte ich am Bauch, anschließend Bein und Klaue, strich mit der Feile daran entlang – weg war das Bein. Wieder und wieder und wieder. War ich zu vorsichtig? Keineswegs. Schon bei dem Eindruck von leichtem Festhalten sprang er sofort mit der Macht seiner wachsenden Kilos auf und schlenderte meckernd davon.

Mit Bier hatten andere Schweinehalter gute Erfahrungen gemacht. Die leicht benebelten Tiere legten sich zur Ruhe und ließen an ihrem Körper geschehen, was geschehen musste. Man mag Alkoholkonsum bei Haustieren skeptisch sehen, es ist auf jeden Fall eine sanfte Alternative zur Narkose. Die meisten Schweine mögen Bier. Bei Doris lief gar eine legendäre Minisau, die verrückt danach war. Während vegetarischer Grillpartys auf der Schweinewiese bettelte sie sich von einem Flaschenwächter zum anderen. Sonst nicht zimperlich mit den Körperteilen anderer Lebewesen, schlürfte sie ihr Lieblingsgetränk behutsam aus der hohlen Hand. Jedes Schwein ist anders. Spekje mochte kein Bier. Weder aus einer Schüssel, noch aus der Hand. Mit Gerstensaft gemischtes Futter verweigerte er ebenso wie besten Moselwein. Ich erinnerte mich an jenen süßen Superlikör, von dem man Schmerzen im Allerwertesten bekommt. Bingo. Im Schnapsarchiv stand noch eine Flasche mit genug Bodensatz für ein Minigläschen. Beim Öffnen knabberte Spekje entzückt an Hals und Deckel, die Tropfen in meiner Hand verschwanden umgehend im Schweinemund. Bis nichts mehr da war. Ich wartete. Und wartete. Eine Geschmacksverwirrung zeigte an, dass der Alkohol anfing zu wirken: Spekje soff das Schüsselchen mit total abgestandenem Bier, welches ich vor Stunden in seinem Nest vergessen hatte. Die begeisterte Wahlkölnerin in mir schüttelte sich entsetzt: „Mein hessisches Schwein hat womöglich Düsseldorfer Wurzeln, es trinkt Altbier!“ Dann meldete sich die Mutterseele: „Oh nein, die doppelte Dosierung war so nicht geplant. Hoffentlich ist der Alkohol längst verdampft.“ Bei einsetzender Wirkung dampfte Spekje. Jedes Schwein ist anders. Das kennen wir aus der Kneipe. Manche Säufer werden schläfrig, andere fröhlich. Mit beiden kann man leben. Wären da nicht jene Störenfriede, bei denen Alkohol die Aggressionen schürt. Einen solchen hatte ich nun zuhause. An Klauenschneiden war nicht im Entferntesten zu denken. Der Borg raste, ungeachtet fast aller Schwellenängste, von Raum zu Raum und fauchte gegen Mensch wie Hund. Falls einer es wagte, zu nahezukommen. Unzufrieden mit sich und der ganzen Welt. Es hätte mich warnen können, dass sein Schiffsleben vielleicht nicht so glücklich war, wie es schien. Schließlich verstärken Drogen nur die vorhandenen Gefühle. Der Kampf, den ich ausfechten musste, um ihn wie immer von achtern gesteuert in sein Nest zu manövrieren, hatte ein ganz anderes Kaliber als der kleine Sofastreit. Außerdem war kein Möbelstück beteiligt, dem er die Schuld geben konnte.

Ein Misserfolg auf ganzer Linie. Künftig mussten wir unsere Likörflaschen außer Schweinereichweite bewahren. Kaum war der Rausch ausgeschlafen, hatte Spekje alle Deckel angenagt und Flaschenhälse mit Katzenstreu verziert. Schweinegottlob reizte Bier ihn nüchtern auch weiterhin nicht, das hätte den Schifferalltag nachhaltig beeinträchtigt. Dieser letzte gewaltfreie Weg, an seine Klauen zu kommen, scheiterte spektakulär. Die Hintergründe unserer Differenzen wollte ich noch nicht wahrhaben. Mein Fokus beschränkte sich auf die Symptome: Es war over und out. Keine Schweinemaniküre mehr.

Spekjes hübsche, steile Füße wurden immer länger. Bald bewegte er sich wie auf Latschen statt Stöckelschuhen. Die Klauen wuchsen krumm aufeinander zu, bis ins Unförmige. Es zeigten sich Risse, auch die Haut unter den Füßen wurde rauh und spröde. Immerhin durfte ich alles noch mit Huffett beschmieren. Wenn er einen gnädigen Moment hatte. Spekje bekam deutlich Schwierigkeiten beim Laufen. Lieber lag er viel herum, das tat nicht weh. War aber weder für Figur noch Gesundheit förderlich. Ich musste einsehen, dass er mich in absehbarer Zeit nicht mehr an seine Füße lassen würde. Vielleicht eine Rache, weil ich ihm meine entzogen hatte, als er sie noch begehren konnte. Wir brauchten Hilfe. Die Not wurde größer als meine Angst vor der risikoreichen Schweinenarkose. Als feststand, wann die nächste Reise in den Frankfurter Raum ging, rief ich unseren Fernsehdoktor an.

Endlich in seinem Einzugsgebiet angekommen, gaben wir unser Bestes, den Arzt an Bord zu lotsen. Zu jener Abendstunde, in der er Zeit hatte, lagen wir jedoch nicht an einer der üblichen Löschstellen, sondern mitten im grünen Niemandsland. An solchen Orten hat der

Schiffer selbst meist am wenigsten Ahnung, welche Straßen in der Nähe sind. Braucht er auch nicht, Schiffe haben schließlich keine Räder. In der Pampa liegt gerne, wer seine Ruhe möchte. Statt frei gewählter Einsamkeit, kann es passieren, dass ein Konkullege, wie wir unfair konkurrierende Kollegen schimpfen, einem durch Falschaussage den Löschtermin direkt vor dem Bug wegschnappt. Ist die Planung derart versaut, bleibt nur, den nächstschlechtesten Liegeplatz anzusteuern. Wie an diesem Tag.
Nach mehreren Telefonaten, an Land rennen, um Straßennamen in der Nähe zu suchen und dank der digitalen Autonavigationstechnik fuhr endlich das berühmte rote Auto vor. Im Zeitalter vor der flächendeckenden Einführung des Handys, wäre Schweinehaltung an Bord kaum koordinierbar gewesen. Der Aussteigende meinte, er wüsste ja, dass ich die Narkose fürchte, aber sich zu verstecken sei auch keine Lösung.

Unser minischweinerfahrener, einfühlsamer Tierarzt diagnostizierte, dass Spekje im Begriff sei, eine starke Persönlichkeit zu werden. Das bezweifelte ich nie. Aber Nicki hatte mehr Übung im Umgang damit. Seine erste Maßnahme war, mit unserer Erlaubnis in Gummistiefeln hereinzukommen. Grinsend erklärte er, die wären weniger gegen das Schwein, als für ihn selbst. Wenn er sich sicher fühlte, könne er Ruhe und Rangordnung besser auf das Tier übertragen. Schon beim früheren Besuch war besprochen, dass es Käse künftig nur noch von ihm gab. Mit diesem Bonus waren sie so gute Freunde geworden, dass wir keine Probleme für die Narkosespritze sahen. Nicki rückte schießlich mit Spezialwerkzeug an, welches unser Schwein noch nicht kannte. Weil die dünnen Nadeln handelsüblicher Spritzen leicht abbrachen und Minischweine selten viel Zeit zum leerdrücken ließen, hatte Nicki eine Art Pistole selbst entwickelt. Damit konnte er das Mittel mit einem schnellen, zielsicheren Schuss, in den Nacken jagen. Wenn er da ran kam. Wir alle hatten Spekjes Abstraktionsvermögen unterschätzt. Oder seine Kenntnis der deutschen Sprache. Gnädig nahm er den Käse an, setzte sich gehorsam vor den Tierarzt und schielte zu dem silbernen Ding in dessen Hand. Nicki erklärte ehrlich: „Ich möchte dir mit deinen Klauen helfen. Du bekommst hiermit einen kleinen Pieks, dann schläfst du, und wenn du aufwachst, kannst du wieder laufen wie ein junges Reh.“ Das zukünftige Reh stellte bei seinen Worten die Borste auf, quiekte empört, ließ den Käse Käse sein und polterte in sein Nest. In Verteidigungshaltung schaute nur noch die Steckdose unter dem Dach hervor.

Nicki war mit uns einer Meinung, dass Spekjes Schlafplatz ein sicherer, tierarztfreier Ort bleiben müsse. Ein hundertprozentiger Fluchtplatz ist wichtig, um auch bei späteren Konflikten seine Entscheidung zwischen Flucht und Angriff zu unseren Gunsten ausfallen zu lassen. Ein Schwein, das nicht weiß, wohin mit seiner Angst, kann sehr gefährlich werden. Folgen war also verboten, Herauslocken die verbliebene Option. Zwei Kaffee später war der Geflohene immer noch nicht überzeugt, dass Käse die Nadelpistole aufwiegt. Der schlaue Tierarzt gab auf. Er packte demonstrativ sein Werkzeug ein und sprach zum Patienten: „Für heute hast du gewonnen. Wir können uns wieder vertragen, ich trinke noch einen Kaffee, dann gehe ich. Aber morgen komme ich wieder. Und dann gewinne ich." Spekje entspannte sich sichtlich. Kurz darauf kam er wieder angelatscht und holte sich seinen Käse. Herausfordernd bot er Nicki dabei seinen breiten Nacken an. Der Fernsehstar seufzte: „Ja, jetzt könnte ich schnell die Pistole packen und schießen, die Position wäre optimal. Aber es wäre Verrat, er würde mir nie wieder vertrauen." Er kraulte das Schwein ausgiebig: „Morgen machen wir das genauso, dann lässt du mich auch mit der Spritze ran, guck mal, genau hier, hinterm Ohr, das merkst du kaum." Spekje grunzte skeptisch, der Tierarzt verabschiedete sich.

Am nächsten Abend, nachdem wir das Schiff gelöscht und der Viehdoktor seine Runde bei den Bauern gemacht hatte, trafen wir uns an derselben Liegestelle wieder. Ein kleiner Trick war erlaubt: Bevor Nicki reinkam, fütterte ich Spekje im Wohnzimmer mit Käsekrümeln an und verschloss den Fluchtweg zum Nest. Die fertig geladene Pistole in der Hand, stiefelte der Doktor heran: „Da bin ich wieder. Gestern habe ich dich gewinnen lassen. Heute gewinne ich." Spekje begrüßte ihn, nahm ein Stück Käse an, schaute auf die Pistole, grunzte verächtlich und schlenderte Richtung Nest. Als er die Tür verschlossen fand, blieb er stocksteif davor stehen. Er war sich seines Sieges so sicher, aber nun lief etwas verkehrt. Seine grauen Zellen wussten nur noch nicht, was. Todesmutig sprang der Borg mit allen vier Beinen auf das naturgrüne Schmirgelpapierbrett, welches immer noch in der Wohnzimmerecke lag. Auf so ein lebensbedrohliches Ding würde der Tierarzt sich sicher nicht trauen. Ich krümmte mich mit Zwerchfellkrämpfen auf dem Sofa: „Ja, Dicker, jetzt willst du doch lieber selbst die Klauen abschleifen, aber das hättest du eher machen müssen." Spekje und das Brett verschmolzen zur Einheit. Da verharrte er wie eine Statue auf ihrem Sockel, naja, mehr wie ein Spielzeugtier auf seinem Plastikständer, breitbeinig, regungslos. Nicki folgte ihm langsam, strich über seinen Nacken: „Siehst du, es geht doch. Jetzt weißt du, dass du verloren hast und du bist einverstanden." Zack, ehe Spekje auf die Idee von Panik kommen konnte, war das Mittel gespritzt. Der Gepiekste schüttelte nur leicht den Kopf und bekam eine Pizzakruste. Davon hatten wir ein paar als Highlight für diesen Moment bewahrt. Nicki zog sich zurück, ich öffnete die Tür zum Nest wieder. Auf dem Sofa warteten alle auf die beruhigende Wirkung. Spekje philosophierte noch einen Moment als kauende Schmirgelpapierstatue über die Lage, dann kam er zu uns. Er verlangte mehr Pizza. Als sein Kopf schwer wurde, legte er ihn auf den Couchtisch. Dadurch konnte er sich noch eine ganze Weile auf den Beinen halten und weiter füttern lassen. Mit gefülltem Unterkiefer auf der Tischplatte immer angestrengter kauend, wurde dem Tier klar, dass seine Koordination nicht mehr stimmte. Irritiert versuchte er, auf schwankenden Umwegen in sein Nest zu kommen. Vor dem Eingang knickten ihm die Beine vollends ein. Er zappelte noch ein wenig auf dem Bauch herum, dann gab er sich besiegt. Ohne nennenswerte Gegenwehr durfte Nicki nach dem Beruhigungsmittel nun auch die echte Narkose spritzen, und als diese wirkte, mit seinem Werk beginnen.

Eine Doktorarbeit im wahrsten Sinne des Wortes. Über eine Stunde auf dem Boden kniend, umgeben von einer Vielzahl Werkzeuge, sowie immer mehr Hornspänen, sägte, knipste und feilte der Arzt. Bei so deformierten Klauen ist es eine Kunst, die ursprüngliche Kontur wiederzufinden, ohne das Innenleben zu verletzen. Ein paar Mal musste er pausieren, weil die Narkose nicht so tief war. Kurze Zappeleien können auftreten, wenn die Dosierung möglichst niedrig gewählt wird. Dann ermahnte der Doktor meinen Mann und mich, nicht so gebannt zuzuschauen, sondern uns ganz normal zu unterhalten: „Macht einfach Smalltalk, wie er es abends gewohnt ist. Dann kann er besser loslassen." Wir quatschten also jede Menge Unsinn ohne viel Inhalt. Wie gewöhnlich. Nur dass es uns jetzt auffiel.
Bis Nicki mit knirschenden Knien aufstand und seine Utensilien zusammensuchte.

Das Ergebnis war erstaunlich, ich hatte schon vergessen, dass Schweinefüße so klein und spitz sein sollten. Nach angemessener Bewunderung des Künstlers, klappte ich das Dach vom Nest auf, die zwei Männer packten das schlafende Schwein an den Beinen und hoben ihn: „Eins zwei drei los!" in seine Schlafecke. Mit Wolldecke warmgehalten, Dach und Nesttür geschlossen konnte er seinen Rausch ausschlafen. Bevor Nicki ging, öffnete er noch das Schweinemaul und legte ein Stückchen Pizza hinein: „Wenn er aufwacht, hat er, mit dem Geschmack, gleich eine gute Erinnerung an mich." Das funktionierte. Eine halbe Stunde später hörte ich ein Grunzquiek, dann genüssliches Schmatzen. Nach dem Verzehr rappelte Spekje sich halb auf, suchte eine gemütlichere Schlaflage und fiel mit abgrundtiefem Seufzer in die Nachtruhe bis zum nächsten Mittag.

Die folgenden Tage hatten wir ein Lippizanerschwein. Durch die Überlänge seiner Klauen, war Spekje es gewöhnt, mit erheblichem Kraftaufwand zu laufen. Da die manikürten Füße aber nicht mehr über den Boden schleiften, bremste nichts den Beinwurf. Sie flogen hoch in die Luft. Er verstand schnell, dass er wieder rennen konnte. Aber noch nicht, dass er die Beine dabei nicht mehr so weit heben braucht. Ein Modell auf dem Laufsteg und jedes Rassepferd wären neidisch auf diese Gangart gewesen. Leider gab sich das nach einer Weile, sonst hätten wir auf Shows viel Geld mit dem edlen Tier machen können. Ben tröstete mich: „In unserer Wohnung hätte ich doch keine Tierschau erlaubt und woanders will Spekje ja nicht hin."

Die positive Energie von Pizza hat nicht nur ernährungsphysiologisch, sondern auch schweinepsychologisch keine Langzeitwirkung. Im Unterschied zu Spritzenpistolen. Beim nächsten Freundschaftsbesuch gab Spekje sich skeptisch. Nicki fand das völlig in Ordnung. Er war schon froh, dass unser Schwein nicht zu beleidigt war, um einen Käse anzunehmen, bevor es sich verzog. Das sei als erster Schritt schon viel. Er hatte Recht mit seiner Geduld, in den nächsten Monaten fanden beide schrittweise wieder zueinander. Aber das schweinische Elefantengehirn verzeiht nur, es vergisst nicht.

Nicki brachte die Narkosepistole ohne Nadel mehrmals mit, zeigte sie Spekje, der nur verächtlich kurz daran schnupperte, ließ sie auf dem Tisch herumliegen. Wir wussten alle, dass es eine nette, aber sinnlose Idee sei, ihn so für das nächste Mal daran zu gewöhnen. Das Ding an sich war ihm völlig wurscht. Hätte Nicki eine Spritze in eine Banane gebaut, hätte er sich im entscheidenden Moment auch gewehrt. Es war die Absicht, die er in unseren Gedanken las. Ich war erfreut, einen Tierarzt gefunden zu haben, der wusste, dass man ein Schwein nicht betrügen kann und das auch gar nicht wollte. Spekje und Nicki zollten sich gegenseitig einen gesunden Respekt.

Als die Klauen wieder so lang waren, dass die Pistole zum zweiten Mal in ihrer eigentlichen Funktion zum Einsatz kommen musste, war unser Schwein recht empört. „Nett, dass du ehrlich zu mir bist, ich will trotzdem nicht. Diesmal bin ich schlauer." Grunzte er zwar nicht wörtlich, aber es strahlte aus jeder Borste. Ich sah seine Augen auf bekannte Weise funkeln, als er den Arzt scheinheilig an sich heranließ. Es war zu spät für eine Warnung. Spekje stellte sich fügsam, bis Nicki die Nadel ansetzte. Genau in dem Moment startete er die Attacke. Der Doktor fiel auf den Popo und das Schwein lief triumphierend in eine andere Zimmerecke. Der Strategiewechsel war deutlich. Nicki zog seine Gummistiefel wieder an, die er nach all den harmonischen Zusammentreffen einfach vergessen hatte. Um der Schweinekraft und Schnelligkeit begegnen zu können, kombinierten wir meine Kraft mit Nickis Schnelligkeit. Ich legte meinen Arm um den Schweinenacken: „Wenn du so plötzlich hektische Bewegungen machst, kannst du dich an der Nadel verletzen. Ich muss dich also festhalten." Nicki näherte sich von der Seite. Spekje verfolgte die gleiche Stillhaltetaktik vor dem gezielten Gegenangriff. Der schlaue Schütze berechnete seinen Spritzwinkel jedoch so, dass er den in seine Richtung geschleuderten Kopf mit einbezog. Es klappte. Die Nadel rutschte beim Schuss zugleich mit der Attacke zwar minimal ab, was in den nächsten Wochen eine lästige Entzündung hinterm Ohr zur Folge hatte und ich lag auf der anderen Seite auf dem Hintern, aber es war genug Beruhigung im Schwein gelandet, um die Behandlung durchzuführen.
Nicki seufzte zum Abschluss, nicht ohne Bewunderung: „Nun habe ich wieder ein paar Monate Zeit, mir zu überlegen, was er sich als nächste Gegenwehr ausdenken wird. Und wie wir das dann hinkriegen. Es wird von mal zu mal schwieriger werden. Er ist wirklich eine starke, taktische Persönlichkeit." Schweinemütter neigen zu sie selbst visuell überfallenden Zukunftsängsten. Würde der freundliche Vieh-

doktor früher oder später doch seine Gummischutzschuhe gegen Cowboystiefel tauschen, um die starke Persönlichkeit ganz untaktisch mit dem Lasso einzufangen? Der passende Hut stünde ihm. Der Rest nicht.

Französische Saukinderlieder

Wurfleinen sind eine tolle Erfindung. Egal, ob mit traditionell geknoteter Beschwerung oder modernem Plastikball, am gut zu schmeißenden Objekt hängt immer eine dünne, lange Leine, an die schwere, nicht wurftaugliche Dinge geknotet und herübergezogen werden. Damit kann man nicht nur dicke Tampen an Land zerren, sondern auch bockige Sportboote einfangen. Solche treiben des Öfteren antriebslos, ruderlos oder planlos auf unseren Binnengewässern herum. Es war fast schon ein Hobby des *Hunter*, kleine Schiffchen aus Notsituationen zu retten, an einen sicheren Liegeplatz zu schleppen oder ihnen für die Dauer der Reparatur selbst als Anleger zu dienen. Zum Glück für die jeweiligen Bootseigner gelten die alten Seegesetze nicht im Inland, nach denen das Schiff als Sicherheit in den Besitz desjenigen übergeht, von dem man im SOS-Fall ein Tau annimmt. Oder war das andersrum, dem man das eigene Tau gibt? Ausschlaggebend für die Eigentumsfrage war auf jeden Fall, wessen Tampen benutzt wurde. Die entscheidenden Punkte vergesse ich gern. Einen eigenen, halben Jachthafen im Schlepp hätten wir auf Dauer sowieso etwas lästig gefunden. Rückständig wie wir waren, glaubten wir noch daran, dass Hilfe in der Not selbstverständlich ist. Egal, ob Schiff oder Schiffer uns sympathisch seien. Nebenbei waren solche Aktionen immer eine willkommene Abwechslung für uns und frischer Sozialkontakt für unser Schwein.

Wir lagen in unserem holländischen Stammhafen direkt neben den Jachtensteigern, als ein stählernes Kajütmotorboot seltsam unkoordiniert im Hafenbecken herum manövrierte. Ben und ich hockten an Deck jeder auf einem Poller, um uns über anlegende Freizeitskipper zu amüsieren. Die damit einhergehenden nautischen Missgeschicke, Gebrüll, Gehüpfe und Leinensalat waren immer wieder ganz großes Kino, welches wir am späten Nachmittag, wenn alle zurück in den Hafen kamen, bei einem Kaltgetränk stundenlang genießen und kommentieren konnten. Aus Beobachtung wurde aber schnell deutlich, dass bei diesem Boot keine Unkenntnis, sondern ein technisches Problem vorlag. Mehrfach näherte es sich langsam den Steigern mit all dem teuren, weißen Plastik, brach dann mitten im gezielten Vorgang zu irgendeiner unlogischen Seite aus, eierte herum und rettete sich mit lauter Maschinenkraft rückwärts in die Hafenmitte. Auch die leicht hektischen Bewegungen der Frau an Deck waren ein vertrautes Indiz für Schwierigkeiten. Ben seufzte dem ruhigen Kinonachmittag ade und holte die Wurfleine. Der Anblick dieser knallorangen Rettung wurde mit begeistertem Winken und unverständlichen Rufen kommentiert, den nächsten Anlauf nahm man in unsere Richtung. Unsere hohe, schwarze Stahlbordwand befreite den Bootsführer von der Angst, jemanden zu versenken. Im Zickzack zwang er sein Schiffchen dicht genug heran, um die Leine zu werfen. Die Frau war eine gute Fängerin, der Havarist hing am Bändsel und wir konnten ihn manuell auf unsere sichere Seite ziehen. Gut vertäut und abgefendert dümpelte das Bötchen schließlich erleichtert im Schutz des großen Schiffbruders. Damit hatten wir uns einen der gemütlichsten Abende seit langem eingefangen.

Der Mann sprach gebrochen holländisch; wenn man gut zuhörte, verstand man ihn, trotz starkem Akzent. Die Frau sowie das nun aus der Kajüte auftauchende Kind konnten ausschließlich französisch. Das erklärte im Nachhinein, warum uns ihre Rufe aus der Hafenmitte unverständlich blieben, obwohl Geräusch über das Wasser hier wie überall gut getragen wurde. Sie hatten ein Problem mit der Elektrik, wodurch die Ruderanlage unberechenbare Aussetzer bekam und die Heizung komplett ausgefallen war. Ich führte Frau mit Tochter direkt zum Aufwärmen in unsere Wohnung, während die Männer sich in die Technik vertieften. Mit vereinter Fachkenntnis und unserem umfassenden Werkzeugsortiment konnten sie den Fehler schnell beheben. Man entschied trotzdem, für die Nacht bei uns liegen zu bleiben. Durch Stromversorgung von unserem Generator würden sich ihre Akkus zuverlässig erholen. Sie selbst auch.

Diese Bootsmenschen schloss Spekje sofort und ganz besonders in sein Herz. Kein Wunder, sie waren schon länger ohne Dusche unterwegs und hatten durch Reparaturen viel Kontakt mit ihrem Dieselmotor gehabt. Davon abgesehen waren sie einfach bezaubernd.

Den Eltern sprang er, sobald sie saßen, mit den Vorderbeinen auf den Schoß. Sie kitzelten seine Nase, kraulten seinen Kopf, lachten und nahmen ihn fast ebenso selbstverständlich wie er sie. Das hatte ich mit Fremden noch nie erlebt. Falls sie doch Erstaunen über ein Schwein in der Wohnung äußerten, ist mir das entgangen. Mein Schulfranzösisch war trotz Sprachreisen ziemlich versandet. Von dem, was der Mann nicht auf Holländisch übersetzte, verstand ich kaum etwas. Spekje schon. Falls Sie, lieber Leser, wissen, wie man auf Französisch „sitz", „platz", „komm her", „spring", „such den roten Ball", „bring ein Stück Papier" oder „geh rückwärts" zu einem Tier sagt, sind Sie schlauer als ich. Aber nicht schlauer als mein Schwein. Das befolgte alle Befehle des kleinen Mädchens aufs Wort. Zumindest ließ ihre Begeisterung und lobender Ton darauf schließen, dass es sie richtig interpretierte. Ich staunte Bauklötze, im Spiel mit diesem knapp schulfähigen Kind schien unser Borg wirklich nicht weit vom Zirkusschwein entfernt. Von mir hätte Spekje sich nie so viel rumkommandieren lassen. War er, in einem vorherigen Leben, ein Porc Noir de Bigorre oder Gasconschwein in Frankreich gewesen? Wenn Menschen unter Hypnose ihnen sonst unbekannte Fremdsprachen in lang verloren gegangener Mundart sprechen, warum sollte mein instinktverbundenes Schwein dasselbe nicht im Wachzustand können? Schweinegrunzen ist auch nicht gleich Schweinegrunzen. Wie die Menschen, entwickelten die Klauentiere unterschiedliche Sprachen in verschiedenen Ländern, dazu sogar regionale bis rottenbegrenzte Dialekte. Was Forscher alles so untersuchen, ohne ein Wort zu begreifen. War Spekje nun wiedergeboren, intuitiv begabt oder hatte er einfach Spaß an lingualer Bildung, die ich ihm nicht bieten konnte?

Die Erwachsenen taten sich schwerer mit Kommunikation auf höheren Ebenen. Durch das ständige Übersetzen von durchaus tiefsinnigen Themen dauerte unser Treffen die halbe Nacht. Naja, das war wohl nicht der Hauptgrund. Als Schwein und Kind selig-erschöpft in ihre Kojen sanken, holten wir die Lösung für alle Sprachprobleme aus dem Schrank. Der Mann war ein begnadeter Akkordeonspieler. Unser Instrument, sonst meist laienhaft gequält, atmete tief beglückt unter seinen kundigen Händen. Die Frau brachte vom Gutenachtsagen auf ihrem Boot neben dem Babyphon eine Auswahl an Rhythmusinstrumenten mit. Ben konnte mit seiner Mundharmonika auch nicht allzu schiefliegen. Frei nach dem Motto: „Wir können nicht zusammen reden, aber wohl zusammen singen", ertönten international bekannte Volks- und Schifffahrtslieder in mehreren Sprachen gleichzeitig durch das Schiff. Gelenkt vom mächtigen Schall des Akkordeons klang einfach alles gut. Egal, was wir grölten oder rasselten.

Manchmal kamen aus dem Schweinenest einige Grunzer im Takt, falls wir gerade einen gemeinsamen gefunden hatten. Spekje träumte bestimmt von seiner Mama, die ihm und seinen Geschwistern beim Säugen ein Liedchen singt, wie alle Sauen das machen. Seit allen Zeiten. In allen Schweinesprachen. Auch in Frankreich. Möglicherweise war sein Traum also viel älteren Ursprungs.

Hätte unser Schwein die Wahl gehabt, wäre es sicher lieber auf einem Bauernhof bei seiner Mutter mit eigener, saftiger Wiese aufgewachsen. Dort wären ihm aber niemals so viele, unterschiedliche Menschen begegnet, wie bei uns an Bord. Bei ausnahmslos allen hinterließ er bleibenden Eindruck und manche bekehrte er zu einer völlig neuen Sicht auf das Leben.

Auf einmal hatte ihr Schnitzel ein Gesicht. In diesem Sinne nannte ich Spekje oft einen „Missionar wider Willen".

Sturmschrank

Missionare reisen weit und leben gefährdet. Die Sexualstürme waren schon fast Legende und das Ferkel zu einem stattlichen Borg herangewachsen, als es uns in Spekjes Schiffschweindasein noch ein zweites Mal auf das Ijsselmeer verschlug. Der Schiffseignersohn hatte zwischenzeitlich beschlossen, dass er mit über dreißig seine Fähigkeiten auch mal ohne Papa probieren wolle. Auf anderen Schiffen. Mein Mann und ich fuhren also schon einige Monate ohne Karel und badeten in friedlicher Zweisamkeit. Oder Fünfsamkeit, unseren Zoo mitgezählt. Kann die Freiheit größer sein, wenn man sich als Paar mit eigenem, bezahltem Schiff nach niemandem mehr zu richten braucht? Kein Haus an Land, das gepflegt werden will. Kein Personal, sprich Karel, der zu bestimmten Zeiten an bestimmten Orten sein möchte. Fahren, wann und wohin man will. Anlegen und liegen bleiben, wann und wo man will. Ein Leben wie Gott in Frankreich,

Holland, Deutschland und Belgien, abwechselnd nach Wahl. Diesmal hatten wir Holland gewählt und dafür eine Inlandsreise angenommen, um den schönen Spätsommer mit all den Touristenjachten und Fischgerichten im maritimen Friesland auszukosten.

Die Freiheit wird fühlbar beschränkter, wenn das Wetterwunder vom *Hunter* auf dem Ijsselmeer seinen Privatsturm vorbeischickt. Selbstverständlich wieder nach Abfahrt bei Sonnenschein mit günstigen Prognosen. Ohne dritten Mann an Bord ist die Sicherheitsmaßnahme, bei Nordwest-Acht im Steuerhaus beieinander zu bleiben, noch strikter einzuhalten. Schließlich gibt es dann niemanden mehr, der einen suchen oder retten kann, während der andere das Schiff steuert, falls man nicht zurückkommt. Also beobachteten wir wieder Ewigkeiten quasi gemeinsam eingesperrt, den Kaffee und Tee längst geleert, wie das wildgewordene Wasser unser Deck sauberwusch. Mein Mutterherz protestierte immer lauter. Ich hatte keine Ahnung, wie es unserem Schwein unten erging. Schließlich hatte er keine Adrenalinkugeln mehr zwischen den Beinen baumeln, die dem Sturm männliche Überlegenheit entgegensetzen. Woher sollte der arme Kerl wissen, warum der Boden seine Schräglage ständig verändert und die aufgehängten Blumentöpfe herumschwingen? Bestimmt verging er gerade zitternd vor Angst in einer Ecke und würde gleich alleingelassen mit seiner Panik und schwachem Schweineherz an einem Infarkt sterben. Der Kapitän war unerbittlich: „Nein. Lieber das Schwein als du. Ihm geht es bestimmt prima." Erst dank Auftauchens eines lichten Streifens am grauwütenden Horizont erhellte sich auch sein Gemüt: „Da hinten wird es besser. Na gut. Aber nur einmal ganz kurz gucken. Egal was du siehst, gleich zurückkommen."

Wir besprachen, dass ich nicht um die ganze Roof, also den hinteren Aufbau, herumlaufen würde um in die Wohnung zu gehen, sondern an Steuerbord bliebe. Wenn ich nur den Niedergang runter und ein paar Meter nach hinten ging, konnte ich schnell durchs Fenster direkt in Spekjes Nest schauen und war dort vom Steuerstand aus auch zu sehen. Mit Regenjacke und Schwimmweste ausgerüstet stapfte ich los. Die Gummistiefel standen leider in der Wohnung. Da waren sie schön trocken aufgehoben. Das Wasser schwappte mir um die Füße, als ich die Hand an die Fensterscheibe legte, um zu erkennen, was Spekje gerade machte. Er knabberte an seinem tanzenden Heuball. Seelenruhig. Dabei stand das Schwein auf gute Matrosenmanier breitbeinig und glich alle Schaukelbewegungen mit weich federnden Gelenken aus. Völlig automatisch, absolut professionell. Unser Binnenschiffborg war in Körper und Geist flexibel, er dachte sicher: „Heut' bin ich eben ein Seeschwein und morgen wieder ein Flussschwein, na und?“ Warum sollte ein Sturm ihn auch schocken, hatte er bei seinem ersten Unwetter doch die schönsten sexuellen Erlebnisse seines Lebens gemacht. Womit die Bedeutung frühkindlicher Erfahrungen wieder bewiesen wäre. Ein Sturm ohne Eier ist nicht mehr erregend. Seine Lust hatte sich auf reinen Oralgenuss verlagert. Das einzig Spannende am Ijsselmeer war also, dass der Heuball sich so lustig bewegte. Mit lachendem Gemüt und klitschnassen Arbeitsschuhen kehrte ich ins Steuerhaus zurück.

Eine Stunde später wiederholte ich den Kontrollgang. Diesmal barfuß mit hochgekrempelter Hose, das war auch nicht kälter als nasse Schuhe. Spekje war unverändert cool, er lag dösend unter seinem Schlafdach. Nach erfolgreicher Heukugeljagd, denn diese war leer, brauchte Schwein sein Verdauungsschläfchen. Trotzdem bot sich mir ein Bild des Grauens.

Das alte, geflochtene Bambusregal neben Spekjes Nest war seit jeher wackelig auf den Beinen. Nun hatte es den Naturgewalten nachgegeben und sich vornüber hingelegt. Wenn Regale seekrank werden, kotzen sie jede Menge Papier aus. Leider handelte es sich dabei, wie schon vom Nestbau bekannt, um all unsere wichtigen Schiffsunterlagen. Dazu Nebensächlichkeiten wie Bankpapiere und Steuerbescheide. Die Aufbewahrung solcher Unterlagen in einem Schweinestall ist suboptimal. Ein Regal, das sich nicht mehr auf den Beinen halten kann, denkt da nicht drüber nach. Sonst hätte es sicher probiert, zur Seite zu fallen. Wer ist auch so blöd und stellt altersschwache Regale neben Schweineställe? Noch nicht mal wir, es stand ja schon vorher da. Nun stand es aber nicht mehr, sondern lag elegant gebogen über Spekjes Toilette. In und um das Schweinenest türmten sich chaotische Aktenstapel sowie diverser Kleinkram, von dem ich gar nicht wusste, dass er auch noch in den Fächern gelegen hatte.

Ich flitzte zurück zu meinem Mann, schilderte die Lage und bat um Erlaubnis, in die Wohnung zu gehen, um seine Papiere zu retten. Bevor Spekje sein Heu verdaut hätte und anfinge, das neue Spielzeug in seinem Nest zu untersuchen. Die Genehmigung wurde sofort erteilt mit der Auflage, die Weste auch drinnen nicht abzulegen und das Handy dicht am Körper zu tragen für ständige Erreichbarkeit. Arbeitsinstruktion war, nicht so lange zu bleiben, um alles komplett aufzuräumen, sondern nur das Chaos aus Spekjes verschlossenem Nest heraus ins Wohnzimmer und damit aus seiner Reichweite zu verlagern.

Spekje sprang natürlich gleich auf, als er mich sah und wollte mitspielen. Ich hockte mich schützend zwischen Schwein und Akten. Die Schwimmweste war auch spannend. Während ich Dinge von A nach B verlegte, spürte ich Geschnüffel und Geknabber am Rücken. Schnell fuhr meine linke Hand an die Auslöseleine der selbstaufblasenden Rettungskleidung. Dort traf sie erfreulicherweise nicht auf eine Schweinenase. Eine sich mit Knall und Zischen ausdehnende Weste hätte mein armes Schwein doch noch in Panik versetzen können. Von mir selbst mal abgesehen. Mit der rechten Hand holte ich das Handy aus der rechten Hosentasche und steckte es in die linke. So konnte ich mit der linken Hand Handy und Schwimmwestenauslöser gleichzeitig vor Schweinezugriff sichern, während die rechte nun einzeln die schweren Ordner über die Nestumrandung hievte. Mein Rücken blockierte dem Schwein den Weg und die leckeren Gurte der Weste lenkten ihn gut ab. Nur ein paar Mal schubste er mich dabei auf das liegende Regal, da man sich in der Hocke mit beiden Händen im Einsatz nicht so gut halten kann. Ich war fertig, bevor er die Westenriemen völlig zerlegt hatte, nur Kauspuren blieben sichtbar.

Die herausgeworfenen Akten schob ich zusammen und als Riesenberg weiter Richtung Wohzimmertisch, um Platz für das Regal zu machen. Dann hob ich das hängende Objekt aus dem Schweineklo, bog es ansatzweise gerade und legte es auf seine schmale Seite neben das Nest. Noch ein Stück zum Aktenhaufen hingezerrt, war auch das lädierte Geflecht dem Aktionsradius des eingesperrten Schweins entzogen.

Für den Rückweg zu meinem Mann gönnte ich mir noch eine trockene Hose, Strümpfe und die Gummistiefel, was fast geholfen hätte. Nur eine Welle kurz vor dem Steuerhausaufgang war so frech, über den Stiefelrand zu hüpfen. Den vorherigen hätte ich also auch nicht mühevoll auszuweichen brauchen, denn nass ist nass.

Da der Schaden sich in Grenzen hielt, wurden wir daraus nicht klug. Außer, dass ich die Gummistiefel künftig in der Lotsenkammer bewahrte. Die war vom Steuerstand aus trockenen Fußes erreichbar. Den Feierabend im sicheren Hafen verbrachten wir damit, unser wabbeliges Regal an derselben Stelle wiederaufzurichten. Mit Flaggenleinen stabilisierte ich das morsche Gittergeflecht, erst rund ums Gerüst und dann Fach für Fach. So konnte es aus eigener Kraft stehen. Zum sicheren Abschluss bekam ich sogar die Erlaubnis, eine Schraube in die Verkleidung zu bohren, um es daran festzubinden. Das schien nicht so gefährlich, wie es für die Seitenwand vom Nest ihrerzeit gewesen wäre. Es würde die weißen Paneele schon nicht rausreißen. Regale sind ja nicht so stark wie Schweine, der Beweis war heute geliefert: Spekje fiel im Sturm nicht um. Spät in der Nacht standen alle Akten von Katzenstreu und Heu gesäubert wieder an ihrem Platz. Bis in die Morgenstunden wälzte ich mich in Wunschträumen von stabilen Ikea-Regalen aus echtem Holz. Die sich nicht biegen können. Beim Erwachen verwarf ich diese Träume, denn geflochtenes Material erschlägt kein Schwein. Holzregalbretter mit Metallschienen vielleicht schon.

Hundespiele

Mangels Exemplaren der eigenen Gattung hing Spekje sehr an seiner Huskyfreundin. Obwohl sie diese eklige Vorliebe für Erde hatte, als Vorbild immer wieder versagte, ihn mit einstürzenden Altbauschränken allein ließ und trotz aller Mühe, nicht zu wilden Spielen motivierbar war. Die echte Polarhündin hielt sich am liebsten draußen auf, je kälter, je besser. Spekje konnte noch so rufen oder meckern, sie schlug alle Warnungen in den Wind und sprang, ohne zu zögern über die gefährlichsten Schwellen. Als Ferkel jammerte er oft herzzerreißend, weil sie ihn schon wieder verlassen hatte. Der einzige Trost war dann seine warme Heizungsersatzmama, neben der er sich weinerlich schnüffend niederließ. Seine Zuneigung zu der egoistischen und zickigen Hündin wirkte recht einseitig. Ich vermute, sie akzeptierte ihn eigentlich nur, weil wir das so wollten. Wer weiß, in wie vielen kühlen Hundeträumen sie ihn durch endlose Schneelandschaften gejagt und als Höhepunkt im rasenden Blutrausch verspeist hat. Jeder Hundebesitzer kennt die hektischen Laufbewegungen, die im Schlaf auftreten. Auffällig fand ich, dass Lady fast jeden Tag weite Traumstrecken zurücklegte, solange Spekje ein hilfloses Ferkelchen war. Nachdem sie jedoch erlebt hatte, dass er sie im Vorbeilaufen niederstrecken konnte, schlief sie ganz still neben ihm. Vielleicht hatte aber auch der Reißzahn der Zeit sie einfach ruhiger gemacht.

Ganz andere Qualitäten entfaltete Spekjes Freundschaft zu einem halbwüchsigen Beagle. Dessen Besitzerin hatte außerdem noch einen Jack Russel, und wenn sie mit beiden auf Besuch kam, stand unsere Wohnung Kopf. Also, noch viel mehr, als Spekje das allein schaffte. Hunde und Schwein flogen in wilder Jagd durch alle Räume, auf das Sofa, wieder runter, verfolgten sich abwechselnd, balgten und rauften. Selbst Lady wurde manchmal so angesteckt, dass sie eine Runde mitrannte. Um sich dann wieder auf Belohnungsspiele wartend in den Hintergrund zu verziehen. Akzeptierte ein junger Hund das nicht, wurde er streng zurechtgewiesen. Bei Spekje durften die zwei jedoch fast alles, insbesondere der Beagle. Er kletterte auf dem Schwein herum, besprang es von allen Seiten, kaute an seinen Ohren und zog an seinem Schwanz. Spekje drehte und wand sich, gegen die Behändigkeit des Hundes war er zu steif, um ohne Gewalt die Oberhand zu gewinnen. Außer er warf sich auf ihn drauf, dann quiekte der Beagle empört in Ferkelsprache, wand sich unter dem Schwein hervor, ergab sich für den Bruchteil einer Sekunde auf dem Rücken, sprang wieder auf und schnappte nach Schweineohren. Als Startschuß für die nächste Runde. Wer beweglicher ist, wird auch schneller müde. Irgendwann lagen Beagle und Jack Russel wild hechelnd auf dem Boden herum. Vor ihrer Nase animierte Spekje sie auf gute Hundemanier, also mit Bocksprüngen, aus denen heraus er beim Landen die Vorderbeine auf den Boden langstreckte und das Hinterteil hob zum weiterspielen. Hörten sie nicht auf Hundesprache, dann half Schweinesprache: Einmal den Rüssel kräftig unter den Hund geschoben und -hopp!-, stand, lief und raufte er wieder. Wenn wir genug gelacht hatten, griffen wir ein und verordneten eine Zwangspause. Die wurde in Form von Erziehungsspielen von allen gerne angenommen. Eigens zu diesem Zweck hatte ich immer vegetarische Hundekekse an Bord. Der Beagle knabberte aus neugierigem Futterneid zwar auch an Kartoffelschalen, aber wirklich belohnen konnte man die Hunde damit nicht. Andererseits wollte das Schwein natürlich alles, was die Hunde bekamen, durfte aber kein Fleisch.

Warum, staunte die Hundebesitzerin, wie viele andere Besucher vor und nach ihr, Schweine sind doch Allesfresser? Manchmal hing mir das Erklären und Verteidigen von Dingen, die ich so selbstverständlich fand, weit aus dem Hals bis zu den Füßen. Am Liebsten hätte ich dann gebrüllt: „Mein Schwein und ich sind Vegetarier, na und?" Meist sammelte ich die Gereiztheit aber wieder ein, schluckte sie runter und sagte meinen fachlich versierten Text auf, ungefähr so: „Die vegetarische Ernährung ist aus gutem Grund vom Gesetzgeber für alle Schweine vorgeschrieben egal ob in Mast, Zucht oder Privathaltung. Die häufigste Übertragung von Krankheiten vor allem auch Seuchen geschieht über den Verzehr von tierischen Produkten. Vor dem offiziellen Verbot wurden dadurch ganze Bestände ausgerottet, noch heute kommt es manchmal zu Infektionen durch illegale Fleischbeimengung. Wer sein Schwein liebt, schützt es davor. Und ich liebte mein Schwein. Außerdem ist die vegetarische Ernährung gesünder, die innere Schweineanatomie ähnelt der menschlichen schließlich sehr. In der Natur fressen sie auch nicht ständig Fleisch, ihre tierischen Proteine holen sie aus Würmchen und Schnecken, im seltenen Glücksfall finden sie eine müde Maus oder gar ein verletztes Kaninchen. Dieser geringe tierische Ernährungsanteil lässt sich leicht durch Milchprodukte oder eiweißreiche Pflanzen ersetzen. Im spezialisierten Minischweinfutter ist das schon drin. Außerdem mag Spekje gern Joghurt und Käse. Er kommt also nix zu kurz."

Fachliches Wissen ist, wie schon bekannt, auf einem Schiff, das nicht täglich zum Shoppen anhält, nicht immer leicht umsetzbar. Im Internet fand ich endlich eine „Hundebackstube", die in ihrer selbstgemachten Auswahl auch fleischlose Artikel führte und bereit war, für humane Portokosten an ein holländisches Postfach zu senden. Im Gegenzug gab ich die Erlaubnis, unser Schwein für Werbezwecke unter ihren hündischen Referenzen zu erwähnen. Ich wurde Stammkunde, alle paar Reisen gab es eine Großbestellung. Die Kekse waren in hübschen Leinensäckchen mit handgeschriebenem Etikett verpackt. Sie hatten alle klangvolle Namen, meist eine Kombination von ihrem Geschmack und ihrer Form. Am beliebtesten bei sowohl Pfoten als auch Klauen waren „Käse-Füße" und „Honig-Karotten", davon bestellte ich die halbe Paketfüllung. Die andere Hälfte wurde unterschiedlich bunt gemischt, zum Beispiel durch „Dinkel-Kleeblätter", „Mediterrane-Kräuter-Katzen" oder „Vegetarischer-Probiersack".

Sobald Hunde zu Besuch kamen, stellte ich so ein dekoratives Säckchen auf den Tisch, zur allgemeinen Verfügung.

Die Herrin von Beagle und Jack Russel liebte es, als Tobepause die ganze Rotte vor sich zu versammeln. Sobald sie die Kekspackung vom Tisch griff, kam auch Lady wieder aus ihrem Versteck. Drei Hunde und ein Schwein scharten sich im Kreis um die Herrscherin der Leckereien. Sie hob den Finger: „Sitz!" Noch bevor das kurze Wort vollständig ausgesprochen war, saß Spekje schon. Lady wurde durch „Käse-Füße" ungewöhnlich folgsam: Husky und Jack Russel gehorchten fast ebenso schnell aufs Wort. Nur der Beagle nicht. In seiner Aufregung war es ihm meist unmöglich, das Gesäß länger als ein paar Sekunden auf dem Boden zu lassen. Er tänzelte und wand sich, gefolgt von drei strengen Tieraugenpaaren, die genau wussten, dass es erst Belohnung gab, wenn alle in einer Reihe saßen. Dauerte es zu lange, knurrte Lady den Beagle an. Der junge Hund war gegen leere Drohungen recht immun. Einmal riss Spekje der Geduldsfaden, er nahm Ladys Knurren als Aufforderung, einzugreifen. Mit einem Nasenschwung lag der Beagle sowie die beiden anderen Hunde, die dummerweise auf dem Weg dazwischen saßen. Stolz über den Erfolg, plumpste unser Schwein gleich wieder auf seine Hinterbacken, in Belohnungserwartungshaltung. Die anderen rappelten sich auf, um es ihm gleich zu tun. Sogar der Beagle. Jeder wartete brav, bis er seinen Keks direkt ins Maul bekam. Nach der gemeinsamen Sitzübung folgte Liegen. Jetzt und künftig reichte Ladys Knurren, um den gefleckten Wirbelwind zur Vernunft zu rufen. Wehleidig leckte er sich die schweinenasengetroffene Seite. Er hatte verstanden, dass es bei vegetarischen Hundekuchen kein Pardon gab. Darin zogen die Schiffsbewohner an einem Strang. Was dem Husky der Welpenschutzinstinkt verbot, führte das seltsame Klauentier für sie aus. Nach ein paar weiteren Sitz- und Platz-Übungen gab es Reihenspringen über die Hüpfstange. Anschließend durfte wieder frei getobt werden.

Spekje hätte gern noch anspruchsvollere Spiele gespielt, aber die Hunde begriffen ihn nicht. Der Beagle dachte, dass Plastikringe zum Zerkauen sind. Wie auch sonst alles, was er in der Wohnung fand und zwecks Vernichtung anschleppte. Bei seinem Wurfspiel verstand Spekje aber keinen Spaß. Fauchend nahm er dem jungen Hund den Ring ab, ließ ihn fallen, legte sich beschützend drüber und stellte sich schlafend. Die anderen beiden Hunde hatten ebenfalls einen Ruheplatz aufgesucht. Nur der Beagle schlich immer wieder um das Schwein herum, von allen Seiten suchte er den Ring. Der schaute ringfingerdick unter dem breiten Rücken hervor. Einmal das Objekt der Begierde gesichtet überlegte der Hund verschiedenste Taktiken, um es zu stehlen. Nonchalant vorbeischlendernd oder auf dem Bauch heran robbend. Jedesmal, wenn sein Maul kurz vorm Ziel war, grunzte Spekje ermahnend, woraufhin der Hund mit langen Sätzen weit weg flüchtete. Zur Krönung unseres Hundeauslachgenusses warf der Beagle sich auf die Seite und schob seinen Körper mit allen vier Pfoten rudernd, am Sofa abdrückend, langsam um den Tisch herum. Wie einst unser narkotisiertes Eberchen vor der Kastration, nur in Zeitlupe. Er glaubte zurecht, seitwärts rutschend unsichtbar zu sein. Spekje schwieg. Mit gespritzten Lippen zog der junge Hund das Spielzeug unter dem Schwein hervor. So vorsichtige Bewegungen hätte ich dem Wildfang gar nicht zugetraut. Vor dem Rückzug zappelte er systemlos mit den Beinen in der Luft. Andersrum, mit dem Schwanz voraus am Sofa abdrücken, gelang komischerweise nicht. Also doch aufstehen, umdrehen und wegschleichen. Ein Stück entfernt ließ er sich nieder, um die Beute plattzukauen. Spekje räkelte sich. Grunzte irritiert. Irgendetwas fehlt. Er stand auf, schaute unter sich, beschrieb einen Kreis. Kein Ring. Ein funkelnd wütender Schweineblick traf den Beagle, der sich sofort schuldbewusst auf den Boden drückte. Mit drei Sätzen war Spekje da, wo eben noch der Hund lag, der aber ebenso schnell woanders stand. Ob aus Vergesslichkeit oder Ergebung, der Ring blieb liegen. Spekje schnappte sein Spielzeug, legte es auf seinen vorherigen Platz zu meinen Füßen und sich selbst wieder obendrauf. Dabei sagte er abschließend: „Mmrrrm". Für nicht Schweinegeräuschkundige: Das heißt „Thema endgültig erledigt". Der Beagle verstand Fremdsprachen, er gab auf und klaute einen Schwamm aus dem Bad. Zwecks Zerfetzen.

Es gab ansonsten wenig Spielzeug, dass Spekje nicht mit Besucherhunden teilte. Er bot ihnen eher seine Sachen an, um zu analysieren, was sie damit anstellen. Sein Nest war allerdings heilig, das durften nur zwei Lebewesen betreten. Der Beagle, weil er tobende Narrenfreiheit hatte und doch durchs Klo, über die Wände wieder rausgehüpft war, bevor man Zeit zum Meckern fand. Und ich, weil Spekje keine bessere Putzfrau oder Tischlerin engagieren konnte. Lady hatte das durch Menschen ausgesprochene Verbot vom ersten Tag an verinnerlicht, als wir noch dachten, das süße, wohlschmeckende Ferkel vor dem reißenden Jagdinstinkt des Huskys schützen zu müssen. Mein Mann probierte es aus Prinzip gar nicht erst, er hielt sich aus Versorgungstätigkeiten gern heraus. Das ist am einfachsten unter dem Deckmantel der Konfliktvermeidung. Die spannenden Textilfetzen und duftende Katzenstreu wollte zwar jeder Besucherhund gern untersuchen, sie kamen aber nur mit der Nase bis zum Eingang. Kein Wolfsnachfahre war so blöd, auszuprobieren, was passiert, wenn man nicht auf die Scheinattacken eines fauchenden, bellenden Schweins mit hoch aufgestellter Borste hört. Keiner, außer einem.

Kampfhündchen

Auf einem Nachbarschiff war eine Familie in Not. Sie hatten einen Jack Russel, der ihnen über den Kopf gewachsen war. Der Winzling tyrannisierte alle. Die Erwachsenen hatte er schon oft gebissen. Vor ein paar Tagen geschah, was gar nicht sein darf: Er schnappte der fünfjährigen Tochter in den Knöchel. Sie lagen mit ihrem Frachter in unserem Lieblingshafen, um die Geburt eines weiteren Kindes abzuwarten. Die Mutter hatte verständlicherweise große Angst um das Baby. Das Tierheim schwebte drohend im Raum, der Vater hoffte, noch eine andere Lösung zu finden. Wir boten an, den Hund vorerst eine Reise mit zu nehmen: „Wenn wir zurückkommen, liegt ihr ja noch im selben Hafen, so schnell sind Kinder nicht geboren und Mütter wieder einsatzfähig." Damit wäre die Situation sofort entschärft und Zeit gewonnen, um eine Pflegefamilie zu finden. Falls das nicht gelänge und der Hund sich mit Spekje und Lady vertrüge, könne er vielleicht ganz bleiben. Auf so einen kleinen Esser käme es in unserem Zoo auch nicht mehr an. Voll Erleichterung stimmte die Familie dem Vorschlag zu. Trotz allem hingen sie an ihrem Tier und winken unserem ausfahrenden Schiff mit feuchten Augen hinterher.

Im Miniaturraubtierkäfig kam Bobby an Bord. Da er sein Gefängnis gewöhnt war, stellte ich es neben Spekjes Nest und ließ den Terrier von dort die neue Umgebung beobachten. Er schielte misstrauisch auf alles. Eine neugierige Schweinenase kam dicht heran, wurde wütend verbellt und verzog sich, erstaunt über so viel Unfreundlichkeit. Nach

zwei Stunden und mehreren weiteren Schweinenasenbeschimpfungen entschied ich, Spekje die Chance zu geben, dem Giftzwerg selbst zu zeigen, wer hier Herr im Schiff ist. Schließlich hatte unser Hundert-Kilo-Borg schon viel größere Hunde Respekt gelehrt und die meisten ihrer Art werden außerhalb vom Zwinger kleinlauter. Ich öffnete die Käfigtür.
Diese erste Begegnung ohne Gitter versprach leider auch nichts Gutes. Kaum sah der Minihund das Klauentier frei vor sich liegen, verbiss er sich schon seitlich in dessen Hals. Spekje sprang auf, wodurch Bobby den Boden unter den Füßen verlor und zappelnd vor der Schweinebrust baumelte. Kein Grund, um loszulassen. Ziemlich wahnsinnig, wenn man kleiner ist als der Kopf des Gegners. Der Gebissene war dann auch so verdattert, dass er stillhielt und mich das Hündchen von seiner Fettrolle pflücken ließ. Bevor Spekje auf die Idee kommen konnte, richtig wütend zu werden, schien es mir klug, das zappelnde, knurrende und in die Luft schnappende Bündel am Nackenfell rauszutragen. Ich öffnete die Tür und setze ihn oben auf das Roofdach.
Da lag Lady selig träumend im Schatten vom Beiboot. Super hier, dachte wohl der Beißwütige. Noch so ein leichtes Opfer. Und sprang dem Husky an den Hals. Beinahe. Die Reflexe eines Schlittenhundes sollte man nie unterschätzen, egal, wie alt er ist. Die Terrierzähne knallten in der Luft aufeinander, als Lady ihn mit einer lockeren Pfote souverän auf den Boden drückte. Zappelnd lag Bobby auf dem Rücken, über sich die schwarzweiße Hündin, ihren weit aufgerissenen Schlund mit weiß blitzenden Todesbringern klar zum Endspiel rund um seinen Hals positioniert. Adieu, Jack Russell, du bist gewesen, fürchtete ich den Bruchteil einer Ewigkeit. Bis er endlich ergeben aufhörte, zu zappeln. Da ließ Lady los, wandte sich gelangweilt ab und ging wieder schlafen. Wäre sie ein Schwein, hätte sie „Mmrrrm“ gesagt. Übersetzung siehe Beagle mit Ring. Der besiegte Hund hatte die Nachricht auch ohne Worte empfangen. Er legte sich nie wieder mit der Huskydame an. Im Gegenteil, er folgte ihr und ahmte sie nach, wo es nur ging. Endlich hatte er jemanden gefunden, der ihm sagte, wo es langgeht.
Aha, dachte ich. Du bist zwar total verzogen, aber deine Instinkte funktionieren noch. Ich sollte Straßenkötersprache mit dir sprechen. Auf meine Erfahrungen mit großen Hunden, die schwierig waren, weil sie schlecht behandelt worden sind, konnte ich bei diesem Minitier, das schwierig war, weil es zu gutgemeint behandelt wurde, nur

marginal zurückgreifen. Bobby brauchte keineswegs lernen, dass Menschen freundlich sein können, sondern dass sie auch mal unfreundlich reagieren. Ladys umwerfende Strategie hätte ich früher mit Schäferhund oder Kangal kaum anwenden können. Beim handlichen Bobby schon. Egal, ob er mich beißen oder mir nicht gehorchen wollte, was seine zwei einzigen Reaktionsmuster waren, schwupps, drehte ich ihn mit strengem „Nein!" auf den Rücken, legte die Handspanne zwischen Daumen und Zeigefinger mit spürbarem Druck um seinen Hals und wartete ab, bis er sich ergab. Das war in Kombination mit spannenden Lernübungen ein Wundermittel. Ratzfatz gab es keine Beißattacken mehr, dafür beherrschte er „Nein!", „Sitz" und „Platz", kam auf ein leises „Bobby!" erfreut angerannt, brachte den geworfenen Ball zurück, ließ ihn sogar los, sowie sich seinen Futternapf wegnehmen. Die zuvor steifdominant hochgereckte Rute verwandelte sich in ein wildwedelndes Schwänzchen.

Nur das Schwein fiel immer noch in sein Beuteschema. Ich stellte mich mit Bobby im Arm vor den Spiegel und zeigte ihm seine Körperteile: „Schau mal. Deine Stummelbeine sind kaum länger als Spekjes Hauer, deine Zähne sind nur halb so kurz, wie seine Fettschicht dick ist. Du kannst ihm nicht gefährlich werden. Aber er verspeist dich mich einem Happs zum Frühstück, wenn du ihn weiter ärgerst." Ein nutzloses Unterfangen, größenbezogene Selbsterkenntnis zählt nicht zu den Stärken von Jack Russells. Das ist rassentypisch. Bobby gab mir Küsschen für die Kuschelstunde vorm Spiegel, auf den Boden gesetzt rannte er los, um Spekje zu verbellen. Inzwischen konnte ich ihn zwar zurückrufen, es blieb aber unmöglich, beide gleichzeitig aus Nest und Käfig zu lassen. Spekje konnte sehr nachtragend sein. Und weniger zuverlässig rufbar. Beides ebenso rassentypisch. Für Schweineaugen hatte Bobby jedes Recht verwirkt, ihr Blickfeld zu kreuzen. Ich war mir ziemlich sicher, dass Spekje sich nicht auf die hundetypische Drohgeste beschränken würde, die Lady und ich einsetzten. Selbst ein nur mahnend gemeinter Schweinebiss könnte das Hündchen ins Jenseits befördern. Wir entschieden, dass wir dieses Risiko sowie den täglichen Stress die beiden zu separieren, nicht auf Dauer eingehen wollten.

Zurück in Gorinchem, war auf Bobbys Herkunftsschiff das Baby geboren und die Großeltern kamen zu Besuch. Der Jack Russel stand mit Lady auf unserem Roofdach und beschützte bellend unser Schiff. Er schien kein allzu großes Heimweh zu haben. Der erneut frischgebackene Vater nebst Großvater saßen an Deck, sie boten mir einen weiteren Stuhl mit Kaltgetränk an. Mit Blick auf die Hunde seufzte der Großvater: „Ich würde den Bobby so gern nehmen, aber meine Frau hat Angst vor ihm. Ich auch ein bisschen." Traurig berichtete er von Kämpfen beim Hundebad, die Mensch und Zimmer genauso durchnässten wie den Fellträger, von Bisswunden an der Hand und kaputten Hosenbeinen: „Ich hab ihn doch so lieb. Wenn ich nur wüsste, wie man ihm das austreiben könnte."

Ben kam gerade aus unserem Maschinenraum, ich rief hinüber: „Könntest du Bobby eben runterheben, wenn du eh vorbeiläufst?" Widerspruch liegt in Kapitänsnatur: „Warte noch eben. Ich komme auch gleich rüber, dann bringe ich ihn mit." „Nee!", bewies ich die gleiche Veranlagung: „Bitte stell ihn einfach runter auf die Gangbord, ich will hier was zeigen." Der Groschen fiel ins Wasser, Ben hörte ihn plumpsen: „Ach so, okay." Er kam meinem Wunsch nach und ging weiter. Jetzt würde sich zeigen, ob die Reise nachhaltig gewirkt hatte. Leise befahl ich: „Bobby, hier!" Hinter unserer Verschanzung konnten wir den Minihund nicht sehen, aber wir hörten seine Krallen auf dem Stahl starten. Schon kam er hervor geflitzt, sprang über einen Abgrundspalt zwischen den beiden Schiffen, trabte ignorant an seinem eigentlichen Herrn vorbei, merkte dann, wo er war, und versteckte sich schnell unter meinem Stuhl. Ich klopfte vor meinen Füßen auf den Boden: „Hier. Sitz."
Bobby wand sich unsicher, kam nach einer zweiten Aufforderung aber doch hervor und setzte sich vor mich. Das Lob meiner Hände nahm er froh entgegen, warf sich dabei auf den Rücken, wollte überall gekrault werden und leckte meine Finger.

Der Großvater war entsetzt: „Hast du ihn geschlagen? Du hast ihn doch wohl nicht geschlagen, dass er so brav gehorcht? Niemand darf unseren Bobby schlagen!" Vor Lachen konnte ich nicht gleich antworten. Auf meinen Schoß gehoben, versuchte der Kleine die abwehrenden Hände wegzuschieben, um mir das Gesicht zu waschen. Ich stieß glucksend hervor: „Sieht so ein Tier aus, das geschlagen wurde?" Der Besorgte schwieg staunend, das gab mir Zeit, Worte zu finden: „Ich schlage weder Männer noch sonstige Tiere. Im Leben

nicht. Bobby hab' ich zwar etwas rauh angefasst, damit er fühlt, dass ich stärker bin, aber das hat ihm garantiert niemals wehgetan." Im Blick meines Gegenübers lag immer noch Unglaube, also erklärte ich weiter: „Ein Jack Russel ist zwar niedlich, aber kein Schmusetier, sondern ein Arbeitshund. Bobby will Aufgaben, Anleitung und eine klare Rangordnung. Er ist nicht falsch und nicht böse. Er dachte nur, ihr seid zu schwach, um Chef zu sein, also wollte er diesen Platz einnehmen. Aber glücklich war er damit nicht. Lady hat ihm zuerst gezeigt, wo der Rudelhammer hängt. Ich bin nur ihrem Vorbild gefolgt. Das kannst du auch, guck mal." Ich setzte die Knutschkugel zurück auf den Boden, befahl „Platz!" und demonstrierte spielerisch, wie man ihn mit einer Hand umdrehen und die andere um die Kehle legen kann, ohne gebissen zu werden: „Probier mal." Der Großvater säuselte: „Bobbiichen", Bobby stellte sich schwerhörig. „Bitte noch mal rufen, streng im Ton, zugleich schnappst du ihn dir und legst ihn vor dich", forderte ich. Als der Mann die Hand ausstreckte, schnappte Bobby danach. Dafür drehte ich ihn um. Beim nächsten Ruftest machte er zögernde Schritte von einem Stuhl zum anderen, schaute auf halbem Weg fragend zu mir zurück. Da packte der Großvater ihn beherzt. Auf dem Rücken jaulte Bobby wie abgestochen, wurde gleich losgelassen und sprang zurück unter meine Sitzgelegenheit. Der alte Mann jammerte: „Das kann ich nicht. Es tut ihm doch weh." „Quatsch mit Soße", konterte ich: „Das einzige, was ihm dabei wehtut, ist, dass er seine Machtposition aufgeben soll. Er ist nicht aus Zucker. Und er weiß genau, wie er euch bespielen muss." Der Vater, der uns bisher wortlos beobachtet hatte, mischte sich ein: „Bitte, versuch es. Es scheint ja zu funktionieren. Alles besser als Tierheim."
Wir übten und übten, mal drehte ich, mal drehte der Großvater den Hund um. Nach den ersten erfolgreichen „Hier" und „Sitz" kam Ben mit einem eigenen Stuhl dazu, verteilte Bier an alle und wir ließen Bobby sich unter meiner Sitzfläche vom Kulturschock erholen. Wobei ich Vater und Großvater ausredete, seine Decke zu holen. Der Stahl ist im Sommer für keinen Hund zu kalt und hart.

Bobby schlief noch drei Tage bei uns an Bord, an denen der Großvater mehrfach kam, um sich Lernaufgaben, Leinenerziehung an Land und ein paar andere Grundlagen aus der Hundeschule zeigen zu lassen. Mit gutem Gefühl übergab ich den Jack Russel schließlich an seinen neuen Herrn mit Garten. Als wir ablegten, stand die ganze Fa-

milie an Deck, um uns zu verabschieden. Diesmal war ich es, die mit Tränen in den Augen winkte.
Wie es Bobby wohl weiter erging? Falls es schlechte Nachrichten gab, habe ich die verdrängt. Ich möchte in dem Glauben bleiben, dass alles gut wurde.

Das zweite winzige Kampfhündchen, das sich mit hundert Kilo Schwein anlegen wollte, kam nur auf einen Nachmittagskaffee an Bord. Kein besonders gemütliches Beisammensein, weil dieses Wollknäuel fast pausenlos kläffte. Die Besitzerin kannte ihren Pappenheimer gut genug, um die Leine in der Wohnung nicht auszuhaken: „Wir haben zwar noch nie ein Schwein getroffen, aber da er auf alle Hunde, Katzen, Kühe und Pferde losgeht..." Sie band den Kläffer neben ihrem Sitzplatz an. Spekje trabte freudig heran, in der Hoffnung auf eine tolle Spielstunde. Kurz vor den hochgezogenen Hundelippen mit bösen Geräuschen stoppte er. Die eben aufgestellte Schweineborste legte sich schnell wieder, da der Besucherhund sich zwar wütend gebärdete, aber nicht näher kam. Eine mystische Gewalt stoppte ihn in seinen Angriffen. Spekje analysierte die Effektivität einer Hundeleine und probierte noch ein paar freundliche Schnuppergesten, sowie minder freundliche Fauchklänge. Dann entschied er, dass der Klügere nachgibt. Also die hundert Kilo Schwein. Demonstrativ gelangweilt drehte Spekje dem Krachmacher seinen imposanten Rücken zu, plumpste entspannt knapp einen Meter entfernt auf die Holzdielen und tat so, als könne man bei dem Gekläff gemütlich dösen. So viel Ignoranz machte Eindruck. Allmählich wurde es ruhiger. Dank Spekjes Souveränität konnten wir doch noch ein wenig plaudern, ohne gegen eine Bellkulisse anzuschreien.

Die Schiffshündin wurde vom Schiffborg auch noch zuvorkommend behandelt, als er längst gleichhoch und vielfach massiger als sie geworden war. Abgesehen von gelegentlichem Umrennen, wenn er die Huskydame mit einem Stuhl verwechselte. Oder anfauchen, falls sie ebenso im Weg stand, er aber netterweise den Unterschied zum Stuhl registrierte. Das kommt in den besten Freundschaften vor. Ich hab auch manchmal das Gefühl, von sturen Stühlen umgeben zu sein, die immer da stehen, wo ich gerade lang will. Lady nahm es entsprechend gelassen. Sie war realistisch genug, das Riesenschwein aus ihrem Beuteschema zu streichen. Mit Fettmasse nicht mehr so begeistert vom

Wildtoben suchte Spekje verstärkt die gemütliche, schützende Hundenähe. Rücken an Rücken, mit handflachem Respektsabstand, lagen sie vorzugsweise auf ihrem Stammplatz mitten im Raum. Strategisch günstige Rundumsicht zu allen Türen. Gemeinsam faulenzen war geselliger. Und spaßiger, weil die Menschen bei jedem Gang durch die Wohnung über Hund und Schwein klettern mussten, ohne drauf zu treten. Beide unerschütterlich im Urvertrauen, dass wir sie nicht mit Stühlen verwechseln würden.

Tiere kann man nicht katalogisieren. Jeder einzelne Charakter erstaunt einen, weit über die Erwartungen an seine Art hinaus, wenn man sich auf ihn einlässt. Dennoch gibt es Hunde- Katzen- und Schweinemenschen. Jeder wählt sein Haustier entsprechend dem Grundton, den er sich für die Beziehung wünscht. Ein Spruch aus Schweinekennerkreisen fasst diese Liederbasis in harmonischem Dreiklang zusammen: „Der Hund ist dein Diener, die Katze dein Herr, das Schwein dein Freund."

Was haben Schiffe und Schweine gemeinsam?

Auf den ersten Blick nur die Anfangsbuchstaben. Tiefere Einsichten in die Geschichte von beiden enthüllen eine lange, gemeinsame Entwicklung. Zu Lasten des Schweins. Das domestizierte Schwein war wertvoller Besitz seiner nach langem Jäger- und Sammler Dasein sesshaft gewordenen Menschen. Der räumlich vereinte Alltag in der großen Bauerndiele schweißte auch emotional zusammen. Zu Lebzeiten dienten die Schweine als Freunde, seuchenvorbeugende Resteverwerter und Heizung zugleich. Bis das große Schlachtfest kam. Der Tod erfolgte aber nicht ohne Ehrung des einzelnen Verstorbenen, sowie der vielfältigen von ihm geschenkten Produkte und der ortsüblichen Götter, denen man diesen Reichtum zu verdanken glaubte.

Parallel konstruierten wassernahe Völker diverse schwimmende Objekte. Diese urtümlichen, für den Tageseinsatz gedachten Transport- und Fischereischiffchen bereiteten den Schweinen keine Probleme, bis die große Seeschifffahrt entstand. Je länger die Reisen dauerten und je mehr Menschen mitfuhren, umso dringender stellte sich die Proviantfrage. Schon sehr früh fanden die ersten Seefahrer eine ein-

fache Antwort darauf: Das lebende Schwein. Es konnte sich von den Essensresten der Mannschaft und gegebenenfalls der Passagiere so lange retten, bis alles Obst und Gemüse über das Haltbarkeitsdatum weit hinausgeschimmelt war. Dann kam das Schlachtermesser und es gab jede Menge Frischfleisch. Eventuelle weitere Schweine hielten, von den Resten des ersten, noch eine Weile durch... So manche ruhmreiche Eroberung in unseren Geschichtsbüchern hätte es ohne Schiffschweine wohl nie gegeben. Ich vermute, dies waren die ersten unsichtbaren Exemplare, über die keiner sprach. Quasi die geistigen Ahnen des modernen, deutschen Edelschweins und seiner Maststallverwandten. Pechvögel eines Zeitalters, in dem die Bauern an Land noch liebevoll mit ihren Tieren schmusten. Vor dem Verzehr. Vielleicht konnte ich Herbi darum nie wirklich böse sein.
Er ist so archetypisch.

Der Begriff „Mastschwein" ist schifffahrtshistorisch noch ganz anders besetzt. Die alten Wikinger stiegen erst spät von Ruderriemen auf Segel um. Zeitgenossen anderer Regionen hantierten schon länger mit Stofflappen an Stämmen; der schnell klappbare Mast der Nordmänner war jedoch eine Neuheit. Die Erfindung stand und drehte in einer hölzernen Halterung, dem Mastschwein, auch Kielschwein geheißen. Wohl je nachdem, ob man wichtiger fand, worauf dieses Schwein lagert oder was oben drinsteckt. Der Scherzbefehl: „Geh das Kielschwein füttern!" verfolgte junge Seefahrer aller Jahrhunderte. Jener heimliche Dreh- und Angelpunkt stand ganz unten, verband die Tiefe mit höchster Höhe und trug alle Last, wodurch die anderen vorankamen.
Alle träumen von weißen Segeln, keiner denkt an das arme Mastschwein. Die Wortgleichheit geht mit Wertungsgleichheit einher. Heutzutage ruht der Mast im Mastschuh. Schuhe trägt man bekannterweise auch ziemlich weit unten. Ich glaube kaum, dass die Wikinger bei der Wildschweinjagd von riesigen, stinkenden Ställen träumten. Mir ist auch nicht bekannt, ob sie selbst oder spätere Historiker die Bezeichnung prägten. Fast sicher bin ich mir aber: Das allererste, was man „Mastschwein" schimpfte, war nicht an Land.

Die sogenannte christliche Seefahrt entwickelte mit wachsender Schiffsgröße die Schweinehaltung an Bord zu fragwürdiger Perfektion. Auf legendären Überseedampfschiffen, von denen wir gegenwärtig romantisch schwärmen, gab es ganze Abteilungen, in denen möglichst viele Schweine auf möglichst kleinem Raum untergebracht waren. Inklusive Schlachthaus mit automatisierten Vorgängen, Reihen mit Haken zum Aufhängen und Kühlbereichen. Strom blieb auch nach seiner Erfindung noch lange Zeit knapp auf See. Es gibt sogar gegenwärtig noch ein paar alte Binnenschiffe, die sich mit 24-Volt Anlagen über den Hauptmotor behelfen und nur bei erhöhtem Bedarf für ein paar Stunden den Generator anwerfen. Genaugenommen ist es erst eine Entwicklung der letzten 50 Jahre, Schiffe mit leistungsstarken Stromgeneratoren auszustatten, die den Gebrauch von Mega-Tiefkühlanlagen ermöglichen, worin Schweine heutzutage fertig zerlegt mitfahren dürfen. Aber ganz sicher bin ich mir da nicht. Schließlich wird Treibstoff zur Stromerzeugung wieder immer teurer und die Schweine waren früher ja auch schon unsichtbar.

Unter Binnenschiffern hatten die Steckdosentiere nicht so organisiert zu leiden. Es gibt jedoch Erzählungen, insbesondere aus Kriegsjahren, in denen es auch auf Flussschiffen gelungen ist, Schweine unsichtbar zu machen: Indem der schlaue Kapitän einen Teil vom Laderaum als Stall abtrennte, für Landratten wie Soldaten oder Polizisten gar nicht als Abtrennung zu erkennen. Farbe oder ähnliches Holz wirkt Wunder, die meisten verlaufen sich auf fremden Schiffen sowieso und kapieren nicht, wie die Räume ineinandergeschachtelt sind. Für Schiffsfremde sah die Unterkunft also aus wie eine Wand vom Laderaum, auf deren anderer Seite je nach Lage wahrscheinlich Maschinenraum oder Vorschiff lägen. In diesem geschlossenen, optisch nicht existierenden Verschlag wuchs der künftige Sonntagsbraten heran. Erhalten als Ferkel von irgendeinem Bauern, im Tausch gegen die im Winter so begehrte Kohle aus der Schiffsladung. Diese Art Schweineunterkünfte waren unterschiedlich begehbar; das hing auch damit zusammen, ob sie ursprünglich für Flüchtlinge oder gleich für werdende Schnitzel gedacht waren. Manchmal gab es nur eine eimerkleine, versteckte Klappe, um Futter in den Verschlag zu werfen, zur Schlachtung musste alles abgerissen werden. Andere konstruierten eine ganze Wand, herausnehmbar als Eingang, dann konnten Mannschaft und Schwein an einsamen Liegeplätzen ohne Entdeckungsgefahr miteinander im Laderaum spielen. Von so jemandem habe ich gehört, dass er das Fleisch später gegen andere Güter getauscht hat, weil er sich zu sehr mit dem Schwein angefreundet hatte und selbst keinen Bissen davon herunterbekam. Wie auch immer die Beziehung zum Schwein im Verschlag war, es durfte auf keinen Fall im falschen Moment nach Futter grunzen, zum Beispiel bei Polizeikontrollen. Dann konnte es vorkommen, dass der Schiffer urplötzlich an gefährlichem Husten litt, was mit doppeltem Effekt das Schwein übertönte und die seuchenängstlichen Besucher vertrieb.

Fast schon als Mantra tauglich ist die Frage, ob die historischen Schiffsschlachtschweine nun Glück hatten, weil das Schlachthaus gleich nebenan war und ihnen somit der Transport erspart blieb, oder Pech, weil sie in einem besonders langen Transport lebten. Ähnliche Fragen stellten sich rechtlich mit unserem Schiffschwein.

Schweinetransporte sind genehmigungspflichtig, ins Ausland sowieso. Aber was ist die Definition von Transport? Meiner Meinung nach handelt es sich dabei um die räumliche Versetzung einer Sache von Punkt A nach Punkt B. Für Spekje gab es aber keinen Punkt B. Er war sozusagen völlig im Transport aufgegangen. Transport war sein Leben, aber im gesetzlichen Sinne fand ich, dass er gar nicht transportiert wurde, weil er nie ankam. Mir war auch keine andere Sichtweise möglich. Es wäre zeitlich und organisatorisch gar nicht leistbar gewesen, jede Reise, also alle ein bis zwei Wochen, neue Anträge für unseren Dauerschweinetransport zu stellen. Man stelle sich zudem das Ding der Unmöglichkeit vor, den dafür zuständigen Behörden zu erklären, dass Binnenschiffer oft erst am Tag vorher wissen, durch welche Länder sie morgen fahren. Zum Beispiel wenn wir schon unterwegs Richtung See telefonische Order bekamen, ob wir in Belgien oder Holland laden oder falls Reisen auf halber bis fast ganzer Strecke zu einem völlig anderen Zielort, manchmal gar zurück zur Ladestelle, umgeleitet wurden. Spekjes Leben davon abhängig zu machen, wie irgendein Beamter den Begriff Transport definiert, konnte ich nicht riskieren.

Als Illegaler durchs Leben zu manövrieren ist belastend. Die Angst, erwischt zu werden, bleibt im Hinterkopf. Schon in simpleren Situationen werden Minischweine ihren schweinerechtsunkundigen Eigentümern weggenommen, was meist den Tod bedeutet. Zum Beispiel, weil sie bei Anschaffung nicht wussten, dass in Wohngebieten keine Schweinehaltung erlaubt ist. Ist ein Schiff, auf dem man arbeitet und wohnt, nun Wohn- oder Gewerbegebiet? Und was ist es auf Liegestellen in Freizeitgelände? Gibt es das totale Mischgebiet? So gemischt wie wir und unser Schwein?

Zu gerne hätte ich für Spekje die vorgeschriebene Anmeldung mit Ohrmarke und Tierseuchenkasse hinbekommen. Alle recherchierbaren Verordnungen untersuchte ich gründlichst auf die Lücke hin, die mir das ermöglichen könnte. Mit einigen Veterinärämtern und anderen Behörden telefonierte ich ausgiebigst in der Wenn-Form, also *wenn* ich entfernt jemand kennen *würde*, der ein Minischwein auf einem Binnenschiff halten wollen *würde*, was könnte ich ihm empfehlen, auf was er *vor* Anschaffung achten *müsste*... mir selbst dabei einredend, dass es nicht wirklich gelogen sei, wenn man sich für dritte informiert, die es ja geben *könnte*. Es endete damit, dass ich ihn nicht anmelden konnte, weil keiner zuständig sein wollte. Die Schweineeigentümerin war zwar in einer deutschen Stadt gemeldet, lebte aber, wie das Schwein, an Bord. Der Schiffseigentümer war in einer holländischen Stadt gemeldet, in einer anderen hatte er seine Postfachadresse und eine dritte stand als Heimathafen auf dem Schiff. Der Tenor der Beamten war, entscheidend ist der Aufenthaltsort des Schweins. Wenn man es in einen anderen Stall bringt, muss es im Amt vom Zielort angemeldet werden. Ohne Punkt B gibt es keine Zuständigkeit. Und falls man ihn doch irgendwo anmelden kann, nicht bei mir. Fahrendes Volk hatte schon immer die Eigenschaft, inexistent zu sein. Es passt nicht auf Formulare. Nur in Feindbilder. Der Lebenszweck jedes Menschen ist irgendein Punkt B. Was anderes gibt es nicht. Falls doch, ist es böse. Eine freundliche Veterinärbeamtin hatte meine „W*enn*"'s und „W*ürde*"'s lange durchschaut und riet: „Lassen sie es einfach. Solange ihr Tier doch nur in der Wohnung bleibt und nicht dem Verzehr dient, sehe ich auch keine seuchenrechtlichen Gefahren. Wer soll da was gegen haben? Und selbst wenn, wann kommt schon jemand von uns zufällig auf ein Binnenschiff?"

Ich ließ es also. Aber ganz wohl war mir da nie bei. Es fand sich auch keiner, der mir schriftlich geben wollte, dass er nicht zuständig sei. Dann hätte ich im Streitfall immerhin meine Bemühungen beweisen können. Das vereinte Europa ist noch weit entfernt, mit einer zentralen Anmeldung wär' es kein Problem gewesen – Rasse: Minischwein, Geschlecht: Borg, Name: Spekje, Farbe: Schecke, Wohnort: Quer durch Europa. Da will man sein Schwein legalisieren, aber keiner will es haben.

Genauso wie Schiffe und Schweine haben auch der Schiffer und sein Schwein mehr Gemeinsamkeiten als den Anfangsbuchstaben. Falls das bis hierhin noch nicht aufgefallen sein sollte: Beide können etwas grob sein. Ohne es böse zu meinen, es liegt in ihrer Natur. Sie haben eine eingebaute Vorfahrt gegenüber allem. Insbesondere anderen Menschen, Schiffen und Stühlen. „Weg da“ brüllen, Bug-auf-Bug steuern, schubsen, kopfschlagen, schimpfen oder durch die Wand laufen sind durchaus liebevoll gemeint. Darum haben wir uns wohl so gut verstanden. Bis sich jemand anschickte, in unser Leben zu purzeln, der Grobheiten absolut nicht verträgt.

Schwangere Sauen verstoßen die Jährlinge

Mein Schwein wusste es eher als ich. Mir fiel nur auf, dass Spekje seinen Kopf nicht mehr auf meinen Bauch legen wollte. Generell wurde er seltsam unruhig bei zugeneigtem Körperkontakt in jedweder Form, als erwarte er negative Reaktionen von mir. Seine Flegeljahre war schon länger voll ausgebrochen, der Schweinedickschädel wollte durch alle bisherigen Regeln stoßen. Bisher konnten wir noch jeden Pubertätsstreit mit gemütlicher Schmuserunde beilegen, nun wich er mir aus. Traurig interpretierte ich die neue Hibbeligkeit als weitere Ablösung von der Mama. Und lag voll daneben. Auch große Schweine kuscheln gerne. Aber schwangere Sauen verstoßen die Kinder vom Vorjahr, um Platz für den neuen Wurf zu machen. Spekje erwartete, dass ich ebenso sei. Er wollte mir zuvorkommen. Kein Mann lässt sich gern wegjagen. Wenn einer auch nur befürchtet, es könne eventuell bevorstehen, geht er lieber gleich. Selbstbestimmt. Das gilt anscheinend auch für Kastrierte.

Wenn ich mal zum Frauenarzt ging, stellte die Sprechstundenhilfe immer die leidige Frage, wann ich meine Regel gehabt hätte. Das personifiziert schlechte Gewissen ärgerte mich schon auf der Treppe zur Praxis, indem es verbot, einfach zu sagen: „Keine Ahnung.“ Stattdessen wand ich mich am Tresen in Erklärungen vom zeitlosen Lebensraum an Bord, in dem wir uns nicht an Monaten, sondern an Reisen orientierten. Wahrscheinlich wäre es vor zwei oder drei Reisen gewesen, von denen ich aber nicht mehr wüsste, wie lange sie gedauert hätten. Ich gehöre nun mal nicht zu den Frauen, die ihre Blutung akribisch aufschreiben und Zahlen sind in meinem Gehirn flüchtiger als Hornschall und Nebelschwaden.

Ganz ohne Frauenarzthelferin sowie in keinem Zusammenhang mit Spekjes pubertärem Anti-Kuschelverhalten stellte ich mir irgendwann selbst diese leidige Frage. Ein schräges Bauchgefühl mahnte, dass „es" länger her sei. Oder doch nicht? Das war einfach herauszufinden: Einen Monat lang aufpassen. Ich machte ein Kreuzchen im Kalender, wenn bis dahin kein Blut floss, stimmte was nicht. Thema erledigt und vergessen.
Vier Wochen später irritierte mich eine rätselhafte Markierung im Jahresplaner, zwischen den Notizen für diesen Tag. Deren Bedeutung meine Erinnerung nur ungern hervorkramte. In Zeitlupe kroch die erkennende Gänsehaut über meinen Rücken: War nicht ein klitzekleines Tröpfchen rot im Schlüpfer gewesen? Nein. Dies konnte nur mit einer schlimmen Krankheit zusammenhängen, bestimmt Krebs. Zwölf Jahre und vier Männer nach dem Absetzen der Pille, glaubt keine Frau mehr daran, jemals schwanger zu werden. Erst recht nicht, wenn alle Partner schon Kinder von anderen mitbrachten. Ich hatte den frühen Wunsch inzwischen so dick mit dem Genuss eines freien Lebens abgedeckt, dass es ein Staubkorn von Resthoffnung war, welches mich zu einem Test veranlasste. Beziehungsweise zu drei derselben, die ich, nach banger Wartezeit auf den nächsten Landgang, heimlich erstand. Totaler Unsinn, sinnierte ich, beim Aufreißen der ersten Packung auf unserem engen Klo. Mir war nicht übel, Hering verspeiste ich sowieso gern, noch gab es sonstige Symptome. Nur ein leichtes Ziehen im Unterleib, bestimmt ein ganz klares Indiz für Gebärmutterentzündung oder gar einen Tumor. Es soll ja Kettenraucherinnen geben, die Ende dreißig mit den Wechseljahren anfangen. Das schien mir von den denkbaren Krankheiten noch die wünschenswerteste Erklärung. Aber drei Schwangerschaftstests verschiedener Hersteller konnten nicht alle kaputt sein. Ich würde wahrscheinlich doch noch nicht sterben. In mir wuchs ein Baby.

Bis zum ersten Ultraschall, gegen Ende des dritten Monats, glaubte ich trotzdem weiter an einen Irrtum der Natur und sprach mit nie-

mandem darüber. Außer mit Spekje, der wusste ja sowieso Bescheid. So andächtig mein Borg sonst zuhören konnte, jetzt zeigte er deutlich, dass er nicht einverstanden war: „Hab ich dir die ganze Zeit ja schon gesagt. Du wirst mich wegwerfen. Also erzähl mir keinen vom Baby!" grunzte er abweisend und wandte sich wichtigeren Fressaufgaben zu.
Ab dem Abend, an dem ich offiziell das schwarzweiße Arztfoto auf den Tisch legte und erklärte, was die hellen Muster darauf bedeuten, wurden mir schlagartig alle Klischee-Macken und -Launen, die Schwangere angeblich haben, von meinem glückseliger Mann angedichtet. Nach nur drei Worten war ich für ihn ein anderer Mensch. Früher hatte er regelmäßig selbst mehrere Packungen unseres gemeinsamen Lieblingsherings aus dem Regal genommen, wenn wir in der Gelegenheit waren, bei der entsprechenden Supermarktkette einzukaufen. Das war nicht mehr wahr, jetzt wurde ich bei derselben Tätigkeit ausgelacht, weil es so typisch sei. Sein eigenes, geliebtes, großes Standardgurkenglas im Kühlschrank rührte er nicht mehr an, ebenfalls plötzlich fest überzeugt, dass er nie Gurken gemocht und ich es da hineingestellt hätte. Ach wie lustig, wenn ich davon mal eine zum Käsebrot nahm, damit sie wenigstens nicht schlecht werden: „Du brauchst das Brot nicht als Alibi dazu essen. Friss saure Gurken soviel du willst. Ist schon in Ordnung."
Über solche schwangerschaftsbedingten Umkehrungen des männlichen Geschmacks konnte ich noch grinsen, bei wichtigeren Themen wurde es heikel.

Fast ein Jahrzehnt war der gegenseitige Respekt in unserer Beziehung gewachsen. Es ist eine lange Entwicklung, bis ein befehlsgewohnter Kapitän annimmt, dass Äußerungen seiner Frau wertvolle Beiträge liefern können. Damit war nun wieder Schluss. Sobald ich einen halben Satz begann, wurden meine Meinungen lächelnd als trächtige Launen belichtet, entlarvt und entschuldigt. Das wäre nicht schlimm, ich könnte ja nichts dafür, dass ich in diesem Zustand alles falsch sehe. Ich wunderte mich, warum Schwangerschaftshormone erst nach zwölf Wochen, von einem Tag auf den anderen, zuschlagen. Und wieso Schweine diesbezüglich schlauer sind als Männer. Leider ohne gravierenden Unterschied im Resultat: Reden konnte ich mit keinem von beiden mehr.

Design made by Spekje

Mangels emotional erreichbaren Gesprächspartnern konzentrierte mein Gehirn sich auf sachliche Themen. Unkonkrete Visionen über Geburt, Stillen, Erziehen oder Alltagnacht mit Baby fühlten sich beängstigend surreal an. Davon bekam ich kein stabiles Bild in meinem Geist. Ersatzweise hatte ich ein ganz fußfestes Bild vor Augen. Täglich. Dies war das allererste Problem, welches ich für ein Kind an Bord wahrhaben wollte. Es basierte auf den unterschiedlichen Gestaltungsvorstellungen von werdenden Müttern und Schweinen bezüglich geeigneten Bodenbelags.

Alte Holzdielen strahlen Gemütlichkeit aus. Insofern konnte man unsere Wohnung behaglich nennen. Das war nicht immer so. Bevor die Spitzen von Spekjes Reißzähnen über die Lippen hinausblitzten, waren Wohnzimmer und Küche praktischerweise komplett mit Linoleum ausgelegt. Im dünneren Küchenbodenbelag entdeckte unser Ferkel seinerzeit einen kurzen, spannenden Riss. Es wollte zu gern rauskriegen, was darunter ist. Monatelang scheuerten seine Unterkieferzähnchen vergeblich daran herum. Bis Spekje anatomisch fähig sowie schlau genug geworden war, die neu gewachsenen Seitenschneider einzusetzen. Ratsch. Endlich klappte ein Stückchen Kunstoffbelag hoch. Entzückt untersuchte seine Steckdose die darunterliegenden Schiffsplanken und befand sie für gut. Ich klebte das Teil wieder fest und verbot ihm weitere Grabungen. Was beweist, dass ich vor der Schwangerschaft deutlich unzurechnungsfähiger war als während derselben. Untersage einem Vogel das Fliegen oder einem Fisch das Schwimmen... Mit viel Klebeband, Kunstoffleim und Teppichmesser zur optischen Begradigung fertiggestellter Bereiche trat ich gegen mein wühlendes Schwein an. Sisyphus war ein Waisenknabe gegen mich. Oder ein weiser Knabe? Sein Stein blieb heil, was ich von unserem Fußboden nicht behaupten kann.

Wie ein Erwerbsloser, der nach langem Darben vor dem Fernseher eruptiv seine Berufung gefunden hatte, stürzte Spekje sich auf seine Arbeit. Systematisch pflügten Zähne und Rüssel jeden Tag ein weiteres Stückchen Plastik hoch. Auf der Baustelle von gestern beginnend, die von morgen erschaffend. Erst als sowieso nichts mehr zu retten war, fand ich mich seelisch bereit, eine Küche mit Holzboden vielleicht auch ganz hübsch zu finden. Nach der Kapitulation konnten mein Mann und ich endlich das aktive Tierglück genießen. Unter dem Küchentisch, halb zugedeckt von einem noch am Rest hängenden Linoleumlappen, umgeben von mühevoll zerstückelten Fetzen lag das zufriedenste Schwein, dass ich je sah. Am Arbeitsplatz ausgestreckt eingeschlafen.

Das dickere Kunstoffmaterial im Wohnzimmer hielt den Zahnangriffen deutlich länger stand. Ben freute sich leider zu früh, wenn er aus den ersten Fehlversuchen schloss, wie sehr sich die Investition in diesen teureren Boden gelohnt habe. Der sah aus wie neu, allen jahrzehntelangen Belastungen durch die älteren Kinder sowie früheren Stöckelschuhliebschaften meines Mannes zum Trotz. Jene auf Segeljachten so gefürchteten Pumps sind butterweiche Dinger gegen Schweinezähne. Spekjes Geduld, Nageschärfe und Kraft konnte selbst der kostspieligste Hightechkunststoff auf Dauer nur weichen.

Der schließlich überall freigelegte Holzboden sah nicht nur aus wie alt, sondern war es auch. Beim Bau des Schiffes hatte man ihn sicherlich nicht entworfen, um direkt darauf zu hausen. Scharfe Kanten und Rillen zwischen allen Brettern ließen eher auf ein Konzept zur Trennung, sowie Ventilation zwischen Stahl und Teppich schließen. Da die Hersteller wohl alle schon in Rente waren, konnten wir nicht fragen, ob es trotzdem geht. Wozu auch. Jeden Versuch, anderes darüber zu legen, hätte Spekje enthusiastisch als neuen Arbeitsauftrag angenommen. Wir beließen es also bei den blanken Dielen. Aus deren Zwischenräumen konnten arbeitslose Wühlzähne immerhin Körner und Heu, nebst entstehenden Splittern, herauskratzen. Ich bin trotzdem der Meinung, dass Schweine keine Spaltenböden mögen. Augenscheinlich Plastik noch weniger, so gründlich wie Spekje es entfernt hatte. Bis zum Stahl war es noch lange nagen, darüber witzelten wir nur.

Jetzt war mir dieser Humor ein paar Grad vom Kurs abgekommen. Da saß ich stundenlang auf dem Sofa mit einem noch schlanken Bauch, in dem angeblich jemand lebte. Und sorgte mich fahrrinnentief über das Fußbodendesign, made by Spekje. Wir hornhautgeschützten Barfußläufer hatten uns damit abgefunden, regelmäßig Späne aus unseren Socken oder Fersen zu ziehen. Für zarte Krabbelhändchen und

Knie wäre das ein Fiasko. Dazu überall diese Rillen, breiter als Kinderzehen. Ich sah Blut und Brüche, Geschrei und Geweine. Meine Zukunft lag eher rot als rosig vor mir auf dem Boden.

Um Bedenken zu erläutern, suchen Schifferfrauen immer wieder das Gespräch mit dem Partner. Obwohl ihnen lange bewusst ist, dass sie statt kreativem Austausch nur fertige Lösungen serviert bekommen. Die sie meist selbst vorher schon als untauglich verworfen hatten. Auch mein Prinzip Hoffnung war hierin so hartnäckig wie ein Schwein. Vor dem Abendfernsehen eröffnete ich die Konversation mit der Feststellung, dass wir uns was gegen Spekjes Bodenarbeit ausdenken müssen, weil splitterndes Holz für Kleinkinder nicht so geeignet sei. Ben kicherte verständnisvoll von hoch oben: „Da legst du doch einfach ne Decke drunter und gibst Acht, dass es nicht runterkrabbelt. Wenn es läuft, kriegt es Hausschuhe. Hornhaut wächst auch schneller, als du denkst. Es ist nur deine Überbesorgtheit, typisch für alle Mütter. Kenn ich schon. Sind nur die Hormone."

Sender und Empfänger unseres zwischenmenschlichen Funkverkehrs lagen sichtlich auf verschiedenen Frequenzen. Ich sendete sachliche Überlegung, er empfing schwangere Fehlempfindung. Mein Rezipient nahm seine Signale dafür allzu gut auf, überlagerte das eigentliche Thema mit lautem Gefühlsrauschen, schon war das Gespräch auf seine Ebene gelenkt und ich im Verteidigungszwang. Es war doch völlig wurscht, ob ich eine Sache so spüre, weil ich schwanger bin oder nicht. Das macht die Emotion nicht unechter oder echter oder wichtiger oder unwichtiger: „Alle Gefühle sind nur Hormone. Egal welche. Wenn du zum Beispiel Lust auf Sex hast, liegt das auch nur an Hormonen. Lache ich dich dafür aus? Sage ich, dass es darum Unsinn und unnötig ist?" Verstehen von derart abstrakten Vergleichen setzt Empathie voraus. Sowie einen ungefilterten Empfang im Ohr. Beides war bei meinem Gegenüber gerade außer Betrieb. Von meinen Worten fielen nur jene Stichpunkte, die sowieso erwartet wurden, direkt in den falschen Hals: „Ich habe da Verständnis für, wenn du keinen Sex mehr willst. Das geht vielen Schwangeren so. Dann wird eben nicht gevögelt. Ich werde geduldig warten." Ben lehnte sich zurück, griff zur Fernbedienung und suchte ein nettes Programm. Er hatte gesagt, was er zu sagen hatte, zufrieden mir seine eigene Unlust in die Schuhe schieben zu können, damit war dann ja alles geklärt. Spekje brummte zustimmend, zog einen fünf Zentimeter langen Holzsplitter vom Rand einer Bodenplanke und kaute andächtig darauf herum.

Wie sollte das werden, wenn ich mit meinen beiden Männern respektive meinen beiden Schweinen noch nicht einmal über sowas Simples wie einen Bodenbelag kommunizieren konnte? Über den Rand meines Horizonts schob sich eine Dämmerung, dass Schweinedesign nicht die einzige Schwierigkeit bleiben würde. Ich ging ins Bett, wischte den Horizont beiseite und erinnerte mich daran, wie wir einst alle miteinander voneinander begeistert waren. Im Traum lenkte mein Begeisterschwein unser Begeisterschiff, an einem geflochtenen Steuerrad, fliegend über grauwütendem Ijsselmeer und grunzte: „Kommt gut, Mädchen."

Hundestar und Schweinesternchen

Chronisch infiziert mit dem Begeistervirus drängelten der Fernsehtierarzt und seine Filmemacher, um unser Schiffschwein vor die Kamera zu bekommen. Zwischen all den Bauernhöfen und Kleintierkliniken wäre das Wasserfahrzeug eine willkommene Abwechslung. Für Team, Zuschauer sowie Einschaltquoten. Mein standhafter Widerspruch, wegen der schwierigen Rechtslage, wurde systematisch eingeweicht. Nickis positive Überzeugungskraft war gegenüber Menschen genauso stark wie bei Tieren. Hätte er zu mir gesagt: „Heut hast du gewonnen, aber nächstes Mal gewinne ich", wäre es mir aufgefallen. So dumm war er aber nicht, er konnte Menschen- und Schweinepsychologie meistens unterscheiden. Geschickt nutzte er meinen Glauben, dass Spekje der Welt etwas mitzuteilen hat. Seine Haltung an Bord war nicht artgerecht, aber aus der Not gewachsen und mit viel Phantasie erträglich gestaltet. Von uns wie von ihm. Gerade dadurch könnte er dazu beitragen, anderen Schweinen zu gemilderten Umständen zu verhelfen. Vielleicht wäre die eine oder andere Beschäftigungsidee von uns sogar eine Anregung für Bauern mit Masthaltung. Wie eine Altpapierwühlecke oder hängende Heukugeln. Viele würden ihren Schweinen ja gern Gutes tun, wüssten nur nicht, wie.
Natürlich versicherte er, dass der Schiffsname nicht kenntlich sein würde, damit kein übereifriges Veterinäramt auf die Idee käme, viel-

leicht doch zuständig zu sein. In seinen Interviews könne er überdeutlich darstellen, dass unser Schwein an Bord wie in Quarantäne lebt, also keine Gefährdung darstellt. Und damit nicht der Eindruck entsteht, man könne Minischweine doch in der Wohnung halten, würde er betonen, dass dieses Zusammenleben ohne Stall und Wiese nur darum schon so lange gut geht, weil wir Tag und Nacht bei unserem Schwein sind. Was an Land keiner leisten kann. Falls doch, fehlt garantiert die Bereitschaft, sich die Wohnung zerlegen zu lassen.

Kein Säugetier kann Nicki dauerhaft widerstehen, wenn er sich etwas in den Kopf gesetzt hat. Weibchen schon gar nicht. Selbst wenn sie bereits schwanger sind. Das Filmteam durfte also an Bord. Mangels akuter Krankheit besprachen wir, dass er sich eine neue Behandlung für Spekjes ständig gerötete Augenumgebung ausdenkt. Es konnte nicht schaden und das Team hatte einen medizinischen Grund zum Filmen. Die Regie hatte sich als erste Aufnahme ausgedacht, dass wir für Einstiegs- sowie Schlussbild mit dem Schiff ankommen, beziehungsweise wieder wegfahren. Ben winkte gleich ab: „Wir liegen schon genau positioniert fürs Löschen morgen früh. Ich hab keine Lust, wieder neu einzuparken." Meine eigene Filmerfahrung grinste breit: „Davon abgesehen, wollt ihr einen Spielfilm machen? Mit zwei kompletten Manövern bleibt nicht viel Sendezeit für das Schwein." Wir einigten uns darauf, dass es als An- und Ablege-Information reicht, wenn sich das Heck vom Schiff ein Stückchen vom Ufer wegbewegt und ich einen Tampen fest- bzw. losmache. Das Vorschiff blieb für die Kamera unsichtbar angebunden. Bei Filmaufnahmen in der Öffentlichkeit gibt es immer diese kamerageilen Idioten, die ins Bild laufen. Bei uns war das der Hund. Jedes Mal, wenn ich das Tau in der Hand hatte und Lady nicht mehr wegschicken konnte, lief sie hinter mir herum. Hunde machen leider nie zweimal genau die gleichen Bewegungen, sie durfte also in dieser Aufnahme nicht dabei sein, weil sonst die verschiedenen Einstellungen vom Anlegen und Taufestmachen nicht kompatibel gewesen wären. Erst als Ben das bescheuerte Hin-und Herfahren mit dem Schiffsheck so satt war, dass er den Husky wütend packte und mit ins Steuerhaus nahm, konnten wir die Szene fertigstellen.
In der Wohnung kapierte der bellende Vierbeiner gleich, dass der Tierarzt hier die Hauptrolle spielte. Er wich ihm nicht mehr von der Seite. Auf dem Sofa tuchfühlend störte das nicht, es gab den Inter-

views besondere Gemütlichkeit. Ich glaube, es wurden mehr Aufnahmen mit Hund als mit Schwein gemacht. Irgendwo kam immer eine Nase oder ein Ohr ins Bild. Nur wenn Lady sich zwischen Schwein und Kamera oder Schwein und Doktor drängen wollte, musste ich sie festhalten. Im Team wurde es wieder als Beweis für die Anziehungskraft unseres Tierarztes auf alle Tiere gesehen. Die trug sicher dazu bei. Arzt und Hund waren einfach sympathische Rampensäue, zufrieden im Mittelpunkt der Aufmerksamkeit vereint.

Anders als die beiden mag ich die Vorderseite der Kamera gar nicht. Am schwierigsten war es, sich mit Nicki zu siezen. Wie gibt man jemand höflich-distanziert vor der Kamera die Hand, den man gerade schon zur Begrüßung im Arm hatte? Wie zeigt man jemandem zum ersten Mal ein Schiff, dass derselbe schon mehrfach von vorne bis hinten besichtigt hat? Immerhin hielten sich unsere zu persönlichen Versprecher in Grenzen und den Rest erledigte Nicki. Der Profi stellte spannende Schiffsfragen auf dem Weg übers Deck, schaute aufmerksam in die stockdunklen Tanks und träumte auf dem Steuerstuhl sitzend von Freiheit und Reisen. Damit der Fernsehzuschauer nicht nur ein Schwein in der Wohnung sieht.

Auch das Wohnungsschwein gab sich von seiner besten Seite. Kein Wunder, bei so viel Aufmerksamkeit und Futtergebern. Ich kam kaum nach, die Leckerchenschüssel zu füllen. Dafür ließ Spekje mich auch gnädig vor laufender Kamera an seinen Augen herumwischen. Als alle Schweinebilder im Kasten waren, wurde ihm allerdings langweilig. Ein ganzes Filmteam hatte ihm vor seinem Nest scheinbar demonstrativ den Rücken zugewandt, das Drehen drehte sich nur noch um den Mann auf dem Sofa. Der mit homöopathischen Mitteln in der Hand über Augenreizungen sowie Schweinehaltung fachsimpelte und den Hund streichelte. Kein Schwein interessierte sich mehr für das Schwein. Die Kamerafrau hockte mit dem schweren Aufnahmegerät auf der Schulter vor dem Couchtisch. Links und rechts gesäumt von Tonfrau und mir. Großaufnahme vom Hauptdarsteller in Augenhöhe. Spekje schnüffelte sich unbemerkt heran. Er fand, es sei Zeit für die hockende Frau, aufzustehen und ihn zu füttern. Wer den eigentlichen Star ignoriert, wird Sternchen sehen. Aus dem Augenwinkel registrierte ich zu spät, wie er seine starke Nase unter ihren Allerwertesten setze. Da schleuderte er sie schon nach oben. Erstaunlich hoch. Die Tonfrau und ich reagierten von beiden Seiten synchron, mit einem Griff unter die Achsel. Auf wunderbare Weise konnten wir so den Fall gerade noch über der Tischplatte abfedern. Als gute Kamerafrau hatte die Geschubste nicht an eigene Rettung gedacht, sondern instinktiv die Technik hochgehalten. Der Übeltäter flitzte laut keckernd in sein Nest. Nicki krümmte sich über dem Hund auf dem Sofa: „Was für ein Schelm! Hört ihr, er lacht sich ja kaputt!" Wir stellten fest, dass Kamera mit Frau heile geblieben waren, nur ein paar Kerzenständer und Kaffeetassen auf dem Tisch lagen niedergestreckt. Es war trotzdem eine Drehpause nötig, weil das Lachen des Schweins alle ansteckte. Die Geschädigte rieb sich verlegen den Po. Sie brauchte einen Moment, um den Flugschreck zu verarbeiten, erlag dann aber auch dem Lachkoller der anderen. Die restlichen Aufnahmen wurden mehrfach wiederholt, denn irgendwer brach immer mittendrin in Kichern aus, sobald Spekje sich wieder scheinheilig näherte oder auch nur ein Geräusch machte. Meist der Interviewte selbst. Die Fröhlichkeit zog sich bis ins gemeinsame Abschlussessen im Restaurant. Bei dem die Kamerafrau latent unruhig auf ihrem Stuhl saß. Sie würde sich wohl noch ein paar Tage an den Rüssel unseres Minischweins erinnern. Das Andenken hätte auch dauerhafter ausfallen können. Wie bei mir.

Ein Schnitt in Bein und Leben

Der Vorteil von pubertierenden Jugendlichen gegenüber Schweinen in der gleichen Phase ist, dass die Menschenkinder keine messerscharfen Hauer haben. In mühsamer Erziehungsarbeit kann man sie mit etwas Glück lehren, Waffen abzulehnen. Unserem kleinen Borg wuchsen solche aber ganz natürlich aus dem Maul.

Lange bevor seine Mordsgeräte am Lippenrand sichtbar wurden, übte er kopfschlagend den treffenden Umgang damit. Ben fand es bezaubernd, mit dem Ferkel zu rangeln. Hand gegen Kopf, Kampfspiele sind für beide lustig, Mann ist doch stärker. Zähneknirschend sah ich zu. Meine Philosophie der gewaltfreien Erziehung wurde belächelnd abgetan: „Unsinn, das ist doch nur Spiel. Er ist klug genug, das zu unterscheiden. Wenn er aggressiv würde, dann würd ich ihm schon zeigen, wo es langgeht!" Voller böser Ahnungen erklärte ich mich: „Spekje sieht uns als Artgenossen, er hat ja keinen Vergleich. Der

Umgang unter Schweinen ist rau. Wir haben nur eine Chance, wenn er von Anfang an lernt, dass Menschen anders sind. Dass wir *nie* kämpfen, auch nicht als Spielübung. Auch wenn das nicht ganz der Wahrheit entspricht, sollte er es glauben. Mit uns kann man nur schmusen und reden. Wenn er einst schwerer ist als du, haben deine Argumente nicht mehr so viel Gewicht wie heute." Ben wurde gereizt: „Quatsch. Er weiß genau, dass ich hier der Boß bin, er ist lieb und wird lieb bleiben. Lass uns doch unseren Spaß." Als momentane Vertreterin der mittleren Gewichtsklasse, zwischen Schwein und Kapitän, konnte ich wenig beeindrucken. Die Durchsetzungskraft von Mann und Tier funktionierten zu ähnlich. An diesem Punkt meines Lebens habe ich eine grundsätzliche Klärung durch konstruktive Erziehungskommunikation versäumt.

Spekje bekam prächtige, weiße Hauer. Wie aus dem Lehrbuch für eine Schweineschau, falls es ein solches gibt. Die Oberen wuchsen erst nach unten, dann beschrieben sie einen sauberen Kringel himmelwärts. Die Unteren reckten sich kerzengerade in die gleiche Richtung. Als sie lang genug waren, um sich zu treffen, stellte sich heraus, dass diese Kerzen zu früh ins heiße Wachs gestellt wurde. Sie standen schief. Für ein viertel Wildschweinkind völlig korrekt: Die unteren Hauer seiner Ahnenrasse weisen nicht gerade zum Oberkiefer, sondern genau so viel nach außen, dass ihre Innenseiten perfekt an den oberen Zahnbögen geschliffen werden. Bei jedem Maulschließen, Kauen, Grunzen oder Gähnen. Das Ergebnis sind zwei hervorragende Messer, die das wütendwilde Schwein mühelos durch einen leichten Kopfschwung sogar mit geschlossenem Mund in sein Opfer setzen kann. Diese Gene hatte unser Borg voll erwischt.

Zu meiner Erleichterung ahnte der junge Spekje noch nichts von seiner neuen Macht. Die Dinger schienen ihm eher lästig. Sie klackerten irritant im Futternapf. Wenn er sein Bett machte, blieben Decken und Tücher daran hängen und so manches Mal kam er hilfesuchend zu mir, damit ich ihm ein aufgespießtes Stück Papier aus dem Gesicht entfernen möge.

Es blieb aber nicht aus, dass seine Scheinattacken und schnellen Kopfbewegungen auf uns größeren Eindruck machten als zuvor. Ich fürchtete, er könne jemand aus Versehen verletzten, weil er sich der scharfen Dinger nicht bewusst sei. Bei meinem Mann wankte bereits das Vertrauen in Spekjes Friedfertigkeit, im Freundeskreis häuften sich Gespräche über Medienberichte von brutalen Schweineanfällen. Jene Szene aus einem bekannten Thriller, in der eine Horde Wildschweine einen Menschen verspeist, lief auffallend oft in unserem DVD-Spieler. Unmerklich änderten wir auch unser Verhalten. Der Chef versuchte, seine Angst mit wachsender Strenge und Verboten zu besiegen. Die Ära der Rangelspiele, Apfelstückchen von Mund-zu-Maul reichen und das Köpfchen in beide Hände nehmen, war für ihn fast vorbei. Das beobachtete ich mit Sorge, ertappte mich selbst jedoch auch bei so mancher übertriebenen Härte. Spekje verstand unsere Unsicherheiten nicht, fühlte sich zurückgewiesen und reagierte mit verstärkten Forderungen nach seinen alten Gewohnheitsrechten. Immer häufiger gab es ernsthaft Streit mit dem Schwein. Dann schob ich ihn in sein Nest, wo er bleiben musste, bis er und wir uns beruhigt hatten. Zum Glück ist keinem von uns beiden je die Idee gekommen, dass ich das nicht mehr schaffen könnte.

Die Versöhnung danach war ein Fest. Es begann meist mit seinem berühmten, fragesanften Grunzen. Ich antwortete im Singsang eines süddeutschen Freundes, dessen ironischer Klang Menschen wie Schweine zwangsläufig lächeln machte: „Sind wir wieder gut?“
Das sachte Grunzen schwoll an zum fröhlichen Stakkato. Ich öffnete sein Nest, setzte mich und hatte gleich einen zugeneigten Schweinekopf auf dem Fuß. Nackenkraulen, leise Schweinesprachengespräche, in diesen Momenten waren wir wie früher ganz vereint. An den nackten Beinen fühlte ich seine kräftig liebende Nase, tüchtig reibende Wangenborsten und einen Hauch von vorbeiziehenden Zähnen. Da kapierte ich, dass Spekje inzwischen sehr genau wusste, wo seine Hauer sitzen. Ich war es, die Vertrauen geben und nehmen musste. Es kostete Übung, das leichte Kribbeln im Bauch zu ignorieren, wenn ich ihm unbedeckte Körperteile zum Liebkosen anbot. Ich übte möglichst oft. Und lachte mich selbst dabei aus – als wenn normale Kleidung bei diesen Zähnen wirklich einen Unterschied machen würde.

Natürlich überlegten wir manches Mal, seine Hauer absägen zu lassen. In einer Narkose, die sowieso zum Klauenknipsen nötig war, durfte unser Tierarzt die Spitzen und Kanten zumindest runder feilen. Nickis Mühe war sinnlos, denn in kürzester Zeit schliffen sie sich selbst wieder scharf. Mehr mochten wir Spekje nicht nehmen. Ich kann mich diesbezüglich nicht vom Einfluss einer gewissen Körperkultur freisprechen. Sie sahen einfach zu schön aus. Es war ein Genuss, unser mächtig maskulines Schwein anzuschauen.

Die Lage mit den Schweinestreits war also kritisch, aber nicht aussichtslos. Bis die Katastrophe eintrat. Das Drama war nicht das Ereignis selbst, aber die Reaktionen darauf. Es geschah während einer gründlichen Reinigung von Spekjes Klo. Im Kontext meiner Übungen in Hauerurvertrauen stand ich mit nackten Beinen in den Katzenpellets, ohne den Bewohner auszusperren. Schließlich sollte alles wieder so harmonisch sein wie früher. Das Schwein war bloß nicht mehr so klein, dass wir uns im Holzrahmen des ehemaligen Ein-Personen-Bettes ungehindert aneinander vorbeibewegen konnten. Nach halber Arbeit musste Spekje mal. Da ich so indiskret war, um ihn herum weiter zu schippen, wollte er mir mein Arbeitswerkzeug abnehmen und weigerte sich, die Toilette wieder zu evakuieren. Als freundliches Zureden nicht fruchtete, schimpfte ich. Was dann geschah, erinnere ich wie in Zeitlupe. Spekje versuchte, zugleich zu gehorchen und doch seinen Unmut zu äußern, indem er aus einer Scheinattacke heraus unter sein Dach fliehen wollte. Wo er nicht ankam. Leider wichen wir beide zur gleichen Seite aus. Bruchteile von Sekunden verharrten Schwein und Mensch schreckerstarrt nebeneinander. Etwas war enorm verkehrt. Keiner von beiden wagte, seine geplante Bewegung fortzusetzen. Ich schaute an mir herunter und sah, wie sein linker, unterer Hauer in meinem Unterschenkel steckte. Ich begriff nur, dass er genauso wenig wie ich begriff, was vorgegangen war. Sachte schob ich seinen Kopf von meinem Bein weg und zog somit den Zahn geradlinig wieder heraus. Ganz schuldbewusst verkrümelte Spekje sich in sein Bettchen und war den Rest des Tages nicht mehr gehört oder gesehen.

Mein erster, idiotischer Gedanke war: „Wenn bloß Ben nichts merkt!" Nie zuvor, leider noch öfter danach fürchtete ich mich, meinem Partner ein Ereignis mitzuteilen. Hier ereignete sich die Bestätigung all seiner Horrorvisionen. Das Ende seines schon so geringen Restvertrauens. Der Kapitän saß ein paar Meter neben dem Geschehen auf dem Sofa, nachher wie vorher vertieft in eine Schifffahrtszeitung.

Mit höchstmöglicher Gelassenheit schippte ich nachdenklich in der Katzenstreu herum, stellte fest, dass es keine langfristige Perspektive sei, die roten Tropfen unter Pellets zu vergraben, ließ das langsam rosé werdende Klo Klo sein und schlenderte gefasst, an meinem Mann vorbei in die Küche, um heimlich ein Pflaster drauf zu kleben. Da noch nichts weh tat, dachte ich, es sei damit getan. Es fand sich nur kein Pflaster, das passte. Bei näherer Inspektion war das Loch in mir, aus dem das viele Blut mein Bein runterlief, kein pflasterversteckbarer Kratzer. Zog ich die Haut in ihre wahrscheinliche, natürliche Position, sah ich einen glatten, geraden Schnitt von rund fünf Zentimetern, dessen Kanten sich fast unsichtbar aneinanderlegten. Ließ ich wieder los, wurde die Wunde nur noch halb so lang, dafür klaffte sie dann fast zwei Zentimeter auseinander. Ungläubig machte ich diesen Test mehrmals hintereinander in der irren Hoffnung, die Verletzung würde in der geschlossenen Version hängen bleiben. Bis es endlich auch anfing zu schmerzen. Es gab keinen Ausweg, ich musste Spekje verraten: „Ben, könntest du mich vielleicht eben ins Krankenhaus fahren?" Konfus blickte er von der Zeitung hoch: „Was?" Ich tupfte wieder Blut weg und stellte mein Bein vor ihn auf den Tisch: „Glaub, das muss genäht werden. War meine Schuld. Spekje kann echt nichts dafür." Er warf einen unheilversprechenden Blick zu unserem kleinlauten Schwein: „Das erste glaub ich auch. Den Rest klären wir später. Mach erst mal die Tür bei ihm zu, bevor noch mehr passiert." Gehorsam hinkte ich hin und schloss das nun gemeingefährliche Schwein ein: „Wird alles gut Dicker. Bis nachher." Man sollte ein Schwein nicht anlügen, als wenn das wieder gut werden könnte. Dann fuhren wir zum Krankenhaus.

Saumäßige Behandlung

Wenige Tage zuvor war in der Berichterstattung im deutschen Radio die niederländische Bürgerversicherung als lobenswertes Vorbild für anstehende Gesundheitsreformen herangezogen worden. Dank Spekje machte ich mit diesem holländischen Vorbildsystem nun meine eigenen Erfahrungen, aus denen ich nur als Reformgegnerin hervorgehen konnte.

Im ersten Moment erschien es mir ein Vorteil, dass wir am Beißtag in Gorinchem lagen, weil das Auto neben dem Schiff stand. Diese

Meinung änderte sich bereits während den ersten drei Stunden Wartezeit in der Notaufnahme. Andere Menschen kamen und gingen, kamen und gingen. Der Chirurg hatte immer noch keine Zeit für den Schweinebiss. Der Chirurg hatte Notfälle. Der Chirurg musste operieren. Wir vertrieben uns die Zeit damit zu rätseln, warum man, in der einzigen Notaufnahme einer mittleren Kleinstadt, von „Chirurg" in Einzahl sprach.

Nach all dem Warten auf Godot entschloss eine Dame vom Empfang, mich ohne den Experten behandeln zu lassen, bevor die aufgebrachten Äußerungen des anwesenden Binnenschiffers zu einer Revolte unter den Wartenden führen würden. Die Diagnose „Schweinebiss" hatte ich schließlich schon selbst gestellt. Während der Untersuchung, die ebenso größtenteils aus Gedulden bestand, lief die vermutliche Assistentin mehrfach raus, um eine Ärztin was zu fragen. Wenn sie wiederkam, dann mit der Antwort, dass die Antwort gleich kommt. Die kam auch: Das Gesicht einer anderen, weißgekittelten Frau schaute kurz durch den Türspalt, mal mit einer direkten Information, mal um zu sagen, dass sie es doch lieber den Chirurgen fragen würde. Der könne aber gerade nicht. Noch ein klein wenig Geduld… alle Geduld führte zu wenig Resultat: Die Verletzung wurde mit einem trockenen Wattestäbchen ausgetupft. Ich bekam ein Rezept für eine Art graues Schaumgummi, das in Form der klaffenden Wunde zuzuschneiden und hineinzulegen sei, sowie Verband, um dieses festzuhalten. Ansonsten sollte ich täglich beim Gummipflasterwechsel mit dem Duschkopf spülen. Auf Wiedersehen.

Wäre ich ein Schwein, hätten meine Nackenborsten in höchster Position gestanden. Ich bombardierte die arme Assistentin mit all meinen aufgestauten Gedanken: „Wir sind Binnenschiffer, da gibt es nur Wasser aus dem Tank. Stehendes Wasser. Da können sonst welche Bakterien drin sein. Das mache ich auf keinen Fall in eine Wunde. Noch nicht einmal abgekocht. Es ist doch bekannt, dass Schweinebisse sich grundsätzlich entzünden. Muss das nicht gründlichst desinfiziert werden? Wie ist es mit Antibiotika? Warum wird es eigentlich nicht genäht? So ein schöner, glatter Schnitt könnte zumindest teilweise in Form gebracht prima verheilen, zum entgiften kann man ja unten ein Stückchen offen lassen. So weit klaffend, auch noch mit den grauen Dingern auseinandergehalten wird das ja eine Riesennarbe!“ Sie lief weg, um die Ärztin zu fragen. Daraufhin kam nicht nur der Kopf, sondern die ganze Ärztin durch die Tür. Sie nahm sich tatsächlich Zeit für eine persönliche Erklärung. Ich sähe das alles ganz falsch, meine Ideen seien überholt. Die moderne Medizin setzt, wo möglich, auf die Selbstheilungskräfte. Mit der Narbe lernte ich schon zu leben, ich wäre ja auch keine zwanzig mehr und hätte schon einen tollen Mann, das Aussehen sei also nicht mehr so wichtig. Nach dem Wochenende solle ich dann in der chirurgischen Abteilung des Haupthauses vorsprechen, ob die Behandlung angeschlagen hat. Immerhin bekam ich noch ein Rezept für gereinigtes Wasser, dass ich statt der Tankwasserdusche zum Spülen gebrauchen konnte.

Der nächste Warteschritt war die Apotheke. Nach einer geschlagenen Stunde kamen wir an die Reihe. Vom Schaumgummipflaster hatten sie nur die Hälfte der Rezeptmenge auf Vorrat, ich könne es ja durchschneiden. Witzig, es war ja sowieso zum Zerschnipseln in Wundenform bestimmt. Was soll's, bis Montag wird's schon reichen, dann hätten sie mehr. Die Reinigungsspülung gab es gar nicht. Sie könne ebenso bestellt und nach dem Wochenende abgeholt werden. Noch witziger, dann soll ich schon zur Kontrolle, ob es gewirkt hat, woran ich nicht glaubte. Können wir nicht ändern, auf Wiedersehen. Diesmal wurde mein Mann zu Recht laut. Er stellte sich an den Tresen und versprach, so lange zu lamentieren, bis man sich die wahnsinnige Mühe macht, zu telefonieren, ob es in der Stadt nicht eine Apotheke gebe, die es wohl hat. Das wirkte. Schnell rief die Angestellte ein paar Kollegen an und gab uns daraufhin eine Apothekenadresse am anderen Ende der Stadt. Zu unserem Erstaunen gab es die Spülung dort tatsächlich.

Nach dem Wochenende präsentierte ich die wie erwartet dick vereiterte Wunde in der chirurgischen Abteilung. Natürlich erst, nachdem ich zwei Stunden Anmeldeverfahren durchlaufen und ein tolles, gelbes Krankenhausidentifikationskärtchen in meinem Besitz hatte. Was ich bei jedem späteren Besuch mitbringen sollte. Da half es gar nichts, zu versichern, dass wir morgen ablegen und die weitere Behandlung garantiert in Deutschland stattfinden wird. Die Frau hinter wohlweislich patientensicherer Glasabschirmung lächelte einstudiert: „Vielleicht kommen Sie doch mal wieder her. Dann haben sie schon eine Karte.“ Ich murmelte fast resigniert: „Ja, aber nur, wenn ich halb-

tot zwangsweise eingeliefert werde. Dann denke ich sicher nicht an Erleichterung Ihrer Identifikationsverwaltung." Beruhigend zwitscherte die Dame: „Das ist nicht schlimm. Wenn sie es vergessen, machen wir einfach ein Neues."
Es lag nicht in ihrem Kompetenzbereich, über den Sinn oder Unsinn von gelben Kärtchen für Binnenschiffer nachzudenken.

Endlich. Ein leibhaftiger Chirurg begutachtete den entzündeten Schweinebiss, desinfizierte ihn gründlich, verschrieb mir Antibiotika und verteidigte die Kollegen von der Notaufnahme: „Es hätte aber klappen können, mit der Selbstheilung. Weil es ja auch kein wildes Schwein war." Ich gab mich einvernehmlich: „Ja, mein Schweinebiss hätte zufällig der erste sein können, der das schafft." Zur antibakteriellen Arznei hatte ich doch noch eine wichtige Frage: „Ich bin im sechsten Monat schwanger, darf ich die überhaupt nehmen?" Der Fachmann zuckte mit den Achseln: „Das müssen Sie in der Apotheke fragen." Diese Antwort plättete mich so, dass ich sein krankenhausübliches „Auf Wiedersehen" einfach akzeptierte und ging. Ben rauchte vor dem Krankenhaus, er hatte die Wartezeit nicht mehr ertragen. Nach meiner Erzählung wollte er am liebsten wieder hineinstürmen und seine Hauer in den Chirurgen setzten. Wie konnte er ein Mittel verschreiben, ohne zu beantworten, ob es Mutter oder Kind schadet? Ich fasste ihn am Jackenärmel: „Komm, weg hier. Vielleicht weiß die Apotheke es ja echt."

Die Apothekerin, welche wir zuvor zum unüblichen Telefonieren genötigt hatten, erblasste sichtlich, als sie die lauten Binnenschiffer wieder reinkommen sah. Sie stellte ihre Kaffeetasse unsanft zwischen die nächstbesten Medikamente, öffnete einen ungenutzten Ladentisch, meldete sich an der Kasse an und winkte uns zu sich. An den langen Besucherreihen ihrer Kollegen vorbei. Die Durchsetzungskraft meines menschlichen Ebers machte sich wieder bezahlt. Während wir uns zwischen ergeben Wartenden zu ihr durch schlängelten, lief sie ohne Worte weg und kam mit einem Berg grauer Schaumgummipflaster zurück. Die flogen Jahre später noch überall bei mir herum. „Aber wie ist das mit diesem Antibiotikum bei Schwangerschaft? Geht das?" Unsere medizinische Dienstleisterin nahm das neue Rezept, tippte ein paar Tasten, ihre abwesenden Pupillen schlichen über den Computermonitor. Dann nuschelte sie: „Ich glaub schon." Ben konnte es absolut nicht mehr fassen: „ Wie jetzt?! Glauben Sie oder wissen Sie?“ Die Frau stellte das Medikament auf den Tresen und zuckte die Achseln: „Da steht jetzt nichts direkt drüber. Aber wenn das verschrieben wurde, sollten sie es nehmen, oder?“ Der werdende Vater zischte: „Glaube gehört in die Kirche. Es geht hier schließlich um mein Kind!“

Ich schnappte mir das Antibiotikum und meinen knallrot kochenden Mann: „Komm, raus hier. Ich weiß schon, wen ich fragen kann. Wir fahren ja eh morgen. Die weitere Behandlung mach ich nur noch in Köln.“ Zurück an Bord, rief ich direkt die gynäkologische Abteilung des kölschen Krankenhauses an, in dem unser Baby geboren werden sollte. Dort nahm ein Facharzt das Telefon ab, der nicht einmal nachschlagen musste, als ich die Ereignisse schilderte und den Namen des Medikaments nannte: „Ja, das können Sie nehmen. Es schadet dem Kind nicht, muss aber gleich nach der Geburt berücksichtigt werden. Nur eine routinemäßige Gegenmaßnahme. Geben Sie es also bitte bei der Anmeldung an. Ich mache auch schon eine Notiz.“ Na also, geht doch. Das nenne ich verwertbare Information. Als ich mich drei Monate später entsprechend zum werfen anmeldete, war ich unter der Ärzte- und Hebammenschaft gleich die bekannte bunte Sau. Die mit dem Schweinebiss im Wohnzimmer.

Wahrscheinlich wäre alles kaum anders, aber wenigstens langsamer gekommen, hätten wir Spekjes Waffen frühzeitig die Schärfe genommen. Gekürzt wurden seine Reißzähne aber erst später, bevor er in die Nähe eines anderen Schweins durfte. Tierschutz vor Menschenschutz. Den Hauer, der einst in meinem Bein steckte, trage ich heute stolz als Ohrring. Unter Vorsicht beim Wangenreiben mit Kind, denn er ist wie ausführlich beschrieben ja messerscharf. Genauso stolz trage ich die Narbe. Wobei ich vermute, dass ich diese großflächige Erinnerung mehr dem holländischen Gesundheitssystem als Spekje verdanke.

Der Kapitän fordert sein Recht

Das Gehirn kennt in der Krise drei grundlegende Reaktionsmuster: Angriff, Flucht oder Totstellen. Der Mensch ist ein Raubtier, mit unterschiedlicher Verhaltensprägung von Männchen (Jäger) und Weib-

chen (Sammler). Das Schwein ist ein Fluchttier, die männlichen Exemplare sind dafür allerdings unüblich gut bewaffnet. Die Konflikte in unserer kleinen Dreierfamilie waren schlecht lösbar, weil unsere Gehirnreflexe drei verschiedenen Strategien folgten. Wir rannten sozusagen ständig aneinander vorbei:
Ben ging bei jedem Anschein von Meinungsverschiedenheit zum Angriff über, nur bei Kompromissvorschlägen stellte er sich tot. Sein Kampfgeist war besonders wach, da es die eigene Saat zu verteidigen galt. Spekje versuchte, den vermeintlichen Gegner durch Scheinattacken zu stoppen, eigentlich nur, um flüchten zu können. Ich stellte mich möglichst lange tot, als ob es keine Krise gäbe. Nur wenn alles nichts half, lief ich weg. Dann aber ganz. Schwein und Kapitän nahmen die gegenseitigen Angriffe viel ernster, als sie jeweils gemeint waren und ich konnte ihre Kämpfe nicht schlichten, weil ich entweder grade mundtot oder futsch war.

Später lernte ich, mir darüber keine Vorwürfe mehr zu machen. Argumente wären sowieso sinnlos gewesen. Jeder Hobbyskipper kennt das hübsche Messingschild an Bord: „§1.) Der Kapitän hat immer recht. §2.) Sollte der Kapitän einmal nicht Recht haben, tritt automatisch §1. in Kraft." Ich lebte mit einem Starkapitän, der in diesem Text wenig Humor erkannte. Mein Mann war sein eigener Horizont. Den er nach Belieben verschob. Dahinter gab es nichts.

Schon vor dem Biss schwebten die Träume von einem Leben mit Baby und Schwein, traut vereint an Bord, in weite Ferne. Mit jedem Gramm, das mein Bauch wuchs, wurde mir bewusster, dass über hundert Kilo auf harten Klauen mit scharfen Zähnen sich schlecht mit einem Krabbelkind vertragen. Hätten wir Stall und Wiese gehabt für kontrollierte Besuche mit Kind, ja klar, prima. Aber nicht auf beengtem Raum, in einem Wohnzimmer. Selbst wenn Spekje das Baby lieben sollte, wenn er als einziges Schwein der Welt einen dem Hund vergleichbaren Welpenschutzinstinkt entwickeln würde. Selbst wenn er nicht auf seine Gene hören und den Neuling vertreiben oder fressen würde, war er doch einfach zu grob und plump. Was mit Erwachsenen liebenswert ist, kann mit Kleinkindern lebensgefährlich werden. Unser Schwein würde kaum einen Unterschied zwischen einem Stuhl oder einem Minimensch machen, der im Weg stand. Hindernisse waren schließlich dazu da, einfach hindurch zu laufen.

Trat er auf meinen Fuß, tat das sehr weh. Stünde er auf einem Babyfuß, wäre dieser für immer unbrauchbar. Gar nicht weiterzudenken, dass Krabbelkinder meist nicht nur mit den Füßen auf dem Boden sind.

In der theoretisch geprägten Anfangsschwangerschaft, redete Ben grundsätzlich gegen meine Bedenken an: „Nun warte doch ab, bis das Kind da ist. Vielleicht spielen sie ganz toll zusammen, Spekje wird schon lernen, vorsichtig zu sein. Nachher schlafen die zwei unter einer Decke in Spekjes Nest und wir sind überflüssig. Ich seh schon, dass du eifersüchtig wirst, wenn das Kind mehr am Schwein hängt als an dir. Wenn es stehen kann, erlaubt Spekje, auf ihm zu reiten. Du wirst sehen, das geht schon."

Sein Enthusiasmus war wie der unseres TomTom, wenn wir es an Bord nutzten, um die Geschwindigkeit abzulesen. Das Gerät für Straßennavigation irrte planlos über die blauen Kartenflächen des Rheins, auf der Suche nach einem festen Weg. Unter jeder Brücke ertönte begeistert: „Biegen Sie links ab!" Nach Brückendurchfahrt folgte die Resthoffnung: „Probieren Sie zu wenden." Ähnliches erklang, wenn wir in Rotterdams weiten Gewässern über dem Autotunnel schipperten. Absurde Vorschläge, in völliger Fehleinschätzung der Situation. TomToms wie Männer merken nicht, wenn sie keinen festen Boden unter sich haben und bestehen ignorant auf vertraute Wege. Bens unrealistische Romantik machte mir damals Angst. Jetzt dachte ich wehmütig daran zurück. Ich hätte ihm zu gern geglaubt. Kein Traum mehr möglich. Es herrschte Krieg zwischen Mann und Schwein.

Wir lebten in Aufschiebung der Hinrichtung. Es bestand scheinbare Einigkeit, dass Spekje nicht mehr auf Dauer bleiben konnte, aber mindestens noch so lange, bis das Baby ins Krabbelalter kam: „Solange es nur rumliegt, besteht noch keine Gefahr. Man muss es ja nicht unbedingt auf den Boden legen." Ich hatte noch nie ein Tier weggegeben. Für meine Tiere galt lebenslanges Recht auf meine Fürsorge. „Folge deinem inneren Kompass", empfehlen Krisenberater gern. Daran hat man in der Binnenschifffahrt aber wenig; wer hier versucht, nach Himmelsrichtung zu navigieren, landet Vollgas im Ufer. Der Strom des Lebens hatte mir unerwartet die Verantwortung für ein weiteres Leben auferlegt. Ich musste diesem Uferlauf folgen und in der Flussmitte weiter mit der Strömung schwimmen. Unmöglich, links oder rechts abzubiegen. Umkehren ausgeschlossen.

Schiffe fahren nicht auf Straßen, Schweine kuscheln nicht sanft mit Babys, Kapitänshorizonte kann ich nicht verschieben. Egal, wohin mein innerer Kompass kreiselte.

Brechenden Herzens stellte ich eine Vermittlungsanfrage ins Schweinefreundeforum. Die bohrende Furcht, was tun, wenn sich niemand findet, quälte mich nicht lange. Einen Hauch Glück im Unglück braucht jeder. Es meldete sich eine Frau namens Ingrid, die auf den ersten Blick in Spekjes Foto verliebt war und ihn unbedingt haben wollte. Sie müsste aber noch in Ruhe den Stall umbauen und alles ganz toll für ihn vorbereiten. Kein Problem, das Baby war ja noch nicht einmal geboren, in der Wiege wäre es auch noch geschützt. Bis zum Krabbeln schien mir noch eine Ewigkeit. Also abgemacht. Spekjes neue Heimat würde im grünen Brandenburg sein.

Meine Hauptaufgabe in dieser vermeintlich langen Übergangszeit war, die beiden Kampfhähne strikt auseinander zu halten. Dabei wurde noch fraglicher, wer hier eigentlich das Schiffschwein sei... Sobald Ben in die Wohnung kam, war meine erste Handlung, das reale Schwein einzusperren. Lieber vor der Attacke, als wieder eingreifen müssen. Mit oder ohne Gewalt, nur schnell ins Nest mit ihm. Die ständige Spannung und Einsperrung war kein Leben mehr für Spekje. Er verstand seine kleine Schiffswelt nicht mehr. Zurückweisung von allen Seiten machten ihn täglich misstrauischer und aggressiver. Auch mir gegenüber. Kein Wunder, ich war nicht nur ausführendes Organ der Kapitänswünsche. Hochschwanger hatte ich absolut keine Lust auf weitere Verletzungen und Medikamente. Gebrannte werdende Mutter scheut das Feuer. Ich konnte Spekje auch nicht mehr mit der Vertrauensmenge begegnen, die er brauchte, um sie zu erwidern. Keiner hätte es jemals zugegeben, aber wir hatten Angst vor unserem eigenen Schwein. Die genau das erzeugte, was wir fürchteten.

Im neunten Schwangerschaftsmonat stürzte Ben mich in eine emotionale Stromschnelle. Messerscharf wie Minischweinhauer stachen die Worte meines Partners in mein Ohr: „Besser, er ist gleich weg." Spekje hatte ihn gerade angefaucht, als er zu dicht an sein Nest kam, aber das war ja nichts Neues. Der Schiffsführer fühlte es jedoch als den berühmten Tropfen im Ölfass: „Morgen fahre ich übers Wochenende auf einem anderen Schiff, die brauchen einen Ablösekapitän. Wenn ich wiederkomme, ist er besser weg. Denk dir was aus. Kann sonst nicht mehr garantieren, was ich tue. Ich kann mich ja auf meinem eigenen Schiff nicht mehr frei bewegen."

Ein Schwein geht in die Luft

Doris war stinksauer: „Warum tut er dir das an? In deinem Zustand? Es war doch schon alles besprochen und geregelt. Dass wir Spekje mit dem Schweinefreunde-Transporter zu Ingrid bringen, sobald sein neues Zuhause fertig ist. Warum muss es jetzt plötzlich sofort? Anstatt dich erst mal in Ruhe das Kind kriegen zu lassen. Wenn es erst da ist, hast du anderes zu tun, dann fällt die Trennung auch nicht mehr so schwer. Und dann noch abhauen und du sollst Hals über Kopf alles allein organisieren!" Wir telefonierten die halbe Nacht. Sie bot zwar gleich an, ihn vorübergehend in ihrem „Pigs Paradise" aufzunehmen, bis in Brandenburg alles bereit sei, aber es dauerte länger, meine Verzweiflung zu bekämpfen. Es war doch schwer genug für mein wohnungsfixiertes Schiffschwein, sich an eine andere Umgebung zu gewöhnen. Warum sollte er zweimal umziehen? Das konnte keiner begreifen. Es war schon so lange schwierig, da kam es doch auf ein paar Wochen nicht mehr an. Für meinen Mann schon. In Alpträumen sah ich ihn, mit dem großen Küchenmesser über unserem toten Schwein stehen, alles voller Blut, welches Lady begeistert aufleckte.

Morgens ging mein Mann mit einer Reisetasche von Bord, mittags kamen Doris und ihr Gatte Dale mit dem Transporter. Dazwischen schmuste ich zum letzten Mal mit meinem Schwein. Es war so anhänglich wie lange nicht mehr. Ich erklärte ihm, was heute stattfinden würde, ohne es selbst fassen zu können. Plötzlich hob Spekje den Kopf aus meinem Schoß, da hörte auch ich die Schritte auf der Gangbord. So früh konnten sie doch nicht da sein? Es war mein Vater. Bei vielen gehen die Väter ja ein und aus, aber nicht bei mir. Meiner ist Seemann auf großer Fahrt, von daher war ich es von klein an gewöhnt, ihn Monate oder gar Jahre nicht zu sehen. Dafür erschien er oft unerwartet und war dann voll für mich da. Er kam selten im richtigen Moment, ich freute mich trotzdem immer, ihn zu sehen. Heute war es anders herum. Ich konnte mich über nichts freuen, dafür kam er genau im richtigen Moment. In Begleitung eines Schäferhundes. Wir nahmen uns kurz in den Arm, dann begrüßte ich ihn mit den Worten: „Spekje wird gleich abgeholt. Für immer. Hilfst du mir, seine Reisekiste schon mal reinzutragen?" Er warf einen besorgten Blick auf meinen kugelrunden Bauch, dann ließ er sich zeigen, wo die Box an Deck steht, schickte mich mit väterlicher Strenge wieder in die Wohnung und brachte das Riesending allein hinterher. Keine Ahnung, wie er das geschafft hat. Auch werdende Großväter entwickeln wohl ungeahnte Kräfte, wenn es um die Saat ihrer Saat geht. Gemeinsam rollten wir die Box ein Stückchen vor den Eingang von Spekjes Nest. Tür an Tür. Ich legte noch ein paar Stück Käse hinein. Dann gab es endlich den Kaffee, für den er vermutlich gekommen war. Der gehorsame Schäferhund war ihm bei jedem Schritt gefolgt, jetzt lag er zu seinen Füßen. Ich hatte keinerlei Hoffnung, dass mein Borg freiwillig in die Kiste gehen würde. Obwohl er aufgeregt nach dem Käse schnupperte. Diese Übung wollte ich ursprünglich eine Woche vor dem Stichtag einführen, damit die Transportbox bis dahin eine selbstverständliche Spielkiste sei. Auch diese Erleichterung war uns genommen. Auf eine Eingewöhnung im Schnellverfahren fällt kein Schwein herein. Im Unterschied zu sonstigen Kisten, spürte er gleich, dass mit dieser etwas nicht stimmte.

Die nächsten Gangbordschritte stammten von den eigentlich Erwarteten. Nach einer kurzen Vorgehensplanung schleppten wir mein gesamtes Schweinezubehör, von Spielen über Futtersäcke bis zu Decken und Näpfen an Land. Spekje sollte ja nicht ohne seinen Haushalt umziehen. In weiser Voraussicht hatten die Schweinetransporteure dafür einen extra Anhänger an ihren Kleinbus gekoppelt. Danach setzten wir uns auf die Couch, nur Dale ging zu Spekje, um ihn in die Box zu treiben. Er war der erfahrenste Schweinefänger unter uns, im Verein der Steckdosenretter für seine ruhige Durchsetzungsfähigkeit bekannt. Mit seinem Treibbrett ausgerüstet, müsste das schnell gehen. Im Nest gab es ja nicht viel Ausweichmöglichkeit. Da täuschte sich der Erfahrene. Spekje fand trotzdem immer wieder ein Schlupfloch an Dale vorbei, in sein Klo oder unters Schlafdach. Ich baute das Dach ab, danach ging die Jagd weiter. Bis hierher tanzten sie noch recht kontrolliert umeinander herum mit verhaltenem Schweinfauchen gegen beruhigende Worte.

Echte Panik entstand, als Spekje die Transportbox mit Gewalt wegschob, beinahe wäre er in die Wohnung entwichen. Mein Vater sprang hinzu, um die Kiste festzuhalten. Dieser weitere Fremde in unmittelbarer Nähe löste beim Schwein wütende Angriffe gegen Dale aus, welche der Schäferhund als Gefährdung seines Herrn fehlinterpretierte. Im Vorbeifliegen packte ich gerade noch das Hundehalsband, bevor der Wolfsnachfahre mein Schwein anfallen konnte. Da stand ich an den bellenden Hund gefesselt, Dale wehrte sich mit dem Brett gegen Spekjes blaffende Attacken, Doris konnte nichts tun, weil wir alle Wege blockierten. Über uns, auf dem Roofdach, jaulte Lady gegen den Krach an. Ich brüllte: „Bring den Hund raus!" Mein Vater konterte: „Kann nicht, muss die Box festhalten." Es gelang Dale, aus dem Nest zu flüchten. Er stellte das Brett weg und hielt selbst die Box fest: „Loslassen!" befahl er meinem Vater. „Du sperrst den Hund ins Schlafzimmer und setzt dich wieder aufs Sofa. In der Nähe darf nur Spekjes Mama bleiben, also schwanger hin oder her, sie hält die Kiste fest." Und so machten wir es. Noch einmal tief durchatmen, alle auf Position, dann ging Dale wieder mit dem Brett in die Arena. Die Angriffsangst wandelte sich zurück in Fluchtverhalten. Ich lockte durch die Boxgitter. Noch ein paar Mal flogen Decken und Katzenstreu in alle Richtungen, dann bekam Spekje einmal die Kurve nicht. Er landete aus Versehen mit den Vorderbeinen in der Box. Gnadenlos blockierte Dales Brett den Rückwärtsgang. Ich hielt ein Käsestück durch die Gitter und log: „Komm, Speeeekje, es ist gut."

Das Schwein wusste, dass es verloren hatte, zog langsam die Hinterbeine in die Box und schnaufte durch die Gitter in mein Gesicht. Zum Naschen war es zu aufgeregt. Wegen der gleichen Emotion fummelte ich eine Weile erfolglos herum, um die Bremsen der Kistenrollen zu lösen. Im neunten Monat kann Frau sich nicht flach genug auf den Boden legen, um zu sehen, was sie da tut. Bis genug Abstand zwischen Kiste und Nest war, um die Tür zu schließen, musste das Brett gegen den Ausgang gepresst bleiben. Die Box sowie Dale wackelten und ächzten gegen Spekjes Ausbruchsversuche an. Weil es mir zu lange dauerte, ließ ich die Bremsen Bremsen sein. Ich warf meine achtzig Kilo Schwangerengewicht gegen hundertzwanzig Kilo Kistenschwein in die Waage. Die Rechnung ging zwar theoretisch nicht auf, praktisch rutschte die Box trotzdem ein Stückchen. Die Rollen brachen auch nicht ab. Nach zwei weiteren rechnerisch unmöglichen Kraftakten meinerseits konnten wir endlich die Klappe zu und den Riegel davor machen.

Kaffee, Kippe, Pause. Die brauchten Menschen und Schwein. Nur die Trächtige darbte bei Kräutertee und Salzstangen, diesen trockenen Placebo-Zigaretten. Der Schäferhund war aus allen Gedankengängen verschwunden. Wahrscheinlich schlief er auf unserem Bett, das dadurch bevorstehende, außereheliche Donnerwetter war mir grad egal. Mit der nötigen salzigen Besinnung fiel mir plötzlich wieder ein, wie die Rollenbremsen funktionierten. Sofort erklärte ich Doris die Technik, bevor ich es wieder vergaß und weil ihr dabei kein Babybauch im Weg sein würde.
„Am besten verabschiedest du dich jetzt von Spekje. Wenn die Kiste in Bewegung kommt, sollte alles möglichst schnell gehen", unterbrach Dale meine Bremsausführungen. Ich nickte und ging zur Box. Der Gefangene keuchte nicht mehr so schwer wie nach der Jagd. Er hatte inzwischen den Käse aus dem Stroh gesammelt, nun stand er still da und schaute mir bohrend in die Augen: „Was machst du mit mir?" Kein Tier kann deinen Blick so standhaft erwidern wie ein Schwein. Es war fast genauso wie mit dem Ferkel in der kleinen Kiste, drei Jahre zuvor. Nur ein paar unwesentliche Nummern größer. Wieder erklärte ich ihm, dass es ihm gut gehen würde. Und wieder wusste ich, dass er mir noch nicht glauben kann. Durch die Gitter konnte ich nur seinen nassen Rüssel streicheln. Er streckte ihn mir entgegen: „Ich bin dir nicht böse. Du wirst schon wissen, was ich noch nicht weiß. Wenn du sagst, es ist gut, muss ich das glauben." Es war doch ganz anders. Dies war ja nicht mehr irgendein Ferkel. Dies war mein Spekje. Wir küssten uns gegenseitig auf die Nasen. Ich gab ihm eine letzte Kartoffelschale. Er nahm sie an. „Leb wohl, Spekje."

Dann wich ich seinem festen Blick aus und floh an Deck, um den Autokran vorzubereiten. Diesmal war ich es, die den hilfsbereiten Vater mit töchterlicher Strenge zurück in die Wohnung schickte: „Sorry. Brauche eben ein paar Minuten allein. Kran-Knöpfe drücken ist bestimmt nicht zu anstrengend." Vertraut summte die Hydraulik, mit einem Klack löste der Balken sich aus seiner horizontalen Ruhelage, um langsam gen Himmel zu steigen. Bekannte Geräusche wirken nicht nur auf Babys und Tiere beruhigend. Ich stand mit der Fernbedienung in der Sonne und meditierte über das Heben und Schwenken des sechzehn Meter langen Stahlarms. Übertrieben präzise suchte ich die perfekte Position, bis ich genug blauen Himmel mit Kranspitze gesehen hatte und der Haken vor der Wohnungstür baumelte. Hinter derselben stand schon die Box, von den anderen herangerollt. Dank Doris` neuerworbener Bremsenlösekunst. Als ich hereinkam, diskutierten Dale und mein Vater über den Verlauf der Gurte um die Kiste herum, in welche der Kranhaken eingehängt werden sollte. Bei Technikern wird Reden meist von Taten begleitet. Nach Inspektion ihrer Knotenkünste erläuterte ich, wie ich die Kiste inklusive ganz anderem Gurtverlauf entworfen und entsprechend hatte bauen lassen. Dale fand das logisch, aber mein Vater pochte auf seine seemännische Kranerfahrung: „Das hält so. Garantiere ich dir. Wenn wir jetzt alles wieder los und neu machen, dauert es nur länger für das arme Schwein." Ich war weder von der garantierten Haltbarkeit, noch von der langen Dauer einer Änderung völlig überzeugt. Aber ich wusste aus Erfahrung, dass es stattdessen sehr viel Zeit kosten würde, einem Techniker meine Meinung beizubringen. Darin war mein Vater kein Einzelfall. Also hoffte ich, dass er recht hatte und packte den Kranhaken: „Dann kommt mal mit der Kiste, ich hänge den Haken ein."

Bis dahin leisteten die Rollen gute Arbeit. Nach dem Einhaken wurden sie hinderlich. Der Türdurchgang war die schwierigste Passage. Der Kran konnte noch nicht kraftvoll heben, weil der Draht, durch den Eingang nach drinnen gezogen, sonst zu viel Druck auf den Türrahmen ausgeübt hätte. Und die Kiste, schräg gezogen, umgekippt wäre. Gemeinsam wuchteten die Männer unsere Schweinebox stufenweise auf die Türschwelle, gleichzeitig bediente ich den Kran als Unterstützung und Stabilisierung. Die Rollen blieben an jeder der drei Eingangsstufen hängen, dreimal rief ich also: „Vorsicht, Rollen brechen gleich ab!" Mit der Box auf der Schwelle, halb draußen, verlief das Krankabel endlich senkrecht. Langsam übernahm die Hydraulik die Last, die Männer mussten nur noch kräftig an einer Seite ziehen, um die Box von der Reling fern zu halten. Bis auch dieses Hindernis überwunden war.

Die Box schwebte über dem Rhein. Spekje flog. Immer höher. Die Transportbox neigte sich. Noch höher. Die Box neigte sich weiter. Beängstigend schief. Wie weit kann sie kippen, ohne aus den Gurten zu sacken? Ich fühlte mein Schwein in eine Ecke rutschen, überlegte, ob ich im neunten Monat noch gut genug schwimmen könnte, um Schweineboxen im strömenden Wasser zu verfolgen und verfluchte meine Nachgiebigkeit gegenüber Technikern. Väterlicherseits drangen Pseudoberuhigungen von sich selbst bekneifenden Riemen an mein Ohr. Sein angespanntes Gesicht strafte ihn Lügen. Meine Gedanken rasten: „Wie lange schwimmt so eine Box? Wie öffne ich die Tür im Wasser? Würde Spekje mir schwimmend folgen, um eine flache Uferstelle ohne tödlich steile Spundwand zu erreichen? Oder würde er sich mit Maul und Klauen an mich klammern?" Gemeinsam ertrinken schien mir auf einmal nicht der schlechteste Ausweg. Die Hydraulik summte vertraut, als die schiefe Last endlich hoch genug hing, um sie über das Roofdach zu schwenken. Dort setzte ich die Kiste ab.

Sichere Zwischenlandung, meine Gedanken applaudierten. Bis ich hinterher geklettert war, hatten die Männer schon ihre Super-Aufhängung strammer gezogen. Aber nicht verändert. Die Kranfernbedienung gnadenlos an ihrem Kabel hinter mir her schleifend griff ich ein: „Weg da. Nicht nochmal dasselbe." Ungeachtet aller Selbstverteidungsargumente schob ich die Männer zur Seite, löste beide Gurte komplett, zog sie wie zuvor, aber ohne Drehungen unter dem Kistenboden durch, von da fein säuberlich durch alle vier, eigens dafür konstruierten, Griffe und führte sie oben wieder zusammen: „So. Wenn ihr sie bitte jetzt noch mit den Einstellstücken auf gleiche Länge bringt, hängt das so sicher wie ein Haus." Vatern murmelte: „Ja, gut. Aber durch die Tür wär das so nicht gegangen. Weil die Griffe leicht angehoben stehen." Es war mir zu anstrengend, ihm zu erklären, dass es sehr wohl mit genau einem Zentimeter Spielraum gepasst hätte. Stattdessen streichelte ich Lady, die unter dem Ruderboot hervorgekrochen kam und verwundert um uns herum tapste: „Du wirst ihn auch vermissen. Auch wenn du es nie zugeben würdest." Die Hündin beschnupperte die Transportbox, Spekje schnüffelte durchs Gitter zurück. Auch ihre Nasen berührten sich kurz. Es sollte wohl so sein, mit den Gurten. Sonst wäre Spekje ohne Stopp vorbeigeflogen und Lady hätte gar nicht verstanden, wo ihr verhasster Schweinefreund geblieben ist.

Spekjes zweite Flugstrecke führte weit in den Himmel. Die Spundwand, an der wir lagen, war elend hoch, der Rheinpegel niedrigwas-

sertief. Um die Promenade zu erreichen, musste ich den Kran auf volle Länge ausfahren. Gerade und stabil hängend konnte unser Wohnungsschwein hoffentlich die ungewohnte Aussicht genießen. Ob er wohl die Wölkchen zählte? Die befürchtete Panik blieb auf jeden Fall aus. Mit tobendem Schwein hätte die Box nicht so friedlich im Seil gedreht. In den letzten Flugminuten war das übrige Bodenpersonal zum Terminal an Land gelaufen. Die Männer nahmen die Box in Empfang, lösten die Gurte und rollten sie aus meinem Sichtfeld. Bis ich mich inklusive fast fertigem Baby die lange Treppe hochgewuchtet hatte, war meine Schweinekiste schon im Kleinbus verschwunden. Ich bekam gerade noch mit, wie Dale die Türen schloss, den Anhänger mit unserem Schweinezubehör dahinter hängte und alles gewissenhaft kontrollierte. Durch die verdunkelten Fenster konnte ich mein Schwein nicht mehr sehen. „Wollt ihr noch einen Kaffee?", keuchte ich aus Treppen- und Emotionalerschöpfung. Doris und Dale schüttelten im Duett den Kopf: „Spekje soll es so schnell wie möglich hinter sich haben. Wir fahren sofort."
Noch zwei Umarmungen, dann sah ich dem Transporter nach, bis er außer Sicht war. Ein endloser Blick, denn sie kreuzten im Schritttempo zwischen den Spaziergängern eines sonnigen Tages über die lange Rheinpromenade.

Mein Vater nahm den angebotenen Kaffee gern für die lange Nachtfahrt. Er war auf der Durchreise. Wie immer. Zu einem Geschäftstermin. Ausnahmsweise nicht in Übersee, sondern irgendwo in einem nahegelegenen europäischen Land. Danach wolle er aber wiederkommen, um die Geburt seiner Enkeltochter nicht zu verpassen. Wie in meinem Leben läuft er also auch in diesem Buch nur kurz durchs Bild. Aber wie gesagt, ausnahmsweise mal im richtigen Moment. Einmal Kaffee plus Schweineverladung. „Vergiss deinen Hund nicht!" rief ich ihm nach, weckte den Schäferschläfer in unserm Bett und schickte ihn seinem Herrn hinterher, der schon an Land stand.

Als alle fort waren, stand ich so sauseelenallein wie noch nie zuvor, über die Reling gebeugt. Nur meine Hand auf meinem dicken Babybauch hielt mich fest. Neununddreißig Farben Tränen vermengten sich mit tausend Farben Rheinwasser.

Alltägliches Abschiedslied

Mein Spekje ist fort.
Mein Schnüff, mein Knüff, mein Öffelchen, mein erstes Baby.
Es geht ihm gut, erfahre ich am Telefon.
Aber er ist nicht mehr hier und ich kann nicht zu ihm.
Wir haben uns verloren.

Ein letztes Mal dein nun leeres Nest saubermachen.
Niemand, der bellend angerannt kommt
und Eintrittsleckerchen für sein Heiligtum fordert.
Niemand, der schwänzchenwedelnd neben mir steht,
während er Körner aus der Kiste sucht.
Niemand, der mich anmeckert, weil ich vor dem Schweineklo stehe.
Da ist kein Schweineklo mehr.
Niemand, der vor dem bösen Staubsauger unter sein Dach flüchtet.
Niemand, der kontrollieren kommt,
was ich alles verkehrt umgeräumt habe.
Niemand, der fachmännisch Säcke zerfetzt, Kissen verschiebt
und das Nest neu mit Papier einrichtet.
Da ist kein Papier mehr. Da sind keine Kissen mehr.
Da sind keine Säcke mehr.
Niemand, der die zusammengefegten Haufen
wieder auseinanderbläst.
Niemand, der in den Handfeger beißt,
weil er den Haufen noch nicht genug untersucht hat.
Niemand, den ich aussperren müsste,
um irgendwann doch mal fertig zu werden.
Ich schließe Dein Nest und mach die Tür zu.
Niemand, der da noch rein will.

Irgendwann muss ich doch schlafen gehen.
Niemand, der ein Bauchkraulen und „Gute Nacht" erwartet,
bevor ich mich hinlege.
Niemand, der leise grunzt, wenn ich im Schlafzimmer rede.
Niemand, der da sein wird, wenn ich wach werde.
Ich möchte in mein Auto steigen und zu dir kommen,
nur noch eben „schlafgut" sagen…

Irgendwann muss ich doch aufstehen.
Niemand, der meckert und am Rand der Kiste knabbert,
damit ich ihn endlich rauslasse.
Niemand, der Apfelstückchen fordert,
während ich noch meine Ruhe zum Wachwerden möchte.
Da sind keine Apfelstückchen mehr.
Niemand, dem ich ein Frühstück in die Kiste streue,
um eben Zeit für mich zu haben.
Da ist keine Kiste mehr.
Niemand, der sich zufrieden über das Morgenritual
neben den Tisch legt.

Irgendwann muss ich die Wohnung verlassen.
Niemand, der von alleine in sein Nest läuft,
wenn ich die Schuhe anziehe.
Niemand, dem ich ein Abschiedsleckerchen
und Hinternklopfen geben kann.
Niemand, der grunzend antwortet
wenn ich wie immer „Bis nachher“ sage.

Irgendwann muss ich in die Wohnung zurückkommen.
Niemand, der mir mit Stakkatotönen entgegengelaufen kommt.
Niemand, der die Nase so hoch wie möglich hebt,
weil er ein Küsschen erwartet.
Niemand, über den ich rübersteigen muss,
um weiter nach drinnen zu gehen.

Irgendwann muss ich mir etwas zu essen machen.
Niemand, der angetikkelt kommt, um zu gucken, was ich mache.
Niemand, der einen Stuhl umschmeißt, um sich Platz zu schaffen.
Niemand, der sich schnaufend unter'n Küchentisch fallen lässt.
Niemand, der bei jedem Vorbeigehen mit leisen Tönen warnt,
ihm nicht auf die Nase zu treten.
Niemand, der mich anstupst, wenn die Brote fertig geschmiert sind,
weil er dann die Reste bekommt.
Was begehrtes Leckerchen war, wird nun Abfall.
Ich werfe Brotkrümel über Bord.
Ich werfe Apfelschalen über Bord.
Ich werfe Käsereste über Bord.

Ich werfe Tomatenreste über Bord.
Die einzigen, die froh davon werden, sind die Fische.

Irgendwann gehe ich an den Computer.
Der Hund macht sich hinter mir auf dem Teppich so lang er kann,
als wolle er den ganzen Platz besetzen.
Den sie sonst zu zweit teilten, um bei mir zu liegen.
Die zufriedene Dreieinigkeit vom Abend gibt es nicht mehr.

Niemand, der antwortet, wenn ich wohl hundertmal am Tag
aus Gewohnheit „mmmh" brumme.
Natürlich nicht. Denn das heißt „Ich bin da, Du auch?".
Und Du bist nicht mehr da.

Ich weiß, es geht Dir gut. So gut es eben geht.
Ich weiß, Du bist ja nicht tot, Du bist nur woanders.
Ich werde nie wissen, ob das ein Unterschied ist.
Ich weiß, Du beginnst ein neues Leben.
Ich weiß, es wird Dir dort mit der Zeit wohl bessergehen,
als es hier je möglich wäre.
Aber Du gehörst doch zu uns. Warum bist Du nicht mehr hier?
Hätte ich es doch irgendwie verhindern können?
Irgendwie verhindern müssen?
Ich wusste keine andere Lösung,
ich hab versucht, das Beste für Dich zu finden
und trotzdem ist es einfach nur Verrat an Deiner Liebe.

Manchmal höre ich Dich kurz, ganz nah.
Manchmal sehe ich Dich kurz, auf einem deiner Lieblingsplätze.
Bisher dachte ich, diese Visionen sind die Geister der toten Tiere,
die noch nicht frei sind.
Aber Du lebst woanders noch –
und lässt dich hier doch sehen und hören.
Also bin ich es selbst.
Oder Deine Gedanken, die zu mir kommen.
Oder wir beide.
Es war nun grade mal ein Tag ohne dich.
Du fehlst, bei allem was ich tue.

Weißt du noch?

„Wenn das Schwein wählen könnte – als Baby auf dem Grill enden oder auf dem kalten, glatten Tanker *mit uns so alt werden, wie es will,* was denkst du würde es wählen?"
Wir haben dich Vertrauen gelehrt
und dann unser Versprechen gebrochen.
Wir sind leider nur Menschen.
Ich hoffe, du lernst mich zu vergessen.

Zwei Babys, eine unerhörte Ähnlichkeit

Schweine verzeihen Manches, aber sie vergessen nichts. Die Intelligenz des Schweins haben Wissenschaftler mit der eines vierjährigen Kindes gleichgestellt. Den Beweis lieferte mir unsere Tochter Kalina. Spekje war mein erstes Baby. Er kam in einer Kiste und ging in einer Kiste. Mein zweites Baby kam in meinem Bauch und weil sie da nie wieder reinkommt, wird sie später wohl auf ihren eigenen Beinen in die Welt hinausgehen müssen. Bis dahin ist es aber noch ein weiter Weg. Andere Wissenschaftler sagen, dass Menschenkinder ungefähr ein Jahr zu früh geboren werden. Das bezieht sich auf die motorische Entwicklung und ergänzt die Sache mit der Intelligenz. Die Altersangabe ziehe ich noch in Zweifel, andere Säugetiere sind kurz nach der Geburt deutlich überlebensfähiger in Rudel und Wildnis als der einjährige Humanoid.

Jeder, der zwei Babys hatte, kann sich Vergleichen wohl nicht entziehen. So ging es auch mir. Als Kalina fünf Wochen alt war, machte sie keinerlei Anstalten, selbständig zu essen, in der Sprache ihrer Artgenossen zu kommunizieren, ihre Beine zum Laufen zu benutzen oder gar auf die Toilette zu gehen. Für Spekje war das alles im gleichen Alter schon ganz selbstverständlich. Die Monate und die Nächte zogen sich in die Länge, es ist ein Drama mit den Menschenkindern. Wie oft seufzte ich mit Ringen unter lächelnden Augen: „Spekje würde jetzt schon auf Anfrage Papiere apportieren, seine Geschlechtsorgane ausprobieren und vor allem nachts einfach schlafen. Während sie immer noch auf dem Rücken rumliegt und unkoordiniert mit den Armen rudert – Ich will mein Schwein zurück, wollen wir tauschen?" Natürlich nicht wirklich, für nichts auf der Welt würde ich mein zweites Baby wiederhergeben.

In dem Moment, dass ich dieses Kapitel schreibe, ist Kalina zwei Jahre und drei Monate alt. Und erst jetzt reicht sie Spekje in Intelligenz und Motorik langsam das Wasser. Teilweise. Sie kann laufen und hüpfen, wenn auch noch nicht so souverän wie er, kleine Aufgaben erfüllen und gewohnte Vorgänge mit Phantasie verändern. Es gelingt ihr, das Essen mehr oder weniger selbst in die Öffnung über dem Kinn zu bekommen und ihre Tischumgebung sieht danach ungefähr genauso aus, wie der Quadratmeter rund um Spekjes Napf. Ihr Verständnis für meine Worte geht bei komplizierten Zusammenhängen ein bisschen weiter als seines, weil wir die gleiche Sprache sprechen und sie als Schifferkind mit beschränktem Auslauf notgedrungen viele Bücher konsumierte. Nonverbal hinkt ihre Begriffsfähigkeit dem Schwein noch hinterher, das hat Zeit, bis sie vier wird. Die Idee, ein Töpfchen zu benutzen, findet Kalina bisher nicht wirklich attraktiv. Sie legt allerdings Wert darauf, dass ich ihre Windel regelmäßig wechsle, so wie Spekje immer gern saubere Streu in seinem Klo wollte. Mein Schweinekind duftete nach Maggi und Blümchen, mein Menschenkind nach Babyöl und Blümchen. Bei beiden absolut identisch ist der unbändige Drang zu spielen, zu lernen, Neues zu erleben, soziale Kontakte zu knüpfen und geliebt zu werden.

Dank den Analogien zwischen meinen beiden Babys begreife ich mehr denn je, warum man die Schweine in der Massenhaltung vor den Menschen, die sie essen sollen, verstecken muss. Wenn mein Tischnachbar ein saftiges Stück Schweinefleisch zersägt, sehe ich sie jedes Mal vor mir: Eine Gruppe von fünf Menschenkleinkindern, eingesperrt in einen Käfig von fünf Quadratmetern. Unter Berücksichtigung der Körpergröße also mehr Platz für jedes einzelne, als die 0,9 qm, die einem Schwein gesetzlich zustehen. Ohne Windeln, Spielzeug oder Zuwendung, nur mit Fressen vollgestopft, in ihrer eigenen Scheiße stehend. Wen würde es wundern, wenn sie stinken, weinen, brüllen und sich gegenseitig die Ohren abbeißen? In einer männlichen Rotte vielleicht sogar die Schwänze?

Die psychische Entwicklung ist nicht unsere einzige Schweineverwandtschaft. Auch anatomisch ist uns kein Tier so nahe. Wie erwähnt, haben wir nahezu das gleiche Verdauungssystem, mit ähnlichem Nährstoffbedarf. Sprich, wir haben fast denselben Geschmack. Herz- und Hauttransplantationen wurden vom Schwein zum Men-

schen erfolgreich durchgeführt. Nicht jedoch vom vielzitierten Affen. Ich fürchte, Darwin hat sich zu sehr von Äußerlichkeiten täuschen lassen. Typisch Mensch, das wäre einem Schwein nicht passiert. Oder der große Stammbaumforscher hatte Angst, statt Anfeindung gleich geteert und gefedert zu werden, wenn er gänzlich die Wahrheit sagt. Der Affe war ja schon schlimm genug.
Wir behandeln Schweine so schlecht, weil wir nicht wahrhaben wollen, wie ähnlich sie uns sind. Es ist schließlich Grundkurs Psychologie, dass Menschen beim Anderen am heftigsten kritisieren, was sie an sich selbst stört. Wer taugt besser zum Sündenbock, als jemand der uns gleicht, dabei aber dick und unbeholfen wirkt? Schau dein Neugeborenes gut an, bevor du „Schwein" als Schimpfwort denkst.

Schizophrenie ist: Morgens fünf Euro an den Tierschutzverein zu spenden und mittags in Restaurant oder Supermarkt zehn Euro für die Tiermisshandlung auszugeben. Selbstzerstörerischer Kannibalismus ist: Das von diesen zehn Euro gekaufte, antibiotika- und stresshormonvergiftete Billigfleisch an sein eigenes Kind zu verfüttern. Wir werfen unser Geld in ein Glücksspiel ohne Gewinn.

Schweinelotto an Land

„Spekje hat den Sechser im Schweinelotto gezogen", sagte Doris, als sie mir sein zukünftiges Lebensumfeld in Brandenburg beschrieb. Den hat er auch verdient, fand ich. Auf ihn warteten ein eigener, beheizter Stall, sowie ein großer Hof mit ausreichend Garten. Vor der langen Reise in den Osten bekam er in seinem Übergangsstall im „Pigs Paradise" noch eine gründliche Untersuchung durch Nicki. Bei der auch Klauen und Hauer rigoros gekürzt wurden. Zweiteres rettete wahrscheinlich noch ein Schweineleben.

Seine neue Besitzerin Ingrid lebt, spätestens seit Spekjes Ankunft, scheinbar nur noch für ihre Schweine. Sie hat noch eine Sau namens Paula, die in ihrem schönen Haus, ebenfalls als Einzelschwein, aufgewachsen war.

Bei der Planung, aus Spekje und Paula ein happy Schweineduo zu machen, hatte sie allerdings die Rechnung ohne die Schweine ge-

macht. Solange der Innenhof mit einer gewichtsmäßig lächerlichen Holzleiter als Zaun getrennt blieb, fanden die beiden sich gegenseitig ganz passabel. Aber wehe, wenn die symbolische Sperre entfernt wurde. Dann gingen sie wie Furien aufeinander los. Zu aller Erstaunen war es nicht die dicke Paula, die meinen süßen, zierlichen Spekje massakrierte. Er schlug sich, als wäre er ein ganzer Mann, bis die arme Sau einen Schwächeanfall erlitt und einfach umkippte. Nur gut, dass man bei Spekje die maskulinen Attribute vorne und hinten abgeschnitten hatte. Das reduzierte akute Verletzungen sowie Spätfolgen. Es half wenig, Paula am ganzen Körper mit Diesel zu parfümieren, unter die Borsten massiert, hinter die Ohren geschmiert und in alle Körperfalten gesprüht. Unser Borg attackierte die Sau trotzdem, da versank sie wieder in Ohnmacht. Vielleicht fiel sie sogar noch schneller von den Klauen durch ungewohnte Dieselaromen. Am Telefon versicherte ich Ingrid, dass unser Treibstoff genauso roch wie der in Brandenburg von der Tankstelle. Es gäbe zwar leichte Duftunterschiede durch Additive, die hätten unser Schwein bisher aber auch nicht beeinflusst. Ob Diesel, Heizöl, Schmieröl oder Schmierfett, egal von welchen Herstellern oder Raffinerien, er fand alles vertraut. Es wäre also sinnlos, Kraftstoff zu schicken. Zumal ich nicht wüsste, ob die Post ein Spritparfümfläschchen nicht als eventuell terroristischen Brandsatz abfangen würde. Wir kämen ganz schön in Erklärungsnot, wenn wir einem Staatsschützer Rechtfertigungen über den Familiengeruch von Schiffschweinen erzählten. Die Wahrheit ist für manche Menschen am unglaubwürdigsten.
Nachdem die gutgemeinte Vergesellschaftung also mehrfach fehlgeschlagen war, entschied Ingrid aus Rücksicht auf Paulas Gesundheitszustand es bei der Trennung von Stall und Hof zu belassen. Sie sind ja nicht wirklich allein. Beide quatschen fröhlich miteinander, so lange der Sicherheitsabstand gewahrt bleibt. Wer egozentrisch erzogen wurde und lange Alleinherrscher war, akzeptiert keine Anpassung und ist damit untauglich für Wohngemeinschaften.

Jedes der Schweine behielt also sein eigenes Zwei-Zimmer-Appartement, mit Schlafhütte, sowie eine Hälfte vom Hof. Prima. Aber noch nicht genug für den anspruchsvollen Borg von heute. Spekje fand urinieren im Freien eine unanständige Idee. Er schaffte es mit Nasengewalt, in die Scheune zu kommen, um sich dort seinen Pinkelplatz einzurichten. Seine neue Besitzerin hatte alles Verständnis, schließlich war der arme Kerl für seine Notdurft ein überdachtes, privates, nach allen Regeln der Schweineklobaukunst gestaltetes Eckchen gewöhnt. Die Scheune wurde seinem erlaubten Bereich hinzugefügt. Dann gab es noch einen Kräutergarten mit hübschem, niedrigem Zaun, den Menschen vorbehalten. Das Schiffschwein kannte keine Zäune, es hielt sie für eine Art Möbel, lief also hindurch. Kräuter waren eine ganz tolle neue Erfahrung. Nach dem Verzehr derselben vergaß es seine Abneigung gegen Erde und pflügte den Boden schon mal fürs nächste Jahr. Verschwunden waren Zaun und Kräuter, Spekjes Auslauf dafür wieder ein Stückchen größer. Wahrscheinlich hatte unser Husky bei seiner Erziehung dem wissbegierigen Ferkel doch mehr erzählt, als wir dachten, denn Spekje entwickelte Wachhundqualitäten: Der Postbote traute sich bald nicht mehr auf das Gelände. Ingrid montierte einen neuen Briefkasten am Außenzaun. Wegen der räumlichen Trennung ihrer zwei Schweine, teilt sie auch ihren Tag strickt entzwei: Vormittag für die Sau, Nachmittag für den Borg. Von Mann und Sohn hörte ich sie selten erzählen, die dürfen sich aber sicher mal dabei gesellen. Da Spekje die spätere Tageshälfte und der Hofbereich mit Gartentisch gehört, kommt er häufig in den Genuss des gemeinsamen Abendessens.

Alles entwickelte sich etwas anders, als Ingrid es sich vorgestellt hatte, aber jeder ist zufrieden damit. So importierte das Schiffschwein unsere Bordphilosophie ins Bauernland: „Ich hab geplant, nicht zu planen."

Es dauerte fast ein Jahr, bis die neue Eigentümerin Spekjes Vertrauen so gewinnen konnte, wie es bei mir einst war. Er war vom ersten Moment an ihr Augapfel. Mit schier unglaublicher Geduld verzieh sie ihm alle Gemeinheiten, Zurückweisung und Zicken. Er durfte sie im Stall die Bretterwand hochjagen, anfauchen und das Futter aus der Hand schlagen. Sie lernte meine Liste der holländischen Schweinebegriffe auswendig, um ihm von der Morgenbegrüßung über Sitz und Apport bis zur Guten Nacht ein vertrautes Gefühl zu geben. Konsequente Erziehung ist ein Fremdwort für Ingrid. Doris und ich fürchteten oft, Spekje würde ihr immer heftiger auf der Nase herumtanzen, was gefährlich würde. Aber sie hielt durch, bis die Liebe endlich auf Gegenseitigkeit beruhte. Heute ist der Halbstarke ein seriöser Schweinekerl geworden. Lammfromm mit seiner Futtergeberin. Sie kuscheln gemeinsam im Stroh und abends erzählt er ihr, wie einst mir lautstark all seine Abenteuer des Tages. Ingrid behielt recht, bedingungslose Liebe gewinnt.

Oft hatte ich das brennende Bedürfnis, Spekje zu besuchen. Meinen Jungen noch einmal zu sehen. Ingrid und ich sind uns aber einig, dass dies in jedem Fall kontraproduktiv wäre. Entweder freut er sich riesig, dann ist es für ihn traurig, wenn ich wieder gehe, oder er will mich nicht sehen, dann ist es für mich traurig. So oder so können wir nichts gewinnen, außer erneuter Verwirrung und Abschiedsschmerz. Für ihn, für mich, oder für beide. Von daher begnüge ich mich inzwischen mit dem jährlichen Geburtstagsanruf, um von Ingrid die neuesten Anekdoten zu hören.

Er darf immer noch alles, nutzt es nur nicht mehr so aus. Leider auch zu viel fressen. Das nutzt er sehr wohl aus. Gegen Ende dieses Buches ist Spekje sechs Jahre alt, also genauso lange an Land, wie er an Bord war. Schweine erreichen, wenn man sie lässt, mit fünf Jahren ihre volle Größe. Unseres kann man jetzt also ausgewachsen nennen. Und sehr, sehr groß. In alle Richtungen. Wie ich früher schon befürchtete, bekam er von beiden Eltern das Beste: Die überdurchschnittliche Höhe des Vaters und die auffallende Länge der Mutter. Für die Breite sorgt Ingrid. Sie möchte Diäten allzu gern versuchen, scheitert aber immer wieder an seinem Schweinecharme. Er freut sich doch so… auch das liegt wohl in der Familie. Oder der ganzen Rasse. Wäre er jetzt noch an Bord, könnte ich keine Kiste mehr entwerfen, die inklusive Schwein durch die Tür passt. Er wäre nur noch mit dem Schweißbrenner zu befreien, wie bei Motorwechsel müsste ein großes Loch, in das Roofdach über der Wohnung, geflext werden. Es gibt zwar keine Microschweine, aber ein Minischwein kann durchaus zum Macroschwein werden.

Wenn Spekje krank ist, weicht Ingrid nicht von seiner Seite. Einmal hatte er zur Frühstückszeit eine fieberheiße Nase, wollte nicht aufstehen und nicht fressen. Das einzige, was er annahm, war Apfelsaft. Aus einer Babyflasche. Zurück zu den Kistenwurzeln. Ingrid lag den halben Tag und dann die ganze Nacht mit im Stroh, bewachte seinen Zustand und reichte ab und an den Saftsauger. Am nächsten Morgen war der Rüssel wieder kalt, wie es sich gehört. Auch einen reichgefüllten Obstteller leerte er schmatzend, im Liegen. Aufstehen war nicht drin. Den Tag nicht und den nächsten auch nicht. Ingrid

war am Boden zerstört. Ihr Spekje konnte nicht aufstehen, war todkrank. Sie brachte ihm weiter seine Apfelsaftflasche und jede Menge Leckereien ans Krankenbett. Am dritten Tag war Ingrids Mann es satt: „Wenn du *mich* jemals so versorgen würdest, würde ich auch nicht aufstehen! Du musst dich mal durchsetzen." Er ging mit ihr zusammen in den Stall, schob seine Hände unter Spekjes Fettmassen und mit vereinten Kräften hoben sie das meckernde Schwein hoch. Als der vermeintlich Sterbenskranke auf seinen Beinen stand, schüttelte er sich kurz, gallopierte in die Scheune und pinkelte einen mäandernden Hochwasserflusslauf auf den Boden. Apfelsaft von drei Tagen. Danach erleichtert, ging er seelenruhig den Garten umgraben. Ingrid und ihr Mann lehnten lachend an der Stalltür.
Welch ein Simulant!
Doris hatte schon recht. Ingrid ist Spekjes Zusatzzahl beim Schweinelottosechser.

Noch mehr Flugschweine

Meinem riesigen Schweinebaby ging es also hervorragend und mein Menschenbaby war schon fast ein halbes Jahr alt, als uns ein Anruf von der Schleuse erreichte: „Ich wollts erst gar nicht sagen, aber du merkst es ja doch irgendwann. Am nächsten Samstag werden Rosa und Flekje geschlachtet." Das Handy glitschte fassungslos aus meinen Fingern. Was ist los? Was ist passiert? Wieso? Ich versteh nur Schlachthof? Mein Fuß schmerzte, dadurch erinnerte er mich an das Telefon. Angespannt führte ich es von meinen Zehen zurück zum Ohr. Das Rauschen am anderen Ende der Mobilfunksignale war tieftraurig: „Wir haben einen neuen Vorgesetzten auf der Schleuse. Der will die Tiere nicht. Findet es viel zu viele. Nicht nur die Schweine. Alle müssen weg. Nur ein paar Schafe und eine Handvoll Hühner darf ich noch halten. Samstag kommt der Schlachter her. Der schlachtet dann den ganzen Tag." Mein Magen drehte sich um, die grauen Zellen arbeiteten auf Hochtouren, mein Baby schrie. „Aufschub, wir brauchen Aufschub, dann kann ich sie vielleicht über die Schweinefreunde vermitteln." Herbi hatte schon resigniert. Gibt es nicht. Samstag ist der Tag. Außerdem sind die Schweine viel zu schwer geworden, die kriegt man gar nicht mehr lebend von der Schleuse runter. Nur zerlegt. Er legte auf und ich tröstete das Kind, nicht sehr konzentriert. Herbi schien wieder Recht zu haben. Der Gitterfußweg, den kein Tier außer einem blutberauschten Fuchs je schaffte, war für die zwei Langklauenhumpler wohl wirklich nicht zu bewältigen.

Panik auf der Schleuse führte zu Panik bei mir, führte zu Panik im Schweinefreundeforum. Kaum eine Woche heißt kaum eine Chance. Ich beschrieb die Notlage online, am ersten Tag kam nur eine Antwort von Doris. Ebenfalls resigniert. Ihr Stall sei voll, sie könne jetzt keine Schweine mehr aufnehmen, für die sie noch keinen Vermittlungsplatz hätte. Am nächsten Tag begriff ein anderes Mitglied den Text nicht so ganz, auf den Fotos sähe das Leben der beiden doch nicht so schlecht aus, es gäbe schließlich dringendere Fälle, die aus schlechter Haltung vermittelt werden sollten. Doris und ich texteten beide fauchend zurück: Ja, hübsch da, aber Samstag ist alles vorbei! Es entspann sich eine Fachsimpelei darüber, nach welchen Kriterien eigentlich Schweine in die Vermittlung aufgenommen werden, welches am ärmsten, also als erstes dran ist, oder ob man grundsätzlich alle reinsetzen sollte, außer von Züchtern. Thema verfehlt, Schweine tot? Nach drei Tagen machte selbst ich mir keine Illusionen mehr.
Am Donnerstagabend meldete mein Emailprogramm doch noch einen neuen Forumsbeitrag, von einer mir Unbekannten. Da las ich: „Wenn ihr sie irgendwie von der Schleuse runterkriegt und zu mir bringen könnt, würde ich beide nehmen." Hoffnung, Herzklopfen, Adrenalin – ich rannte ins Steuerhaus: „Ben, es gibt jemand, der Rosa und Flekje haben will. Können wir sie nicht von der Schleuse holen?" Schweinerettung war eben nicht in seinem Sender: „Klar, wir fliegen morgen von Holland an einem Tag den Rhein hoch, legen an, bevor der Schlachter kommt, dann laufen die Schweine so an Deck und im Hafen wieder runter, oder was?" Kopfschüttelnd griff er das Funkgerät und entfachte einen kleinen Navigationsstreit mit einem entgegenkommenden Schiff. Über die Sprechanlage pfiff der Papagei das Lied vom Tod. Genervt diskutierte Ben abwechselnd mit dem Papagei: „Halt die Klappe!" und dem Kollegen: „Geh aus dem Weg!". Keiner von beiden gehorchte. Ben musste das Ruder selbst herumreißen, um auszuweichen, dabei imitierte der Vogel zum Erschrecken des Kapitäns das Geräusch fallender Ankerketten und lachte: „Karel, Kaffee! Mmmh, ja, ja, ja." Das Durcheinander gab mir Zeit, die Ideen im Kopf zu sortieren: „Das ist kein Quatsch. Die Schweinefreunde haben doch den Viehanhänger. Wir haben einen Autokran.

Wenn ich Herbi einen konkreten Plan vorlegen kann, lässt er sie vielleicht leben, bis wir wieder da sind. Du musst nur *ja* sagen." Was verrückt genug ist, um sein Image zu fördern, gefällt meinem Mann im Allgemeinen. Wie der Papagei ihm vorgequatscht hatte, riss er das Ruder für die zwei Schweine herum: „Mmmh, ja!" Ich stürzte die Treppe runter, purzelte hektisch über die Gangbord und gelangte mit ein paar blauen Flecken mehr zurück zum Computer.

Diese Nacht lief der Forumsrechner heiß, immer mehr Schweinefreunde halfen mit ihren Kommentaren, die Planung zu konkretisieren. Von der Schleuse aufs Schiff, vom Schiff zu Doris, von Doris nach tierärtzlicher Versorgung in ihr neues Zuhause. Das konnte funktionieren. Am Freitag ging Herbi nicht ans Telefon. Ich wählte mir die Finger gelbblauwund. Gegen Abend erreichte ich ihn. In seinem Kummer war er alles andere als kooperativ: „Nein, sie werden geschlachtet. Nachher klappt das alles nicht und ich muss den Schlachter nochmal kommen lassen. Ich will es morgen hinter mir haben. Habe schließlich auch einen Job zu verlieren. Dann gibt es sicher auch noch Ärger mit den neuen Besitzern, dass die Schweine zu fett sind. Und Spekje blind ist. Wie soll die denn woanders klar kommen. Ich will keine Vorwürfe, dass die Klauen viel zu lang sind." Mir platzte der Kragen: „Ach so, weil du die Pflege nicht so gut hinbekommen hast, müssen sie sterben? Du hast nur Angst vor Kritik?" Der Schleusenmeister legte antwortlos auf. Ich weinte. Das Baby auch. Während ich ihm das Fläschchen gab, sang das Handy seine Melodie. Mit Kind und Flasche in den Händen, klemmte ich es mir unters Kinn. Da kam nun ein sanfterer Klang heraus: „Kannst du mir hundert Prozent versprechen, dass ihr mich nicht mit den Schweinen sitzen lasst? Und dass ich keinen Ärger dadurch kriege?" Ja Herbi, ich verspreche alles. Wenn nur das Kind bald schläft und du zustimmst und ich auch schlafen darf. Ja, wir holen die Schweine im Laufe der nächsten Woche, ich kann nur nicht genau sagen, an welchem Tag, du weißt ja, es bleibt Schifffahrt, da kann sich immer was verschieben. Ja, keiner wird mit dir schimpfen, alle Schweinefreunde sind dir dankbar, wenn sie überhaupt leben dürfen. Länger als bis morgen.

Herbi stimmte zu. Das Kind schlief. Ich dann doch nicht. Mit Doris handynierte ich noch lange über den genauen Ablauf. Und dass auf keinen Fall jemand ein Wort der Kritik fallen lässt. Sonst ändert er seine Meinung vielleicht wieder...

Doris und Dale kamen kurz vor zehn den Schweinetransportanhänger an ihren Kleinbus gekoppelt zu uns in den Hafen. Nach der Kaffee-Lagebesprechung verholten wir unser Schiff auf die andere Seite des Hafenbeckens. Dort sollte mein eigenes Auto an Land zwischengelagert werden, damit wir an Deck Platz für den Anhänger hatten. Verwundert schwebte der rote Wagen über Eisenbahnschienen. Der Autokran war zu kurz, um den befahrbaren Weg jenseits der Schwellen zu erreichen. Extrem merkwürdig. Ben und ich waren beide ganz, ganz sicher gewesen, dass es geht. Genau hier hatten wir doch schon mal ein Auto abgesetzt? Ja, aber irgendwie verdrängt, dass ich damals noch den Minibus mit Vierradantrieb hatte. Der stand auf so hohen Beinen, dass er es mit viel Gefühl und etwas Gewalt, auf eigene Kraft über eine Eisenbahnschiene schaffte. Doch das geländegängige Kleinstauto war lang verschrottet. Meinem neuen Luxuskombi vom Schweinefutterautohaus konnte man derartige Crossaktionen nicht zumuten. Er würde jämmerlich mit dem Bauch auf dem Stahlhindernis auflaufen. So parkten wir mein unschlüssig in der Luft schwingendes Auto von oben auf einem schmalen, abschüssigen Grünstreifen. Zwischen Wasser und Schienen. Die Wagenbreite identisch mit der Stellfläche. In der Hoffnung, dass kein breiter Zug mir den Außenspiegel klaut, während wir weg sind.
Oder mehr. Oder alles.

Wegen der gleichen Problematik, wurde der Anhänger von Dale und Ben per Hand, bestimmt 200m über Schotter und Schienen bis zum Autokran gezogen, geschoben, geflucht. Wer jemals so dumm war, ein Straßenfahrzeug über Eisenbahnschwellen zu zwingen, dem ist klar, dass auf diesen Kraftakt eine Verschnaufpause folgt. Danach konnten wir die Hebegurte einstellen und austesten, wie der Anhänger gerade und fest im Kran hängt. Er sollte ja nachher mit den beiden dicken Delinquenten drin keinesfalls kippen! Zweirädrige Achsenobjekte schweben augenfällig unausgewogener als Kisten oder Autos. Nach einigem Auf-nieder, mit Dale unter-über-neben dem Anhänger, war die optimale Aufhängung gefunden. Der Transporter wurde an Deck gehoben, der Autokran wieder eingefahren. Dale parkte sein Auto im Unterschied zu meinem auf einem eisenbahnsicheren Platz.
Alle Mann, Frau, Baby an Bord und Leinen los!
Das Tankmotorschiff *Hunter* fuhr rückwärts aus dem Hafenbecken. Die Schleuse lag sozusagen gleich um die Ecke. Damit der Autokran

am Ziel auf der anlegenden Schiffsseite sein würde, wendeten wir nicht wie üblich in der Hafenausfahrt, sondern fuhren weiter mit dem Hinterteil voraus. Nun wirkt ein Binnenschiff, das rückwärts unter einer Brücke durch auf eine Schleuse zufährt, gelinde gesagt ziemlich ungewöhnlich. Es kam auch prompt Kommentar über Funk von einem Kollegen, der uns aus der Kammer entgegen kam: „Ben, ist dir schon aufgefallen, das du falsch'rum fährst?" Mein Mann hatte wenig Lust, Schweinetransporte zu erklären und gab sich überrascht: „Ahhh, ich fragte mich die ganze Zeit schon, was hier nicht stimmt" Auch andere Schiffer finden immer eine Lösung: „Ist das eine neue Art, um Treibstoff zu sparen?" Dann ist es am einfachsten, zuzustimmen: „Ja, ich wollte nur mal probieren, ob der Tank so herum vielleicht wieder vollläuft."

Eigentlich war geplant, im Oberwasser an der Tierinsel anzulegen und den Anhänger von Hand bis zu den Schweinen zu ziehen, um den Schleusenbetrieb nicht zu stören. Aber die schiebemüden Männer bekamen Hilfe vom Zufall. Außer jenem vorwärts ausfahrenden Kollegen war keine Schifffahrt mehr in der Funkrufweite. So erlaubte der diensthabende Schleusenmeister uns, innerhalb der Schleusenkammer direkt vor dem Stall festzumachen. Der bald-nicht-mehr-Schweine-Eigentümer begrüßte uns superfroh und packte im Folgenden tatkräftig mit an. Rosa und Flekje hatte er verabredungsgemäß in einen abgezäunten Bereich vor ihrem Schlafstall eingesperrt. Optimal mit beweglichem Bauzaun. Um sie nicht zu früh zu beunruhigen, setzten wir den Anhänger ein Stück entfernt ab. Rosa beobachtete das Treiben aufmerksam und präsentierte ihre Nackenborsten. Vielleicht erinnerte sie sich an das Schiff, das ihr schon mal ein Baby „weggenommen" hatte? Flekje ignorierte uns, zu blind, um zu bemerken, dass dieses Schiff sich anders verhielt als andere. Sie stapfte tastend in einer Ecke herum und konzentrierte alle Begierde auf ihren verschlossenen Schlafstall. Immer wieder blieb sie nachdenklich davor stehen – hier war doch sonst ein Eingang?? Aus sicherer Entfernung wurden wir von vier Schafen fixiert. Von der einst stattlichen, mittleren Herde hatten wohl nur diese den schwarzen Samstag überlebt. Auch von den Hühnern, die einem sonst überall zwischen die Beine liefen, waren nur noch ein paar verlorene Exemplare zu sehen. Ich wollte nicht weiter fragen, verdrängte die Trauer, dass wir nicht alle retten können und versuchte mich einzig auf Rosa und Flekje zu fokussieren.

Dale und Herbi zerrten den Hänger manuell die verbliebenen Meter zur Einzäunung. Ben ging erst mal frühstücken nach all der Rückwärtsfahrerei und Kranerei. Doris lief hin und her zwischen Schweinen, Anhänger und Fotografieren. Ich lief hin und her zwischen Schweinen, Anhänger und schlafendem Baby. Als das Transportfahrzeug ausbruchssicher zwischen die Gitter platziert war, wobei noch ein vorwitziger Minihahn, der einsteigen wollte, ausgewiesen werden musste, sicherten Doris und ich die Seiten der Rampe mit Treibbrettern. Dale und Herbi gingen mutig„rein". Nun konnte man wieder einmal bewundern, mit welcher Ruhe der erfahrene Schweinefänger, assistiert vom verhalten hektischen Schweineeigner, die zwei unwilligen Vierbeiner in Richtung Hängerrampe dirigierte. Allerdings fanden sie im letzten Moment jedes Mal eine durchbrechbare Schwachstelle, um sich wieder in den hinteren Teil des Geheges zu verziehen. Schon erstaunlich, wie so breite Schweinchen, die sich sonst nur faul bewegten, auf einmal ganz flink schmalste Lücken nutzen konnten, um dann triumphierend zurückzugucken: „Ätsch, ich war schneller..." Daraufhin wurde der Auslauf mit einem weiteren Gitter verkleinert, bis es keinen Ausweg mehr gab. Die realistische Rosa sah schnell ein, dass sie Dales gelassener Konsequenz nichts mehr entgegenzusetzen hatte und ließ sich mit dem Treibbrett am Po meckernd die Rampe hinauf schieben: „Okay, du hast gewonnen, aber glaub bloß nicht, dass ich selbst laufe!"
Nun hätte man denken können, Flekje folgt der Mutter schnell, aber als echte Pubertierende sah sie das nicht ein, sondern zickte vor dem Hänger hin und her. Als es zwischen allen Brettern schon halb auf der Rampe echt keine Alternative mehr gab, dreht sie sich blitzschnell um und versuchte, mit zähnezeigender Attacke zu erschrecken. Die richtete sich aber nur gegen ein blaues Kunstoffbrett, das ganz und gar nicht schreckhaft war. Mama Rosa, welche in den Tiefen des Hängers versteckt war, reagierte darauf und sprang zurück Richtung Rampe. Einen Schreckmoment fürchtete ich, sie würde wieder rausstürmen, um ihrer Tochter zur Hilfe eilen. Aber da war die querstehende Flekje schon mit viel männlichem Nachdruck bis nach oben, gegen Rosas Nase angeschoben. Schweine können seitwärts laufen! Schwuppdiwupp, schnell Bretter weg und die Klappe dicht.
Das Einfangen ging für die Schweine schneller, als ich gebraucht hab, um es ausführlich aufzuschreiben. Unglaublich gelassen für einen zukunftsentscheidenden Vorgang. Im Unterschied zu Spekjes Boxbe-

zwingung kam keinen Moment echte Panik auf. Kunststück. Niemand war schwanger oder brachte einen Schäferhund mit, der die beiden fressen wollte. Blockiertalent bewiesen sie familienübergreifend. Hätten Rosa, Flekje oder seinerzeit Spekje eine längere Ohrform, wären sie mit ihrem Bremsverhalten ohne Probleme als fette Esel durchgegangen.

Um den Transporteuren sowie Transportierten manuelles Ziehen und Ruckeln des Transportobjekts über die matschighoppelige Wiese zu ersparen, kam Moses nicht zum Berg, sondern zweiundachtzig Meter Stahl zu zwei kleinen Schweinen: Tausend PS starten, Rauchwolke bewundern, Taue los, eineinhalb Schiffslängen vorfahren, Taue vor dem Stall wieder fest, Motor still. Das Achterschiff mit Autokran perfekt neben dem Anhänger positioniert. Gurte, in der nun schon routinierten Weise, gut eingehängt und doppelt gecheckt, Kranknöpfe gedrückt, mit allen Menschen, von allen Seiten, den Transporter gesichert, falls er es sich doch überlegen sollte zu kippen und ja, alles klar? Alles klar. Alles stabil? Alles stabil. Und hissen. Und hoch. Und höher. Und ganz nach oben. Rosa und Flekje erlebten ihren ersten Flug! Sie hielten, wie einst ihr Sohnbruder in seiner Kiste, ganz still. Keine Gewichtsverlagerung störte den vertikalen Frieden in den Gurten. Horizontal suchte das schwebende Straßenfahrzeug allerdings nach dem Sinn seines neuen Daseins. Erhaben kreiselte der Hänger in der Luft, wie ein verwirrter Kompass wies die Achse in alle Himmelsrichtungen. Mit dünnen Steuerleinchen verhinderten wir, dass der sonst so bodenständige Überflieger den Kranbalken küsst.
Und stoppten seine Rotation kurz vor dem Aufsetzen an Deck. Präzise in den Parkplatz schwenken, absetzen, Räder mit Bremse und Holzbalken blockieren. Sicher auf dem Roofdach angekommen, konnte die Minischiffsreise der Minischweine beginnen. Mit an Bord der von Herbi angeschleppte „Reiseproviant": Ein großer Müllsack voll Brot, eine Tüte Äpfel und auf Anfrage von Doris ein Futternapf, den sie kennen. Damit sie eine vertraute Sache dabei haben.

Eigentlich hatten wir geplant, mit dem schweinebeladenen Hänger zurück in den Hafen zu manövrieren, um ihn da wieder mit Manneskraft über die Schienen zu Dales Auto zu ziehen. Es war aber immer noch keine Schifffahrt in der Nähe, die Schweine und Männer hatten schon wieder Schweineglück. Wir konnten „einfach" in die andere, also die landseitige, Schleusenkammer fahren, um den Hänger dort auf das für Autos erreichbare Gelände setzen. Fast schade, dass nun keine Kollegen in Sichtweite waren, die lachen konnten, wie der *Hunter* dieses mal zwar vorwärts aus der Schleuse kam, aber dann gleich wieder rückwärts in die andere Schleuse rein fuhr! Und das aus purer Faulheit mit noch hoch in der Luft stehendem Autokran. Was ein bisschen Aufpassen erforderte wegen ein paar überstehenden Straßenlaternen. Der Schleusenbeleuchtung ist nichts passiert. In der anderen Kammer angekommen hab ich nur noch das Schiff festgemacht und bin dann in die Wohnung gesprintet, um das Baby zu füttern. Deswegen habe ich nicht mitbekommen, wie der Flug vom Schiff an Land verlief. Auf jeden Fall reibungslos, sonst hätte ich es gehört. Als ich kurz zurück an Deck konnte, stand der Anhänger mit Rosa und Flekje drin wohlbehalten neben der Schleuse, dazu jeder Menge Zubehör drumherum liegend.

Dieses Tohuwabohu mussten wir auf dem abgeschlossenen und kamerabewachten Schleusengelände vorübergehend zurücklassen, um das Schiff – endlich wieder vorwärts fahrend – in den Hafen zurückzubringen, dort mein Auto vom Grünstreifen an Deck zu kranen und Dales Auto auf eigenen Rädern zu holen. Auch hiervon hab ich nicht mehr soviel miterlebt, da ich die Kleine „reisefertig" machte und nur noch zum Festmachen rauskam. Als Schiff und Auto endlich wieder an ihrem üblichen Platz waren, stiegen wir mit Kind und Kegel in Dales Auto und sausten über Land zurück zur Schleuse. Da Herbi in Kennlerngesprächen erfahren hatte, was da noch alles auf vier Beinen bei Doris rumläuft, standen bei unserer Rückkehr jede Menge Kisten und Säcke mit Unmengen von halbtrockenen bis fast frischen Backwaren aller Couleur neben dem Hänger. Der großzügige Spender hatte noch eine Weile auf uns gewartet und die unsichtbar schlafenden Schweine bewacht, rief dann an, weil es doch zu lang dauerte und er leider weg musste. Nicht ohne klare Info an Doris, dass wir alles mitnehmen sollten, was dasteht. Außer der Schubkarre. Auf paradiesische Brotzeiten im „Pigs Paradise"! Wobei die zwei Dickerchen von der Schleuse wohl den rationiertesten Teil davon bekommen würden... Durch diese unerwartete Zusatzfracht dauerte es noch eine mittlere Weile, bis alles in Dales Auto verladen und der Anhänger angehängt war. Dann bestanden Rosa und Flekje ihre Autofahrt zu Doris. Den ersten Kilometer ruckelte der Anhang am

Zugfahrzeug, was hieß, dass die Schweine unruhig wurden. Fahren war eben nicht so komfortabel wie fliegen.
Dann rollten wir gleichmäßig über den Asphalt, sie ergaben sich in ihr unerklärliches Schicksal, nun in einem dunklen Raum zu leben, der sich unterschiedlich bewegte.

Am Ziel war der Rest für die professionellen Schweineretter Dale, Doris und Tochter Jamie, nur noch Routine im Heimathafen. Ich staunte und lobte, wie Dale den Anhänger mit einem Schwung rückwärts auf den schmalen Hof fuhr. Typisch Frau, sich am alltäglichen Automanöver eines Anderen zu erfreuen, anstatt den eigenen Mann für das gar nicht alltägliche Falschherum-in-die-Schleuse-fahren zu bewundern. Vor der Stalltür wollte kein Schwein aussteigen. Fliegen war wohl doch schön. Dale krabbelte durch eine knapp hüfthohe Klappe von vorne in den Anhänger, um die zwei nach hinten sanft rauszuschieben.
Flekje kam laut motzend zuerst, rutschte widerwillig mit ihrem fettgepolsterten Hintern auf Stroh sitzend die Rampe runter und legte sich dann trotzig quer davor: „Jetzt reicht's, hier bin ich und hier bleib ich!" Während wir noch überlegten, wie wir sie da wieder wegkriegen, folgte Mama Rosa, minimal eleganter auf vier eiligen Beinen. Sie überzeugte ihre Tochter mit voller Schubkraft und mütterlicher Ermahnung, doch wieder aufzustehen und in den Stall zu laufen. Anders formuliert, sie konnte einfach nicht rechtzeitig bremsen und war wütend darüber. Die Pubertierende gehorchte, wenn auch mit heftigen Widerworten. Hinter Schweinen und allen Menschen außer mir schloss sich die Stalltür. Ich eilte, das Kind aus dem Autostuhl in den Tragesack umzuladen, um noch mitzubekommen, wie die Ankömmlinge über eine hohe Schwelle im Stall in die ihnen zugedachte Box gelangen würden. Aber das ging so schnell, dass ich nur noch einen Schweinehinterschenkel durch die Türöffnung verschwinden sah. Doris staunt noch heute, dass ausgerechnet die überfettete Flekje auf ihren Stumpenbeinen das einzige ihrer vielen Schweine war, welches jemals diese Schwelle mit einem großen Sprung ohne menschliche Hilfe selbst gemeistert hatte. Flugangst ist vielleicht doch mächtiger als Schwellenangst.
Meine Schadensbilanz ist null, denn alle Menschen und Tiere sind mit heiler Haut und halbwegs heiler Seele davongekommen. Ich selbst war so in Gedanken und beschäftigt mit Rosa, Flekje und dem Baby, dass ich erst am nächsten Tag auf die Idee kam, mal bewusst

zu gucken, ob mein Auto noch beide Außenspiegel hatte. Ja, beide waren noch da! Naja, ich hab's etwas spannender gefühlt, als es wahrscheinlich war, wir haben auf diesen Schienen noch nie einen Zug fahren sehen. Allerdings stand hinten im Hafen doch ein Waggon, der ist sicher nicht wie bei Schweinen üblich dahin geflogen – es hätte also sein können... Kaputt gingen lediglich ein Steuerhausfenster und eine Fernsehantenne. Beide hatte zur Erleichterung aller Beteiligten kein anderer als der erste Kapitän in Person einen Schuss zu selbstsicher und routiniert beim Kranen mit dem losen Haken erwischt. Ist also nicht weiter schlimm, höchstens für seine Ehre, schweigen wir drüber. Sprach ich und stellte die ganze Geschichte mit Foto vom klebebandgeflickten Fenster ins Internet.

Im Schweinefreundeforum war einer der vielen begeisterten Kommentare zu dieser Rettung: „Womit es bewiesen wäre – Schweine können doch fliegen." Klar, dachte ich mich zufrieden in meinem Computerstuhl zurücklehnend. Zumindest Spekje und seine Familie. Schiffschweine sind auch Flugschweine.
Allerdings beides nicht freiwillig.

Fast mystische Metamorphose ist, wenn fette, faule, giftige Zickensäue nach strenger Diät inklusive bergeweise Liebe zu anhänglichen, aktiven Schmuseschweinen werden. Mit schweinischem Idealgewicht. So geschehen mit Rosa und Flekje. Sie leben heute in trauter Zweisamkeit durch die Schweinefreunde vermittelt auf einem Hof mit vielen Tieren und schweinekundigen Menschen. So wie Rosa früher für ihre bissige Verteidigungskraft bekannt war, ist sie dort wegen sanfter Kuschelangriffe berüchtigt. Sie schimpft nur noch, wenn Flekje dabei stört, indem sie ausgelassen vorbei galoppiert. Erst schwebten sie über dem Wasser, nun schweben sie über den Dingen. Herbi würde seine beiden nicht wiedererkennen.

Der heilige Schwur, nie wieder ein Schwein zu schlachten, war leider nicht für die Ewigkeit gültig. Zu Doris und meinem großen Schreck gab es ein paar Monate später wieder zwei Schweine auf der Schleuse. Junge Großschweine von einer Massenhaltung günstig erhalten, da sie dort als Schwächlinge chancenlos waren. Sie tobten fidel in der alten Absperrung, die einmal Rosas Zuhause war. Diesmal einzig mit dem Ziel, sie großzuziehen und aufzuessen. Mit minimalem Reuegefühl suchte Herbi nach Rechtfertigungen. Er habe

schon versucht, sie vor mir zu verstecken, sagte er verlegen. Der Streit mit dem Vorgesetzten sei aber beigelegt, das wäre jetzt abgesprochen und in Ordnung. Und hier ginge es ihnen ja viel besser, als da wo sie herkamen. Es hätte also auch Vorteile für die Schweine. Womit er unstrittig Recht hatte. In der Tierfabrik wären sie schon länger tot gewesen, was im Vergleich zum Leben dort möglicherweise nicht die schlechteste Wahl ist. Auf der Schleuse erblühten beide sichtlich im Dasein mit Luft, Licht, Liebe und Modder. Sie fraßen ihrem neuen Eigentümer aus der Hand, ließen sich hingebungsvoll von ihm kraulen und klopfen. Er gestand, dass ihm die Schlachtung doch jetzt schon schwerfallen würde. Mein Gehirn arbeitete auf Hochtouren, wie man diese Gefühle verstärken könnte, um aus der kurzfristigen wieder eine langfristige Rettung machen. Da Tiere mit Namen ja bei Herbi vor dem Messertod geschützt waren, versuchte ich, ihm die tollsten Namen für seine beiden Neuen vorzuschlagen. Er lehnte alle ab. Die kriegen keinen Namen. Auch einer Vermittlung über Schweinefreunde e.V. widersprach der Schleusenmeister. Keinen meiner Fäden wollte er greifen, mein Rettungsring trieb nutzlos vorbei. Ein paar Reisen später waren beide Schweine wieder verschwunden und mein Mann freute sich sehr über ein paar Stücke davon im Tiefkühler.
Bei den meisten Schweinen auf dieser Welt fliegen eben nur die Seelen. Schnell. Bevor sie jemand kannte, sind sie weg.

Nachgrunz

Hast du noch mitgezählt, wie oft unser Schiffschwein und seine Familienmitglieder im Laufe der drei Jahre, von denen dieses Buch erzählt, dem Tod von der Schippe, also dem Schlachter vom Messer gesprungen sind? Spekje zweimal, Flekje dreimal, Rosa zweimal, sechs Geschwister einmal, der Eber einmal. Das sind vierzehn Leben. Doppelt so viel wie ein durchschnittliches Katzenleben. Wenn man bedenkt, dass die normale Lebenszeit eines Schweins in der Mast ein halbes Jahr beträgt, dann sind es rein rechnerisch sogar noch viel, viel, viel mehr Schweineleben. Es ist ganz eindeutig, dass Rosas Familie riesiges Schweineglück hatte, welches Schweinen im Allgemeinen nicht vergönnt ist. Das Glücksschwein, als Symbol für Reichtum, hat schließlich lange ausgedient. Es taugt, in der heutigen versauten Weltsicht, nicht mal mehr als der historisch begehrte Verliererpreis. Von verzierten Marzipanexemplaren abgesehen. Ich hoffe, dieser Schutzengel begleitet Spekje und seine Verwandten noch viele Jahre, bis zu dem Luxus eines natürlichen Todes. Dem heiligen Schweinegeist sei Dank. Vielleicht war der Eber sogar von Anfang an unschuldig. Darum gebe ich ihm heute posthum einen Namen: Joseph.

Schließlich war sein unehelicher, vermeintlicher Sohn ja besagter „Missionar wider Willen": Der über das Wasser fuhr und flog. Der Fanclubs um sich versammelte. Der die Länder bereiste. Der keine Angst vor mächtigen Autoritäten hatte. Der die geltende Moral in Frage stellte. Der von morgens bis abends seine Ideen herausquatschte... Die vielen Menschen und Herzen, die unser Borg an Bord berührte, hätte er an einem schweinetypischen Ort nie erreicht. Spekje konnte Denkstrukturen brechen, Meinungen umwerfen und Zwerchfelle manipulieren. Nur mit einem leisen Grunzen, energischem Kopfschlagen oder einem Stück Papier. Von Bierflaschen ausnahmsweise mal ganz zu schweigen. Auch das Überleben seiner Familienmitglieder und ein paar anderer Tiere im Umfeld stand in engem Zusammenhang mit seinem Schiffschweindasein. Die Haltung bei uns war alles andere als artgerecht. Vom heutigen Wissensstand aus, würde ich kein Schwein mehr dauerhaft auf einem Schiff geschweige denn in einer Wohnung unterbringen wollen. Aber jederzeit wieder eines retten, um es dann so schnell wie möglich in ein geeigneteres Heim zu vermitteln. Spekje lebte bei uns als sichtbares Schwein, stellvertretend für seine vielen Milliarden unsichtbaren Artgenossen. Wenn Spekje ein Missionar war, dann ist dieses Buch seine Bibel. Vielleicht findest auch du Trost auf irgendeiner dieser Seiten. Ein Lächeln reicht, das ist schon viel für ein Schwein.

„Schiffschwein Spekje" beruht auf einem wahren Schweineleben. Jede beschriebene Situation hat es wirklich gegeben. Trotzdem bleibt es natürlich ein Roman, in dem Details des Geschehens, sowie Aussagen und Verhalten der Personen, von der Realität abweichen können. Insbesondere durch meine persönliche Wertung. Falls sich also irgendein Schwein oder Mensch oder beides durch irgendeine Stelle beleidigt fühlen sollte, fällt diese automatisch in den Bereich der Fiktion. Klage ausgeschlossen. Einige Namen wurden geändert, allerdings nicht alle. Vor allem die Tiere haben ihre wirklichen Namen behalten. Das schien mir irgendwie lebenswichtig. Schiffer und Schweinehalter entwickeln eben ihren ganz eigenen Glauben.

Anhang

Kleine Checkliste
zur Haltung von Minischweinen

Spekje plumpste unvorbereitet in meine schweinelose Schiffswelt. So ahnungslos sollte man den faszinierenden Alltag mit einem Schwein nicht beginnen. Der widerwillige Missionar hat mich unmissverständlich mit dem Rüssel darauf gestoßen, was ich alles falsch gemacht habe. Sowie zufällig ein klein wenig richtig. Hier noch mal das Wichtigste im Überblick:

Sind Sie ein Schweinemensch?

Schweine sind keine gehorsamen Kuscheltiere. Sie nutzen ihre Intelligenz eigenwillig, setzen eigene Wünsche mit Kraft und Masse durch, können sehr laut und für kleine Kinder gar gefährlich werden. Es kostet enorme Geduld, Konsequenz und Zeit, ein Minischwein gut zu erziehen. Zu freundlichem Miteinander, denn hündische Folgsamkeit werden Sie nicht erreichen. Denken Sie nur über die Anschaffung von Minischweinen nach, wenn Sie Freunde bevorzugen, die Ihnen kritisch widersprechen. Sowie, wenn Sie Vorurteilen, Sticheleien und Ablehnung gegenüber Ihrem Tier, die sie vom Umfeld garantiert erfahren werden, gewachsen sind.

Kein Schwein ist gern allein!

Einzelhaltung ist für Schweine eine Qual. Sie sind Rottentiere, die allein verkümmern und aggressiv werden können. Der Mensch ist eine nette Ergänzung, kann aber keine Schweinefreunde ersetzen. Das Gleiche gilt für andere Haustiere, von denen zudem nicht alle schweinekompatibel sind. Halten Sie mindestens zwei Minischweine. Der Aufwand ist eher geringer als mehr, da Artgenossen sich gegenseitig unterhalten, während ein Einzelschwein Ihre Aufmerksamkeit vierundzwanzig Stunden am Tag fordert und trotzdem nicht glücklich wird. Sogar der Gesetzgeber, sonst nicht zimperlich mit Schweinen, hat dies eingesehen und die Einzelhaft verboten. Dass ausgerechnet manch freundlich gesinnter Minischweinhalter hierbei die Augen zugedrückt, ist absurd.

Können Sie Wühlraum bieten?

Wohnungshaltung beginnt süß mit dem Ferkel und wächst sich aus zum Fiasko. Einen gepflegten Garten renovieren Schweine schnell nach eigenen, rabiaten Vorstellungen. Für artgerechte Haltung braucht jedes Schwein minimal 150 m^2 grünen Auslauf, mit uneingeschränkter Wühlerlaubnis sowie einer strohgepolsterten Schlafhütte. Mehr ist immer besser, auch Gras möchte sich manchmal von Schweinenasen erholen. Es spricht allerdings wenig dagegen, wenn Sie ihrem Freilandschwein erlauben, Sie manchmal im ebenerdigen Wohnzimmer zu besuchen. Treppen können ausgewachsene Schweine nicht überwinden. Es wird sich als Gast gesitteter verhalten, weil es Alternativen hat. Trotzdem sollten Sie dabei nicht zu sehr an materiellen Dingen wie Bodenbelag und Möbeln hängen.

Dürfen Sie Schweine halten?

Grundsätzlich gelten für alle Schweine die gleichen Gesetze. Es gibt keine Sonderregelungen für private Tiere, die nicht der Fleischgewinnung dienen. Die Haltung in Wohngebieten ist verboten. Auch Minischweine müssen bei Tierseuchenkasse und Veterinäramt angemeldet sein, sowie eine Ohrmarke tragen. Bei Seuchenausbruch im Umland können sie von offiziellen Maßnahmen betroffen sein. Sprechen Sie mit den örtlichen Behörden, was Sie beachten sollen. In manchen Bezirken sind flexible Handhabungen möglich, lassen Sie sich aber nicht ohne schriftliche Bestätigung darauf ein. Damit der Traum vom langen Schweineleben kein kurzes Drama wird.

Neuzucht oder Gebrauchtschwein?

Alle Tierbabys sind süß. Die Ferkelzeit ist rasend schnell vorbei. Schweine können 15 Jahre alt werden, manche auch älter. Sie binden sich also für eine lange Zeit. Minischweine erreichen ein Gewicht von 40-120 Kg, die meisten eher im oberen Bereich. Ein Baby ist hierin wie eine Wundertüte: Da es keine reingezüchteten Rassenlinien gibt, können im selben Wurf unterschiedliche Endgrößen erreicht werden. Im Prinzip kann sogar ein schlafendes Großschwein-Gen zuschlagen. Dubiose Züchter haben die Marktlücke erkannt, sie werben mit sogenannten Microschweinen und klangvollen Rassenbezeichnungen. Indem sie die Tiere mittels Inzucht und Unterernährung versuchen klein zu halten, verkaufen sie Ihnen kränkliche

Schweine mit kurzer Lebensdauer. Es kommt auch vor, dass ein Muttertier als Größenprognose gezeigt wird, das gerade mal ein- oder zwei Jahre alt ist. Schweine wachsen bis zum fünften Lebensjahr, spätere Gewichtszunahme ist fütterungsabhängig auch möglich. Die meisten Ferkel von Schweineanfängern landen mit zwei bis drei Jahren in den überlaufenden Tierheimen. Von daher kann ich nur empfehlen, mit erwachsenen Tieren aus einer Vermittlung zu beginnen. Da sehen Sie gleich, was Sie erwartet, an Größe sowie Charakter. Sie fördern keine unverantwortliche Massenvermehrung zu kommerziellen Zwecken, das gereifte Tier verzeiht kleine Erziehungsfehler und Sie helfen, Leben zu retten. Ein schnuckeliges Ferkel kann immer noch großziehen, wer die nötige Erfahrung gesammelt hat.

Information ist lebensnotwendig!

Diese Checkliste bietet nur eine winzige, emotionale Entscheidungshilfe. Wollen Sie am Ende dieses Buches immer noch ihr Leben mit Schweinen teilen, prüfen Sie die Machbarkeit vorher umfassend. Leider kursieren jede Menge Fehlinformationen von Fütterung über Haltung bis Gesetzeslage, die schon unzähligen Klauentieren Krankheit und Tod gebracht haben. Entsprechendes Leid der Halter inklusive. Tierschutzvereine und spezialisierte Tierärzte sind die verlässlichsten Ansprechpartner. Schweinefreunde e.V. bietet kostenlos schriftliche Infos sowie individuelle, mündliche Beratung und kann Ihnen viele weitere Adressen nennen.

Inhalt